U0822200

张良像

康熙年间佚名画家笔下的留侯张良像，摘引自佚名《历代帝王名儒大臣遗像》

张良，字子房，汉代开国功臣。在《白猿客栈》的系列故事中，子房先生天生重瞳，是白猿客栈的初代掌灯，也是整个系列诸多情节的“根基”。小说的主人公张寒，为白猿客栈第五十七代掌灯。其父“三眼妖狐”张九陵，为白猿客栈第五十六代掌灯。

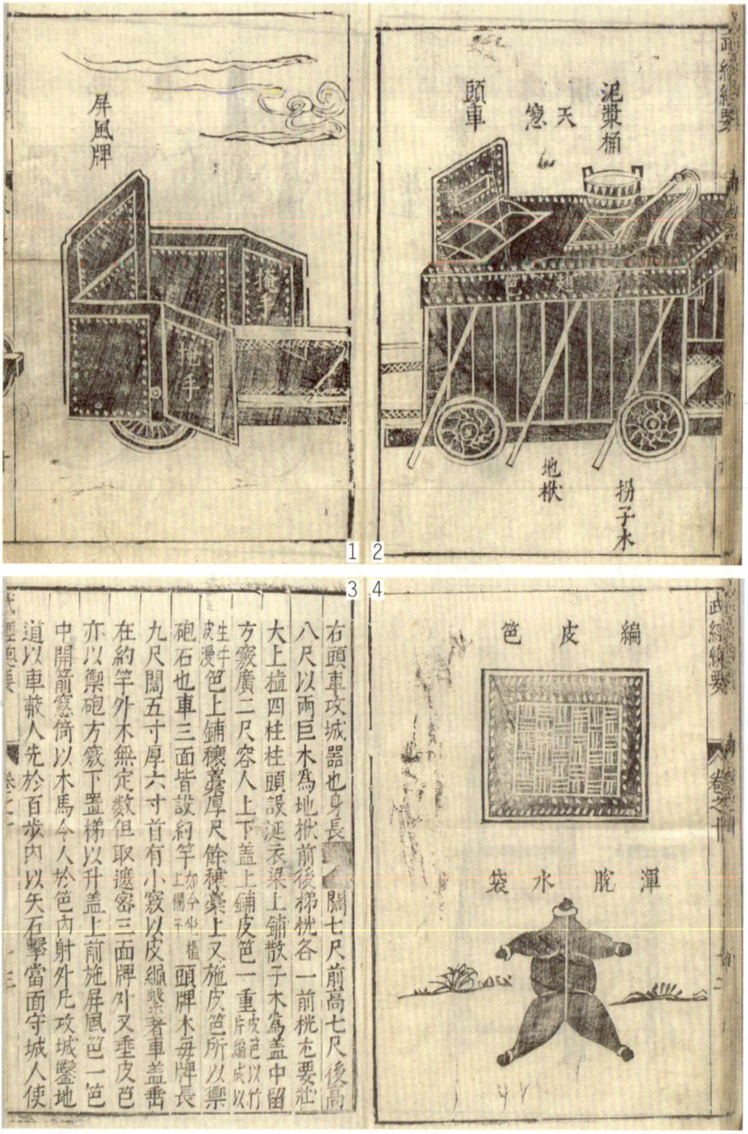

《武经总要》书影

《武经总要》中的头车（图1，2，3）、浑脱水袋（图4）

宋曾公亮、丁度所著《武经总要》的《前集》卷十中载有头车及浑脱水袋的图案及文字说明。二者均出现在《白猿客栈·敦煌沙窟》第四卷《万壑雷霆》第五章《九攻九拒（上）》一节。浑脱水袋是羊皮筏子的主要构件。

张良像

康熙年间佚名画家笔下的留侯张良像，摘引自佚名《历代帝王名儒大臣遗像》

张良，字子房，汉代开国功臣。在《白猿客栈》的系列故事中，子房先生天生重瞳，是白猿客栈的初代掌灯，也是整个系列诸多情节的“根基”。小说的主人公张寒，为白猿客栈第五十七代掌灯。其父“三眼妖狐”张九陵，为白猿客栈第五十六代掌灯。

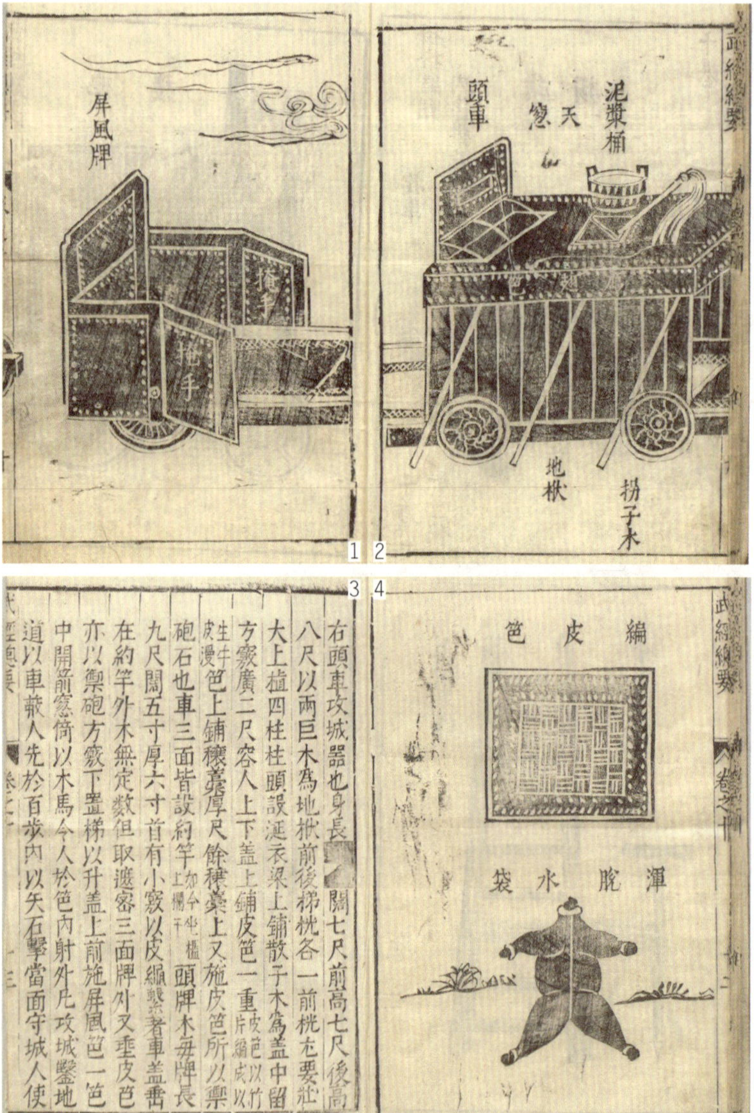

右頭車攻城器也身長▇闊七尺前高七尺後高八尺以兩巨木為地栿前後梯桄各一前桄左要壯大上植四柱柱頭設涎衣梁上鋪散子木為蓋中留方竅廣二尺容人上下蓋上鋪皮笆一重皮笆以竹片編成以生牛皮漫笆上鋪穰藁厚尺餘穰藁上又施皮笆所以禦砲石也車三面皆設約竿加今坐檻上欄干頭牌木每牌長九尺闊五寸厚六寸首有小竅以皮編繫著車蓋垂在約竿外木無定數但取遮密三面牌外又垂皮笆亦以禦砲方竅下置梯以升蓋上前施屏風笆一笆中開箭窗倚以木馬令人於笆內射外凡攻城鑿地道以車蔽人先於百步內以矢石擊當面守城人使

《武经总要》书影

《武经总要》中的头车（图1，2，3）、浑脱水袋（图4）

宋曾公亮、丁度所著《武经总要》的《前集》卷十中载有头车及浑脱水袋的图案及文字说明。二者均出现在《白猿客栈·敦煌沙窟》第四卷《万壑雷霆》第五章《九攻九拒（上）》一节。浑脱水袋是羊皮筏子的主要构件。

唐太宗像

清代画家姚文瀚笔下的唐太宗李世民真像

唐太宗李世民出现在《白猿客栈 · 敦煌沙窟》第一卷《猿门断指》第七章《玉门迷踪（上）》等章节，是推动情节发展的重要人物。

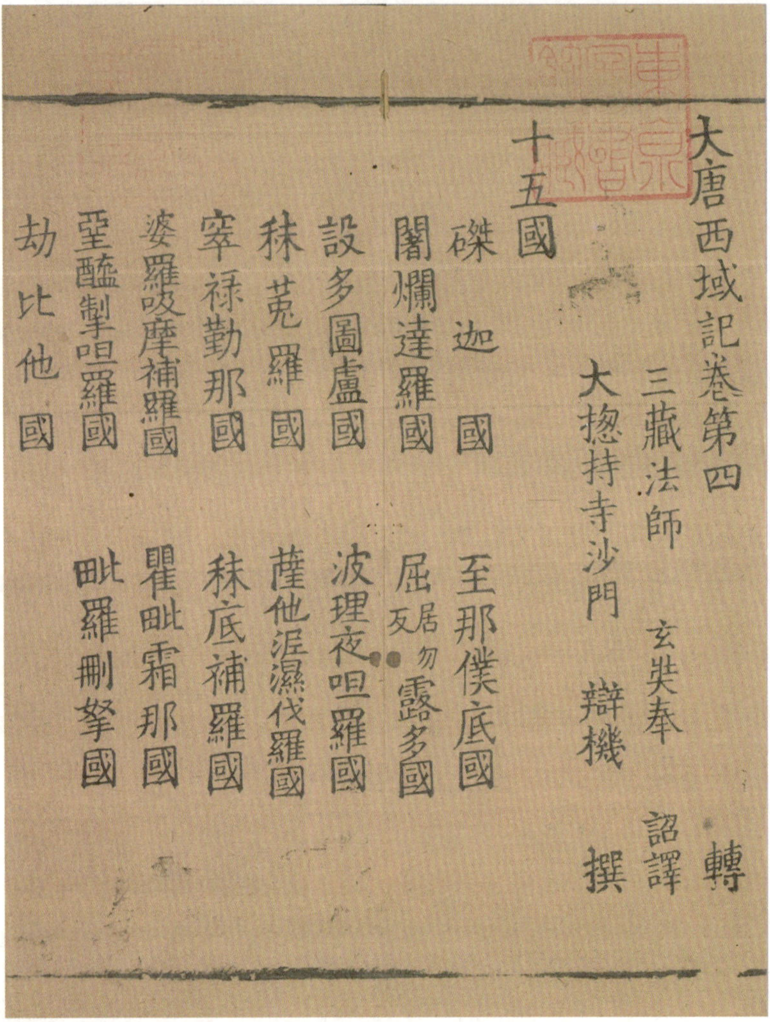

《大唐西域记》书影

日本东京图书馆藏南宋刊本《大唐西域记》

在小说《白猿客栈·敦煌沙窟》中，《大唐西域记》是进入唐代蓑衣墓的重要线索。

白狼客栈

敦煌沙窟

猎衣扬 著

时代文艺出版社

图书在版编目（CIP）数据

白猿客栈. 敦煌沙窟 / 猎衣扬著.—长春：时代文艺出版社，2021.1

ISBN 978-7-5387-6414-7

Ⅰ. ①白… Ⅱ. ①猎… Ⅲ. ①长篇小说－中国－当代 Ⅳ. ①I247.5

中国版本图书馆CIP数据核字（2020）第081898号

出 品 人　陈　琛
产品总监　邓淑杰
选题策划　杨　迪
责任编辑　李贺来
装帧设计　孙　利
排版制作　隋淑凤

本书著作权、版式和装帧设计受国际版权公约和中华人民共和国著作权法保护
本书所有文字、图片和示意图等专有使用权为时代文艺出版社所有
未事先获得时代文艺出版社许可
本书的任何部分不得以图表、电子、影印、缩拍、录音和其他任何手段
进行复制和转载，违者必究

白猿客栈・敦煌沙窟

猎衣扬 著

出版发行 / 时代文艺出版社
地址 / 长春市福祉大路5788号　龙腾国际大厦A座15层　邮编 / 130118
总编办 / 0431-81629751　发行部 / 0431-81629755　北京开发部 / 010-63108163
官方微博 / weibo.com / tlapress　天猫旗舰店 / sdwycbsgf.tmall.com
印刷 / 三河市天润建兴印务有限公司
开本 / 710mm × 1000mm　1 / 16　字数 / 295千字　印张 / 21.75
版次 / 2021年1月第1版　印次 / 2021年1月第1次印刷　定价 / 48.00元

图书如有印装错误　请寄回印厂调换

序

案头的一大摞书稿，是长篇小说《白猿客栈》“三部曲”。

小说写的是江湖的事，江湖的人，跨度虽然仅是民国背景下的二十多年，却以“草蛇灰线”“穿花引蝶”的手法贯穿了从秦末至民国两千年间中国历史上的诸多大事。随着故事的人物与情节曲曲折折、悲悲喜喜地读下来，竟也生出了许多感慨。

作者是一位文坛新人，若从年龄论起来，我们相差得有快一个甲子了，可这孩子的行文笔法却处处显着厚重、扎实，甚至不像他这个年齿的人。小说在情节上宛转曲折，扣人心弦，人物能“立”得有血有肉，在逻辑严谨的同时，想象力也十分出奇。

一出手，便知道是个当下难得的、小说家的好苗子。

想来，这一代的年轻人，他们成长的背景、经历与我们这一代写作者完全不同，他们笔下的世界也就显示出不同的风貌。

首先，题材上，写的是民国的人。我出生于 1941 年，虽然只是赶上了个民国的“尾巴”，可那个时代于我，毕竟还“去古未远”；转眼八十年，那个时代浮光掠影般在硝烟中消散而去，到了这一辈写作者的眼中心中，写民国的故事就多少带着“考古”的味道了。好在，这位年轻作者下笔，不肯只凭着经验和想象，很多情节和故事还颇见几分考证“功夫”，比如《诡戏金陵》中写挑山帮的运营模式，写商道上米业同行之间的“坎子话”，写嘉庆年间天理教攻打紫禁城，或者是确有实据，或者是将历史上真实发生的事情不着痕迹地熔在了小说的情节之中，读来很有味道。这样的写法对日常的阅读和积累要求很高，对写作者——尤其是年轻写作者是很见功夫的。

其次，在人物塑造上，写得“极致”。小说中人物塑造，往往是将人生的贪嗔痴妄写到了极致。这也是文学史上，很多能让人记住的人物形象的特点。《白猿客栈》中的很多人物同样是按着“极致”的路子，奔着不朽的目标，“杀将”而去。同样是写痴，有白猿客栈的佛烟对阴阳家家主须弥的一往情深，也有公输家的鲁胥对初恋情人的念念不忘；同样是写贪，写妄，有苍梧道人对长生的执着，也有大秦洋行和天师会对财富的不择手段；同样是写嗔，有窦夫人姜氏在得知真相后的决绝，也有朱元璋在面对沈万三时骨子里的自卑……在放诞不羁中，敏贝勒是大起大落、大收大放，李龟年则是插科打诨、且看今朝；在人物性格变化中，鲁绛是因为身份的转换，杨惊雷则是历经世事后的沉迷……他们被作者“驱使”于笔端，展现于读者，丰满，真实，甚至让人一声长叹。

值得注意的，还有小说在史料和文献上的处理。作为一名年轻的作者，受写作经验和自身积累的限制，本身驾驭这种近代和古代题材杂糅的小说就有一定的难度，但《白猿客栈》的很多文献征引、史料演绎或“重组”，却能铺陈得恰到好处。作者在小说中以传统文化的典型元素，构筑了一个阵容宏大、历史久远的江湖，想象奇特却又合乎情理。在这个江湖中，“白猿客栈”是主线，六个主要人物分别以相同的特长甚至是性格代代相传。另外，还有能工巧匠之门公输家、墨家，懂得役使鸟兽、通晓鸟语的公冶长之后，有邹衍传下来的阴阳家，范增传下来的巫贤，为王朝占卜的卜门，浮游江海之中的疍人白水郎，范蠡传下来的蠡门，汉代皇室之后传下来的垄断码头和船坞的赤门，以及天下道门之首全真气宗，等等。他们在书中若隐若现，如神龙一般见首不见尾，推动情节的发展。而这些“门派”的来源、理念等多有作者在诸多史书文献中“采撷”出来的资料支撑。这对于一位年轻作者来说，非常难得。

另外，作者相信人与人之间的美好和善良，小说中似乎很少见纯粹的恶人，即使是很多反面人物，也能看见性格中偶然出现的光辉。或许也正是基于这种“人性本善”的哲学思考，作者才为立足于江湖两千年的白猿客栈，留下了“生死相托两不负，吉凶福祸一肩担”的十四字箴言。这大概也是白猿客栈作为小说中存世最久的门派，能在血腥的江湖中或隐或现、立足不倒的根本。每一代的客栈掌灯，智商极高，奇计百出，一设局便能运转千年，但在面对客栈伙计时，又能保持一颗赤子之心。客栈众人也都能用无条件的信任对待彼此。这是年轻作者对美好人性的期待，是这个年代成长起来的作者的偏得。

透过书稿，我看到了一位年轻作者的努力、勤奋、天赋和潜力。《白猿客栈》是一套能抓得住读者的好作品，我相信，假以时日，这位年轻的作者也还会有更好的作品问世。

是为序。

蒋子龙

2020 年 6 月

写在前面

《白猿客栈》系列，讲述的是关于“江湖”的故事，记录的是一群旧时的民间奇人。

清末民初，各方势力搅乱天下，社会秩序混乱，豪强借势崛起，许多隐秘的地下结社组织或死灰复燃，或横空出世，或为利益，或图生计，或因恩仇而相互倾轧碰撞，“江湖”之乱达到了顶峰。故事中的天师会、非常道等在历史上均有原型可寻。

而我本人对唐传奇中的聂隐娘、虬髯客、谢小娥、昆仑奴等人物一直心向往之，所以便有了一个想法：能否在这样一个时间架构下，塑造一群被赋予侠义情结的“江湖人”？随后，白猿客栈“佛烟鬼手张三眼、水袖蓑衣不老生”的团体框架开始有了雏形。

古希腊有句名言：“人是万物的尺度。”衡量“江湖事”讲得好不好，终究还是要落在“江湖人”说得透不透。因此，我在故事中力求用每一个人物折射一段时代恩怨，让他们去经历悲喜离合、人生起落、贪嗔痴妄，直到面对世事无常能“钻得进去、退得出来”，这才成了故事里那个“大隐隐朝市”，坐观兴替的白猿客栈。

故事中“智计百出”的主角张寒是一条线，既引出了时间线上的众多历史谜案，又展开了空间框架内的大江南北，更串起了一个个鲜活的人物。这其中有：“已诺必诚，赴士之厄困”的张九陵，“空室蓬户、褐衣疏食”却依旧扶危济难、不堕傲气的敏贝勒，“危身奉上，险不辞难”的蓑衣梁战，执念深重、机关算尽的赢号，情根深种、蹉跎半生的唐驹，竭诚守身、披肝沥胆的聂树峰……许多人物林林总总，无法一一列数。

精彩的故事必然从细节处动人。若论故事中的细节，纵观三部，我最满意的有三处：

一是张寒孤身赴会前往敦煌沙窟，临行之前，鲁绛在病床上让他给自己讲一个“猿门断指”的故事，故事说至尾声，鲁绛的呼吸早已变得均匀而沉稳。张寒以为她睡着了，便轻手轻脚地站起身，想慢慢地走出病房；然而，就在他回手关门的那一瞬间，鲁绛的脸上，一颗晶莹的泪珠顺着她紧闭的眼角滑落到了耳边。自古离别最伤怀，与其悲悲戚戚，不如假作糊涂，让对方走得安心——尽管没有人能真的骗了自己。正如老舍先生讲：“人间的真话本来不多，一个女子的脸红胜过一大段长话。可后来有了胭脂，便分不清是真情还是假意。”此处虽无声，但我觉得更胜有声，因为话多无益，平添矫情。

二是姜雁儿无意间救下被人追杀的窦万通，窦万通当时朝着姜雁儿“当当当”地连磕了三个响头：“阿姐救命之恩，我窦万通永世不忘，待他日窦某飞黄腾达，定当报偿！”姜雁儿苦笑一声，摇了摇头，涩声说道：“都是江湖飘零的苦命人，今日不知明日事，谈什么报偿？”却没料到一年之后，窦万通真的来花船上为她赎身，双膝跪倒，口中言道：“我窦万通是个‘拳头上立得人，胳膊上走得马’的爷们儿，许下的誓言，不敢相忘，今日备足了花红表礼，前来迎娶阿姐，自此后，秦淮河里再无什么花娘姜雁儿，即日起，你我富贵与共。”历来成大事者每多薄情，窦万通这一跪，在他好勇斗狠、酷烈狠辣的帮派魁首身份之外，顿时树起了一层重信守诺、不负女子的形象。人都是复杂而多面的，书中张寒有言，真真假假是戏，虚虚实实是局。映射到人的身上，便是：沉沉浮浮终是命，念念不忘才是情。

三是敏贝勒给郑矮子下套儿，逼他戒除赌瘾，郑矮子中计，一时间万念俱灰，涩声说道："笑里藏刀相对战，赌中舞弊两相欺。衣衫褴褛亲朋笑，手脚肮脏骨肉离。事到如今，我才明白，赌之一道，哪有赢家，徒迷心智耳！"敏贝勒闻言，抬手就是一刀！郑矮子发了一声闷哼，正要引颈就戮，忽觉身上一松，睁眼一看，敏贝勒的那一刀正划在绳结上，将捆住他的绳子割了开。敏贝勒大笑言曰："赌博之道，不过是娱人的游戏，这自古以来只有人玩儿牌九，可莫要让牌九玩儿了人！"此一席话，我认为足以立起敏贝勒这个人物的形象，是为：大起大落混不吝，游戏人间真性情。

在《白猿客栈》之前，我写了很多年的杂志短篇。这个系列是我从短篇到长篇、从杂志到图书、从人物个像向人物群像的重要转折点。在这里，我要感谢时代文艺出版社杨迪、李贺来两位编辑老师对书稿的精心打磨，以及幻想工场陈娟老师对本书的大力推介，使得《白猿客栈》系列能够以更好的面貌呈现在大家面前。

接下来，就请各位读者和我一起走入故事中异彩纷呈的江湖世界。

猎衣扬

2020 年 5 月 14 日

目录

第一卷　猿门断指

第二卷　折柳出关

第三卷　飞沙照影

第四卷　万壑雷霆

第一卷

猿门断指

第一章　三花五叶一别院

金陵城琵琶巷三十一号，白猿客栈。

风吹月，雪打灯。

鲁胥在医院陪护鲁绛，敏贝勒带了墨璃青犴，一声不响地出了门，顺着气味在城中追索天师会头陀的踪迹。

客栈祠堂，烛昏火暗。我一脸凝重地撩起衣摆，跪在地上，两手相合，将手里的三炷香贴在脑门上，望着供桌后头挂着的子房祖师像，沉声说道："祖爷在上，白猿客栈第三十六代掌灯张寒……懦弱无能……上不能重振祖辈荣光，下不能照看血脉后人，致使天师会妖人逞凶，掳我张家血脉……今日，不孝子孙张寒欲与天师会一决生死，临行之际，叩拜祖爷，跪请祖爷金匮相助……"

言罢，我膝行上前，将手里的香插在了香炉之内，弯腰将三个响头重重地磕在地上，随即站起身来，走到香案前，掀开了祖师爷的画像，露出了墙上的一个孔洞。孔洞里放着的是一个人头大小的青铜鎏金的方形匣子。我恭恭敬敬地走上前去，将匣子捧在手里，转身跪回原处，又磕了三个响头。

在我身后，鬼手陆龟年、佛烟唐驹、水袖李青眉、蓑衣梁战、不老生聂树峰也齐齐地跪倒在地。

陆龟年一头雾水地拉了拉跪在旁边的李青眉，压着嗓子问道："掌灯手里拿的是啥啊？"

李青眉狠狠地白了他一眼，示意他噤声。陆龟年不解，正要再问，唐驹的手从后面猛地伸了出来，抓住陆龟年的后脑勺，将他按在地下磕了三个响头。

我长吸了一口气，站起身来，捧着匣子，带着众人躬身退出了祠堂，走进了议事的大厅。

"现在，距离头陀从医院脱身已经一个半小时了！"

我看了一眼腕上的手表，将手中的匣子放在了桌子上，从怀里掏出了一枚袖扣儿，沉声说道："大家还记得这枚袖扣儿吗？"

李青眉眼光一闪，接口说道："这是……在教堂底下那个地宫里，咱们抓苍梧妖道的时候，敏贝勒的狗叼回来的！"

"没错！"我点了点头，将袖扣儿凑到灯下。在光影的衬托中，那枚纯金底托、上面还镶嵌了一块新疆碧玉的袖扣散发出了一团柔柔的碧光。

"当时我凭这枚袖扣儿断定，在地宫里除了苍梧妖道，还有一个穿西装的神秘人出现；但是这个神秘人只在地宫昙花一现。自那以后，无论是苍梧妖道拼命也好，败亡也罢，这个神秘人竟再也没有出现过一次：这说明什么？这说明这个神秘人要办的事，和苍梧妖道颠覆南京的任务一点儿关系都没有，他还有另外的要紧事要做……他的目标另有其人！"

"另有其人？是谁？"根叔问道。

"白猿客栈！"我眼神一冷，幽幽说道。

根叔恍然大悟，瞪着眼睛说道："你的意思是，那个人神秘人就是头陀，他根本不是帮着苍梧妖道来颠覆南京城的，而是趁着咱们和苍梧妖道斗得你死我活的时候，找机会对咱们下黑手的！他娘的，那天师会早就盯上咱们白猿客栈了！”

我指着那枚袖扣，徐徐说道：“看到袖扣上的这一块玉了吗？这玉是敦煌玉，质地纯，硬度高，玉质细腻致密且均匀，颜色鲜艳均称。它表面有玻璃状光泽，断口处为玻璃碴状，手感凉滑细腻，是仅次于和田玉、昆仑玉的一种玉石。这种玉石最大的特点就是通透度极高，且耐高温、抗严寒；只不过这袖扣上的这一小块，从形状上看，不像是经过打磨，专门做袖扣的玉件，更像是从什么器物上敲下来的一块碎茬儿……

“你们知道吗，我在医院见到头陀的第一眼就注意到了他的袖口……他的左袖口空空荡荡，但是在右袖口处，有一枚和这个一模一样的袖扣。像这种物件，不可能遗失了半个多月都察觉不到的！唯一的解释就是，这枚袖扣是他故意遗失在地宫里的。他说约我在敦煌见面，这枚袖扣就是他早早埋下的线索！对了，唐叔，我让你找的东西找到了吗？”

唐叔闻言，从上衣兜里摸出了一副老花镜，戴在了鼻梁上，从一旁的茶几上捧起了一摞厚厚的古卷图集，放在案上，沉声说道：“一个小时的时间，我在咱们客栈的笔记典籍中，搜索了所有关于天师会的资料，连带着陆龟年从鬼市的蜂穴里买回来的情报，都在这儿了。咱们时间紧，拣着紧要的说。

“这天师会，发端于清末，列强入侵，天下大乱，江湖邪派中的一些牛鬼蛇神纷纷现世。山东济宁人李罗睽融合义和拳、白莲教、红枪会等派的信徒，创立了天师会，自号乾阳龙华天德普智清平圣人天师。天师会一手拿钱，一手拿刀，四处拉拢信众，借传道之名，坑蒙拐骗，贩运烟土，垄断漕运，盗卖文物，欺行霸市，大肆敛财。十几年的光景，信徒已达百万，遍布大江南北。

“袁世凯死后，北洋政府人事更迭频繁，各路武人军痞土匪，割据一方，相互倾轧。三教九流，一应俱全：诸如马桶先锋王怀庆、狗肉将军张宗昌、和尚大帅唐生智、道士督军刘湘、牌九司令孙殿英之流，数不胜数。各路军阀混战，民生多艰，天师会趁机游走其中，扶植军阀，倒卖军火，供给烟土，一时间财富急剧膨胀。为了扫清壮大途中的障碍，天师会重新整合机构堂口，形成了一套严密的组织格局——三花五叶一别院。”

“什么叫‘三花五叶一别院’？”根叔追问道。

“这三花，指的是天师会手下的三门——贪门、嗔门、妄门。其中，贪门贩运烟土鸦片，嗔门倒卖军火文物，妄门经营情报消息。五叶，指的是三门之外的五个堂口。天师会将堂口称作——旗，这五旗分别是：专司收钱杀人的杀生旗，专司水陆运转的夜行旗，专司散播病疫的轮回旗，专司门众训练的修罗旗，专司装神弄鬼的阴阳旗。一别院，指的是天师会的最高决策机构——菩提禅院，取意：‘人间菩提小别院，世外逍遥大洞天。’这菩提禅院的院主就是天师会大天君——李罗睺。

“这位李罗睺，是天师会中‘雄才伟略’第一人，带领麾下三花五叶共计八部门众，开宗拓土，创立天师会不到十年，就将其发展成了大江南北的第一号势力！只不过，这李罗睺神龙见首不见尾，没人知道他的真面目！对了，在医院掳走小掌灯的那个头陀，就是妄门的门主。”

我皱着眉头，手指在脑门儿上敲了敲，沉声说道：“走江湖，比的不是谁的摊场铺得大，而是比谁的根扎得深。天师会十几年里膨胀过度，缺少沉淀。在如此的庞大的组织下，必定埋着不少的隐患，我们只须将这些隐患一一引爆……”

陆龟年舔了舔嘴唇，苦笑着说道：“掌柜的，不是我怕死啊，我就是问问……这个……天师会有百万人马，咱们……咱们只有六个人，再加上敏贝勒那两百多条狗……这也不够看啊！”

我摇了摇头，沉声说道：“账不是这么算的。就说眼下南京国民政府军队与其他军阀的这场混战吧。第一，眼下讨蒋联军的作战方略号称的是八面出兵：桂军为第一方面军，由李宗仁统率，出兵湖南，进趋武汉；西北军为第二方面军，由冯玉祥统率，担任河南省境内陇海、平汉两路作战任务，分向徐州、武汉进攻；晋军为第三方面军，由阎锡山统率，担任山东省境内津浦、胶济两路作战任务，与第二方面军会攻徐州，然后沿津浦线南进，直捣南京；石友三为第四方面军，以主力进攻济宁、兖州，以一部协同第三方面军会攻济南；内定张学良为陆海空军副总司令，并拟定东北军为第五方面军，积极争取共同讨蒋；内定四川的刘文辉为第六方面军，湖南的何键为第七方面军。而且，为了鼓励非直属部队的将领，讨蒋联军还任命石友三为山东省主席，万选才为河南省主席，孙殿英为安徽省主席，又加派樊钟秀为第八方面军总司令。

“别看这八支队伍号称有二百一十万人马，实则精锐不过只有冯玉祥手下的二十六万和阎锡山手底下的三十一万，加在一起也不够六十万。剩下的一百多万人马，多半都是凑数的乌合之众，没上过战场，更没见过血。这里边大部分都是天师会的信众，从各地被拉拢过来，硬塞到军队里。这些人扔下街上斗狠的刀斧，套上军装，把枪一扛，就是兵了！俗话说：‘兵贵精不贵多。’这些个乌合之众，街头砍人，江湖亡命，还算勉勉强强，但是上阵厮杀，开枪架炮，可就差得太远了。而南京政府手底下的军队，可都是刚参加完北伐的悍卒，尸山血海里爬出来的精兵。别看人不多，但个个以一当十。天师会也是没办法了，所以才不得不拉上这些二把刀凑人头，好歹在人数上，压了南京政府一头，所以说天师会虽号称百万，但九成的人马现在都在前线捆着呢，能和咱们腾出手拆招的，并没有多少。

“第二，天师会的生意看似蛛网一般遍布天下，实则如浮萍一般缺少根基。其实这个不是天师会的错，而是他们缺少时间，毕竟有些沉淀和积累不是一代人或是几代人就能完成的。

“天师会三大生意：烟土、军火、药品。搞烟土买卖，却没有自己的码头；做军火生意，却没有自己的地下钱庄；做药品生意，却没有自己的来货渠道：三样生意都是刀头舔血的买卖，却还在用别人的线路运输货物。以上几点，就是天师会的死穴，咱们‘对症下药’，包管它死得不能再死。

“第三，也是最重要的一点，那就是……白猿客栈知他天师会，而他天师会却不知我白猿客栈！”

话音未落，我蓦然起身，抱起桌子上的匣子，推开大门，走入漫天的风雪之中。

第二章　九指帝王（上）

医院，二楼，走廊里站满了荷枪实弹的保镖。我埋着头穿过人群，走到病房门外，趴在房门的玻璃上，向房内看去……

病房里氤氲着参汤的药气，鲁绛的脸色恢复了些许红润，三个穿着青衣的老妈子正轻手轻脚地帮鲁绛用温水擦拭着头脸，鲁胥一脸认真地坐在床头的灯下，拈着一把刻刀，在敲打着一只长命金锁。

“来都来了，进来吧！”鲁胥头也不抬地喊了嗓子。

鲁绛推开身前的老妈子，眼睛一抬，和我的目光在半空中相遇。

我抿了抿嘴，轻轻地推开了病房的门。

“大舅哥！”我讪讪地嘟囔了一句。

鲁胥哼了一声，别过身去，也不搭理我。鲁绛伸出手去，在鲁胥的胳膊底下轻轻一拧。

我缓缓地走到了鲁绛身边，轻轻地坐在床边，握着她的手，轻声说道：“媳妇……我可能要出一趟远门……你放心，我答应你，儿子的百天宴，一定是在客栈摆酒！”

我的声音有些哽咽，情绪竟然有些失控。

我攥着鲁绛冰凉的手，两只眼睛竟然慢慢地开始变成了一片赤红……

“张寒？张寒……你别吓我……”鲁绛颤抖的声音将我从瞳术失控的边缘拉了回来。我深吸了一口气，甩了甩脑袋，散去了眼中的血红，涩声说道：“我没事，你放心！我去一趟敦煌，很快就回来……”

鲁胥闻声，扭过头来，看了看我，沉声说道：“你放心去！只要我不死，没人动得了我妹子。”

我咧嘴一笑，看着鲁胥，点了点头。

鲁胥知道，我和鲁绛还有些话要说，站起身来，向门外走去，刚到门口，他猛地回过身来，看着我问道：“对了，我外甥的名字起好了吗？当舅舅的，想给他做个小玩意儿……”

我抬起头，一字一顿地答道：“张、凛、之！”

“张凛之，凛之，凛之……天地英雄气，千秋尚凛然！好名字！”鲁胥扬声一赞，招呼那几个老妈子和他一起走出屋去，反手带上了房门。

我在床头垫好了枕头，扶着鲁绛半坐起来。鲁绛摸了摸我的胡楂，一脸担忧地问道：“什么时候走？”

我攥着她的手，低声说道：“两个小时后出发，陆龟年会把火车票送过来……”

鲁绛红着眼圈，点了点头，眼睛无意间地一瞥，正看到我手里那个鎏金的铜匣。她伸出手去，摸了摸匣子上的四个鱼龙古篆，疑声问道：“这写的是什么？”

我指着匣子上的字，一个一个地念道：“猿、门、断、指！”

“什么意思？”鲁绛一边问着，一边接过了匣子，在匣盖上一拧，轻轻地掀开了盖子。

“啊——”鲁绛往匣子里一看，吓得一声惊叫，伸手捂住了嘴巴。

“这……这是……”

匣子里，密密麻麻地铺着一层小手指头。这些手指头都受过精妙的防腐处理，虽然已经过去了很久，但仍然鲜活如初，就仿佛刚刚切下来的一样。在每一个小手指的根部，都镶嵌了一个青铜的底座，底座上伸出四只鎏金的虎牙，将小手指咬住。在青铜的底座上，还刻着这些小手指主人的名字和日期。

我接过那个匣子，在里面挑挑捡捡，选出了其中三只手指，分别装进了我早就准备好的三只锦囊之中。随后，我取出了一块白布，将青铜鎏金的匣子包好，放到了鲁绛怀里，沉声说道："这次的事，不比以往。白猿六人，需要全体出动，客栈无人留守。这只金匣，事关天下江湖，放在客栈太危险了，不知道青衣巷有没有什么精密机关，能够保存东西的地方——最好是那种全是杀人机括，谁进谁死的地方？"

鲁绛思索了一阵，张口说道："这种地方多得是……"

我点了点头，拍了拍青铜金匣，一脸凝重地说道："媳妇……收好这只匣子，儿子我肯定要救出来，但是……若是这一趟……我回不来……你就好好将他带大。张家三眼的秘术如何习练，我已经誊写了一份，就放在匣子底下……记住，张家的三眼，八岁以上方可习练，四年到六年大成，张家男丁多于十二岁到十四岁之间开眼……你……我……我会很想你……"

话说到这儿，我再也压抑不住心里的情绪，张开手，一把抱住了鲁绛。鲁绛微微颤抖，使劲儿地敲打着我的后背，咬着嘴唇说道："不会的！你会回来的……你会回来的……你是张三眼……我的张三眼……"

我不停地点头，喃喃说道："会的……会的……"

鲁绛抹了抹眼角的泪，瞥了瞥墙上挂着的钟表，轻轻地松开了我，铺平了枕头，躺在床上，自己盖好被子，闭上了眼睛，哑着嗓子说道："我困了……你给我讲个故事吧，等我睡着了，你就走……"

我点了点头，涩声说道："好！你想听什么故事？"

鲁绛抿了抿嘴，张口说道："就给我讲讲这些手指头的故事吧！"

我抽了抽鼻子，平复了一下呼吸，缓缓说道："好！你先闭上眼睛……我给你讲故事……这……这匣子里第一根手指的故事，发生在地皇三年……"

地皇三年，也称始建国地皇三年。

地皇，是新朝建兴帝王莽的第三个年号。

西汉末年，汉哀帝早亡，皇权旁落。

公元八年十二月，王莽逼迫皇太后王政君交出传国玉玺，接受孺子婴禅让后称帝，入高祖庙拜受，御王冠坐天子位，改国号为"新"，王莽为新始祖，改长安为常安，称"始建国元年"。

王莽登基后，做的第一件事，就是大肆地屠杀刘氏宗亲，将刘氏宗族诸侯王三十二人，王子侯一百八十一人废黜，被杀的刘氏皇裔不计其数；但是，尽管经历了王莽大扫荡一般的屠杀，刘氏皇裔里还是有漏网之鱼，其中的一条"漏网之鱼"就是——刘秀。

话说这王莽忙完了屠杀刘氏皇族这件事，自以为坐稳了江山，于是就开始大刀阔斧地按照自己的想法改革江山社稷。然而，王莽这厮，谋朝篡位是一把好手，治国理政却是个彻头彻尾的糊涂蛋。在他手下推行的一系列新政盲目崇古，不切实际，让老百姓的生活越发艰难，加之年景不好，水、旱等天灾不断，广袤中原，赤地千里，哀鸿遍野。终于，在新莽天凤年间，赤眉、绿林、铜马等数十股大小农民军纷纷揭竿而起，顿时九州分崩，天下大乱。许多刘氏皇裔趁机加入了起义的队伍，打出了光复大汉的旗帜，而刘秀就是其中之一。

刘秀兄弟和南阳宗室子弟在南阳郡起兵，史称他们的部队为舂陵军。

然而，理想总是美好的，现实却是残酷的。刘秀的舂陵军，兵微将寡，装备很差，甚至穷到连马都没有。作为指挥官的刘秀，一直是骑牛上阵的，这也是为什么后世的史书上，给刘秀起了个"骑牛皇帝"的外号。

像这样的一支部队，怎么能和王莽的重甲骑兵相抗衡呢？在经历了无数次暴击之后，困顿的刘秀陷入了深深的抑郁和迷茫之中。

就在这春陵军处于危急存亡之际，一个名叫淳于弃的幕僚走进了刘秀的帐篷……

此时，天色渐晚，秋雨连绵，西风断雁，人心惶惶。

刘秀捧盔按剑，一脸颓废地委顿在案后。案上一灯如豆，映照着刘秀菜色的脸颊，地上三五个酒坛散落在角落。刘秀瞪着一双眼睛，醉醺醺地看着走进帐篷里的淳于弃，涩声说道："淳于先生……您也要离开我吗……"

淳于弃摇了摇头，笑着说道："将军何出此言啊？"

刘秀喘了一口粗气，站起身，一把掀翻了桌案，大声喊道："这些天，逃走的人还少吗？我不怪他们，真的不怪他们……是我无能……是我无能……跟着我……连口饱饭都吃不上……何谈光复大汉呢？可笑……可笑啊……"

淳于弃又摇了摇头，笑着说道："将军所缺少的，不是这些。试想当年高祖自沛县起兵之时，兵不过三千，粮不过百担，比将军今日之处境，凄惨尤甚，最终不还是开创了大汉基业？"

刘秀眼前一亮，仔细地绕着淳于弃打量了一番，看着淳于弃镇定自若，胸有成竹的气势，瞬间明白，原来这淳于弃不是来辞行的，而是给自己出主意的！

想到此处，刘秀整理了一下衣冠，一揖到地，沉声说道："刘秀愚钝，望先生教我——"

淳于弃轻轻地一扶刘秀的手，笑着说道："淳于弃何德何能，能教将军？"

"那……您这是？"刘秀一脸迷茫。

"能教将军的另有其人！"

“是谁？”

“将军可知，高祖为何能以三千弱卒，席卷天下？”淳于弃目光一亮。

“这个……高祖天命所归……所以……这个……我不知道！”刘秀思索了一阵，结结结巴巴地答道。

“因为高祖身边有一个人！”淳于弃看着刘秀的双眼，徐徐说道。

“谁？”

“张良张子房！”淳于弃一字一顿，铿锵有力。

“留侯？”

“不错，子房其人，运筹帷幄，决胜千里，智计之精妙，天下无双。在他的谋划下，高祖以一支不足三千人的弱旅，鲸吞蚕食，不断壮大，以至于最后能和西楚霸王平分秋色！高祖可以没有韩信这样的大将、没有萧何这样的国相，却唯独不能没有子房这样的谋臣！因为韩信掌的是胜负，萧何掌的是盈亏，而子房掌握的则是局势，天下的局势！有子房这样的谋臣辅助，高祖方能龙虎会风雨，一飞冲天！”

“可是……留侯已经作古了……”刘秀苦着脸说道。

淳于弃幽幽一笑，继续说道：“留侯作古了不要紧，他还有后人在。张家的奇门遁甲，运筹帷幄之术，世代相传，若得留侯后人辅弼，将军何愁不得天下？！”

刘秀闻言，喜不自胜，手舞足蹈地喊道：“那……淳于先生，敢问张家后人如今何在啊？”

淳干奔上前两步，压低了嗓子，沉声说道：“秣陵（古金陵），白猿客栈！”

第三章　九指帝王（下）

秣陵（古金陵），白猿客栈。

大雨如注，刘秀已经在寒风中水米未进地跪了三个昼夜……

身边有亲兵过来，想给刘秀送些吃食，都被刘秀呵退。

“吱呀——”一声令人牙酸的门响传来，一个一身黑衣的秀士，撑着一把纸伞从门内走出。刘秀抹了一把脸上的雨水，抬头向上看去，只见那焦黄色的伞盖下，站着一个清矍高瘦的中年男子，颌下微须，两鬓微白，一对剑眉下的双眼，赫然生着三个瞳孔!

没错了！张家人都是三瞳!

“敢问先生名姓！”刘秀激动得浑身发抖，拱手问道。

那中年男子叹了口气，躬身答道：“白猿，张挺，我是这一代的掌灯！”

“请先生助我——”刘秀一个头磕在了泥水之中。

张挺皱了皱眉头，上前一弯腰，托住了刘秀的手肘，徐徐问道：“我为何要助你……”

刘秀甩了甩头上的水滴，沉声说道：“我是高祖子孙，您是留侯后人，高祖对留侯恩高义重，如今汉室倾颓，正是需要我辈扶危济困……”

张挺摇了摇头，打断了刘秀的话：“当年在下邳，子房祖师拜会高祖，高祖出门二百一十二步相迎。子房祖师曾说，今日沛公迎我二百一十二步，我便成你刘氏二百一十二载江山！自高祖平定天下，定都长安算起，直至王莽夺位，你刘氏一族共历一十二位皇帝，恰满二百一十二载，先祖的约定已经完结，你我两家再无瓜葛！”

“张先生，纵使两家已无承诺，您就眼睁睁地看着汉室江山、祖宗的庙堂辱于王莽之辈手中吗？”刘秀哀声求道。

张挺叹了口气，幽幽说道：“我白猿一脉，自子房祖师归隐之时起，就已经不是朝廷上的人了，庙堂里的事，和我们这些江湖人又有什么关系呢？”

“虽是如此，但乱世之中，百姓流离，苍生何辜啊——”刘秀又是一个头，磕在了泥水之中。

“对不起，白猿客栈有白猿客栈的规矩，我帮不了您……”张挺一拂衣袖，就要转身，冷不防被刘秀一伸手，抓住了衣襟。

“您的规矩，我知道……只要……付得出相应的代价，白猿客栈就会帮我办成我想要的任何事情，对不对？”刘秀的声音有些颤抖。

“对！”张挺点了点头。

“我想请先生助我匡复汉室！只要能实现这一目的，我刘秀或是我的后人愿意为白猿客栈做任何一件事，哪怕粉身碎骨，也绝不推脱！”刘秀一字一顿地说道。

张挺皱了皱眉头，笑着说道：“您是打算用这一句空话，搪塞于我吗？”

“刘秀不敢搪塞先生！只是您白猿客栈的规矩只说了要付出相应的代价，并没有说是事成之前给付，还是事成之后给付。既然您没说清，我便选择事成之后给付，并不算坏了您的规矩。现在，我的代价已经抛给您了，就看您的白猿客栈敢不敢接下来了！”

张挺愣了一下，随即笑了笑，深吸了一口气，看着刘秀说道：“也罢，既然如此，您给我留个信物吧，若日后我的后人去找您的子孙，让您兑现诺言，总好有个凭据！”

刘秀闻言，在身上一阵摸索，面上随即露出了深深的窘色。

刘秀太穷了，连匹马都没有，来金陵一趟，都是骑着牛赶路，自己头上充当发簪的就是一截草棍，身上残缺不全的盔甲还得上阵，腰上缺了口的长剑还得留着杀敌，脚上的旧皮靴要是送出去，自己就得打赤脚，除了这些东西，刘秀一样多余的物件都没有了。

张挺看到了刘秀的窘态，叹了一口气，就要转身回屋，冷不防刘秀猛地一抬头，拔出了腰间的长剑，将左手按在地上，抡起长剑，向下一挥。

一声脆响，长剑所及，一根小手指，被刘秀剁了下来！刘秀来不及止血，一把扔了剑，从泥水里捞起了那根小指头，膝行于地，将它捧到了张挺身前，沉声说道：“刘某身无长物，愿以这根手指为凭，求先生助我——”

张挺神色一凛，伸手接过了刘秀的那根断指，掷地有声地说道：“您的事，白猿客栈接了！”

在那个大雨夜里，自祖师张子房退隐后，藏身江湖二百年的白猿客栈再度出山……

三个月后，刘秀的舂陵军与新市、平林、下江三支绿林军联手，并先后于沘水、育阳与王莽的征讨大军激战，大破莽军，击杀了王莽手下的大将甄阜、梁丘疵。次年，王莽发兵四十二万，攻打昆阳。

张挺命蓑衣率十三名骑兵乘夜出城，赴定陵县、郾县调集援兵，共计一万七千人马驰援昆阳。

王莽军火速突进，向昆阳城北门率先发难，挖掘地道，制造云车，四面合围。昆阳守军四面临敌，困守危城。就在即将破城之际，白猿蓑衣的援兵犹如神兵天降，出现在了昆阳城北门外。

刘秀在城头亲自擂鼓助战。

在张挺的布局下，由蓑衣率千余精锐为前锋，带领重骑兵，一路猛冲，斩杀王莽军千余人；鬼手和不老生以勇士三千人，迂回到敌军侧后，偷渡昆水，向领兵大将王邑所在的中军帅帐发起偷袭。乱战之中，王邑被不老生一箭射死，军心大乱，部队指挥系统瞬间崩溃。昆阳内的守军见城外大胜，乘势出击。王莽军大乱，纷纷夺路逃命，互相践踏，积尸遍野。

与此同时，埋伏在昆水上游筑坝蓄水的水袖和佛烟率军打开了蓄水的拦坝。一时间惊涛如雪，万壑奔雷，奔涌的洪水势不可挡，从上游俯冲而下，水下更藏着的无数削尖了的树干，借着水势，快如奔马！王莽军数十万人涉水被淹，尸体堵塞河道，三月不流。

王莽的四十二万大军，覆灭于昆阳城下，元气大伤。同年九月，绿林军攻入长安，王莽死于混战之中，新朝就此覆灭。然而，王莽的势力虽然覆灭，但是天下仍然是群雄割据的局面：黄河以北各州郡都在持观望态度，赤眉军在山东发展迅速，声势日益壮大，还有“河北三王”、铜马、尤来、隗嚣、公孙述等势力，都虎视眈眈地望着长安城。彼时，刘秀在一股最大的割据势力——更始帝刘玄的麾下任大司马一职。张挺提议，让刘秀孤身前往河北山东等地，“延揽英雄，务悦民心，立高祖之业，救万民之命，以公而虑，天下不足定也”。刘秀欣然允诺。在张挺的辅弼下，刘秀收揽了河北群雄，拥有了燕云之地，并恢复国号“汉”，是为建武元年。

建武元年十月，刘秀定都洛阳，虎视关中，和张挺兵分两路：一路东征，一路西讨，败绿林，降赤眉，杀睢阳刘永，擒青州张步，囚海西王董宪，历时六年，平复中原之地，与西北陇右的隗嚣、西南巴蜀的公孙述形成了鼎足之势。建武七年起，刘秀开始与隗嚣军不断地短兵相接。建武八年，张挺军于八月破高平。建武十年十月，张挺军破落门，平定陇西。平陇战后，张挺率军与刘秀合兵，围攻公孙述。建武十二年五月，张挺败蜀军于鱼腹津，围武阳，破广都，攻成都。十一月公孙述重伤战死，成都守军，降！

至此时止，白猿客栈六人出山十二年整，天下平定！

成都破城当晚，刘秀大宴群臣。灯火阑珊处，唯有张挺等六人不知去向。刘秀大惊，四处找寻，在城头看到了张挺的留书：

白猿客栈张三眼，再造河山二百年！

那晚，刘秀一人独立城头，自斟自饮了一夜。

自那以后，白猿客栈的六人再度消失于世上，任凭刘秀如何查访，也无半点音讯。只有刘秀的亲随知道，每到大雨夜，刘秀总会站在石阶前，摸着左手小拇指根处的断茬，喃喃自语："张先生啊张先生，咱们何时方能再见呢……"

建武中元二年二月初五，刘秀在南宫前殿逝世，享年六十二岁。

刘秀死前，诏其子刘庄进殿，于床前告曰："朕早年时，得留侯后人相助，方才平定天下，再造汉室。那留侯后人隐身江湖，经营着一间白猿客栈，那客栈的规矩是……只要付出了相应的代价，就可以为你办成任何的事情，朕……咳咳咳……当年，为求他出山，自断一根小指为信物，许下承诺，若他张家的后人，拿着我的那根小手指，找到了我刘氏的子孙，但凡有事，咱们刘家要无所不允……你……记下了吗？"

刘庄连连叩头，接连应道："孩儿记下了。"

"那张先生留书，说……我汉室还有二百年国运……咳咳……不但你要记住，你的儿子……孙子……子子孙孙都要给朕记住，若是汉室再有倾颓，一定要第一时间找到白猿……白猿张家求助……咳咳咳……莫说手指，便是脑袋剁了，都不要迟疑……记住……记住——"

刘秀死后，其子刘庄继位，于同年三月丁卯日，葬刘秀于原陵，上庙号世祖，谥曰：光武皇帝。

光武皇帝传下八世十一帝，享国一百九十五年。白猿张家能扭转乾坤的神话，也一直在皇室间流传，直到汉献帝被曹丕所废，刘氏皇族都没有停止过对白猿客栈的寻访，而白猿张家和光武皇帝之间的约定也在刘氏族人中间代代相传……

我的故事说完了，鲁绛的呼吸早已变得均匀而沉稳。

她睡着了。

病房外，陆龟年趴在玻璃上，向我挥挥他手里的火车票。

我轻手轻脚地站起身，将手中的金匣子放到床头，弯腰帮鲁绛压好了被角，慢慢地走出了病房；然而，就在回手关门的那一瞬间，我看到在鲁绛的脸上，有一颗晶莹的泪珠顺着她紧闭的眼角滑落到了耳边。

一瞬间，我红了眼眶。

第四章　几人生入玉门关

火车站，候车厅。

梁战、陆龟年、根叔、唐驹和李青眉一起来送我。

“掌灯，这回您真的要自己去啊？”陆龟年嘟囔了一句。

我点了点头，从怀里掏出了三只锦囊，沉声说道：“咱们六个人，各有各的任务，每个人都得孤身上路，要做的事、要找的人、可能遇到的麻烦、应对的办法，我都写在了纸上，连同需要携带的信物一起，放在了锦囊之中。”

一边说着，我一边取出了其中一只红色的锦囊递给了根叔，一脸凝重地交代道：“根叔，您带着锦囊去一趟上海，找赤门的当家刘颉，让他门下的所有码头和船坞停止一切有关天师会的买卖，但凡和天师会染上半点关系的船，一艘也不许在赤门的码头船港停靠！”

赤门，是汉献帝宗亲传下来的血脉所设立的江湖组织。东汉末年，曹丕篡汉，立魏国。忠于汉室的家臣和宗亲被大肆屠戮，驱逐出朝堂。这些宗族在朝廷上无法立足，只得转身藏匿于江湖之间。这股势力攻城拔寨，裂土开疆虽然力有未逮，但是凭借其财力和手腕，垄断码头，盘踞港口还是没问题的，于是，这批汉室宗亲形成了一股庞大的江湖势力，借助蓬勃发展的海上货运，阴差阳错地成了历史上最早的走私贩子和垄断码头船坞的地下势力。

由于传说中汉高祖刘邦是赤帝子的化身，斩掉了胡亥代表的白帝子，坐拥了天下。所以这帮投身江湖的刘氏宗亲，就将自己的门派起名为“赤门”，从而彰显自己的汉室皇裔的身份。经过两千多年的经营，赤门已经成为隐匿于江湖之中，操纵南北所有码头的地下第一号势力，任何凭着海运讨生活的人，都离不开的“影子”。

天师会想从海外运鸦片到中国，除非空降，否则绝对绕不开赤门的码头。赤门当代的当家人叫刘颉，人称“碧海狻猊”，乃是正宗的汉室后人。我将光武帝刘秀的那根手指装在了锦囊里，交给了根叔，让他上赤门，正是要求刘氏子孙，兑现他们先祖当年的允诺!

根叔接过了锦囊，贴身而藏。我又拿出了其中一只青色的锦囊，递给了唐驹，徐徐说道：“这锦囊里装着一根药门先祖的小手指，至于小手指是怎么来的我不清楚，唐叔您只需要拿着这根手指去一趟昆明，找药门的当代当家——诛心药王霍青枢，让他三个月内，断掉天师会所有药材药品的供应！”

唐驹点了点头，接过锦囊，收入了袖中。

我点了点头，将最后的黄色锦囊递给了李青眉，张口说道：“眉姐，这锦囊里装了一根明代巨贾沈万三的小手指头。这沈万三是蠡门的掌门。蠡门为春秋时陶朱公范蠡所创，专攻经营财富、生聚金银之道。大江南北，所有的地下钱庄，都是蠡门在经营。天师会的财富都是黑钱，见不得光，所以是不会在官方的银行进行通算折兑的。你拿着这根小指头作为信物，去找地下财神单玺尘，让他三个月内，停止一切对天师会的财务结算和银钱流通！”

李青眉细细地记好了我的嘱托，接过了我手中的锦囊。

交代完了三只锦囊，我笑着拍了拍梁战的肩膀，从怀里摸出了一封书信，递到了他的手里。

“哑巴，这信是我写给终南山道门全真气宗的魁爷的。魁爷和咱们客栈……不不不……和你师父田横有旧，她掌管天下绿林道，天师会的军火买卖，一大半都是绿林的人在押镖运送。我在信里请魁爷帮咱们一个忙——三个月内，凡是天师会的军火，一颗子弹都不给运。天师会要是自己运，一切水陆关卡，匪窝山寨，一步一个坎儿，见货就劫，见人就绑……”

梁战点了点头，收好了书信。

我长吐了一口浊气，揽过了陆龟年的肩膀，在他耳边小声说道：“你的任务最艰巨，附耳过来……”

半个小时后，陆龟年抬起头来，将信将疑地看了我一眼。我点了点头，示意他没问题。陆龟年朝我拱了拱手，又和李青眉打了个招呼，一个转身，消失在了人群之中。

我清了清嗓子，向众人交代道：“一旦谁有新的进展，就将情况以咱们客栈的密语写成书信，交给面南京留守的鲁胥，公输家的人会用最快的方式送到我的手中！”

半个小时后，我在站台上挥别了众人，上了火车。伴随着一声汽笛响起，火车缓缓开动。我从随身的皮箱里拿出了一张地图，铺在了桌上，望着地图西北角的玉门关，幽幽叹道：“黄云白草没燕山，百战空存两鬓斑。不识征夫三十万，几人生入玉门关？”

从南京到玉门关，需要多次换乘：首先，我要在南京上车，沿着津浦线北上，到达天津；从天津再到北京换成京张铁路，到达张家口；再从张家口搭乘民国十二年在京张铁路的基础上，通过两次展筑延伸，直到包头的京包线，在终点站包头下车；到了包头，再往西走，就没有铁路了，我需要换成驼队，继续向西，直奔敦煌城。

敦煌城，位于古河西走廊的最西端。“敦煌”一词，最早见于《史记·大宛列传》中张骞给汉武帝的报告——“始月氏居敦煌、祁连间，及为匈奴所败，乃远去，过宛，西击大夏而臣之，遂都妫水北为王庭。”公元前一一一年，汉朝正式设敦煌郡。兴盛于汉代的丝绸之路，从长安出发，经过河西走廊到达敦煌，出玉门关和阳关，沿昆仑山北麓和天山南麓，分为南北两条道路。南线从敦煌出发，经过楼兰，越过葱岭而到安息，西至大秦；北线由敦煌经高昌、龟兹、越葱岭而至大宛。汉唐之际，又沿天山北麓开辟一条新路，由敦煌经哈密、巴里坤湖，越伊犁河，而至拂林国。

敦煌之地，南北高，中间低，自西南向东北倾斜，东有三危山，南有鸣沙山，西面是沙漠，与塔克拉玛干相连，北面是戈壁，与天山余脉相接。

我把玩着手指尖上的那枚袖扣儿，缓缓地陷入了沉思。

十五天后，敦煌城……

我背着背包，在城里游荡了一整天，在黄昏时分走进了一家茶社。这家茶社的装修很有意思，头上无匾，门外无幌，只在大门两边立了两尊佛像——左边的是石刻的罗汉，右边是碧玉雕琢的菩萨。我一眯眼，便在那菩萨的耳垂处，看到了两处豁口，再观这碧玉菩萨的质地，分明和那袖口上镶嵌的敦煌玉一个材质……

我微微一笑，掀开厚厚的门帘，走进了茶馆之中。茶馆有两层，一楼是大厅，二楼是雅间。大厅正中摆着一座八角戏台，二楼的走廊上垂下了一幅楹联，上联是：一刀穷，一刀富，不知哪刀穿麻布；下联是：疯子买，疯子卖，还有傻子在等待。一看这对联，我便知道，原来这茶馆是个赌石的场子。

所谓赌石，也称赌玉，是一种古老的玉石材料交易方式：买家以重金买下可能含玉的矿石，写下了不许反悔的合同，钱货两清，是为成交。成交以后，一刀下去，要么剖出一块成色极好的翡翠，买家瞬间暴富；要么剖开的还是一块石头芯儿，买家血本无归。规则简单粗暴，过程惊险刺激，赌的就是个眼光和运气。赌玉的玉客往往在一刀之间，就能完成人生的大起大落，大悲大喜，故而说：一刀穷，一刀富，不知哪刀穿麻布；疯子买，疯子卖，还有傻子在等待。

只要是盛产玉石之地，南北客商往来之所，便少不了赌玉的场子，这间茶馆料来就是其中之一。赌玉的场子都是深夜开局，此时刚到黄昏，赌玉的局还没有支开，三三两两的客商便开始不断地向茶馆云集。茶馆的主人为了给这些财神爷们解闷儿，请了个说书先生。此刻这位说书先生正站在台上，捧着一把三弦儿，连弹带说地表演《西厢记》。

“咣当——”一个酒碗从台下飞来，砸在了那说书先生的脚底下。说书先生吓了一跳，手指一哆嗦，弹错了一个音，喉咙一抖，停了下来。

一个一身貂裘的关东汉子，仰着一张通红的脸，一身酒气地站了起来，高声喝骂道：“咿咿呀呀地唱的什么鬼东西，听得老子牙酸，听你唱，还不如娼寮里去寻了小娘们儿——”

“对啊！你个老棺材瓤子，学什么娘们儿唱曲儿，要是能给来两个有意思的节目就赶紧地来，来不了就下去——”一群醉醺醺的看客，扯着脖子起着哄。

也难怪，这些来赌玉的玉客都是些丧心病狂的赌鬼，在这儿等着开局，心里本就又痒又慌，你给他们唱什么小曲儿，他们都听不进去的。

耳听得起哄声越来越大，不少泼皮无赖甚至脱了鞋，往台上扔去。那说书先生也不恼怒，闪身躲过飞来的几只臭鞋，单手在三弦儿上一抹，只听“哗啦”一声弦响，如同金铁交错，刺耳尖锐，瞬间将漫长的起哄声压了下去。

那说书先生笑着向四方抱了一个团揖，赔笑道：“诸位爷既然不爱听曲儿，小老儿还会说故事！”

“你都会说什么故事啊？”那一身貂裘的关东大汉嚷嚷道。

说书先生一捻琴弦儿，笑着说道：“张天师祈禳瘟疫，洪太尉误走妖魔。”

“不就是《水浒》嘛，听了八百遍了！”关东大汉一拍桌子。

说书先生抽动一下嘴角，深吸了一口气，接着说道：“我还会说：美髯公千里走单骑，汉寿侯五关斩六将……”

“《三国》嘛，耳朵都起茧子了，有没有新鲜的？”关东大汉骂了句娘，脱了脚上的靴子就往台上扔去。

说书先生一低头，在众人的哄笑声中躲过了关东大汉的臭鞋，思量了一阵，神情一肃，沉声说道：“小老儿这有一个故事，管保诸位爷闻所未闻！”

众人瞬间来了兴致，问他故事的名字。那说书先生整理了一下衣衫，一捻三弦儿，朗声说道：“我这故事有个名目，唤做‘王神策铁骑破佛国，舍身伯命丧沙窟城’。”

第五章　风雪一夜满关山

唐朝，武德九年，东突厥颉利可汗命拔野古部和同罗部的骑兵围攻乌城，牵制住程知节、徐世勣、柴绍和屈突通的唐军主力，他自己则协同其弟突利可汗以及铁勒首领契苾何力率二十万大军南下，兵锋直指长安城，占领了离长安不远的武功。

唐王朝和东突厥正式结仇。

贞观二年，两骑快马带着一个马队出现在了丝绸之路上。马上的人客商打扮，一路向西，过敦煌城，出玉门关，直直地扎进了大漠深处。

带队的人，是大唐卫尉寺丞王神策，他的怀里揣着唐太宗李世民的国书。他带着一个光荣和艰巨的使命——为唐军买马！他们这次深入沙漠，是为了寻找一个神秘的国度——佛国。而这座佛国的秘辛，则要从汉朝时说起。

汉武帝建元二年，汉王朝欲联合大月氏攻击匈奴，张骞任使者出使西域，于建元三年出陇西，经匈奴，被俘。逃脱后，张骞西行至大宛，经康居，抵达大月氏，再至大夏，而后历经波折，终于返回汉朝。张骞面见汉武帝，在向汉武帝详细报告了西域诸国的情况后，还向汉武帝报告了一件奇事——在西域有一个大宛国，盛产良马。其马高大神俊，善负重，能疾行，马蹄坚硬，爆发力强，能日行千里有余，流出来的汗像血一样，故名“汗血马”。这些汗血马就安置在大宛的贰师城中。

彼时，汉朝正和匈奴作战，受马匹的限制，屡屡陷入劣势。汉武帝闻听这一消息，犹如久旱逢甘霖一般，亢奋得好几天都没睡好觉。他搬空了国库，凑了一堆金子，铸成了一匹和真马一样大小的金马，连同黄金二十万两，派遣使者带着这些礼物去大宛买马。却不料，大宛国王毋寡以汗血马为大宛国宝而拒绝！汉朝使者万万没有想到，像大宛国这种蕞尔小邦，竟然敢藐视天朝，顿时气得暴跳如雷，在毋寡面前，破口大骂，还把金马击碎，掉头而去。

可是，大宛国虽然国小，但也是要面子的！毋寡感到了自己被羞辱，因而大怒，直接来了一招黑吃黑，砍了使团所有人的脑袋，还夺走了所有的金银财宝。

消息传到长安城，汉武帝气得血压瞬间飙了上来，盛怒之下，派遣大将李广利远征大宛，并对李广利的远征军进行了大规模的增援。远征大军围攻大宛贵山城四十余日，杀死大宛兵将无数，并切断水源，将大宛困成一座孤城。大宛百姓饥渴哀号，只得饮血求生。

大宛国无奈，被迫杀死国王毋寡求和。汉军选良马数十匹，中等以下公母马三千匹回国。汉武帝得了汗血马，与中原马匹杂交改良，强大骑兵，终于击败了匈奴，此为题外话，暂且不表。单说那大宛国，被汉军屠城戮民，元气大伤，在故土再也混不下去了，只得合族迁徙，沿着古孔雀河向西北方游牧，在玉门关外找到了一片新的地盘，筑城繁衍，休养生息。

彼时，正值丝绸之路繁荣昌盛，有道是：“丝绸西去，佛法东来。”作为丝绸之路边上的新城，大宛国遗民近水楼台先得月，最早地受到了佛教文化的熏陶：一来是合城的贵族百姓悉数信奉佛法，二来是被汉武帝打怕了，怕汉军再度找上门来打击报复，故而这“大宛”二字，是断断不敢再用了，索性直接给自己改了名字，叫作“佛国”。

然而，有句古话说得很对，“匹夫无罪，怀璧其罪”。佛国人远离中原，孤悬于玉门关外，从汉代到隋唐，一直过着安定祥和的日子，直到唐朝建立。因为结束了十几年的天下混战，大唐刚刚开国不久，因而十室九空，百废待兴。偏偏这个时候，突厥人看准了机会，时不时地就来捞一把，专门烧杀抢掠。

突厥是骑兵，抢完就走。唐朝多步兵，一是追不上，二是追上了也打不过。为了彻底消灭突厥，必须得壮大骑兵；要壮大骑兵，就得先有好马。

好在李世民手底下读书人多，这长孙无忌一通翻书，捧着舆图，指着西北方向一个小黑点，对李世民说道：“皇上！这个地方有个小国，叫佛国。佛国的祖先是大宛，世代以牧马立国，他们那儿多得是好马！咱们可以去买！”

就这样，唐太宗一拍大腿，招来了王神策，给他写了个礼貌性的国书，让他去佛国买马！

就这样，王神策这个来自江南的文弱书生，带着李世民从玄甲军中给他拨的二百人马上路西行，在吃了一肚子草皮沙砾之之后，成功地穿越了黑沙漠，沿着孔雀河，走到了佛国的城门下。望着河边水草滩上那成片成片、一望无际的马群，王神策跪在地上，像个孩子一样号啕大哭……又走了半天之后，王神策终于来到了佛国城下。

然而，理想和现实是有差距的，而且很大。

眼瞧着佛国的贵族看过了大唐皇帝的国书后，王神策想象中的美酒、宴会、舞娘一样都没有出现，等待的他的只有暗中埋伏的刀斧手……

这些佛国人，也就是古大宛人，记忆中，满是祖先对汉人残暴、屠城灭国的憎恨。这些憎恨在四百年里，在佛国人中口口相传——王神策的这次登门和四百年前的汉朝使者是一个套路，他们根本不是来买马的，而是来劫掠屠杀的。对于侵略者，杀，是佛国人一致的选择。就这样，佛国城里，一场针对王神策的追杀拉开了序幕……

多亏了王神策手下的人马奋力抵抗，为了保着王神策冲出王宫，逃出佛国，二百多披坚执锐的大唐悍卒尽数身死。

王神策逃出佛国后，又在沙漠上苟延残喘地奔行了将近一个月，直到次年的二月，才逃到了玉门关。这玉门关始置于汉武帝开通西域道，设置河西四郡之时，因西域输入玉石时取道于此而得名。唐朝一统后，李渊于武德二年重修玉门关，置玉门关于葫芦河东岸。玉门关东南有月牙墩，南有瓜州古道，西有苜蓿烽。关内拨派驻军五千，司职东西商路来往。

王神策到了玉门关，亮出了自己的使节印信，向玉门关守将叔孙邕控诉了佛国人的残暴无礼。叔孙邕大怒，点齐了三千兵马，着长子叔孙骤坚守玉门关，自己带着小儿子叔孙勖领着兵马直扑佛国城。这次，凭借已经有着一次往返经验的王神策带路，唐军轻而易举地穿越了黑沙漠，抵达了佛国城下，双方短兵相接。

结果显而易见，全城信佛、与世无争的佛国兵马和叔孙邕手下这群百战余生，从尸山血海里爬出来的悍卒根本没有可比性，一个照面，就兵败如山倒！唐军轻而易举地撕开了佛国的城防，借着焚城的大火，冲进了王宫。佛国皇族死战不退，被屠杀殆尽。叔孙邕和王神策打开了佛国王宫的宝库，两个人瞬间被宝库中收藏的金子震惊了！

佛国位于丝绸之路的补给链上，来往客商无数。佛国为他们提供马匹和食宿，城中到处都是兑换财货的场所，四百年丝路，将佛国滋润得流油。佛国人笃信佛法，最爱以赤金打造佛像。整个一座王宫宝库，全是纯金铸造的金身佛像，密密麻麻，一望无际……

就在此时，叔孙邕留守玉门关的长子叔孙骤赶到了佛国城，给王神策带来了李世民的亲笔信。

原来，唐太宗那边急等着用马，王神策这边久久没有消息传来，皇帝上了火，差人到玉门关打探，叔孙骤不敢耽搁，赶紧来报。

王神策和叔孙邕一商量，这许多财宝和马匹数量庞大，实在无法一同运走，再加上匆忙赶路，唯恐有失，最好的办法就是王神策和叔孙邕留守在此看护财宝，让叔孙邕的两个儿子把马匹带回玉门关给朝廷应急。二人将这里的情况写了一封奏折，交由两个儿子和马匹一同带回去，等到皇帝派兵前来接应时，再分批地运送财宝。二人商议妥当，写好了奏折，叔孙邕的两个儿子带着马匹直接出了佛国城。

就在叔孙邕的俩儿子走后不久，一个被发跣足的佛国贵族出现在了城门之外，指名道姓地要见王神策和叔孙邕。

王神策和叔孙邕惊奇之际，在卫兵的保护下来到了城门口，只见那佛国贵族张口咬下了自己的舌头，蘸着嘴里的血，在地上画了一个圈，在圈外密密麻麻地写了一片晦涩的文字。

叔孙邕一脸迷茫地拉了拉王神策的衣袖，皱着眉头问道："那个……王大人，本将不识字，你知不知道这厮写的是啥？"

王神策仔细地观察了一阵，沉声说道："他写的是古大宛的文字，我认的不全，只能看懂七八成，这些字，连起来是一串诅咒……"

"诅咒？啥诅咒！"叔孙邕眉毛一拧，冷声问道。

"他说……我们大唐的人是强盗……是刽子手……他们佛国人居住的这座城池是佛陀镇压魔鬼妖窟之所在……他的族人世代居住在这里，是为佛陀把守地狱的大门……如今，他的族人被我们屠戮殆尽，他要解开佛陀对这里的封印，放出魔鬼妖窟中的恶灵……把我们永远地留在这里……"王神策盯着地上的字，一脸凝重地说道。

"去他娘的狗屁妖魔，哈哈哈，老子纵横南北，除了手中刀、身上胆、发令的大帅、身后的弟兄，哪个也不信，哈哈哈，留？老子砍了你脑袋，看你怎么留下我？"叔孙邕一把拔出了手里的腰刀，大踏步地走到了那个佛国贵族的身前。

那佛国贵族写完了最后一个字，展颜一笑，张开了满是鲜血的嘴，扬手一刀，割开了自己的喉咙，滚热的鲜血溅了叔孙邕一脸。叔孙邕正惊诧之际，平地里一道气浪向上轻轻一涌，扬起了一蓬沙尘，远方的天光以肉眼可见的速度瞬间暗了下去，烈日当空的白昼竟然缓缓地暗成了黑夜，天的尽头，一道褐色的线条划破了长空，狂风骤起，漆黑的沙墙从四面八方卷了过来……

“黑沙暴——”

王神策发出了一声声嘶力竭的大喊，上前一把抓住了还在发愣的叔孙邕，将他拖回到了城中，紧闭上了城门。

这场黑沙暴整整刮了一个月……

整座佛国城凭空消失在了沙漠里。孔雀河断流，开始改道，绿洲和草场被深深地掩埋。待到叔孙邕的两个儿子带着朝廷大军赶来接应的时候，这里已经变成了一片沙漠，原有的一切都好像从未出现过一样。他们搜寻了三年，都没有找到一点关于佛国城的影踪。

据那些丝绸之路上的商客们传说：那个被发跣足的佛国贵族就是佛国的国王。在孔雀河畔，有一处神秘的魔鬼沙窟，乃是无间地狱的一处缺口。佛国人受佛陀的旨意，在沙窟之上建造城池，镇守沙窟的出口。唐军屠杀佛国百姓，那一代的国王激愤之下，打开了沙窟的大门，招来了漫天的沙暴，将唐人和佛国城一起永远地埋在了黄沙之中……

第六章　佛国秘辛

说书先生一扫琴弦，结束了他的故事，一众看客各自陷入了沉思。

半晌过后，那关东大汉一拍桌子，高声喊道：“不对！你这老儿分明是诓骗于我！”

说书先生不怒反笑，追问道：“我如何诓骗于你了？”

关东大汉站起身，一脸认真地答道：“其一，这王神策乃是个手无缚鸡之力的江南书生，初到佛国，纵有甲士掩护，在一众刀斧手的砍杀下，冲出佛国城也非易事吧！其二，王神策出了城，凭他那文弱的小身板儿，是如何横渡大沙漠，活着来到玉门关的呢？其三，叔孙邕攻打佛国可是带去了三千人马，那黑沙暴再厉害，难道一个逃出来的都没有吗？”

那说书先生闻言，咳了咳嗓子，指了指坐在台下正在嗑瓜子的我，笑着说道：“这事儿，可不是我能说得清的了，要找答案，还得落在这位先生身上！”

“哦？”关东大汉问道。

那说书先生抱起三弦儿，朗声说道：“这世上自古便有江湖！江湖深如沧海，潜隐龙蛇。在这其中，有一门起于战国、兴于秦汉、由留侯张良创立的神秘组织，唤作“白猿客栈”。每一代的白猿客栈都是六个人——佛烟鬼手张三眼，水袖蓑衣不老生。

“唐朝贞观二年，天下初定，各路势力暗流汹涌，江湖游侠、绿林好汉成为当时朝廷的心头大患。唐太宗本人就是搞造反起家的，深知这些绿林豪侠、江湖武人的惊人破坏力。所谓‘堵不如疏’，唐太宗索性搞了一个大唐英雄会，打算直接将这帮人招揽到朝廷麾下，号召各路好手上京师比武。胜者不但有封号，还能夺一个武功天下第一的名头！

“当时江湖上一位叫徐悲侠的汉子，自幼习武，膂力过人，勇武异常，加之是个闲不住的性子，一身精力旺到无处发泄，这位平日里恨不得见树都踹上三脚的主儿，听到这大唐英雄会的消息，哪里还能按捺得住？一路星夜兼程，直奔长安。他在长安城连打了十五天擂台，无人能胜。徐悲侠眼见群雄束手，武功天下第一名头就要花落自家，一时间喜不自胜，在擂台上醉酒高歌，言行无状。

“这等孟浪行迹正好惹怒了奉旨主管擂台比武的开国大将翼国公秦叔宝。秦叔宝盛怒之下，倒提双锏，打马下场，就来捉拿醉眼蒙眬的徐悲侠。徐悲侠见来人是秦琼，倒也不惧怕，上了马，拎着兵器，就上前应战。二人各逞手段，在马上斗了一百多个回合。俗话说，马上将军步下卒。这马上比拼最显真功夫，但是，在考究个人武功的同时，也考较着坐骑的体力。

“在古代，座下战马就是武将的命根子，想那西楚霸王宁可自己战死，也要把心爱的坐骑乌骓马送过乌江去。纵观历代英雄，凡是名将多有自己得力的战马。那秦琼的马，大号忽雷驳，常饮以酒，每于月中时，能竖越三领黑毡。什么意思呢？就说这秦琼的马好饮烈酒，四蹄一跃，能跨过三顶营帐。它随着秦琼南征北战，乃是不可多得的良驹；而徐悲侠胯下的马不过是寻常的马匹，体力、耐力、爆发力都不如忽雷驳，再加上徐悲侠兵器沉重，战了不到一个时辰，就四蹄酸软，被忽雷驳一撞，浑身猛地打了一个哆嗦，将徐悲侠掀翻在地。

“两人打了这许多回合，徐悲侠的武功手段，秦叔宝也是佩服不已。眼见徐悲侠马力不足，倒地不起，秦叔宝也收了手段，滚鞍下马，将徐悲侠扶起，坐在高台上观望的李世民亲自宣布了封徐悲侠为舍身伯的诏命，天下武功第一。徐悲侠羞愤莫名，坚辞不受，挂印封金，出了长安，发誓要寻遍天下，找来一匹能和忽雷驳平分秋色的良驹，再回来与秦琼打上一场，光明正大地拿下那天下武功第一的名号。

“就在徐悲侠走遍大江南北，寻找良驹的时候，王神策在太宗皇帝的指派下，正准备西出玉门关，寻找汗血马。徐悲侠闻讯大喜，欣然随行。二人随一众甲士一同出发，到了佛国城。正是徐悲侠保着王神策逃出了佛国人的刀斧杀阵，穿越了重重大漠，更陪着王神策和叔孙邕反攻佛国城。在那场沙暴中……徐悲侠是唯一逃出生天的人……据说，有人在幼泽之地见过徐悲侠的行迹！”

说书先生的话说到这儿，眼神一瞟，死死地盯在了我的脸上。

我放下了手中的茶杯，幽幽一笑，嘬了一口手里的烟屁股，站起身来，笑着说道：“天师会的各位，想套词儿就直说，玩儿这套把戏有意思吗？不错，徐悲侠祖师就是我白猿客栈贞观年间的蓑衣！”

我话音一落，说书先生神情一肃，将三弦儿背在身后，朝着我拱手说道：“天师会阴阳旗下惊堂！”

那关东大汉也是一拱手，沉声说道：“天师会杀生旗叶貂裘！”

与此同时，茶馆里原本各自交谈、来回走动的嘈杂茶客们纷纷放下了手中的茶杯，齐刷刷地站起身来，朝着我拱手齐道：“天师会恭迎白猿张三眼！”

我皱了皱眉头，斜眼一瞥，只见柜台后面的棉布帘子一掀，一个西装革履的光头汉子施然地走了出来，向着我也是一拱手，满脸堆笑地言道：“天师会妄门头陀见过白猿张三眼！”

我瞥了一眼头陀，冷声说道："我已经到了敦煌，有什么事，直说吧！"

头陀挑了一个大拇指，笑着说道："既然张大掌灯快人快语，我也就不兜圈子了，我们这次请您来，是为了请您帮我们寻找那座消失在世上的佛国城……只不过……若寻沙窟，先访白猿！"

我一声嗤笑，徐徐说道："一千多年前的事儿了，你怎么确定我能帮得上你！"

头陀拽过了一张板凳，坐到了我的身前，沉声说道："张大掌灯，刚才的故事没给您讲完，您接着听我说……话说那佛国城门外，佛国国王以自己的鲜血为引，打开了佛国城下沙窟的鬼门，招来了漫天的黑沙暴，将唐军和整座城内的黄金尽数掩埋；但是，尽管黑沙暴天威难当，但总有手段高绝之人，能够逃出生天，这个人就是你们白猿客栈的前辈蓑衣——徐悲侠。

"说来也巧，当初王神策和徐悲侠第一次来到佛国城，被佛国人围攻的消息传到中原后，白猿客栈贞观年间的大掌灯张信急红了眼，带着人从江宁就奔玉门关而来；然而古代消息传递非常慢，待张信带着人赶到的时候，王神策已经带着叔孙邕完成了反攻佛国的作战。

"张信刚出玉门关时恰好赶到黑沙暴的外围。沙暴刚停，张信在第一时间就展开了搜索，历时四十一天，才在泑泽左岸寻到奄奄一息的徐悲侠。多亏佛烟妙手，吊住了徐悲侠一口生气不散。徐悲侠趁着这口气没咽，在张信耳边密语了一炷香时间，随即脖子一歪，撒手人寰。

"白猿六人，一体同心，张信哀痛之下，在泑泽之畔，为徐悲侠修筑了一座蓑衣墓，随即便回返江南，避世不出。故老相传，那佛国沙窟被黄沙掩埋，身藏于九幽地下。张信将那佛国沙窟的入口，藏在了蓑衣墓中，所以我说……若寻沙窟，先访白猿！"

我脑袋里仔仔细细地滤了一遍头陀的话，徐悲侠被找到的泑泽，也叫盐泽，蒲昌海、牢兰海，辅日海、临海、洛普池、罗布池，《山海经》有云：“敦薨之水出焉，而西流注于泑泽。出于昆仑之东北隅，实惟河原者也。”

思索了一阵之后，我张口说道：“张信和徐悲侠是我白猿客栈的祖师，此事不假；但是我客栈之中，并未有关于佛国和沙窟的一字半句流传下来……我没有必要骗你：因为第一，我对那佛国中的黄金没有兴趣，我不缺钱，你知道的。我虽然没钱，但我媳妇家里是个大户，吃穿用度，钞票金条我都是不缺的，所以我不需要骗你；第二，你抓了我儿子，我张家一脉单传，纵使敌国之富，也比不上我儿子一根头发丝儿，所以我不敢骗你；这第三嘛，若是祖上真传下了什么关于佛国和沙窟的秘密，试想从唐代到民国，一千多年的时间了，我张家要想挖黄金，早就挖空了，哪里还轮得上你们天师会？所以，我根本不可能骗你！我这么说，你明白吗？”

头陀笑了笑，点头说道：“你说的，我都明白。现在，我就当你什么都不知道，你只需要帮我找到蓑衣墓，我就把儿子还给你。既然是合作，我愿意把我知道的所有线索分享给你……”

“哦？你有线索？”

“线索说不上吧！你知道的，我们天师会做着不少倒卖文物的买卖，这卖文物嘛，离不开挖坟掘墓。其实，这沉入沙窟的佛国城，传说在唐末的时候曾经风靡天下！唐末的时候，天下割据，五代十国，政权更迭频繁，战乱不断，总打仗，那打仗是啥？打仗不就是烧钱吗？烧来烧去，个儿顶个儿的越烧越穷，怎么办呢？寻宝吧，挖黄金吧！于是先后有三十多支兵马西出玉门关，深入沙漠腹地，寻找传说中的佛国……

“当然，这其中的大部分人都埋沙子底下了，只有一个后周的校尉成功地进入到了蓑衣墓，并且活着回到了中原；但是他人已经疯了，神智错乱，没过多久就死了。死前他留下了两首诗，他的后人无法破解，也不愿冒生命危险去沙漠里玩命，就把他这两首诗刻在了他的棺材板子上，并且在诗的后面附上了一篇跋，主要是拍他的马屁，说他如何如何勇敢之类的。

“这个校尉的墓前几年被我们无意中挖到了，在棺材板子上抄走了那两首诗。随后，我们查阅了大量的隐秘典籍，才发现了在贞观年间王神策和徐悲侠的那段往事……”

“什么诗，念来听听！”我一撇嘴，笑着说道。

头陀咳了咳嗓子，一脸认真地趴在我的耳边小声说道：“这第一首有四句：故国出塞三千里，将军生入玉门关。沙窟黄泉十万座，瀚海轮台玉阑干。”

我点了点头，默默记下了诗句，示意头陀接着说。

“这第二首，也是四句：徐伯腰下寒玉樽，酩酊一醉入荒村。雷鸣幽谷非无路，舍身一跃见乾坤。”

我反复咀嚼着这两首诗文，沉思了一阵，张口说道：“地图！”

话音刚落，头陀连忙清理好了茶桌，从随从肩膀上取下了一个羊皮套筒，小心翼翼地从里边抽出地图，铺在桌子上。

第七章　玉门谜踪（上）

我仔细地打量着头陀的这张地图，沉吟了很久，张口说道：“你这地图不对！”

“哪里不对？”头陀急声问道。

“玉门关标注的位置不对！”我指着地图上玉门关的标注沉声说道。

“就是这里，没错啊。”头陀摩挲着自己的光头，一脸迷茫。

“玉门关，始置于汉武帝开通西域道路、设置河西四郡之时，因西域之地输入玉石时取道于此而得名，当时它为通往西域各地的门户。这个时候的玉门关是在今时敦煌西北的小方盘城。

“随着时间的流逝，西域的政治形势和地理地貌不断变化：四百年后，到了隋唐，玉门关关址由敦煌西北迁到了敦煌以东的瓜州晋昌县境内，即向汉玉门关以东迁移了二百四十公里地；到五代宋初，由于西域沙漠的不断扩大，为了取水，玉门关址再次东移，移动到了酒泉城西不出百里的地方，也就是石关峡一带；北宋仁宗年间，西夏国占领了整个河西走廊，玉门关就此销声匿迹。

“我看你这张地图上对玉门关的标注位置是在敦煌西北的小方盘城，

这是汉代玉门关的位置，王神策的故事发生在唐代贞观年间，所以，玉门关的位置应当以唐代的新址为依据，所以说，玉门关应该在这里！”

我一边说着话，一边取过地图上的作图工具，在图上标注的玉门关位置向东二百四十公里处，重新定了一点，抬头说道：“这里，才是王神策和徐悲侠前往佛国所经过的那座玉门关！”

“Good！”一声低沉的男中音从二楼的一间雅室里传来。伴随着一声门响，一个留着络腮大胡子的外国人拍着巴掌，推门而出，看着我，不断地挑着大拇指。在他的身后跟了一众金发碧眼、高鼻深目的外国大汉，个个扛着长枪短炮。在他的身边，站着一个戴着金丝眼镜的黑人，那黑人顶着一头齐茬儿的小卷发，身穿一身考究的棕色翻毛夹克，一双细长的眉眼冷冷地看着我。

头陀向那外国人点了点头，笑着对我说：“张大掌灯，我给您引荐一下，这位是英国商会的道格拉斯先生，他是咱们这次寻宝行动的股东之一。那位黑……黑色的朋友，是道格拉斯先生的助手兼保镖汉森……”

话音未落，楼上另一间雅室的门也打开了，一个精壮干练的青年男子披着一件白色的风衣缓缓走了出来，看着我，一拱手，行了一个标准的江湖礼，张口便是一嘴流利的扬州话：“玄黄社，荒木隆一！”

在荒木隆一身后站着的，是一个发髻高盘、扮作男装的女子。那女子的妆太浓，看不清眉眼，只能看到她凹凸有致的身材在有些瘦小的男装下若隐若现。那女子见我看她，幽幽一笑，走到走廊边上，弯下身子，趴在栏杆上，看着我说道：“玄黄社，荒木晴子！”

这玄黄社我听鲁胥说过，是日本一家专门倒卖中国文物的商会，原来这俩日本人还是一对兄妹。

我皱了皱眉头，懒得理她，转过身去，一把揪住了头陀的脖领子，冷声说道：“喂——中国人打仗，关起门来打生打死，说到底那都是咱们中国人自己家的事儿，你们天师会拉两伙外国人进来算怎么回事儿啊？”

头陀扒开我的手指头，在我耳边轻声说道：“张大掌灯，您不知道，这先坏规矩的不是我们，是南京政府，是他们先找的美国佬当外援……我们没办法才找的英国人和日本人帮忙。再说了，这年头打仗……你干攥着金子有什么用？战场上你能拿金子砸死人吗？说到底，还不是得拿着金子去找外国佬买枪买炮买鸦片？您不做这一行，不晓得里面的难处……”

我啐了一口唾沫，一脚蹬了头陀一个趔趄，卞惊堂和叶貂裘一瞪眼，就要上前助拳，被头陀一把拦住。

“只要张大掌灯能帮咱挖出佛国黄金，就是蹬死我，我都没二话！”头陀擦了擦胸口的脚印，赔笑着说道。

“蹬你，我都嫌脏……”我骂了一句，不再理他，转身坐在茶桌前，继续研究地图。

英国佬道格拉斯向日本人荒木隆一打了个响指，从随从手里接过酒杯，操着一口蹩脚的中文，笑着说道：“干杯！为了黄金——”

十五天后，敦煌西北小方盘城。

我们以此为坐标，向东直行了二百四十公里，来到了位于河西走廊西端的安西县。这个地方，早在四千年前，就有先民繁衍生息。此地在秦以前为羌戎所据，秦时为大月氏占有，汉武帝“列四郡据两关”时，为敦煌郡所辖。两晋沿袭汉制，隋置常乐郡。唐武德五年改称瓜州，唐代的玉门关就设置在瓜州之地。宋元相沿，至清雍正年间设安西卫。民国二年改为安西县，唐代玉门关的遗址就在安西县锁阳城北三十公里处的疏勒河岸双塔堡附近。

日暮时分，我们到达了锁阳城。这锁阳城，原名叫作苦峪城，建在安西县城东南约七十五的荒滩上。此城本为军用，乃是西域驻扎部队屯戍之地。城东，有一座塔儿寺，乃是当地土民祭祖拜佛的祠庙。祠旁不远，有一个十多亩大的凹坑，坑内坟头累累，里面层层叠叠埋的全是历代的戍边将士。整座锁阳城，满目沙丘瓦砾、残垣断壁，除了半月一来的马帮、驼队，几乎人迹罕至。在锁阳城内有一口深井，传说是唐代薛仁贵所挖。井旁有老柳两株，相传亦为唐人所栽。我们一行二百多人，在五更天，正式在锁阳城内的塔儿寺入住。

明月高悬，塔儿寺门外，一个脏兮兮的小孩子正踢着一只破旧不堪的藤球，一边来回跑动，一边抽着鼻涕唱道："小麦青青大麦枯，谁当穫者妇与姑。丈人何在西击胡，吏买马……吏买马……马……"

这是一首汉代流传下来的童谣，那小孩儿背得不熟，背着背着竟然忘了词。

我坐在台阶上，掐灭了手里的烟头，笑着提醒道："吏买马，君具车，请为诸君鼓咙胡……"

那小孩儿看了我一眼，继续去踢他的藤球，我从兜里摸出了些干果，捧在手里，放到了那小孩儿的手心里，摸了摸他的脑袋。小孩儿得了零嘴儿，展颜一笑，露出一口白牙，蹦蹦跳跳地去了。

我看着那孩子的背影，正失神之际，身后陡然传来了一个女子的笑声："想不到，张大掌灯还挺喜欢小孩子？"

我闻声回头，只见台阶上头，荒木晴子正嘴角含笑地看着我。

"荒木小姐，不是张大掌灯喜欢孩子，是他看到那小孩子便想起了自己的孩子！"英国佬道格拉斯从阴影处走了出来，吐了一口雪茄的烟圈，冲着我行了个西式的绅士礼。

我站起身来，向道格拉斯走去，在距离他身前五步远的地方停了下来，冷声说道："别以为我不会武功，就杀不了你！公输家要人命的小玩意儿，我身上多的是。信不信，弹指一挥的工夫，我能在你身上开出三百个血窟窿！"

我话音刚落，两声风响，荒木隆一和那个黑人保镖汉森瞬间便出现在了荒木晴子和道格拉斯的身前。荒木隆一朝我拱了拱手，笑着说道："我们没有恶意，只是想请张大掌灯喝杯酒，谈谈心……"

荒木隆一将“谈谈心”三个字说得极重，脸上满是诚恳。

我一眯眼，笑着答道：“带路——”

“您这边请——”荒木隆一一转身，把我引向了他们休息的卧房。

我跟着他们的脚步，刚一进屋，玄黄社的人和道格拉斯的那些保镖，就关上了门，进入了高度警戒状态，以至于汉森和荒木晴子都亲自守在门内，荷枪实弹。

我大马金刀地坐在了桌前，道格拉斯给我斟上了一杯威士忌，我呷了一口，砸吧砸吧嘴，满意地点了点头。

“时间宝贵，咱们有话直说吧！”

道格拉斯刚要张口，被我一把止住，指着荒木隆一说道：“你中国话说得好，你说，我听这英国佬说中文的洋调浑身别扭。”

道格拉斯讪讪地笑了笑，也不生气。荒木隆一点了点头，从怀里掏出了一只檀香的木匣，摆在了桌子上，抽开了匣子盖，露出了里面装着的一本手抄纸质书，扉页上五个楷字铁画银钩地写着——《大唐西域记》。

道格拉斯犹豫了一阵，也从怀里掏出了一个一模一样的匣子，摆在了桌子上，抽开盖子，也露出了一本一模一样的《大唐西域记》。

“这是什么意思？”我不解地问道。

荒木隆一伸出了右手，张开五指，沉声说道：“您还不知道呢吧，像这样的书，一共有五本，我一本，道格拉斯先生一本，天师会有三本！”

我一声冷笑，张口说道：“不就是《大唐西域记》吗，给我五个大洋，去书店里，要多少本，买多少本！”

“不不不，这个可是唐朝的真货。您看这纸是唐朝的五寿宣，肤如卵膜，坚洁如玉，细薄光润，韧而能润，光而不滑，洁白稠密，纹理纯净，搓折无损，千年不朽！而且这里的《大唐西域记》和咱们知道的那本《大唐西域记》的内容也是截然不同的。咱们知道的那本是上部，而这一本是人所不知的下部！”荒木隆一指点着匣子里的书，一脸认真地说道。

“下部？”

“对，这玄奘法师的《大唐西域记》的上部记载了他从贞观三年到贞观十九年所亲历一百三十八个城邦、地区、国家之概况，以及其疆域、气候、山川、风土、人情、语言、宗教、佛寺以及大量的历史传说。这些都是为世人所知的部分，然而，还有另半部《大唐西域记》，记录着唐太宗李世民交代给玄奘法师的一项任务，玄奘法师将这项任务的收获整理成了《大唐西域记》的下部……”

“什么任务？”我忍不住好奇，张口问道。

“王神策于贞观二年年中出玉门关，往佛国买马，使团被杀，孤身逃生。叔孙邕领玉门关兵马在王神策的指引下，攻打佛国城，二人缴获黄金无数。可是奏章递了过来，李世民派去接应的大军出了玉门关，却死活找不到佛国城，偌大的一座城池凭空消失了，唐太宗心急如焚。

“贞观二年年末，玄奘法师西行，临行前，唐太宗反复嘱托，将寻找佛国的任务交给了玄奘法师。玄奘法师接了任务，历时十九年，才回返中土，写成了上下两部《大唐西域记》，上部是一路上见闻，下部则是关于蓑衣墓的秘报。

“其实这玄奘法师真不愧是谦谦君子，宅心仁厚的得道高僧，回到大唐之后，他就劝谏唐太宗，不要妄动贪嗔痴念，好好治国安民就是，不要去惦念那些无妄横财，那些沾染了佛国子民鲜血的黄金不取也罢！

“可是，这玄奘法师是佛门高僧，唐太宗可不是善男信女，这等敌国之富，岂容它从指缝溜走啊？！于是一顿软磨硬泡，想从玄奘法师这里套出蓑衣墓的秘密；可玄奘法师死不开口，并且告诉皇帝，说这佛国下的沙窟乃是地狱一缺，若胡乱开掘，势必涂炭生灵。这样一来，俩人就僵住了。唐太宗大怒，说你不告诉我佛国的秘密，我就不让你宣扬你带回来的佛法。玄奘法师踌躇了好几个晚上，提出来这样一个方法，那就是——由玄奘法师以谜题的方式将蓑衣墓的秘密记述下来，唐太宗需要独立破解，能否破译谜团，全看天意。

“玄奘法师一代高僧，他的人品，唐太宗是绝对信得过的，再加上唐太宗对自己的雄韬伟略、机智聪慧一向非常自信，暗道：‘只要你出题，我便不怕猜不出来！’玄奘法师和唐太宗因此一言而定，立下了二人之间的君子之约。三天后，玄奘法师开始在长安西北的金城坊弘福寺闭关，口述这十九年的见闻，和弟子辩机和尚一同编纂了《大唐西域记》，并将其分成了上下两部，上部传世，下部秘封，书中内嵌谜题。

“玄奘法师将《大唐西域记》的下部送到了宫中。唐太宗绞尽脑汁地围绕着下半部《大唐西域记》，开始了‘艰苦卓绝’地解谜工作。这唐太宗也是个倔脾气，一直独立解谜，解到死还是没有解开谜团。唐太宗死后，又过了十五年，玄奘法师也圆寂了……这《大唐西域记》下部的秘密就此画上了一个句号！”荒木隆一说了半天，口干舌燥，端起桌上的酒杯一饮而尽，随即，用考量的目光看向了我。

“不对！不应该是句号！”我摇了摇头。

“为什么不是句号？玄奘法师死了，唐太宗也死了，《大唐西域记》的线索已经断了啊。”荒木隆一说道。

“不对！没有断！”

“为什么没有断？”荒木隆一紧张地追问道。

“辩机和尚！是辩机和尚，《大唐西域记》是玄奘大师口述、辩机和尚编纂的，我们不该漏掉这个人物！”我双眼一亮，张口说道。

“漂亮——不愧是张三眼！一语中的！”

第八章　玉门谜踪（下）

荒木隆一站起了起来，眼睛里闪动着狂热的光，只见他在地下走了两个来回，搓着手说道："高阳公主，您知道吧？"

这高阳公主，我是知道的，她是唐太宗李世民最喜爱的女儿。虽生母不详，但高阳公主却最得太宗钟心。嫁与名臣房玄龄之子房遗爱后，高阳公主恃宠娇纵，在婚后，和辩机私通。太宗知晓后大怒，将辩机腰斩，杀奴婢数十人。史书记载：公主非常怨恨太宗，连太宗驾崩，都没有哀容。后来，这高阳公主意图拥立荆王李元景谋反，事情败露，唐高宗赐其自尽。

眼见我陷入了沉思，荒木隆一接着说道："按理说，按照盛唐风气，以高阳公主的身份，私通一个僧人，不会引得皇帝如此震怒，再加上辩机和尚毕竟是玄奘法师的弟子，身份不同，不会轻易判了死罪。然而，皇帝还是不顾高阳公主的哀求，把辩机给腰斩了，为什么呢？原因就是，高阳公主为辩机生了一个孩子。哈哈哈，你想啊，高阳公主是房玄龄的儿媳妇，房玄龄是开国的功臣，凌烟阁二十四功臣之一，大唐的宰相，出了这等绿到发光的事，从房家到皇家，全都颜面扫地。

“唐太宗忍无可忍，才将辩机腰斩。辩机临刑前，见了两个人：一个是高阳公主，一个是唐太宗。唐太宗告诉辩机，如果他有任何关于蓑衣墓的线索，愿意透露出来，可以免他一死。辩机展颜一笑，对唐太宗说：‘小僧与师尊玄奘法师合力编写《大唐西域记》，在誊写书稿过程中，小僧无意间破解出了下部中的谜题，并把这个谜题的答案交给了高阳公主，自今日起，这个谜题的答案将成为高阳公主和那个孩子的护身符，只要高阳公主有任何闪失，佛国黄金将永远消失在世上！’唐太宗在辩机的身上读到了他浓浓的死志，于是杀了辩机，留了高阳公主和那孩子一命！

“辩机死后，高阳公主对皇室产生了深深的怨恨，不惜挑动荆王李元景谋反，可惜事败，但是高阳公主这次犯的事可比上一次大多了！上次不过是个给房家戴绿帽子的私通之罪，这次确实是诛九族的谋逆，连当时在位的唐高宗也保不了她了。高阳公主临死前，手抄了一份《大唐西域记》的下部，并将其一分为五，由心腹家将保着那个她和辩机的孩子分头潜藏到了民间，销声匿迹。

“从唐高宗到五代年间，那个孩子及他的后人一直在多方努力，凑齐高阳公主手书的那份《大唐西域记》，终于在五代十国的时候，五本合一。凑齐这份《大唐西域记》的辩机后人，名叫花悬应，在后周柴世宗手下任一校尉。随着挖宝的乱军西出玉门关后，花悬应悄悄离队，凭着祖先的指引线索，进入了蓑衣墓，但是不知道他在墓里看到了什么，出来之后，整个人都疯了，时而发狂时而正常。

“这位花悬应回到中原后，将高阳公主手抄的那份《大唐西域记》下部，重新一分为五，三份随着自己下葬，其余两份藏在了两处深山古冢之中！花悬应的墓被天师会挖开了，里面的三份《大唐西域记》被头陀、卞惊堂、叶貂裘三个人一人一份取了去。其余的两处古冢，在两年前被我和道格拉斯先生的考古队掘开，所以我们二人也各有了一份《大唐西域记》。”

我皱了皱眉头，沉声说道：“不对啊！头陀并没有和我说什么《大唐西域记》的事儿，只跟我念了两首诗，说是在那校尉……哦，也就是花悬应的棺材板子上看到的！”

道格拉斯闻言，一拍桌子，站了起来，张嘴骂道：“您被天师会的奸贼诓骗了！什么棺材板子上刻诗，他们就是得到了三本《大唐西域记》！那《大唐西域记》是玄奘法师口述，辩机和尚整理的，里面记录了很多国家的童谣谜语，而且是用不同文字书写的。光文字就有伊吾文、高昌文、屈支文、凌山文、碎叶文、迦毕试文、赤建文、飒秣建文、货罗文、经缚喝文、揭职文、梵衍那文、犍双罗文、乌伏那文、迦湿弥罗文等二十几种文字，光学这些晦涩的语言文字没个四五十年都不可能融会贯通！试想唐太宗日理万机，哪来的时间学这些乱七八糟的文字？唯有那玄奘大师的弟子辩机和尚，自幼学习诸国典籍，对文字语言天赋异禀，在整理校对下部《大唐西域记》的时候，他慢慢地破解了里面的很多童谣和字谜，将这些谜底的汉字词句挑选出来，竟然筛选形成了五首诗。此时，辩机方知，这五首诗文，便是蓑衣墓的线索了……

“他将这五首诗告诉了高阳公主，高阳公主在手抄了整本《大唐西域记》的下部后，将整部书一分为五，在每本书的夹层里藏了一张字条，每张字条上标注着索引的数字，按照数字索引，就能在书中找到对应的词句，还原诗文！所以，第一、天师会给您的两首诗根本不是什么棺材板子上刻的，而是他们按照《大唐西域记》索引出来的；第二，他们有三首诗文，却只告诉了您两首，他们对您有所保留！”

我听了道格拉斯的话，笑着问道：“我很好奇，大胡子道格拉斯先生，你、荒木隆一和天师会那仨人，是什么关系？”

道格拉斯将杯里的洋酒一饮而尽，扁着嘴说道：“还能是什么关系？合作喽，佛国黄金的线索一分为五，离了谁，也找不到沙窟，一本《大唐西域记》算两成股，我两成、荒木先生两成、天师会六成……”

我苦笑着摇了摇头，沉声说道："既然各位已经凑齐了五本《大唐西域记》，把诗文拿出来一拼凑，按着前人的线索一路找过去不就得了，拉上我做什么？"

"还能做什么？不信任呗，万一我们拿出来了自己的那本《大唐西域记》，天师会回头把我们甩了怎么办？"荒木隆一接口答道。

道格拉斯打了个酒嗝，沉声说道："不是我们小心眼儿，而是天师会那边也有同样的顾虑……"

我深吸了一口气，眉毛一挑，一脸怒色地徐徐说道："所以……你们需要一个中间人，帮你们聚齐彼此不肯透露的线索，而蓑衣墓正是我白猿客栈先祖张信所修，你们认为白猿客栈很可能会有线索，所以我张寒成了你们的不二人选，对不对？而且为了控制我，你们就抓我儿子——"

荒木隆一闻言，顿时慌了神，连忙摆手，摇头说道："张大掌灯，您得相信我，我从来没想过抓您儿子，抓您儿子完全是天师会的主意，他们提出这个想法的时候，我是拒绝的！"

道格拉斯也跟着附和道："对！我也是拒绝的！"

守在门口的荒木晴子也跟着点头。那个黑人保镖汉森张口说道："老板，我的道格拉斯，你的……儿子抓……反对一直！"

我瞥了一眼汉森，张口说道："我以为这大胡子道格拉斯的中文就够烂的了，你比他还烂，你的中国话是谁教的啊？"

汉森反应了一会儿，张口答道："中文，老板我的……教我！"

"还真是……青出于蓝而胜于蓝啊！"我愣了一下，苦笑着摇了摇头。

荒木隆一搬了一把椅子，坐到了我的旁边，一脸认真地说道："我和道格拉斯先生想与你合作，将天师会踢出局……您什么都不需要做，今天头陀说他们手里有两首诗，然后趴在您耳边说了什么，我猜就是那两首诗！您只要将那两首诗告诉我们，然后再设法从头陀那里骗出另一首诗，这事便成了！掘开佛国后，里面的黄金，咱们三个人均分，如何？”

我思索了一阵，低声答道：“好是好，只可惜我儿子在天师会手里，我若是和你们合作，将他们踢出局，我儿子可怎么办？万一他们狗急跳墙……”

我的话还没说完，屋外猛地传来了一阵嘈杂的争吵声。听声音正是头陀、叶貂裘和卞惊堂三人和道格拉斯的护卫们发生了争执。吵了没多久，屋外骤然传来了一阵子弹上膛的响动。

我连忙起身，和道格拉斯连同荒木隆一一起推门而出。果然，院子里，两伙人正在拔枪对峙。

我小跑着走到两伙人中间，看着带头的头陀，笑着问道：“这是做什么？还没寻到黄金，就开始火并了吗？”

头陀看了看我，又瞟了瞟道格拉斯和荒木隆一，正要说话的时候，被我一把揽住了肩膀。

“我只要我儿子，你们之间的龌龊心思，我不会掺和，我帮你进入蓑衣墓，你把儿子还给我，你们之间坐地分金也好，黑吃黑也好，我谁也不帮！”

头陀看了看我的眼睛，点了点头，让自己的手下放下了枪，缓缓地退出了院子。我扭过头，和道格拉斯连同荒木隆一打了个招呼，也迈步离开了院子。

第九章　塔儿寺

翌日清晨，锁阳城内，深井旁，四拨人在轮流取水。这四拨人都住在塔儿寺，昨夜一一照了面，寒暄了几句，各自住在了不同的院落。

第一拨当然是由我、天师会、英国人、日本人组成的这支各怀鬼胎的探险队。

第二拨是走沙漠的驼队，为首的是个西北汉子，名叫寇乌孙，披着一身破旧的棉袍，满面风尘。他手底下带着一百多精壮的汉子，清一色的背着系有彩条的环首大刀，腰间别着两把快枪，一看就是惯走沙漠的骆驼客。

第三拨是锁阳城本地的土著百姓，个儿顶个儿地衣不遮体，面黄肌瘦，眼里泛着贼光：小孩女人乌溜溜的黑眼珠左右乱瞟，总盯着行人的口袋使劲，青壮男子坦露这半个臂膀，眼神里面是阴狠的光。这锁阳城位于沙漠之中，常年缺水，风沙肆虐，种什么庄稼都得旱死，养什么牛羊都得渴死。这地方的百姓，下马为民，上马为匪，专门掳掠过往的客商，瞧见落单的，上去就是一刀，杀人越货，刀头舔血，民就是匪，匪就是民。这些当地百姓里，领头的是个中年男子，瘦瘦高高，一头乱发在脑后梳了一个马尾，脖子上挂着一串儿白骨的念珠，胯下一匹黑马，背上两杆汉阳造，一大早的就带着几十个手下在水井旁维持秩序。听头陀说，这中年男子，名叫蔺托钵，是这锁阳城里第一号的地头蛇。

这第四拨人，就和善很多了。他们来得最早，却默默地站到了队尾。这拨人一共不过四五十口，乃是这塔儿寺中的和尚，为首的是寺中的方丈，法号三味，组织众和尚提水的是他的大弟子晦鸣。

我们这四拨人都居住在塔儿寺中，由塔儿寺的和尚们供给茶饭，伺候驼马。这塔儿寺就是凭着过往客商的香火钱度日，与其说它像个参禅修佛的寺庙，倒不如说更像一个沙漠里的补给驿站。

寇乌孙的驼队比我们早来了一天，蔺托钵的匪帮是和我们同一天到的，也不知道他们的目标是我们，还是寇乌孙驼队运送的财货，总之，目的不纯。

但是这塔儿寺有个不成文的规矩，那就是——民也好、匪也好、官也好、商也好，为了恩怨也好，劫财也好，都不得在寺院内动手，这个规矩也深深地得到了所有人的认同和遵守。因为一个在沙漠中安全而稳定的补给点对人们的意义原本比仇杀和劫掠更加重要。

午饭是一碗驴肉黄面。有道是“天上龙肉，地下驴肉”，这驴肉黄面作为丝绸古道上的经典美食，已经有着将近一千年的历史了，在莫高窟壁画上就有制作驴肉黄面的生动场景。这驴肉黄面里的黄面，细如龙须，长如金线，柔韧耐拉，香味溢口，开胃解腻，清热解烦，汤头是驴肉配香菇熬成的，香菇末、驴肉丁、水豆腐炸成臊子，带着汤汁，再把嫩豆腐切成小块，往面条上一浇，管教你百步之外，都能闻到鲜香，

我一边手捧着碗，站在地上吃面，一边抬眼扫看着铺在桌上的地图。贞观二年，张信祖师是在泑泽之畔找到徐悲侠的。

虽然罗布泊的水没有了，但是水道还在，顺着“生而不死一千年，死而不倒一千年，倒而不朽一千年”的胡杨林，我们能够推断出当年的水

道。顺着当年的水道，我们就能还原汉代罗布泊的原貌。以汉代罗布泊的原貌和楼兰古城的遗址为参照，我们就能模拟塔里木河中游的注滨河改道给罗布泊带来的变化，从而推断出罗布泊在唐朝时期的大概范围，定位徐悲侠被发现的地点。

罗布泊四周，多为雅丹地貌，是干燥地区一种典型的风蚀地貌。古老的河湖干涸后，其沉积物所形成的地面，经风化作用、间歇性流水冲刷和风蚀作用，形成与盛行风向平行、相间排列的风蚀土墩和风蚀凹地，长风吹来，呜咽作响，鬼声森森。这种地貌塑造的地带，四通八达，如同迷宫一般纵横交错。而雅丹地貌中，最复杂诡异的便是水上雅丹了，由于大漠之中，多为季节性水域，且流向河道变化无方，当大河奔流聚集淹没古河道的雅丹群的时候，水上雅丹就会出现。

佛国以牧马起家，牧马需要草场，草场离不开水源，而玉门关外最大的季节性河流聚集地就在罗布泊：

所以我推测……那座神秘的佛国沙窟以及祖师的蓑衣墓，就在罗布泊周边，只是不知道埋在哪片黄沙下面。我们在罗布泊周边的雅丹地貌群里画一个大圈，在大圈里圈出唐代罗布泊的大小和河道，沿着河道进行搜索，查看那些雅丹地貌的侵蚀外表，看看哪些雅丹地貌的外表除了风力侵蚀还有流水侵蚀过的痕迹。

在这个位置再画一个小圈，这个小圈，应该就是佛国的牧场。历史记载，王神策见到佛国牧场后，又走了半天，才来到佛国城下，我们以佛国的牧场为圆心，以半天的路程为半径，再画一个圆。

佛国沙窟的位置，就这样被圈出来了！

我仰头喝干了碗里的面汤，放下了碗，在地图上勾画了一阵，觉得有些困倦，于是抓过椅背上的外衣，去里屋小憩了一会儿。谁知刚睡着，就听见一阵刺耳的人嘶马鸣声从塔儿寺西边传来。我连忙披上外衣，顶着漫天的风沙，冲出屋子，顺着声音的来源跑去。

声音起处，四拨人马正相互推搡，枪上膛，刀出鞘，混在一起叫嚷不休。二十几个塔儿寺的和尚站在正中，左拦右挡地来回拉架，场面煞是热闹。

我小跑着冲进人堆里，挤到道格拉斯身旁，夺下他手里的手枪，枪口朝天。

“砰——”

一声枪响，嘈杂的人声瞬间安静了下来。

“你们在干什么——”我扯着嗓子喊道。

荒木隆一一甩胳膊，推开了正在撕扯他的叶貂裘，整理了一下领结，瞪着眼睛说道：“我妹妹死了！我在抓凶手！”

“什么？晴子死了？”我吓了一跳。

头陀一把抱住了上去要和荒木隆一厮打的叶貂裘，看着我，一脸苦涩地说道：“刚发现的，荒木晴子死在了自己的屋子里……玄黄社的人非说是我们天师会的人做的……”

卞惊堂走过来，看了一眼荒木隆一，又看了看我，沉声说道：“咱们是合伙人，我们天师会没有杀她的动机啊！”

道格拉斯闻言大怒，指着卞惊堂的鼻子喊道：“狗屁的合伙人，你们一定是看到我们那天请了张大掌灯，怕我们甩了你们单干，所以就来了这么一招敲山震虎，对不对？！”

“你放屁——”叶貂裘性如烈火，闻言勃然大怒，推开拦着他的头陀，就来打道格拉斯。道格拉斯身前的黑人保镖汉森一个前冲，撞了叶貂裘一个趔趄，两个人趁势纠缠在了一起。

我看了一眼头陀，张口问道：“你怎么看？”

头陀抿了抿嘴，恨恨地说道：“还能是什么，钱财露白，某些宵小起了歹意呗！”

话音未落，匪帮的蔺托钵一耸肩，解下了后背上的汉阳造步枪，枪口直直地顶在了头陀的脑门子上，龇着一口白牙笑道："好汉做事好汉当，是爷爷干的，我不会赖；不是爷爷干的，也容不得别人乱泼脏水。"

驼队的寇乌孙一声嗤笑，仰头看着蔺托钵笑道："一个拦路的匪徒，也算好汉吗？"

蔺托钵脸上一红，热血上涌，枪口一转，指向了寇乌孙。

"姓寇的，我日你姥姥！"

寇乌孙一梗脖子，左手握住了肩膀后头的刀把，右手攥住了腰上的手枪，上前一步，针锋相对的冷喝道："老子今天就撕了你的嘴——"

就在众人正要搏命之际，只听一声浑厚低沉的佛号声平地响起。

"阿弥陀佛——"塔儿寺的主持三味大师推开人群，站在了场中，广袖低垂，白眉下敛，徐徐说道："诸位，难道忘了塔儿寺的规矩了吗？是恩是仇，出了寺门，生死由命，老衲绝不插手，但是……在这塔儿寺内，还请各位放下刀枪，暂且作罢！"

众人对视了一阵，慢慢地放下了手里的刀枪，荒木隆一走到三味和尚的身边，合十一礼，沉声说道："我本无意动刀枪，但我妹子在寺内无故被杀，还请大师给我一个交代！"

三味大师抬起头，目光穿过荒木隆一的身影落在了我的脸上。

"有白猿张三眼在此，还愁查不出杀人的真凶吗？"

我苦笑着摇了摇头，抬头扫视了一圈众人，徐徐说道："凶案现场在哪儿？带路吧！"

第十章　沙窟游魂（上）

塔儿寺，兴建于隋末唐初，寺门南向，院墙呈正方形。因为这塔儿寺就建在锁阳城中，而锁阳城又是一个典型的军事堡垒，所以塔儿寺的布局设计便像一座防御工事更多过像一座佛教庙宇。

位于塔儿寺寺院中心的是三层塔楼建筑的佛堂：塔顶为窣堵坡形状，塔身庄严雄浑，十分壮观。在佛堂的东南西北四个方向，分别有一间禅房，禅房的房门上方分别是写着苦禅、集禅、灭禅、道禅的扁额，取“佛教四谛”——苦谛、集谛、灭谛、道谛的含义。

四间禅房之间有回廊连接，每间禅房门外还有一座石桥，连接寺庙正中的佛堂。回廊之外，是五米高的院墙，将整座塔儿寺分成了内外两个天地。院墙外是大队人马扎营的空地和牲畜饮水喂食的草棚，院墙内是贵客和寺庙和尚自己居住的宅院。

驼队的人，不能离开押运的货，所以除了寇乌孙，其余的人都在院墙外扎营，看护着牲口和财货。蔺托钵的匪帮肯定是哪儿有油水蹲在哪儿，所以一众沙匪，除了蔺托钵，也齐刷刷地贴着驼队扎了营。天师会、日本人和英国人的这支探险队，随队携带了不少牲畜、器械和补给物资———

是这些东西也无法运到内院来，二是天师会和英日两方的互相不信任，三是周围还有虎视眈眈的沙匪环绕，所以干脆大队人马也不往内院走了，直接在院墙外扎营，既能监视自己，也能监视外敌。

院墙外安排好了之后，我们四伙人的这几个领头儿，正好将整间塔儿寺住满。

东边苦禅那间房里住的是驼队的头人寇乌孙，南边集禅那间房里住的是匪帮的当家蔺托钵。因为日本人和英国人对天师会不信任，拒绝住在一起，于是，我们这一伙，分成了两帮：天师会三人加上我住在西边的灭禅那间房里；道格拉斯、荒木隆一连着他那位黑人保镖汉森——三个男的住在了北边道禅那间屋子里，并在屋子里支了一扇屏风，给荒木晴子这个唯一的女性隔开了一半私人的空间。四间禅房被外人占满了，塔儿寺的和尚们无处可去，只好都挤到佛堂里去睡觉。

白天的时候，荒木隆一、道格拉斯，连同那个黑人保镖汉斯出了寺院，在锁阳城转悠，想找一找有没有什么值钱的文物，谁知刚一回来，就看到荒木晴子的尸体，躺在了北边道禅那间房子里的屏风后头……

我随着众人来到了凶案现场。

荒木晴子的舌头被人割了去，大蓬的鲜血顺着喉咙上一道长长的刀口喷涌而出，在地面洒成了一片。那凶手蘸着荒木晴子的血，围着她的尸身画了一个圈，在圈外密密麻麻地写了一片古老的字符……

道格拉斯在中国倒腾了多年的文物，对敦煌文化最是熟稔，只见他蹲下身来，取出了放大镜，在通读了那些字符之后，他抹了一把头上了的冷汗，徐徐说道："这是……古老的大宛文字……意思是，我……是佛国人的游魂……世世代代为佛陀守护镇压魔鬼妖窟之所……为佛陀把守地狱的大门……一切意图冒犯沙窟的人，都将死在我的刀下……"

我对这些怪力乱神之说，一向不屑一顾，伸手推开了挡住视线的道格拉斯，蹲下身来，仔细地观察着荒木晴子颈下的刀口。

思索了一阵，我从一旁的桌子上取下了纸笔，开始勾画，不到盏茶的工夫，一把形如弯月的小巧刀刃在纸上赫然成型。

我指着纸上的图形，向站在我身后的三味大师说道："大师，您看，荒木晴子颈下的刀口，入口薄，出口厚，说明下刀干脆利落，角度刁钻，并非大力劈砍，我们通过刀口可以模拟当时凶手出刀的场景。荒木晴子的尸体所呈现的姿势是仰头后倒，您看这地上的血迹，并无拖拽尸体的痕迹：以此可以判断，荒木晴子没有过挣扎，凶手也没有移动过尸体，荒木晴子乃是被一刀毙命！再看这个刀口的深度，一看就不是寻常兵器造成的——若是长剑，劈砍不会这么有力，若是长刀，伤口不可能这么精致细薄，而匕首又善刺不善砍——凶手若想一刀毙命，不会按这个角度出刀，唯一的解释，就是这个兵器比长刀短，比匕首长，似剑，但更善于劈砍，所以没有双面刃，似刀，但刀口不是平直开锋。想来想去，只有手肘长短的波斯弯刀最符合条件。"

"波斯弯刀？"荒木隆一惊。

我在纸上的弯刀图形上描了几笔，沉声说道："这波斯弯刀乃是古波斯的良匠所制，状如新月，刀身布满各种花纹，晦涩艰深。这种短刀没有护手，又向内弯曲，不是刀术精湛之人根本无法自如运用。这种弯刀刃体上下略宽而中部曲处稍窄，刀锋作半叶形，十分锐利，所以才会造成这种奇怪的刀口！"

"刀术精湛……"荒木隆一反复地重复着这四个字，站起身来，开始扫视四周的人。

的确，在这塔儿寺的内院之中，除了我，所有的人都有嫌疑。

因为除了我，其他人都是武功的高手。

白猿客栈的三眼，从子房祖师开始，便没有一个习武的，每一代的掌灯几乎都手无缚鸡之力。不是白猿的三眼不愿意习武，而是我们的体质因为习练瞳术的原因，无法习武。

所谓习武，核心的原理就在于运行气血，激发潜力。不同的武功练法会在人体内形成不同的气血运转机制，气血经过不同的运转，催动筋骨肌肉，呼吸吐纳，从而开碑裂石，攻防腾挪。比如蓑衣的怪力、鬼手的轻功，都是内练气血，外练筋骨的结果。而张家的瞳术，主要是通过爆发性地运转脑中的气血，让大脑保持高强度的亢奋，从而加快神经反射和大脑运转，一切的气血运行机制都以开发大脑为前提。人体是有极限的，一个人的体内只能有一套气血的运行机制，如果硬要练第二套，就会出现运行冲突，轻则癫痫残疾，重则吐血而亡，古代人管这个叫走火入魔，西洋人管这个叫机体功能性紊乱。所以我们张家人在习练瞳术以后，体内针对大脑的气血运行机制已经形成，除非一心求死，否则是绝对不会去练什么武功的。

张家三眼不习武，这是整个江湖都知道的事情，杀死荒木晴子的凶手，下刀干净利落，一击毙命，没有十几年的内外苦练，是练不到这个水平的，所以……荒木晴子的死，除了我……在场所有的人，甚至包括塔儿寺的主持三味大师，还有他的徒弟晦鸣都有嫌疑，因为通过这两天的观察，我发现，这二位僧人下盘稳，眼神亮，吸气深，吐气柔，太阳穴高高隆起，拳骨上一层层厚厚的老茧……高手！绝对的高手！

半个小时后，在三味大师的劝说下，寇乌孙和蔺托钵离开了北院，各自回房，三味大师朝我合十做礼，带着一众僧人去了佛堂诵经。

荒木隆一和道格拉斯在处理荒木晴子的尸体，我则回到了自己和天师会三人居住的西院。

“呸——”我啐了一口被风刮进嘴里的沙子，从兜里摸出了一支烟叼在了嘴上，摸遍了身上的口袋，也没有找出火儿来，正闹心的时候，只听身后一声火柴摩擦的脆响传来。

我一扭头，一根燃着小火苗的火柴头递了过来，凑在了我的嘴边，点燃了我叼着的烟。

“张大掌灯……”头陀甩灭了手里的火柴杆，看着我讪讪地笑了笑，欲言又止。

我吐了一口烟圈，拉着脸说道："你想说什么？"

"人……不是我们杀的，至少……不是我杀的！"头陀坐在了门口的台阶上，徐徐说道。

"有区别吗？"我张口问道。

头陀挤了一个尴尬的笑，抬头问道："你们白猿客栈，就没有人想取你而代之吗？"

听到这话，我不禁一下没绷住，"扑哧"一声笑了出来。

我嘬了一口烟，坐到了头陀的旁边，沉声说道："他娘的，要是有哪个伙计想取代我当掌灯，就算烧了高香了！你知道吗，像我这样'吃软饭'的掌灯需要天赋，一般的男人他根本胜任不了！你得煎炒烹炸全都会，洗衣擦地不能懒，最重要的一点……任打任骂你得赔笑脸，一般的男人，你来得了吗？纵观的猿客栈六个人，也就我勉强算个及格。"

头陀摸了摸脑袋，不解地问道："按你这么说。这白猿客栈的掌灯，还是个苦差事？！"

我笑着摇了摇头，接着说道："可不就是个苦差事吗！我手底下那几个伙计，挣钱的本事没有，臭毛病一个比一个多——李青眉爱美，衣裳多到装不下，胭脂水粉，首饰绫罗，哪个不得花钱？根叔就更过分了，喝洋酒，抽雪茄，倚老卖老！唐驹天天研究些个瓶瓶罐罐，烧杯试管显微镜，那可都是烧钱的玩意儿啊！剩下个陆龟年，天天带着李青眉就这么在外面瞎浪，电影院、洋货公司、赌场、戏院，还开汽车，吃西餐，住酒店……我的天，花起钱来，那就是个少爷！还有我那兄弟梁战，你是不知道这厮有多能吃，一个人一顿能吃一头羊！自我接手客栈以来，不但没挣下什么家业，反而连我爹攒的老本儿都折进去了……要是没我那出身大户人家的媳妇养着，我们客栈六人就都得蹲秦淮河边上喝风去！你以为我愿意洗衣做饭吗？还不是一分钱难倒英雄汉！若是我有哪个伙计肯站出来，说自己想当掌灯，赚钱养活我，我二话都没有，直接把龙符给他！”

头陀听了我的话，瞪着眼睛，整个人都呆住了，沉默好久，才发出一声感叹：“想不到……白猿客栈是这么个情况，和我们天师会截然不同啊……”

我捻灭了手里烟头，张口问道：“你什么意思？”

头陀整理了一下思绪，徐徐说道：“这几年，天师会扩展得太快了，老班底被不断地冲淡，老一辈的权力在萎缩，新一辈要出头，两方势力开始不断碰撞……虽然天君李罗睺雄才大略，将天师会发展成了江湖第一大势力，但是……我们这些老一辈的人，却越发地为天师会感到担忧……”

“为什么呢？”我问了一句。

“还能为什么？根扎得不够深，摊子却铺得特别大！一个强大的江湖门派需要深根、强干、弱枝！但是天师会的发展却脱离这个良性的模式。为了扩张，天师会和军阀搭上了线儿，并一发不可收拾，直到天师会的资金、生意、人手和利益完全地和这些军阀绑定在了一起，换一个更恰当的说法，那就是，天师会现在完全和发战争财捆在一起了。原本的赌档、娼寮、粮食等买卖因为赚钱的速度不如军火鸦片，而渐渐地被天师会放弃。整个天师会在十几年的时间里已经迅速转变成一个服务于军阀混战的组织。然而，战争买卖虽然来钱快，但是终究无法长远。有道是‘天下大势，分久必合，合久必分’。

“军阀是什么人，咱们都很清楚……一群毫无信义的小人罢了。天下混战，天师会对他们来说，是有利可图，所以才能紧密合作；若是有朝一日，这天下不打仗了呢？那个时候，贩军火、卖鸦片的天师会就会成为这天下的眼中钉、肉中刺，无人不欲除之而后快！

“只可惜，我这番话，年轻一辈人是听不进去的……张大掌灯……我天师会的症结在哪儿，别人虽然看不出来，但是一定瞒不过你……想必，你针对天师会的报复，已经开始了吧！”

头陀脖子一扭，和我的目光交汇到了一起。

第十一章　沙窟游魂（下）

我看着头陀的眼睛，沉默了半晌，徐徐说道：

“认识我的人都知道，我这个人没什么脾气的，怂得很！吃点亏，受点罪都没什么，但是有一点，你不要搞我身边的人，这是我的底线，现在……你们天师会动我儿子，我就一定会让你们天师会付出代价……”

头陀摇了摇头，沉声说道：“这不是我们想要的合作……”

我站起身，看着头陀，冷声说道：“如果我所料不差，你们天师会之所以这么迫切地想要找到佛国沙窟，原因有三：其一，美国人对南京政府的支持，出乎了你们的想象。想打赢这场仗，你们需要更多的武器装备和后勤补给，这些都需要你们出一笔巨额的钱来买。

“第二，天师会和这些军阀走得太近，一荣俱荣，一损俱损，这场仗你们输不起，所以，你们把所有的人力和物力都顶到了前线，导致天师会原本就发展畸形的生意一下子陷入了崩溃的边缘，你们需要一笔钱运转。

“第三，你们有三本《大唐西域记》，却只告诉了我两首诗。荒木隆一说是因为你们对我有所保留，可我觉得并不是这样，因为毕竟我儿子在你们手里，而且你们比任何人都更希望尽快地找到蓑衣墓，进入沙窟中的佛国城，越遮遮掩掩，越浪费时间。所以，唯一的解释，就是你头陀在三个人里边说了不算，有一个人是不听你的号令的，所以你无法让他交出那首诗，看你的年纪和行事，应当是天师会的老一派。按你的说法，这批黄金关乎天师会的生死存亡，那么换一个角度，我也可以理解成，这批黄金同样也是天师会新老两派一次重新洗牌的机会——哪一派拿到了黄金，哪一派就掌握了天师会今后的话语权！”

头陀听了我的话，一脸认真地说道：“说实话，我现在对你开始有些恐惧了……我也更加相信你有报复天师会的能力了！”

我摆了摆手，云淡风轻地说道：“其实你们这两派人，我更希望你们老一辈掌权！”

“哦？为什么？”头陀意外地答道。

“因为老一辈的江湖人更守规矩。规矩这东西很重要，它是无数的祖辈们用鲜血和生命总结出来的教训。老一辈尊重规矩，所以能保得住家业，年轻人蔑视规矩，所以每每撞得头破血流……在我看来，天师会的两拨人里，年轻一辈属于疯子，你们这些老家伙属于傻子。从我自己打击报复的角度出发，欺负傻子远比招惹疯子更容易下手！当然，欺负傻子也好，招惹疯子也罢，都是我帮你找到沙窟，换回我儿子之后的事了。你们谁的命，都没有我儿子的重要！”

我言简意赅地把自己的想法说给了头陀。头陀叹了口气，站起身，意兴阑珊地挥了挥手，转身向屋子里走去。没走两步，只见他深吸了一口气，转过身来，看着我说道：“叶貂裘！他不是我的人！”

我沉吟了片刻，也走进了屋子。刚一进门，我猛地一愣，瞬间呆在了当场。

“怎么了？”头陀察觉出了我的异样。

我神色一紧，低声说道：“你知道吗？荒木晴子死亡的现场，血迹的喷射痕迹很诡异！”

“哪里诡异？”

“太整齐了！”

“整齐……什么意思？”

“荒木晴子是在屏风后面被人一刀割喉的。人的脖颈被划开，鲜血会迅速喷涌而出，四散外溅，这种喷射应该是扇形覆盖的；但是我在屏风上发现了一道非常明显的横向分割线，在横线上方没有血，所有的血迹都出现在这道分割线的下方，这说明什么？”

“在屏风上悬挂过某种边缘整齐的东西，但是在荒木晴子被杀后，那个东西被人取走了！”头陀眼前一亮，高声答道。

“说得不错！我一直在想，那东西会是什么呢？直到我刚才进了屋，才找到答案！”

“是什么？”

“地图！”

“地图？这不是在桌子上铺着呢吗？”头陀指着桌子上的地图说道。

我摇了摇头，指着地图上的几个位置沉声说道：“去案发现场前，我曾经在地图上做过一些标记，但是眼前这张图上，一个标记都没有……”

“你做的什么标记？”

“寻找佛国牧场的方法！”

“有人盗图？”

“很显然！”我淡定地点了点头。

“你怎么一点都不着急！”头陀火冒三丈。

我一摊手，笑着说道：“急什么，图没了，我不是还活着呢吗？再画不就得了！”

头陀没有理会我的嘲讽，扭头说道：“是荒木晴子偷了图，惹来了杀身之祸！是凶手夺走了图！”

“不不不，这个逻辑不严密，也可能是凶手杀了人，另一个到达案发现场的人拿走了图，二者皆有可能。总之……我建议立即封锁塔儿寺，密切注意有离开打算的人，因为无论是谁拿到了寻找佛国牧场的线索，都会第一时间深入沙漠搜寻。”

头陀点了点头，表示同意，一转身出了屋子。

是夜，锁阳城刮起了大风，吹得窗棂哗哗作响。我翻来覆去地睡不着觉，索性叼了根烟，在寺院里来回走动，刚走到寺庙中心的佛堂，就看见大殿台阶底下燃了一盆火，荒木隆一跪在地上，一张一张地往里面填纸，嘴角还挂着一抹淡淡的微笑。

我走上前去，站在了荒木隆一身边，笑着问道：“感觉你妹妹死了，你不是很难过！”

荒木隆一一边用小棍儿捅着火，一边答道：“他是父亲亲生的女儿，而我则是捡来的养子。晴子在日本长大，无忧无虑，我则被父亲养在中国，从小到大，挖坟掘墓，过着刀头舔血的日子。父亲多疑，从小便不信任我。这次来挖佛国沙窟，特地将晴子从日本派来，充当他的眼线！如今她被人杀了，你说……我是该悲，还是该喜呢？”

我没有正面回答荒木隆一的话，而是故作不经意地问道：“你觉得是谁干的？”

“不知道……不过肯定不是你！”

“为什么？”

“晴子的武功不弱，不是你能一击毙命的！”荒木隆一直言不讳地说道。

我借着盆里的火点了支烟，站起身来，活动了一下僵直的腰腿，正要离去，突然，一声刺耳的尖叫从佛堂内传来！

“啊——师父啊——”

我和荒木隆一对视了一眼，拔腿向佛堂内冲去。荒木隆一后发先至，抬腿一脚踹开了佛堂的木门。我的目光越过荒木隆一的后背，抬头向上看去，只见佛堂之内，一个瘦瘦高高的身影被一根麻绳拴住双脚，倒着吊在了半空，宛若一只钟摆，左右摇动。那身影正是沙匪的当家——蔺托钵。蔺托钵的舌头被人砍掉了，喉咙被人用利器割开了一道口子，已然凝固。

我和荒木隆一对视了一眼。

荒木隆一一点头，顺着楼梯爬上了佛堂的三层，沿着房梁跑动，解开了系在房梁上的绳子，蔺托钵的尸体“砰”的一声掉在了地上。

“张大掌灯，这房梁上用血写着和晴子的命案现场一模一样的文字！”荒木隆一高喊了一句。

与此同时，闻讯赶来的三味大师连同一众僧人、天师会三人、道格拉斯和那个黑人保镖也齐刷刷地围了上来。

我摸了摸蔺托钵颈下的伤口，沉声说道：“这家伙已经死了起码两个小时了，而且，周边没有相应的血液喷溅痕迹，说明这里不是命案的第一现场，他的尸体是被人搬到这里来的！”

就在此时，院墙之外，火光大盛，枪声大作，人马砍杀的声音猛地响了起来！一个浑身是血的小沙弥跌跌撞撞地跑了过来，一个踉跄栽倒在了地上，三味大师连忙上前把他扶了起来。那个小沙弥抹了一把脸上的血迹，哭着喊道：“院墙外的匪帮说他们当家的出了事，纠集了人手，去找驼队的要人，驼队的以为匪帮是来劫取财货的，二话没说，拔刀就砍。外面的火光引起了寇施主的注意，他收拢了各自为战的骆驼客，开始合围那些沙匪，沙匪群龙无首，一触即溃，被打得抱头鼠窜！寇施主提刀上马，带着一队人已经追出去了！”

我闻听小沙弥的话，脑子里突然灵光一闪，好像想起了什么。我一拍脑门，在蔺托钵的尸体上一顿翻找，终于在他的怀里摸到了一个染着血的羊羔皮小口袋。我把手伸到口袋里一顿翻腾，掏出了几颗老鼠屎，还有几个带着啮痕的核桃壳子。

“怎么了？”头陀问道。

“是子午沙鼠！”

“什么鼠？”

“子午沙鼠，是一种生活在戈壁上的小型啮齿动物，体型不到一掌长短，尾长耳短，体背沙黄，奔跑如飞，听觉极其灵敏。成年后的子午沙鼠能在方圆三里的范围内感应到配偶的叫声。大漠里的沙匪将一对子午沙鼠拆开携带，充分利用了子午沙鼠的这一特点，来传递消息。”

我刚说完这话，头陀就抢着答道：“蔺托钵被杀，袋子里的沙鼠是不会被一个死人放出去的，除非另有其人。这沙鼠被人放了出来，身上还沾了血，一路小跑回到了院墙外匪帮的营地，所以众沙匪才知道当家的出了事，因而聚集闹事，和骆驼客发生了冲突。寇乌孙大开杀戒，带着人追击蔺托钵的残余手下！”

我看了一眼头陀，摇了摇头，在地上一边踱着步，一边说道：“其实，还有另一种可能……那就是荒木晴子趁我睡着的时候，偷走了我标注好的地图，而她偷图的行为被寇乌孙发现了，寇乌孙尾随荒木晴子到了北院。荒木晴子将地图挂在屏风上研究，寇乌孙于暗中偷袭，将荒木晴子一刀毙命，而后，割掉了荒木晴子的舌头，写下了那些故布疑阵的大宛国字符，随后带着地图离开。

“荒木晴子的死，引起了寺院中的恐慌，四伙儿人马互相监视。我告诉了天师会地图丢了，天师会肯定会密切注意一切试图离开锁阳城，前往大漠深处寻找佛国牧场的人，场面一时间陷入了僵局。为了打破这个僵局，尽快脱身，寇乌孙设计杀了蔺托钵，把尸体搬到佛堂，他早就知道蔺托钵怀里的子午沙鼠，所以故意放走了染血的沙鼠，激起外面沙匪的混乱，然后以保卫驼队的名义出手，借着追击沙匪，远遁脱身，直奔大漠深处！”

叶貂裘一声冷哼，抱着肩膀说道：“这些都是你的推论！证据呢？”

我笑了笑，张口说道：“这虽然是个猜想，但是验证的方法却极其简单！”

“怎么验证？”

“如果是寇乌孙杀人盗图，那么他肯定不是什么骆驼客，而是早就惦记这批黄金的歹人。那群骆驼客既然是歹人乔装，毕竟时刻做着杀人搏命的准备，所以他们是不会真的带什么货物的，刚才……寇乌孙只带了一部分的手下去追击，剩下的货物和骆驼还在院墙外，咱们只需要看看里面有没有货，不就知道寇乌孙的骆驼客的身份是真是假了吗？”

我这边话还没有说完，头陀和卞惊堂便抢先出了佛堂，穿过石桥，走出了院墙，招呼手下的随从，“呼啦”一声，将十几个骆驼客围在了正中。

“把箱子打开！”卞惊堂一声大喊，天师会的所有枪手一同拉开了枪栓。

“扑通——扑通——”

那些骆驼客犹豫了一阵，随即扔下了手里的枪，齐刷刷地跪了一地，高声喊道：“饶命！”

我拨开人群，笑着说道：“我们不是沙匪！不杀人！”

说完，我伸手从一个天师会弟子的手里接过了一把撬棍，一咬牙，撬开了一口从骆驼上卸下来的木箱子。

“石头！是石头！”那个天师会弟子大声喊道。

“全卸下来，撬开！”卞惊堂急红了脸，声嘶力竭地喊道。

我坐到旁边的一个土墩上，拉过一个跪在地上的骆驼客，笑着问道：“怎么回事？说说吧！”

那个骆驼客吓得体如筛糠，一边打着哆嗦，一边低着头说道：“我真的不知道是怎么回事……我们几个是敦煌里的野刀客。前不久这位寇老大在敦煌城招人手走骆驼，说是货多人少，需要找几个临时的伙计帮忙。我们见他钱给得足，就跟了他出了玉门关，讲好了只给充人手，不玩命。出关的时候，寇老大也反复交代了，只用我们帮着看看货和骆驼，真遇到沙匪了，他手下的弟兄会上去拼杀的。这……货都是寇老大的，走骆驼的有规矩，只管押运，不能开箱看货……谁能想到这里面是石头啊……饶命啊！”

我笑着拍了拍那个骆驼客的肩膀，扭过头，在头陀耳边似笑非笑地说道：“看到没有，打黄金主意的不只你们一拨儿，下套儿的是高手，布下的局是一环扣一环啊！”

“现在应该怎么办？追不追！”头陀用试探的眼光看着我。

“我那个圈画得不小，缩小可能地区的范围，这种又脏又累的苦差事就交给这帮蠢蛋来完成，咱们现在最应该做的是彻底搜寻整个塔儿寺，寻找血迹，确定蔺托钵命案的第一现场，因为那里，肯定有线索在等着我们……”

第十二章　赤门千秋（上）

三个小时后，我们在南院儿蔺托钵的屋外找到了一摊被沙土掩埋的血迹。当晚，蔺托钵的尸体就停放在他生前居住的那间集禅房中。

五更天，两道快如猿猱的身影穿过走廊，闪身钻进了蔺托钵停尸的房间内，掀开了裹尸的麻布在尸体身上一阵翻找。

突然，一根火柴在黑暗中燃起，映出了我一张冷笑的脸。

我将嘴里叼着的烟卷凑到火苗上，点燃了香烟，甩灭了火柴杆，从上衣兜里摸出了一块掌心大小的檀香木牌，看着那两道黑影，笑着说道：“两位，找这个吗？”

那两个黑衣人愣了一下，缓缓摘下了脸上的黑布，露出了两张我无比熟悉的脸——头陀和卞惊堂。

“你知道了？”头陀惊声问道。

我嘬了一口烟，笑着说道：“验尸的时候我就发现了：这位沙匪头子蔺托钵，头脸、颈部和四肢受沙漠里的日头暴晒，呈现出了枯黄红黑的肤色；但是他的腹部、胸口、双腿和两臂都很白皙，这说明他并不是土生土长的沙漠汉子，而是从中原或是江南刚来此地不久。那么，这就不得不令人起疑，一个中原人不远万里地来玉门关外来当一群由本地土著组成的沙匪的头目，为的是什么呢？在这个疑问的驱使下，我在蔺托钵的尸身上反复翻找，终于在他靴子的夹层里，发现了这个檀香木牌。果然，木牌的背面刻着两行小字——天下雷行，物与无妄。认妄为真，虽真亦妄！这牌子，头陀你应该最熟悉不过了，对吧？”

头陀僵硬地抽动了一下嘴角，咬着牙说道：“没错，蔺托钵是我天师会妄门的弟子，是我派来锁阳城策应的探子，半年前乔传改扮，打入沙匪内部，专门在玉门关外活动，打探佛国的消息。”

“半年前？为什么是半年前？”我张口问道。

“半年前，我们挖开了花悬应的墓，得知了佛国沙窟与囊衣墓的秘辛！但是三本《大唐西域记》，有一本落在了叶貂裘手里，我们和他不是一派，为了提早谋划，我才派蔺托钵先到了玉门关外准备。”

我一扬手，将手里的檀香玉牌扔给了头陀，沉声说道：“看来蔺托钵没有辜负你的期望，他肯定发现了寇乌孙杀荒木晴子夺走地图的事情，在查探寇乌孙身份的时候，被寇乌孙杀了。不过我猜你也不会那么傻，只派一个蔺托钵过来，蔺托钵手底下那个和他用子午沙鼠传递情报的肯定也是你的人，现在估计已经跟上寇乌孙的行踪了吧！我预计用不了多久，寇乌孙就能找到佛国的牧场，我们安心休养，捡现成的就好！”

头陀踌躇了一阵，向我说道：“你真是太令人恐惧了！江湖传闻，你们张家的三眼乃是用阳寿和鬼神做的交易，有了这双眼睛，就能看破世间万物……”

我吐了一口烟圈，向头陀挑了一下大拇指，笑着答道：“以讹传讹的鬼话你也信，蠢得够可以！”

就在这个时候，锁阳城半空骤然传来了一阵刺耳的轰鸣声。我和头陀跑出屋外，只见月影之下，一架飞机穿过空中的卷起的黄沙，直奔锁阳城俯冲而来！

没错！就是飞机！

我、头陀、卞惊堂三个人全都惊呆了，齐刷刷地站成一排，张着大嘴，仰着脖子，看着半空中的飞机。

看到这架飞机，我顿时想起了鲁绛给我说过的一件事：宣统三年的时候，为了空投炸弹，刺杀清政府高官，革命党攒钱在德国购买了两架奥匈帝国制造的艾垂奇鸽式单翼机。这两架飞机后来几经辗转，于民国二年三月，被袁世凯调到了北京南苑，最终与购买自法国的九架高德隆G2型和三架高德隆G3型教练机共同成了中国第一所航空学校——南苑航空学校研发制造和教学的模型，培养了中国第一批航空军事人员。发展航空工业，培养航空人才这种高精尖的事情和搞基础教育可是两回事，需要的机械工程人才可来不及从娃娃抓起，于是，有着上千年机关制造底蕴的公输子弟，成了第一批研发主力，率先进入了南苑航空学校，开始研究飞机。

功夫不负有心人，民国七年，中国历史上第一个正规的飞机制造工厂——海军飞机工程处正式成立，专门生产制造用于教练、侦察、轰炸、巡逻的水上飞机。民国十二年，中国第一架双层螺旋桨敞盖飞机由广东飞机制造厂研制成功，命名为“洛士文一号”。

而这些研发制造的班底大多都是公输一族的大匠精英。

记得那是一个春日的午后，鲁绛盘着腿坐在藤椅上吃葡萄，我则半蹲半跪地趴在地上擦地板。一架飞机从窗口飞过，我放下了手里的抹布，趴到窗台上看热闹。

鲁绛吐了一口葡萄皮，指着天上的飞机说道：“我当什么新鲜玩意儿呢，不就是飞机吗？咱自己家又不是没有！”

我吓了一跳，回头说道：“咱家还有飞机？”

鲁绛掰着纤细的手指，一脸淡定地说道：“也不多，五架而已。两架是买来研究的，三架是自己仿的……小寒子，别看热闹了，好好擦地，本宫过几天带你坐飞机！”

“得嘞！您瞧好儿吧！”我抖了抖抹布，继续擦地。

后来，没过多久，鲁绛就有了身孕，这坐飞机的事儿慢慢地就被我忘在了脑后；然而此时，在我眼前的这架飞机越飞越低，直奔着锁阳城冲来，我们三人拔腿向飞机降落的地方跑去。只见那飞机在锁阳城外的大空地上渐渐着陆，滑行了一段距离后，稳稳地停在了锁阳城的门口。一个穿着美式飞行夹克的中年人摘下了头上的飞行帽，走到我面前，拱手说道：“公输弟子庞山云，见过掌门姑爷！”

我缓缓合上了嘴，一脸茫然地问道：“你……你怎么来……找我干什么？”

庞山云笑了笑，沉声说道：“是大公子命我给姑爷来送信的！”

庞山云嘴里的大公子，就是我的大舅哥鲁胥。听了庞山云这话，我才猛地反应过来，我离开南京的时候，曾经吩咐客栈的伙计，一旦谁那里有了进展，一定要第一时间写信给我，鲁胥说公输家会用最快的方式交到我的手里！

我以为鲁胥说的最快的方式很可能是快马、火车之类的运送方式，但是我万万没想到，鲁胥所说的“最快的方式”竟然是……飞机！

我有些恍惚地伸出手去，从庞山云手里接过了一个厚厚的信封，在身上一顿摸索，好不容易翻出了四五个大洋。我舔了舔嘴唇，有些羞涩地将大洋放在了庞山云的手里，磕磕巴巴地说道：“你这一路来……飞来……辛苦了，这……这穷乡僻壤的，也没什么好招待你的，这钱也不多……你买点儿吃食啥的，回去路上吃！”

庞山云尴尬而不失礼貌地笑了笑，将大洋揣进了上衣兜里。

卞惊堂看着庞山云和他身后的那架飞机，眼中露出了一丝贪婪的狠色。头陀捕捉到了卞惊堂的情绪，不着痕迹地拍了拍他的肩膀，看着他摇了摇头，在他耳边小声说道：“抢了有什么用？你会开，还是我会开？这么大个东西，咱们怎么运，用骆驼拖回中原去吗？你也是天师会的老人儿了，多动动脑子好不好！”

卞惊堂老脸一红，扭了过去。庞山云恭敬地朝我一点头，徐徐说道：“掌门姑爷，信我已经送到了，您要是没什么别的吩咐，我就回去了！”

我连忙说道：“好好好，辛苦了，辛苦了，那个路上……慢走……不是……慢飞！”

“好！您放心！”庞山云一抱拳，爬回到了飞机上。伴随着一阵巨大的轰鸣，飞机开始慢慢掉头，在高速奔行了一段距离之后，猛地一震，乘着大风，扶摇而上，消失在了天边……

“千年世家，果然不是我等十几年的小门派可以相比的啊！”头陀发出了一声感叹，神情有些黯淡。

我回身拍了拍他的肩膀，笑着说道：“不过是宗门古老一些罢了，公输家传承了千年，全部子弟加在一起，也不过数千，哪比得了你们天师会百万之众！”

头陀摇了摇头，哀声说道：“账不是这么算的，天师会虽然信众百万，但可有一个是会开飞机的？不说也罢，不说也罢……”

“你倒是个明白人！”我赞了他一句，转身走进了城门。

塔儿寺西院，灭禅禅房内，我当着头陀、卞惊堂和叶貂裘的面，大大方方地拆开了庞山云给我送来的那个厚厚的信封。信封里二三十张信纸，密密麻麻地写满了数字，没有标点、没有汉字。这三个天师会的人大眼瞪小眼地看着我津津有味地阅读着一页页的信纸，额头上冒起了一层细密的冷汗。

其实，这信上的加密手段非常简单，甚至可以说是拙劣，因为信上的每三个字符代表一套坐标，分别是一本书的页数、行数和第几个字。只要找到了作为母本的书，对照着一个个找就能读懂信的意思了。

关键是……我根本不需要母本，直接就能读！

我从南京时和每一个伙计都约定了一本不同的书作为母本，和根叔约定的是——民国三年版的《康熙字典》。

字典全书十二集，以十二地支标识，每集又分为上、中、下三卷，共收录汉字四万七千零三十五个。看根叔的信，我不需要翻书查找，因为整本书都在我的脑子里，一页页一行行的字都印在我的记忆中，所谓过目不忘，正是白猿三眼的拿手绝活。

这信里写的是我和根叔自南京分别后，根叔办理我交代的事情的经过……

第十三章　赤门千秋（下）

上海，青浦，朱家角镇。

古老的江南水乡，千余栋民宅临河而建，古镇九条老街依水傍河。南方人管胡同叫作弄堂。朱家角每街每路都有弄堂，大套小，横接纵，路通弄，街通弄，弄通弄。古弄幽巷多、古、奇、深，穿弄走巷，如入迷魂大阵，兜兜转转之间，柳暗花明。白墙黑瓦之中，一座九进的院落悄无声息地隐匿在树影深处。

宅院的大门很高，飞檐之下挂着一个古色古香的牌匾，上书两个汉隶文字——赤门。

大门左右有一副楹联，上联是：光照汗青二十又九，下联是：泽被苍生四百单七。这副楹联对应着大汉天下四百零七年国运，传帝二十九代，表达着赤门刘汉正宗族裔的身份。

后花园，池塘。

赤门的当代家主刘颉正倚靠在一张躺椅上垂钓，身边一个两手过膝，宽腰窄背的年轻汉子站在一旁护卫。

“卢四啊，那人来了几趟了？”刘颉扯了扯鱼竿，敲着桌子上的一沓拜帖，不经意地问道。

那个名叫卢四的护卫躬了躬身，小声说道："来了三趟了，我按您的吩咐，把帖子收了下，人撵了出去！"

刘颉抽了一张桌子上的拜帖，把钓竿别在躺椅腿上，打开拜帖，露出了里面工工整整的十二个字：

白猿聂树峰，求见赤门家主刘。

"白猿……白猿……哎哟，咱们这两脉多少年没来往了？"

卢四沉吟了一阵，张口答道："从东汉光武皇帝算起，到现在，一千八百多年了！"

刘颉放下了手里的拜帖，揉着太阳穴问道："他们这一代的掌灯是谁啊？"

"张寒！"卢四答了一句。

"哦？不是三眼妖狐张九陵吗？"刘颉诧异地问道。

"张九陵民国五年死了，现在接手客栈的是他儿子！"卢四据实以答。

刘颉撇了撇嘴，正要说话，卢四的耳尖猛地一动，浑身汗毛一立，一闪身，站到了刘颉的前面，反手一抹，从腰后掏出了一张手弩，眼睛一眯，瞄向了树影深处。

"谁——"卢四一声大喊。

与此同时，一个一身黑布唐装的人，踏着一双千层底儿的布鞋，缓缓地走了出来。卢四在看到那个人的脸的时候，整个人瞬间呆住了！

因为，那个人竟然生着一副和刘颉一模一样的面孔。

"你是谁？"刘颉猛地站了起来，大声喝道。

那个身穿黑布唐装的人微微一笑，一抬手，在脸上轻轻一抹，换上了一副白眉老者的面孔，两手一抱拳，幽幽说道："白猿不老生，聂树峰！"

来人正是根叔。

"你是怎么进来的？"卢四紧张地问道。

根叔笑了笑，扬了扬手里一张薄如蝉翼的人皮面具，笑着说道："有这张脸，谁敢拦我？"

刘颉一声轻笑，冷声说道："这里是赤门，你不要命了吗？"

根叔神情一肃，沉声说道："我找的就是赤门！"

话音未落，根叔手指一挑，从上衣兜里摸出了一根丝绳。在那丝绳的一端，系着一个黄金的底座，底座上镶嵌了一根小手指，黄金底座上铸有阳文篆字——大汉刘秀，伪朝始建国三年。

刘颉见了那根小手指头，猛地浑身一颤，拨开了身前的卢四，双膝一弯，朝着那截小手指头恭恭敬敬地磕了三个响头，直起身来，看着根叔，一脸凝重地问道："你是来讨债的！"

根叔点了点头，沉声说道："白猿客栈张三眼，再造河山二百年！光武帝许给祖师张挺的代价，今日该还了！"

"你想要什么？"刘颉警觉地问道。

"三个月内，赤门门下的所有码头和船坞停止一切有关天师会的买卖，但凡和天师会染上半点儿关系的船，一艘也不许在赤门的码头船港停靠！"根叔看着刘颉的眼睛，仔仔细细地将我的吩咐交代给了刘颉。

刘颉思量了一阵，张口问道："可是天师会和白猿客栈结了梁子？"

"这不是你该打听的！"根叔言简意赅地掐断了话头。

刘颉不以为意地点了点头，转身走到小桌边，在怀里取出了一支钢笔，在一张信笺纸上写了两行字，随即从腰下解下了一块玉佩，在桌子上的一个圆的陶瓷盒沾好了印泥，在信笺上钤好，然后将信笺折了三折，塞进了一个竹筒里，密封妥当后，放在了卢四手中。

"这竹筒里的亲笔令，责成我门下所有码头，禁止一切天师会的船舶靠港。"刘颉看着根叔，一边说着话，一边弯下腰，将双手捧过头顶。

根叔点了点头，将手里的那截儿光武帝刘秀的小手指放在了刘颉的手心里。刘颉躬身后退，细细地将祖宗的手指收好。当根叔伸手去卢四的掌心里捞那个竹筒，却被卢四一把抓住了手腕！

"刘大家主，这是什么意思？背信弃义吗？"

还没等刘颉开口，卢四便一仰脖子，用下巴尖儿对着根叔，冷冷地说道："我们家主答应你了，我可没有？"

根叔没有搭理卢四，把眼光看向了刘颉。刘颉耸了耸肩膀，示意他也做不了主。

"你想怎么样？"根叔面如寒霜。

卢四将那个竹筒挂在了腰间，冷声说道："我是飞将军的后人！祖师爷的遗憾，我得帮他圆了！"

"快两千年了，不过是意气之争，何必呢？"根叔叹了一口气。

汉时名将李广，号称飞将军，骑射之术，冠绝当代。汉文帝评价李广有言："惜乎，子不遇时！如令子当高帝时，万户侯岂足道哉！"传说，李广出猎，见草中石，以为虎而射之。羽箭所至，力透金石，箭身没于顽石之内，铮然有声。元狩四年，漠北之战中，李广任前将军，因迷失道路，未能参战，愤愧自杀。自杀之前，李广有言曰："某平生纵横天下，以箭术称雄，唯不知若与白猿不老生相较，孰高孰低？憾哉！憾哉！"

卢四死死抓着根叔的手腕，沉声说道："自古文无第一，武无第二！卢四练了二十年射术，也想看看白猿不老生凭什么在天下射术第一的位子上，一坐就是两千年！"

眼下，天师会和白猿客栈的较量紧锣密鼓，白猿客栈又须赤门践行约定，根叔怕横生枝节，实在是无心比斗，踌躇了一阵，抬头对刘颉说道："咱们今日乃是按照信义践行祖辈的约定，你这算是什么？打折扣吗？"

刘颉笑了笑，眯着眼说道："我也想看看，白猿客栈还是不是两千年前那个再造山河二百年的白猿客栈！"

根叔长吸了一口气，看了看卢四，又看了看刘颉，冷声说道："生死无悔？"

卢四一咬牙，狞声说道："生死无悔！"

赤门祖宅向东二十里，乃是一片马场。

此时，卢四和根叔相背而立，各自挑选着称手的硬弓。在他们的身后，各有四十匹骏马待选——各种血统、年龄、国别的马，一字排开。

卢四挑好了弓和箭，牵了一匹由俄国人培育出的经典品种——奥尔洛夫快步马。这种马身高腿长，脚步轻快，背长腰短，四肢坚实，肌肉发达，跳跃时动力充沛，爆发力极高，转弯灵便，性情温顺，乃是有经验的骑射猎手最喜欢驾乘的马种。

根叔反复地紧了紧弓弦，瞥了一眼眼前的一排骏马，不满意地摇了摇头，垫了垫脚，在前边的马厩里扫视了一圈，看着卢四说道："我不从这排马里选，行不行？"

卢四皱了皱眉头，沉声说道："行是行，不过，你要知道，这些马可是我这里最好的马了！"

根叔一声嗤笑，幽幽说道："小兔崽子，你懂个屁！"

说完，一伸手，指向了马厩的深处。两个在一旁伺候的小厮顺着根叔手指的方向，一路小跑，从马厩里边牵出来了一匹毛色枯黄的瘦马。看那马匹年纪和步态，至少已经二十岁了！要知道，尽管马匹的血统和品类各有不同，但是大部分的平均年龄在三十到三十五岁之间。一匹马的年齿，从出生开始，头十二个月算是仔马，在五岁以前，算是幼龄马，五至十六岁是中年马，十六岁以后算是老年马。而一匹马爆发力的巅峰在四到六岁，耐力的巅峰在九到十一岁，过了十二岁，整个马匹的体力就逐渐在走下坡路了……而根叔选的这匹马的年龄，则处在体力下坡路的谷底……

“你确定要选这匹马？”卢四不解地问道。

根叔摸着那马的鬃毛，把脸贴在那马的耳朵上，摸着它的鼻子，笑着说道：“所谓骑射、骑射，胯下骑的马就是射手的腿，我怎么敢含糊呢？”

话音未落，根叔翻身上马，将箭囊背在了身后，一勒缰绳，和卢四并肩走到了马场的中央。

刘颉在看台上，站起身，走到大鼓旁，高声喊道：“三支箭，三通鼓，生死无悔！”

根叔和卢四对视了眼，相互拱了拱手，算是行了个礼，随即拨转马头，背对背地开始缓步而行……

第十三章　惊弓射

“哒——哒——哒哒——”

马蹄声一步一顿，根叔和卢四背对背地催动着胯下的马匹。

“咚——”一通鼓响。

刘颉的鼓槌毫无征兆地落在了鼓面上，根叔和卢四耳尖一动，同时动了起来。

张弓！

搭箭！

回身！

“唰——唰——”

两声弓弦响。

卢四的弓弦一抖，一支羽箭电射而出。根叔身形一滞，翻身一滚，挂在了马背右侧。卢四听见根叔的弓响，下意识地向左一偏，一愣神的工夫才发现，根叔并没有发箭，再一抬头，正好看见根叔又一翻身，坐回了马上，一扭头，朝他一笑。

在根叔的嘴里正咬着他刚才射来的箭杆！

根叔背后的箭囊里还是三支箭！

刚才，根叔放的是空弦！

“咚——咚咚咚——”二通鼓响。

“老贼！休走——”卢四一声怒喝，两腿一夹，催动胯下的骏马风一般地向根叔奔来。根叔一勒缰绳，吐掉嘴里的箭杆儿，打马前蹿，卢四紧随其后。根叔的马是老马，体力比不得卢四胯下那匹马神骏健硕，没跑上两圈，就被拉近了距离。卢四阙准时机，正要张弓，冷不防根叔一回身，大声喝道：“看箭——”

卢四吓了一跳，下意识地向左一闪。

“唰——”弓弦响动，一支羽箭电射而出，从侧面射向了卢四，卢四一勒缰绳，胯下奔马人立而起，那只羽箭从马的颈下飞过，射了个空。

根叔一箭射空，卢四趁机一张手臂，搭上箭，将一张强弓拉得满月一般，一松手，直射根叔咽喉。根叔手里扯着缰绳，向后一翻，跃下马来，躲过卢四的箭，双脚在地上交替了两个来回，双腿一张，再次跃上了马背，一拨马头，直直地向着卢四撞来！卢四吃了一惊，反手去捞背后的箭囊，将仅有的一支箭抽了出来，刚架到弓上，只听“唰”的一声，根叔的弓弦响了！

一支羽箭从根叔的手中脱手而出，直射卢四的面门。卢四来不及发箭，俯身一倒，趴在了马上。那支羽箭顺着马耳朵，擦着卢四的鬓角飞了过去！说时迟，那时快，就在根叔的马就要撞上卢四马的一瞬间，根叔猛地一夹马肚子，那只老马以两只后蹄为支点，人立而起，两只前蹄狠狠地向卢四的马脖子蹬去。卢四吓了一跳，连忙调转马头，闪到一边，根叔一击不中，一勒缰绳，催马便跑，卢四一咬牙紧随而上，正要张弓，冷不防根叔一声大喊，犹如舌尖上绽起了一个春雷！

“看箭——”根叔一扭头，将弓弦瞬间拉满。

“咚咚——咚——咚——”三通鼓响。

这一次，卢四有了准备，并没有急着躲避，而是定睛向根叔的手上看去，果然，根叔的弦上是没有搭箭的！

“老东西，又想骗我吗？”

卢四一声狞笑，正要张弓，却见根叔的脸上泛起了一抹诡异的笑。

根叔松开了控弦的指节。

“唰——”弓弦声响起。

卢四胯下的那匹奥尔洛夫快步马猛地发出了一声惊惧的嘶鸣，两只前蹄一软，“扑通”一声，跪倒在了马场之中。卢四重心一闪，整个人向前一扑，栽倒在地，滚落到了尘埃之中。

与此同时，根叔白眉一挑，场外的刘颉甚至没有看清根叔是怎么动的，就听见了另一声弓响传来，一只羽箭自上而下地射进了地上的尘埃之中。

“手下留情——”

刘颉的话刚喊了一半，根叔的马就跟着射出的羽箭一起蹿到了那片尘土之中。根叔猿臂轻舒，在地上一抓，将尘埃中的卢四夹在肋下，按到了马背上。尘土散开，一支羽箭穿透了卢四的掌心，在卢四颤抖的指尖上，还拈着一支没有来得及射出的箭。

根叔叹了口气，在卢四的腰上一抹，摘下了那个竹筒，笑着拍了拍卢四的背，沉声说道：“承让了——”

根叔翻身下马，看着刘颉拱了拱手。

“不会的……为什么……不可能的……”卢四翻身落马，瘫坐在地上，神经质一般地喃喃自语。

根叔走了过去，蹲在他的身前，沉声说道：“年轻人，箭术是生死间搏杀的功夫，不是能在马场里练出来的。因为靶子是死的，人是活的，我年轻的时候……哎哟，那个时候还是大清朝呢，我一人一马在祁连山追杀一伙儿马贼，月黑风高，伸手不见五指，雪厚草深，乱箭横飞……那才是

一个射手应有的历练，没有这种经历，你是练不出第一流的射术的，

“还有……选马的第一要点不是马力，而是马胆。你的马好是好，但是没上过战阵，没有见过血，可能就是因为它太名贵了，所以你也舍不得让它在刀枪里打来回。但是我告诉你，没上过战阵的马，听不得弓弦响，听得不枪炮声，一听就惊，所以我虚虚实实地射空弦，就是为了惊你的马！你看我选的这匹马，身上好几处刀疤枪眼儿，一看就是战场上退下来的，老是老了点，但是胆子绝对够大，临阵不慌，这才是一个射手值得拥有的坐骑！”

卢四面如死灰，摇头叹道：“罢了，败了就是败了……”

根叔摇了摇头，头也不回地向外走去，口中说道：“白猿客栈张三眼，再造河山二百年，汉室刘家和白猿客栈的恩义，两清了。”

站在看台上的刘颉扔掉了手里的鼓槌，摇头叹道：“两千年了，原来白猿，依旧还是当年的白猿。”

根叔的书信到这里就告了一个段落，后面还附上了一页只有两组数字的落款，对照《康熙字典》，这组数字翻译过来就是—— 十块！

我微微一笑，暗中思忖道：“河南、山东、安徽三地的烟土已经涨到十块一两了！”

河南、山东、安徽三地是天师会主要的烟土经营区域，贩运的渠道主要靠从英国人和日本人手里购买。装有烟土的船，伪装成各种货物，在赤门的黑码头靠岸卸货，经沿海，走内河航运，换马车运送，到达山东、安徽和河南，这些年，烟土价格，一直维持在三块钱一两，这个价格本来就不低了，为什么呢？因为由于烟土的暴利，种植罂粟成了云南、广西、四川、贵州等很多地方军阀的一大生财之道，他们鼓励甚至强令农民种植罂粟。在西南和西北都盛产烟土，种的人一多，价格自然就下来了，其中以云南的“滇土”的供应量最大。在西南地区，很多穷人抽不起高级货，就

选用一些“杂膏”和“劣土”作为代替，毕竟这些“国产烟土”的价格仅为外来“洋土”的五分之一。

随着烟土市场的竞争日益激烈，主要在中原地区活动的天师会越来越感到压力，因为这些国产的“劣土”开始渐渐地从西南向中原渗透，并且凭借着其低廉的成本，开始挤占天师会苦心经营多年的鸦片市场！天师会在和对方谈了好几次都没有成功的情形下，果断拔出了刀枪，开始通过血腥的武力方式争夺划定烟土势力范围，用人命和厮杀的原始办法保护住了自己的市场地盘。但是，天师会经营的“洋土”有一个致命的缺陷，那就是受船期的影响非常大，货量不稳。

由于天师会的势力范围内受气候和地理环境的先天限制，无法量产烟土，所以在烟土来源上不得不严重地依赖进口，这就导致了天师会的烟土没有稳定的囤货量供自己调节市场波动，所以一旦掐死了烟土的来源——不让天师会的船靠港，就等于握住了这只毒蛇的七寸，让它瞬间就萎靡了下去。

虽然我和赤门的约定只有三个月，但已经足够让天师会焦头烂额了：因为据我所知，在战事吃紧的当下，很多军阀部队的军饷都是以烟土的形式支付的。毕竟烟土是硬通货，在市面上的流通很受欢迎，再加上很多部队的士兵本身就是吸鸦片的瘾君子，所以才导致了烟土当军饷这种诡异的事情出现。而且天师会还以烟土为“诱饵”给军阀征兵，只不过，拿烟土征来的这些兵身体素质低下，战斗力弱到极限，简直是手无缚鸡之力。这些烟鬼士兵被人们戏称为“双枪军”，意思就是这些部队的兵，一手拿火枪，一手拿烟枪，若遇烟瘾发作，哪怕正在战场搏命，也得缩到战壕里，扔了火枪，点起烟枪，先过了烟瘾，再论其他。

眼下，天师会的船靠不了港，烟土卸不下来，天师会的烟馆就没有钱赚。天师会手里一没钱，二没烟土，手下的“双枪军”就发不了饷，“双枪军”的那帮烟鬼士兵抽不到鸦片，就要发疯，发疯就会哗变，天师会手下的“双枪军”至少有二十万人，如此规模巨大的哗变肯定会形成无法想象的破坏力！

不过，这不是最麻烦的事儿，最麻烦的事儿在后头呢，毕竟这只是我破坏天师会的第一步。

不一会儿的工夫，我看完了根叔的信，将信纸凑在火上，烧成了一团灰烬，站起身，活动了一下僵直的脊背，点了根烟，坐在门框上望着月亮发呆。

头陀披上了外衣，站在我的旁边，低声说道：“我知道……你一直想除掉我们这些人！可是……你有没有想过，你搞垮了天师会，还会出现什么地师会、人师会……只要这世上，还有欲望，还有贪念，像天师会这样的组织就还会崛起一千个、一万个……”

我弹了弹烟灰，笑着说道：“但凡我张寒还有一口气在，有一个，我除一个，有一千个，我除一千个，有一万个，我就除一万个……毕竟两千年了，白猿客栈不都这么过来了吗？”

头陀苦笑了一声，叹着气说道：“这么说，这次是咱们第一次，也是最后一次合作喽！”

我掐灭了烟头，迎着头陀的眼神，一字一顿地说道：“道不同不相为谋，我帮你找到黄金，你放了我儿子，然后……咱们不死不休！”

“你就这么确定，在帮我拿到黄金后，我肯定会信守诺言把儿子还给你吗？”

“白猿客栈虽然没有流传下来任何关于佛国和沙窟的线索，但却留下了张信祖师所修建的那座蓑衣墓的记载，从而让后人方便祭拜，我猜……蓑衣墓内肯定有关于佛国和沙窟的线索，只不过蓑衣墓门外有白猿祖师张信布下的奇门阵法，我看不到我儿子，是不会帮你破阵的。入宝山而空回，谁都不想的，对吧？”

头陀瞳孔一紧，咬着牙说道：“果然！白猿客栈是有线索的！你打算什么时候动身带我们去蓑衣墓？”

“徐悲侠爱马如痴，张信祖师就把蓑衣墓建在了佛国的牧场。等到你跟踪寇乌孙的探子传回来他们找到佛国牧场的时候，咱们就可以动身了！按我画的地图，他们至少需要十五天，所以，请把我的儿子抓紧时间带过来！”

我深吸了一口气，目光穿过黑夜，看向了黄沙飘荡的远方。

第二卷

折柳出关

第一章　白猿三眼张酹渔（上）

第二天一早，头陀帮卞惊堂收拾好了干粮和马匹，命他前往瓜州县城去发电报，让天师会的人带着我儿子往这里赶。

卞惊堂刚刚出发不久，庞山云再次驾着飞机，极其拉风地降落在了锁阳城外，递给了我一个厚厚的信封。我拉着他在城里吃了一顿驴肉黄面，在傍晚时分送走了他。

这封信来自李青眉，内容仍旧是以数字组成，只不过密码的母本换成了《说文解字》。我一页页地阅读着李青眉写给我的文字，发现前面十几页讲的是一个故事，一段发生在明朝的往事。

洪武初年，也就是公元一三六八年，朱元璋的大军终于灭掉了张士诚、陈友谅的势力，登基称帝，建立了大明王朝。朱元璋这一登基，好比是千年的媳妇熬成了婆，十几年南征北战吃的苦，受的累，遭的委屈，终于有了打击报复的机会了！

这第一个要报复的自然是陈友谅的旧部，这些骄兵悍将没少让朱元璋吃苦头，怎么办才解气呢？抓、杀、流！

这第二个要报复的就是那些为张士诚出钱出力的江南富豪，怎么办呢？先加税，再移民！把江南之地每亩税粮定成七斗五升，并把居住在富庶安逸的苏州城里的那些富豪挪到鸟不拉屎的濠州去受罪！

这税也加了，民也徙了，但是朱元璋还不解气，怎么办呢？接着抄家！把那些支持过张士诚的豪族家田抄做官田。

这江南的富豪们都明白，金钱没了可以再挣回来，可土地是祖宗留下的命根子，不能丢啊！于是，江南各大豪门聚在一起开会，想推选出一位当家人，去找皇上谈谈，为江南的富商请命。

推选来推选去，这个光荣而艰巨的任务就落在了沈万三头上。说起这沈万三，人们只知道他是“资巨万万，田产遍于天下”的江南第一豪富。却不知道这沈万三乃是春秋时期一门古老宗门——蠡门的传人。

说起这蠡门的开山祖师，那是无人不知，无人不晓啊！

后人赞颂这位祖师，曾有诗云：“已立平吴霸越功，片帆高扬五湖风。不知战国官荣者，谁似陶朱得始终。”

这位蠡门的开山祖师，便是春秋时期的著名政治家、军事家，曾献策扶助越王勾践复国的范蠡范少伯！

史书记载，范蠡曾帮助勾践兴越国，灭吴国，一雪会稽之耻。功成名就之后急流勇退，化名姓为鸱夷子皮，遨游于七十二峰之间。期间三次聚富成山，又三次散尽家财。后定居于宋国陶丘，自号陶朱公，传下了一个专门经营世间财富、聚散金银的门派，号曰“蠡门”。

蠡门一脉单传，历代门人，皆为一代巨商大贾，手握人间财富。这沈万三，就是蠡门的传人。沈万三扎根江南，他名下的“沈万三商号”，遍布京杭大运河沿岸，主营南北通兑结算，日进斗金。同时，他的船队频繁地往返于东南亚各地，把江南的陶器、江西的瓷器、浙江的茶叶、西北的药材运到海外，并不断回购大量的珍珠、玛瑙、象牙、红木，一来一回，利润可观。

话说沈万三被一众江南富商推举为了领袖，孤身前往南京，求见朱元璋。彼时，大明初建，定都南京。然而彼时的南京，久经战乱，城池破败不堪，亟待修缮。

沈万三见到朱元璋后表示，愿意主动承担修缮南京城墙的资金花费，从而换取江南商人的一条活路。朱元璋虽然见了沈万三气不打一处来，心里满满都是当年沈万三资助张士诚、害得自己损兵折将、八个月才攻下苏州的旧恨，但是朱元璋还是压抑住了心里的火气，答应了沈万三的条件，和颜悦色地与沈万三把酒言欢。沈万三不疑有诈，高高兴兴地帮着朱元璋筑城去了。

没过多长时间，南京城修缮完毕。朱元璋龙颜大悦，在宫中摆宴，单独邀请沈万三吃酒。席间，朱元璋酩酊大醉，兴奋莫名，拉着沈万三夜游城头，然而，让沈万三万万没有想到的是，在城头上被冷风一吹，原本兴致勃勃、亢奋莫名的朱元璋一下子黯淡了下来。沈万三连忙上前，询问缘故。

朱元璋叹了口气，摸了摸城头上一个站岗小兵的衣裳，淌着眼泪说道：“朕出身贫寒，当过和尚，行过乞，要过饭，受过冻，饿过肚子，最知道百姓的苦……朕二十五岁那年，参加了郭子兴的红巾军，开始反抗元朝，你猜我为的是什么？”

“陛下心怀天下……”

沈万三刚说了一半，就被朱元璋打断：“狗屁的天下！饭啊！饭！朕当年就是为了吃上一口饱饭，穿上那么一件破棉衣，好教自己肚子不饿，身上不冷。那个时候，朕是个小兵，自己吃饱穿暖了，也就够了。但是现在不行了，朕是皇帝了，朕多希望我的所有子民都能吃饱穿暖啊！适才，我与沈公在殿内高歌痛饮，可这城楼上的小兵却穿着单衣在冬日里打着哆嗦，为朕戍卫……是朕没本事，是朕没有能力，是朕没能给上他们一件冬衣啊——”

说完这话，朱元璋号啕大哭，被沈万三扶着回到了宫内。

“三日之内，草民愿为陛下解忧……”沈万三将朱元璋扶到了卧榻之上，话刚说了一半，便瞧见朱元璋已经酒力上涌，沉沉地睡了过去。

沈万三匆匆地出了宫，一刻也不敢耽误，赶紧叫来了管家，召集了江南诸多豪门，为南京城的守军购置棉衣。

不出三日，棉衣已经置办齐全。沈万三马不停蹄地将棉衣运进了南京城，分发给了各营的士兵。

一日早朝，有文官将沈万三以棉衣犒军一事上报，朱元璋勃然大怒，拍案而起，大声喊道：“匹夫犒天子军，乱民也，宜诛！”意思就是说：“沈万三一个匹夫，也敢犒劳天子的军队，这厮是绝对的乱民，该杀！”

就这样，沈万三被直接投进了南京城的死牢之中……

朱元璋要杀的人太多，搞得开刀问斩的日程被排得满满当当，死牢里挤满了待处决的人犯。满脸萧瑟、两鬓花白的沈万三就是其中之一。

南京城，死牢，丙字第一号房间，干草铺地的牢房里已经关了两个人，一个是位名叫申屠靖的水师将军，还有一个醉醺醺的高壮酒鬼。

“二位……好！”

沈万三刚一走进牢房，就朝着早就关进来的申屠靖和醉汉拱了拱手。

那名叫申屠靖的将军一声冷哼，别过头去，没有搭理沈万三。倒是那醉汉极为热情地侧了侧身子，给沈万三让出了一块草甸子。沈万三僵硬地笑了笑，坐在了那醉汉的旁边。

“哥们儿，怎么进来的啊？”

醉汉摸了摸下巴上的胡楂，搂着沈万三的肩膀，热情地问道。

沈万三闻言一愣，想起自身遭遇，瞬间红了眼眶。那醉汉眼见沈万三眼圈含泪，顿时慌了手脚，手足无措地说道：“哎哟……这是怎么了？七尺高的汉子……这是闹啥呢？”

沈万三深吸了一口气，摇头说道：“‘寡廉背信天子意，无情最是帝王家’，不说也罢，不说也罢……那个，敢问兄台你是为何……”

醉汉一咧嘴，一脸戏谑地说道：“我嘛，喝醉了酒，冲撞了左丞相李善长的轿子。一众兵丁涌来拿我，被我一顿好打。乘着酒兴，我还掀了李相爷一个大马趴。哈哈哈，可惜酒后脚软，寡不敌众，被巡街的五城兵马司直接给扔到这死牢里来了，哈哈哈……”

沈万三嘴角抽动了一下，张了张嘴，却没说出什么来。那醉汉摆了摆手，指了指申屠靖，笑着说道：“看着他没，水师大将，哈哈哈，猜猜他为啥进来？”

沈万三踌躇了一下，摇了摇头。那醉汉一拍大腿，豪声说道：“谅你也猜不到，我告诉你啊，他杀良冒功，被皇帝查出来了！”

申屠靖闻言，须眉戟张，猛地回过头来，攥紧了拳头，冲到醉汉面前，一拳打来，喊道：“贼厮鸟，想死吗？！”

醉汉的头微微一偏，轻轻地闪过了申屠靖的拳头，两臂一抱，扣住了申屠靖的胳膊，身子一软，面条一般地缠上了申屠靖的膀子，口中哀声呼道：“来人啊——救命啊——要打死人啦——”

话音未落，巡逻的狱卒早已飞奔而至。

醉汉瞧见狱卒过来，抢先一个趔趄，蹲倒在地。申屠靖气愤难平，还要上前殴打，被狱卒看在眼里，劈头盖脸地就是一顿乱抽。申屠靖吃痛不过，只得愤愤地蹲下，阴狠的眼神在醉汉和狱卒身上来回乱瞟，小声嘀咕道：“今晚三更，全叫你们做了鬼！”

狱卒打得累了，喝骂了一阵，转身离开。醉汉一屁股坐在地上，伸出脚尖拨弄着申屠靖的小腿，口中调笑道：“我的儿，还打我不打？”

申屠靖狠狠地咬了咬牙，转身缩回墙角，鼓鼓地生着闷气。醉汉扑了扑身上的土，站起来，活动了一下腰背，站在墙角，望着小窗外的夜色，笑着发呆。

第二章　白猿三眼张酹渔（下）

三更天，一阵细密的脚步声在天牢之中响起，一群黑衣裹身、黑布蒙面的神秘高手出现了在了天牢的牢门之外。

铁刀入肉，割喉砍头，那群黑衣人不到盏茶的工夫，就从牢门外杀出了一条血路，直直地冲到了丙字第一号牢房的门口。

沈万三今晚闹失眠，眼见得有人影提着刀冲了过来，连忙爬起身来，拼命地去摇那睡在他旁边的醉汉。

“老兄，老兄！别睡了，出事了，出事了！”

那醉汉翻了个身，拨开了沈万三，继续酣睡。申屠靖振衣而起，冷声喝道：“别喊了，他们是来救我的！”

话音未落，为首的黑衣人已经冲到了牢门边上，抡刀砍开了门上的锁。申屠靖抬腿踹开了大门，就要往外走，冷不防耳后劲风一闪，一只散发着臭气的草鞋闪电一般朝自己的后脑飞来。申屠靖一低头，躲过了那只臭鞋。

“你要哪里去啊？”那睡在地上的醉汉猛地张开了双眼，两手在地上一拍，整个人凌空飞起，后发先至，从申屠靖的头上跃过，一抬脚，将那只还在半空中的臭鞋挑在了脚尖儿上，身子一歪，胳膊一拄，靠在了墙上。

此时，那群黑衣人也已经悉数跟来。申屠靖一伸手，接过了一把腰刀，看着醉汉，冷声说道："我本来忘了要杀你这事儿，你偏偏自己寻死，这可就怪不得我了！"

那醉汉咧嘴一笑，站直了身子，挽了挽袖口，五指一攥，朗声说道："今天就是天王老子来救你，也出不去这个门！"

醉汉的话还没说完，申屠靖就揉身上前，动了起来，半人长短的腰刀在他的手中泛起了一片刀花，横劈那醉汉的腰肋。那醉汉两手一翻，一上一下，在那腰刀上一拍，"砰"的一声炸响，那精钢锻造的刀身竟然片片龟裂，四散横飞！那醉汉右手一摊，食指和中指一并，夹住一片钢刀碎片，凌空一脚将申屠靖蹬飞，借着反震之力，犹如一只扑兔的苍鹰，闪电一般冲进了一众黑衣人之中！灯影昏黑，沈万三看不清那大汉快似闪电的身法，只能看到他指尖的钢刀碎片在月光的反射下，闪烁着森冷的寒光，在漆黑的人堆里时隐时现。

不到七八个呼吸的光景，醉汉已经顺着长长的甬道杀了出去，又回身杀了回来。伴着醉汉的脚步，那些神秘的黑衣人横七竖八地死了一地。醉汉推开了肩膀上一个刚刚被他割开喉咙的黑衣人，看着满脸惊惧、体如筛糠的申屠靖，笑着问道："怎么样，我快不快？"

申屠靖一脸惨白，额头上豆大的汗珠扑簌簌地往下淌。

"你……你是谁，你要干什么？"

那醉汉反手锁好了牢门，坐到了申屠靖的旁边，搂着他的脖子，笑着说道："我能干什么啊？这不是听说你明天午时就要开刀问斩了吗，所以特意来送送你！"

"送……送我？"

"对，送你上法场，保证你平平安安，顺顺利利地上路！"醉汉在申屠靖身上抹着手上的鲜血，若无其事地说道。

申屠靖打了一个激灵，一翻身跪在了地上，连着三个响头用力地磕在地上，脑门上瞬间见了血。

“兄弟我有眼不识泰山，敢问阁下是何方高人？是……在下曾经得罪过您……还是您奉了谁的令，来要我的命？还请阁下给我个字号缘由，黄泉路上，我也好做个明白鬼！”

醉汉笑着拍了拍跪在面前的申屠靖的肩膀，张口答道：“我叫董痴，是白猿客栈这一代的蓑衣。”

“白……白猿客栈？我……”申屠靖在脑袋里疯狂地搜索着自己所有的仇家和过往的经历，但是纵使他想破了脑袋，也没想起他得罪过什么……白猿客栈。

董痴看出了申屠靖的迷茫，笑着说道：“说实话，我之前也没见过你，咱们也算不上认识，往日无怨，近日无仇。只不过吧，半个月前，我们家掌灯，也就是三眼张酹渔，带着我和佛烟魏婆婆劫了一批武昌府的贪官们给永嘉侯朱亮祖凑的寿银，在南直隶换成了米粮，直奔江浙闹蝗灾的地方救灾。

“忙活了两个多月，散完了米粮，我们三人在苏州府附近因贪图赶路，不得不夜宿在一座山村之中。说来煞是奇怪，那座方圆十几里的村落，竟然只有一户村民亮着灯。我们几个又饿又冷，硬着头皮上前敲门。开门的是个小娘子，带着一儿一女守在家中，见我们一行三人，也不害怕，将我们请进了屋中，烧火做饭，把后院仅有的两只母鸡都给我们炖了。

“因为我们一行人中有医术通神的佛烟魏婆婆，所以根本不怕什么迷魂毒药。魏婆婆反复验证，说饭中无毒，尽管我们疑心大起，但终究耐不住腹内饥饿，狼吞虎咽，风卷残云一般将两只鸡和一锅米吃了个干干净净。吃完了饭，我们正要道谢，却见魏婆婆鼻尖一动，一个箭步冲上去，攥住了那小娘子正给一双儿女喂饭的手。那小娘子吓了一跳，红着脸说道：‘我自另烧一灶米粥喂与我一双儿女，与你何干？’魏婆婆一沉脸，徐徐说道，‘你若好生喂食儿女，我自不会管，只是，你为何要在这米粥之内，下入砒霜之毒？！

“那小娘子惊惧之下，一失手，打翻了粥碗。我家掌灯急得拍案而起，追问那小娘子内情，那小娘子悲声言道，说十日之前，有水军扫匪，追杀陈友谅余党不力，统兵大将唯恐朝廷追诘，故而杀良冒功，将整个村中老幼尽数屠戮，割了人头上报领功，她和一双儿女被丈夫藏在了枯井之中，才躲过一劫。待到她爬出井口之时，村中已是遍地狼藉，躺满了无头尸首。这小娘子拖着一双儿女，花了十天时间，才埋葬好了村里的乡人尸首，正要带着一双儿女服毒自尽，巧遇了我等三人前来投宿。小娘子见我等饥寒交迫，于心不忍，给我们收拾了一顿好茶饭，寻思着我们兴许能念在这一顿饭的恩义上，将她母子的尸身好生安葬！

“听闻此言，我等三人早已火冒三丈。我家掌灯跟着小娘子去了趟后山，瞧见了四十多座新坟，掘开其中两座一看，果然葬着无头的尸首！看来那小娘子所言果真属实。我家掌灯虽然外表看着像极了一个文弱书生，实则性如烈火，急公好义，当下就决定要帮那小娘子报仇，并将她和一双儿女送往他处安生。

“这时，魏婆婆突然想起了一件事，那就是白猿客栈祖师传下过规矩——任何人想请白猿客栈出手，报仇也好，报恩也罢，都需要付出相应的代价，白猿客栈不得凭空涉足他人恩仇。掌灯的思来想去，终于被他想出了一个主意，那就是让那小娘子以那两只老母鸡为报酬，委托我们取了那杀良冒功的狗官的人头，这样不就妥了？！

“你是不知道，为了找那个杀良冒功的将军……也就是你申屠靖，我们费了多大的劲。”

董痴一边说着，一边从怀里掏出了一张白绢，上面铁画银钩地记述了申屠靖行军至那座村庄的时间、地点、情形，后面还附着那小娘子以母鸡两只委托白猿客栈摘取申屠靖人头的委托。

沈万三在一旁伸着脑袋打量，看着白绢上的字，由衷地赞道：“想不到那小妇人还写得一手好字！”

董痴摆了摆手，一脸坦诚地说道：“那小娘子不识字，这个是我们掌灯的代笔的，不过那小娘子可是按了手印的啊，这东西可是算数的！”

董痴凑到月光下面，指着右下角的一个红色的手指印给申屠靖看。

申屠靖此刻面如死灰，看着董痴的眼睛说道：“既然要杀我，为什么不……不动手啊？”

董痴闻言，一脸懊恼地狠狠拍了一下自己的脑门，皱着眉头说道：“这不是喝多了吗？醉酒误事啊！我查到你的身份后，知道你在南京城，就直接赶过来杀你了！可是万万没想到，我就是在城南的醉花坊多喝了几杯，一下子就睡过头了，整整过了两天才醒酒。我出来一打听，才知道，你杀良冒功的事儿东窗事发了，没用我动手，皇帝就把你下了死牢，要开刀问斩。

“哎哟，兄弟你是不知道，当时可给我急坏了，说了要摘你脑袋带回去交到小娘子手里，好给村里的老少祭拜，这……你要是让皇帝杀了，我可咋拿你脑袋回去啊！白猿客栈的招牌一千多年了，从来没办差过事儿，我不能让这招牌折我身上啊！于是，兄弟我急中生智，堵着左丞相李善长的轿子，就是一顿乱打。哈哈哈，别看兄弟我读书少，但是，《大明律》规定，‘冲撞一品大员仪仗者死’，我还是知道的。

“就这样，我也如愿以偿地来到死牢了，哈哈哈，你说巧不巧，这一共甲乙丙丁四间房，我还真跟你分到一个屋了！”

申屠靖瞪大了眼睛，看着眼前一脸认真的董痴，气得哭笑不得，整张脸的五官都挤在了一起，活似个烂橘子。

董痴咳了咳嗓子，一脸认真地接着说道：“其实啊，我本来是想在这儿把你杀了的，但是我听说，明天监斩的监斩官是号称朱元璋帐下第一高手的永昌侯蓝玉，所以我想和他试试手，看他能不能拦得住我！哈哈哈，我都想好了，明天，咱们这屋，这哥仨儿一起上法场，按着规矩，你是官，先砍你，我是民，后砍我，我到时候就跪在你旁边，等那刽子手抡起刀，就这么咔——”

董痴的声音学得极像，吓得申屠靖一缩脖子。董痴五指并拢在他后颈上一抹，笑着说道：“你这脑袋应声倒地，我两臂一撑，挣开绳索，捞起你的人头，往怀里这么一揣。蓝玉带人来围，不出三个回合，就被我打落马下，随即飘然远遁，哈哈哈。怎么样，潇洒不潇洒，气派不气派？”

话音未落，只听幽暗漆黑的走廊里传来了一声冷冷的嗤笑：“气派个屁！”

董痴一扭头，只见黑暗中，一个长衫书生带着一个拄着拐杖、背着红木药箱的白发老婆婆从阴影中走了出来。

董痴见了那书生，瞬间耷下了眉毛，恭恭敬敬地起身作揖道：“掌灯！”

原来这长衫书生就是白猿客栈的当代掌灯——三眼张酹渔。

张酹渔没有说话，身边那个老婆婆举起了手里的拐杖，狠狠地戳了戳董痴的额头，一脸嗔怪地说道：“喝……喝……怎么没喝死你个不长心的，当时可是你拍着胸口保证的，说肯定不喝酒，一个人就把事儿办了！哼，掌灯一听说申屠靖被皇帝下了大狱，后脚就有人在南京冲撞李善长丞相的仪仗，当时就知道大事不好……亏得我们马不停蹄地赶过来，否则不知道你还要捅多大的篓子！”

“哎呀……魏婆婆……”

董痴还要说话，却被魏婆婆一拐杖顶在腮帮子上。董痴轻轻地拨开了魏婆婆的拐杖，笑着说道：“婆婆，掌灯，你们放心，这回一切都在我的掌握中！”

张酹渔眉头一皱，冷声骂道："你掌握个屁！你知道这些黑衣人为什么冒着劫天牢这种诛九族的风险，也要来往这里闯吗？"

董痴一脸茫然地摇了摇头。

张酹渔指着申屠靖的鼻子，徐徐说道："这狗官是朱元璋的女婿、驸马都尉欧阳伦的亲信！欧阳伦的那些个勾当没有他不知道的。天牢之内，与世隔绝，欧阳伦不敢确定他到底有没有管好嘴巴，所以……派人来灭口是最好的选择，毕竟最能保守秘密的只有死人！天牢这个地方，各方势力都渗透不进来，要想杀申屠靖，只能硬闯！"

"不……不可能的，我没有出卖驸马爷，他不能来杀我……他是来救我的！"

张酹渔蹲下身去，在一个黑衣人身上摸索了一阵，翻出了一个小瓷瓶，丢给了魏婆婆。魏婆婆拔开了盖子嗅了嗅，轻声说道："马钱子制成的牵机毒，服用后，会迅速开始肌肉萎缩，窒息无力，身体抽搐，脖子发硬，肩膀及腿开始痉挛，直到中毒者蜷缩成弓形死去。"

董痴闻言，下意识地呼道："灭口而已，用不着这么狠吧！"

张酹渔摇了摇头，轻声说道："朱元璋要搞欧阳伦，不会只抓一个申屠靖。申屠靖死得越惨，对其他人的震慑作用越大，其他党羽越害怕，就越不敢乱说话，欧阳伦就能为自己争取到更多的时间！不过，朱元璋也不是傻子，在天牢这早就布好了套儿，等着欧阳伦的人往里跳。我们进来的时候，五城兵马司已经围上来一拨人了，只不过，他们现在冲不破魏婆婆在外面布置的瘴气，攻不进来罢了。"

"那……那咱们现在怎么办？"董痴问道。

"等不到明天了，杀了申屠靖，咱们现在就走！"张酹渔轻声答道。

董痴闻言，点了点头，从地上捞起一把腰刀，走到申屠靖身前……

"饶命……饶……"申屠靖跪在地上，哀声告饶。

"唰——"一道寒光闪过，申屠靖的项上人头带着一蓬血箭冲天而起。董痴扬手一捞，将申屠靖的人头抓在手中，系在了腰下。

“走——”张酹渔，一挥手，三人抬腿出了牢门。

突然，一只手猛地抓住了张酹渔的衣角。张酹渔低头一看，原本缩在草垛里的沈万三不知什么时候跑了过来，此刻正伸着一双手，牢牢地揪住了张酹渔的衣角。

第三章　地下财神

张酹渔使劲地拽了拽长衫，后退了一步，看着蓬头垢面的沈万三，拱手说道："还没请教……兄台是……哪位啊？"

沈万三坐起身来，两手在脸前一分，拨开了挡着脸的乱发，沉声说道："在下沈万三……"

张酹渔抱了抱拳，匆匆答道："原来是修城墙的沈员外，幸会幸会。我等三人还有要事在身，需要先走一步，明天法场上我们就不送您了，一路好走！"

张酹渔说完这话，转身就要走。沈万三一个虎扑蹿了上来，紧紧地抱住了张酹渔的大腿，哀声叫道："张先生救我一救，带我一起走吧！"

张酹渔使劲地挣了挣，但由于沈万三抓得太紧，没能挣开。

"沈员外，您这就没意思了啊！再不松手，我可动粗了！"

沈万三又紧了紧胳膊，沉声说道："张先生，您不知道我，我却知道您！您知道吗，世人都知道我是个富甲一方的大商贾，却不知道我其实也出身一派自春秋年间就传下来的江湖宗门！"

"敢问您是哪一门？"张酹渔惊奇地问道。

“蠡门！陶朱公传下来的蠡门！所以……我也是江湖人，白猿客栈的规矩我懂，只要我能付得起代价，我就能请白猿客栈帮我办成我想办的任何事儿！对不对？！我现在想请白猿客栈带我逃出死牢，想要什么价儿，你们随便开！”沈万三大声答道。

张酹渔蹲下身来，看着沈万三，把手伸到了他的面前，沉声说道：“纹银二十两！”

“好！”沈万三不假思索地应承下来。

“先付钱！”张酹渔冷着脸说道。

“我……我现在身上没……没钱，但是只要我出去了……马上就可以给你钱，别说二十两，就是二十万两，二百万两都不是个问题！”沈万三自信满满地答道。

张酹渔叹了口气，幽幽说道：“看来啊，沈员外您还不了解情况，您还不知道吧，就在您进天牢的同时，朱元璋就下了圣旨——罚没沈万三家产宅田，合族上下，流放云南！而且您这一倒，您的老家周庄镇上株连甚多，市井间甚至有尽诛周庄居者之说。所以说，沈员外您现在已经一无所有，又拿什么做代价请我们白猿客栈帮您呢？”

沈万三闻听此言，犹如晴天霹雳，浑身一震，呆呆地坐在地上，瞪着一双空洞无神的眼睛，喃喃自语道：“为何对我沈氏如此……”

张酹渔面上逝过一抹不忍，长叹一声，徐徐说道：“朱元璋曾经写过一首诗：‘百官未起我先起，百官已睡我未睡。不如江南富足翁，日高五丈犹披被。’可见这个人是多么地仇视商人；而商人里，您又是拔尖儿的人物，不杀你，还能杀谁呢？”

“痛哉——快哉——”

沈万三闻听此言，在地上大哭三声，又大笑了三声，随即缓缓地直起身来，跪在地上，弯腰从地上捞起了一把腰刀，看着张酹渔，狞声说道：“我得活……我得活……士、农、工、商，皆为中华子民，何故朝廷独伤我商贾？”

“您想怎么做？”张酹渔问道。

沈万三笑了笑，嘶声说道：“既然朝廷不愿我们商人的商号立于阳光之下，为了天下商贾的存续，我愿在九幽地下建立一门通行黑市鬼蜮的商号，专司那些见不得光银钱通兑，买卖往来。这地下商号，一不遵朝廷号令，二不理天下纷争，三不理江湖恩怨，四不理人间善恶……我要让这九五龙位上的天子们都看一看，他们欲除之后快的商贾，究竟有着怎么样的力量！”

张酹渔皱着眉头说道：“您这主意好是好，只是今日您都难逃一死，更遑论将来呢？”

沈万三摇了摇头，咬牙说道：“别以为我是个商人，就不懂江湖上的事！我知道，白猿客栈曾有过先例，当委托你们的人暂时付不起代价的时候，可以以一根手指为凭，留待日后你们向委托人的子孙要求完成任何一件事作为偿还，这个名目，唤做——猿、门、断、指。”

“啊——”话音甫落，沈万三一声痛呼，手起刀落，将左小指斩下。只见沈万三咬着牙，淌着冷汗，拾起了地上的那根断指，捧在手里，递到了张酹渔的面前。张酹渔默立良久，随即缓缓地伸出了右手，将那根断指拿在手中，一脸肃然地说道：“您的事，白猿客栈接了！”

是夜，南京，天牢大火，三匹快马，四道人影在火光和毒烟的掩护下冲出了包围……

洪武三年，沈万三一统江湖上的所有地下钱庄，又用了三年的时间，将其整合重组，形成了以蠡门为主导的地下黑钱流通兑换体系。

洪武三十一年，沈万三病亡，享年八十八岁，蠡门之位传给了大弟子吕荣。

五百三十二年后，民国十九年，蠡门当代当家——地下财神单玺尘收到了一封拜帖，拜帖之上只有十二个字：

白猿李青眉，求见蠡门家主单。

晓月如钩，单玺尘正坐在桌前拨打着他的黄金算盘，他的大儿子单穹印正恭恭敬敬地站在旁边伺候。

“爹……这下拜帖的是谁？”

单玺尘头也不回地说道：“什么人？讨债人！”

“讨债人？”单穹印不解地问道。

“先迎客，回头慢慢跟你说！”单玺尘算完了最后一笔账，合上了账目，领着单穹印快步走到了会客厅。

客厅正中，李青眉正负手而立，瞧见单玺尘，一拱手，朗声说道：“白猿水袖，李青眉！”

单玺尘不敢怠慢，行了一个平辈礼，抱拳答道：“蠡门，单玺尘！”

李青眉手掌一翻，原本空空如也的手心里骤然出现了一根安放在黄金底座上的小手指，在那黄金底座上还刻着一行字：“大明沈万三，洪武元年”！

单玺尘见了那截小指，神情一肃，一撩袍袖跪在了地上，接过那截小指，细细收好，沉声说道：“不知白猿所托何事？”

“三个月内，停止一切对天师会的财务结算和银钱流通！”李青眉一字一句地说道。

单玺尘点头答应，连为什么都没有问，就从手上摘下了一个玉扳指，交给了单穹印，让他传令全国所有的地下钱庄，三个月内，不再承接任何天师会的财务往来。

在李青眉这封信的末尾，附上了两行数字，翻译过来就是：八百单七不得出，一千余六不得入。

意思就是说，天师会在地下钱庄里的资金，八百零四个账户没法付账，一千零六十个账户没有办法收款。天师会的所有银钱往来，通兑结算全部被冻结住了！

我满意地点了点头，将眉姐的信在蜡烛上烧成了灰烬。

第二天晚上，我做了一个梦，梦到了鲁绛，她就坐在客栈的二楼，看着我吃吃地傻笑，怀里抱着我们的孩子。我只能看到那孩子生了一双和我一样的眼睛，但是任凭我如何努力地揉着眼睛，都无法看清那孩子的眉眼。我心急之下，一运气血，催动开了瞳术，脑中一热，神经开始高速运转，双目充血，一片赤红！

“啊——”我一声怒吼，张开了双眼……

原来一场梦，我大口地喘着粗气，摸了摸头上的冷汗，缓缓地散开了在梦里被催发的瞳术。伴随着一阵无力的晕眩，我狠狠地甩了甩脑袋，躺回到了床上。自从儿子被天师会的劫走后，我便没睡过一个好觉……

就这样，我瞪着一双眼睛，看着天花板发呆，直到天光见亮，刺眼的朝阳穿过窗棂，照到了我的脸上。

我翻身而起，坐在床上，看着墙上钉着的那幅地图，大脑飞速地运转，反复地计算着寇乌孙的脚程和搜索的进度。在那幅他偷走的地图上，有我做的许多标记和拟定的搜索路线，我的那些标注是经过精密的计算后，才绘制到地图上的，按我的估计，今天正午之前，寇乌孙便能找到佛国牧场的具体位置！

上午九点，一只黑褐色的大鹰在塔儿寺上空盘旋了一圈，俯冲而下，落到了站在佛堂前的头陀臂上。那只大鹰像极了唐叔养的那只猫头鹰，只不过颜色不同。唐叔那只猫头鹰，浑身雪白，而头陀臂上这只则是淡棕黄色，杂以褐色细斑，肩、下背和翅上覆羽由棕色至灰棕色，杂以黑色和黑褐色斑纹或横斑，耳孔周缘有明显的耳状簇羽，喙坚强而钩曲，爪大而锐，脚强健有力，第四趾能向后反转。这种大鹰学名唤做荒漠雕鸮，属沙漠猛禽，多栖息于人迹罕至的戈壁石窟，主要以各种鼠类为食，也吃蛇、蜥蜴、鸟、虫、蝎子和鸟蛋等。古时曾被大量捕捉驯化，充作沙漠行军的空中探马。

只见头陀在那只荒漠雕鸮的腿上解下了一只小皮袋，在皮袋里掏出了一个小纸卷，一脸凝重地扫视了一遍上面的文字后，一张嘴，将纸卷吃了下去，随即找来了两个天师会的弟子，选了一块鲜血淋漓的牛腿肉，供给荒漠雕鸮啄食。

头陀耳尖儿一动，听到了我的脚步，只见他略一沉吟，便扭过头来，看着我说道："张大掌灯，寇乌孙他们兵分两路，去了两个不同的地方！"

我拉着头陀回到了地图前，沉声说道："哪两个地方，指给我看！"

第四章　白发三千丈（上）

墙上的地图，被密密麻麻地标注了很多点，其中涂抹最多的是三个地点，自东向西依次是：位于瓜州的唐代玉门关、敦煌、罗布泊，三点一线。

按照头陀的情报，寇乌孙在罗布泊附近开展了半个月的搜寻后，在敦煌附近兵分两路，一路沿着天山余脉北上，一路南下，直奔三危山。

可以肯定，其中有一路必定是寇乌孙的疑兵。

我看着眼前的地图，指着上面的图示，对头陀说道："当年王神策西出玉门关，到达佛国的牧场。根据罗布泊周边的地势可以看出，罗布泊只能向南发展，而无法向北扩张，所以我敢肯定北上的那路人马是疑兵。我说过，罗布泊周边的雅丹地貌，哪里有流水侵蚀的痕迹，哪里就是佛国牧场曾经的位置，既然寇乌孙有一路人马往敦煌方向走，那佛国城位于水畔的牧场，应该就在敦煌附近。

"敦煌和干涸后的罗布泊荒原接壤处有一片独特的风蚀地貌，形状怪异，当地人将此处称为'沙依坦克尔西'，翻译成汉文，就是'魔鬼城'。这片魔鬼城呈西北、东南走向，面积约四百平方公里，距离敦煌大约一百五十公里，地面海拔三百五十米左右，寸草不生，滴水难觅，人类在此无法生存，所以被人们称为死亡之海。”

我将手里的红笔，在魔鬼城的位置画了一个圆圈，看着头陀说道：“佛国的牧场应该就是在这个位置。白猿客栈传下过一句口诀：紫微天机逆行傍，隔一阳武天同当。又隔二位廉贞地，空三复见紫微郎。天府太阴与贪狼，巨门天相及天梁，后世子孙寻来路，袖内占星辨十方。”

头陀一脸迷茫地看着我，疑声问道：“什么意思？”

我白了他一眼，不耐烦地说道：“这叫紫微斗数，是祖先留下的口诀。这段口诀是让我们在佛国牧场一个方圆很大的面中，通过天上的星星定位，找到蓑衣墓这个点的方法！”

“哦！厉害！那……咱们这就动身吧！”头陀似懂非懂地赞叹了一句，招呼一众天师会的弟子收拾行囊，准备清水和干粮，并通知日本人和英国人全员集合。

一个时辰后，天师会、英国人和日本人三组人马在锁阳城西门外集合，正要出发，只见远处一道沙尘翻滚，一匹快马疾驰而来，马上骑士赫然是去瓜州县城内发电报的卞惊堂。

只见卞惊堂一脸惶急，一身的风尘，驭马狂奔到了城门底下，滚鞍下马，一个箭步冲到了我的面前，抬手就是一拳，“咣”的一下砸在了我的鼻梁上。我鼻子一酸，下意识地捂住了头脸。卞惊堂一招得手，抬腿就是一脚，将我踹翻在地，正要再打，头陀和荒木隆一赶忙跑了过来，架住了卞惊堂。头陀抱着卞惊堂的腰，大声喊道：“你这是做什么？疯了吗？”

卞惊堂一把挣开了头陀的胳膊，冲着头陀喊道：“头陀，天师会全乱了，你知道吗？赤门的码头不让咱们的烟船靠了，咱们名下烟馆的鸦片全停了！停了！咱们在玉门关外待了一个月，咱们天师会手底下的那帮大烟兵，犯了烟瘾供不上顿，已经闹了十几场哗变了！光镇压这些哗变的兵，就他妈的、就他妈死了好几万了！”

头陀吓了一跳，脸色煞白一片，抓着卞惊堂的胳膊，大声喊道："可以买！对，赶紧去拍电报，让会里的老人儿高价去从云南收一大批滇土，先稳住哗变的乱子再说……"

卞惊堂狠狠地揪着自己的头发，拧着眉毛喊道："试过了，试过了，买不了！"

"怎么会买不了，一手钱，一手货的买卖，怎么买不了？"

"蠡门的单玺尘说是要年初盘账，一盘就是三个月，三个月内，封了天师会在地下钱庄的所有户头，咱们所有的钱现在是一个大子儿也动不了！"卞惊堂捶胸顿足地哭道。

"他单玺尘是要黑吃黑不成？"头陀急得脑门上青筋暴跳。

卞惊堂一把拨开了头陀的胳膊，冲到我的身前，大声喊道："出玉门关前，还好好的，一定是这姓张的搞的鬼！"

我用手背擦了擦止不住的鼻血，坐在地下，仰着下巴说道："有道是'捉贼起赃，捉奸拿双'，卞旗主可不能乱扣屎盆子啊！"

卞惊堂咬着腮帮子，正要上前，又被道格拉斯和荒木隆一拦住。正撕扯之间，只见头顶一阵机器的轰鸣响起，庞山云那架飞机在半空中盘旋了一圈，俯冲而下，滑行了一段距离，稳稳地停在了城门前。

只不过，这一次，从飞机上下来的不是庞山云，而是两个我无比熟悉的人：一个是我的大舅哥鲁胥，另一个则是我魂牵梦萦的媳妇——鲁绛。

是的，就是鲁绛。摘了飞行帽，她那一头火红色的短发，犹如一簇跳动的赤焰，在我的眼前来回闪烁。

鲁胥挎着背包，背着他那把精钢铸成的铁伞，先一步跳下了飞机，伸手想要搭一把鲁绛，却被鲁绛一把拨开。只见鲁绛从机舱里拎起了一个双肩背包，背在了身后，将手上拎着的一条莹白色的长绳子挂在了腰间——那长绳软索的两端各有一个拇指粗细、一尺长短的银色金属短棒，金箍镶玉，上面刻着十个细若蚊足的小字——白发三千丈，性喜割人头。

鲁绛此时已经两臂一撑，轻轻巧巧地落在了沙地上，随即大踏步地拨开了众人，走向了正坐在地下冲她傻乐的我。

“谁打的？”鲁绛伸手拉起了我，扑了扑我身上的土，从衣兜里掏出手绢给我擦脸上的鼻血。

“黑了……瘦了……胡子也不刮……”

我咧着嘴，千言万语在嘴边，却又哽在了喉咙里，只知道看着她傻笑……

鲁绛抹了抹眼角的泪水，扭过头来，扫视了一圈，冷声问道：“谁打的？”

荒木隆一和道格拉斯对视了一眼，两人若有若无地向卞惊堂的方向瞟去。鲁绛瞳孔一缩，死死地盯住了卞惊堂，面沉如水，沉声说道：“是你打的我男人？”

卞惊堂一挺胸膛，大声喝道：“是我打的，怎么样？”

话音未落，鲁绛两手一挥，在腰间一抹，那条莹白色的软索如同灵蛇一般瞬间飞了出去。卞惊堂翻身一跃，在半空中伸手一抓，攥住了那条软索一端的银色小棒，却不料那小棒之中骤然传来了一阵机簧响动。

“咚——”

那金箍镶玉的银色小棒骤然炸裂开来，探出了无数三爪的金铁挠钩，钩后系着无数的金丝线，宛若张开了一张巨网，顷刻间罩住了卞惊堂的大半边身子！

“啊——”

便随着卞惊堂一声瘆人的惨呼，那些三爪钩挠入肉生根，闪电一般地锁住了卞惊堂的骨肉。鲁绛转身卸下了身后的背包，将小棒的另一端扣在了背包的一个卡扣之上，迎风一掷，那背包在半空中猛地张开，画了好大的一个弧线。

“呼啦——”

背包急速旋转，瞬间罩住了卞惊堂的脑袋。鲁绛一个高抬腿将两截绳索踩在了靴子底下。

“咔哒——”

仿佛有什么机关两两咬合。将卞惊堂的脑袋整个罩住的那个背包口儿猛地弹出了一圈犬牙交互的寒铁利刃，紧紧地扣在了他的脖子上。

一众天师会弟子正要一拥而上，头陀突然发了一声大喊：“都别动！是血滴子——”

血滴子，乃是明末清初之时，公输子弟发明的一种杀人器，后来传入宫廷，为雍正皇帝的特务组织粘杆处所独有的一种暗器，以革为囊，内藏快刀数把，控以机关，囊罩敌头，咬合机关，瞬间断骨开喉，首级立取。

此时卞惊堂头部被血滴子罩住，半个身子都被三爪倒钩拉扯得皮肉分离，鲜血滴滴答答地淌了一地！

剩下的日本人和英国人，刚反应过来想要掏枪帮忙，一扭头才发现，鲁胥不知什么时候，已经站在了飞机上，手里架着一架重机枪，枪口正对着场内众人。

“张夫人，误会……都是误会！”

头陀满头大汗，瞥了一眼鲁胥，又看了一眼整个脑袋被血滴子罩住的卞惊堂，扯着脖子大喊。

鲁绛根本不理他的解释，低头在地上一阵摸索，从沙堆里翻出了一块石头，在手心里掂了掂轻重，小跑了两步，飞身跃起，按住卞惊堂罩在血滴子里的脑袋，一石头砸在了他的鼻梁上。卞惊堂一声惨叫，仰面栽倒。鲁绛狠狠地在他心口上踹了一脚，伸手在那白色软索上一抹，绳索尽头金箍镶玉的短棒顺指针高速旋转，带动卞惊堂身上的三爪倒钩，绞下来了好大一片碎皮肉。

“啊——”卞惊堂又是一阵撕心裂肺的惨叫。

“留他性命！”我轻轻地拍了拍鲁绛的肩膀。

鲁绛看了一眼我的眼睛，冷哼了一声，迎风一扯，一阵机簧响，血滴子高高飞起，犹如一只纸鸢飘飘荡荡地回到了鲁绛手中，被鲁绛拎起肩带，往身后一背，再度化成了那个平平无奇的背包。

卞惊堂死里逃生，眼神涣散，神魂颠倒地在风中晃了一晃，仰面栽倒。头陀连忙上前将他扶起，检查了一下他的伤势，发现都是皮肉之伤，没有伤到肺腑，当下长出了一口气，摸了摸头上的冷汗，朝着鲁绛拱手说道："多谢张夫人……"

鲁绛不屑地摆了摆手，一伸胳膊，夹住了我的脖子，看着头陀，沉声说道："这世上，能欺负他的人，只有我……"

我被鲁绛夹在胳膊底下，不得不弯着腰，才能抬起脑袋，讪讪地笑了笑，朝着头陀、叶貂裘、荒木隆一和道格拉斯等人，拱了一圈手，赔笑着说道："不好意思，各位，见……见笑了啊。"

第五章　白发三千丈（下）

三个小时后，卞惊堂的血止住了。这期间，鲁胥和鲁绛这对儿兄妹和叶貂裘为首的天师会又急了两次眼，险些动手，所幸被我和头陀拉开了。毕竟我们是为了儿子，他们是为了黄金，没有一个人是为了专门来这鸟不拉屎的荒漠里打架斗殴。

傍晚时分，我们这支探险队终于开拔。卞惊堂伤重，被天师会指定留守，我给鲁胥写了一个字条，让他留下来看护飞机，我和鲁绛两个人同乘一匹骆驼和天师会、英国人还有日本人一起向西，往大漠深处进发。

这一次，我们的目的地是敦煌东南方向的三危山。

其实，这三危山中的“三危”二字，乃是史书文献记载中最早的敦煌地名，取其意为：三峰耸立，如危欲坠。

《尚书·舜典》云：“窜三苗于三危。”

《史记·五帝本纪》云：“三苗在江淮、荆州，数为乱，于是舜而归言于帝，请流共工于幽陵，以变北狄；放驩兜于崇山，以变南蛮；迁三苗于三危，以变西戎。殛鲸于羽山，以变东夷；四辠而天下咸服。”

什么意思呢？就是说，上古时期，三苗在江、淮流域及荆州一带多次作乱。舜巡视了一圈，回来向尧帝报告，请求把共工驩兜流放到幽陵、崇山，把三苗迁徙到三危山，将鲸殛于羽山，使之改变四夷的风俗与中国相同。

尧帝采纳了舜的建议，三苗族人被迁徙到了三危山，这也成了三危山最早的文献记载。

东晋永和八年，大批的佛教徒云集三危山，在此创建洞窟。

前秦建元二年，高僧乐尊经此，见三危山状如千佛，始凿莫高窟。

过了三危山向西，再行不到二百公里，就是魔鬼城。这段路，我们走了三天。

在进入魔鬼城前一天晚上，鲁绛递给了我两个信封，轻声说道："差点儿忘了，这是梁战和陆龟年传来的信……"

我深吸了一口气，接过了鲁绛手中的信封。梁战的那封很薄，打开来是一张地图，红线标注的是魁爷的道门所领导的绿林人手中的镖路，以河南、安徽、山东三省的红线最为密集；只不过所有的红线，都被人用黑笔打上了黑色的小叉。梁战这个人就是个活哑巴，嘴上懒得说话，手里懒得写，这张标注得清晰明确的地图一看就不是出自他的手笔。我将那张薄薄的地图翻到背面，果然，在背面有两排娟秀的簪花小楷：

三个月内，凡天师会之军火，弹丸不得由门下承运；天师会要若自运军火，一切水陆关卡、匪窝山寨，步步设坎、遇货劫货，遇人绑人——终南山道门魁爷、全真气宗柳含缨敬上。

"魁爷虽是个女子，重情重义，竟不输男儿！"

我微微一笑，将信纸凑在烟头上点燃，烧成了一团黑灰。

抽完了手里的剩下的半支烟，我摩挲着陆龟年的那封信，两眼紧闭，喃喃自语道："祖宗保佑，祖宗保佑……"

鲁绛察觉出了我的异样，轻轻地摸了摸的我脖颈，柔声问道："怎么了？"

"没什么，没什么，我……有点儿紧张，你别管我……"

我调整了一下呼吸，伸着不断打着哆嗦的手指，拆开了信封，抽出了里面厚厚的一沓信纸。

还是熟悉的三个数字一组的密码，只不过我和陆龟年约定的密码母本是民国二年同文书局印刷的《初刻拍案惊奇》。

陆龟年这沓厚厚的信纸，记录的是他和敏贝勒从南京到北平发生的一段惊险绝伦的故事……

五天前，安徽省固镇县城关镇，开往天津的火车伴随着一声汽笛声响，缓缓地驶离了站台。

这趟列车走的路线名曰"津浦铁路"，建于前清光绪三十四年，民国元年全线筑成通车：北起天津总站，南至南京浦口火车站，全长一万余公里，设站八十五个，单程须两天多，安徽固镇县城关镇的固镇火车站，就是其中之一。

三更天，陆龟年走到两截车厢的连接处，一个纵越翻上了车顶，数着车厢的数量向前飞奔，没跑出去多远，领口里猛地钻出了一条尖吻立耳的小狗。那小狗体长不过手肘，浑身雪白，犹如一只幼狐。只见它从陆龟年的领口一跃而出，落在火车顶棚，双眼机警地扫视了一圈周围的环境，身子一趴，两只立起的大耳左右抖动，看着陆龟年原地转了一圈，摇了摇尾巴。这狗是敏贝勒给他的，名字叫作"蜡螟"，乃是敏贝勒训练的狗中听力最好的一只。敏贝勒特地让陆龟年带着蜡螟听过那个叫香夫子的女人的声音——以蜡螟的能力，二百步之内，单凭耳力就可以锁定香夫子的声音，丝毫不差。

陆龟年知道，一定就是这里了。

事情要从一个多月前说起，那是天师会在医院盗走我儿子张凛之的那个晚上，敏贝勒一声不响地带着自己在同泰寺豢养的所有嗅犬，从医院要来了孩子接触过的软布，直接就追了出去。

就在我出发前往南京火车站的时候，一条长腿短耳的小狗从白猿客栈的后墙爬进了院子，将一个竹筒吐到了我的手里。

我打开竹筒，从里面抽出了一张草纸，上面潦草慌乱地写着一行字：

追踪到行迹，对方在移动，三里亭留信，跟上！

于是，我在南京火车站，叫过陆龟年，命他速去三里亭和敏贝勒汇合。陆龟年到了三里亭才发现，敏贝勒在三里亭留的根本不是一封信，而是一条狗，那条狗就是墨璃。墨璃见了陆龟年，便去咬他的裤腿，带着他向北一路狂奔，一口气跑了二十多里，在一个草甸子找到了裹着破羊皮袄，正在啃冷馒头的敏贝勒。

陆龟年正要说话，却被敏贝勒一下子按住了脑袋。

“嘘——”

敏贝勒给了陆龟年一个噤声的手势，随即抬起了上半身，轻轻地拨开了眼前一人多高的枯草，指着前方百步之外的一驾马车和马车周边足有二百多人的队伍，压着嗓子说道：“看到没？我跟了一路了，张寒的儿子就在那个马车里！”

陆龟年热血上头，咧着嘴，悄手悄脚地给了敏贝勒一拳，小声笑着说道：“真有你的！”

敏贝勒抹了一把清鼻涕，捏着声音说道：“哼，我什么来头？只要这人还在风里，我的狗就能找到他！”

陆龟年一挽袖子，沉声说道：“那还等个屁，动手吧！”

说完这话，陆龟年就要往外冲。敏贝勒眼疾手快，一把抱住了陆龟年，压着嗓子骂道："你脑袋里装的是屎吗？对面二百多高手，送死吗？万一动起手来，那个娘们儿狗急跳墙，害了那孩子的性命怎么办？"

陆龟年一拍脑门，缩了回来，口中压低了声音，悄声说道："对对对对对，有道理。等会儿，什么娘们儿？"

敏贝勒指了一下马车，在陆龟年耳边说道："我跟了一路了，探听了他们不少谈话：那车里坐着的是个女人，名叫香夫子，是天师会主管训练门众的修罗旗旗主，孩子就在她手里！只可惜我不敢跟得太近，再详细的情况，我就不得而知了。"

"那咱们怎么办？"陆龟年问道。

"先跟着，等机会！"敏贝勒一脸笃定地答道。

结果，这哥俩谁也没想到，这一跟就跟到了安徽境内。

期间，陆龟年无数次地想下手偷走孩子，但是试探了好几次，都无功而返——毕竟这孩子不是物件，他会哭会闹会喘气，会叫会尿会动弹……故而陆龟年有十几次都潜到了孩子身旁，但又不敢下手。就这样，过了一个半月，时间来到了五天前。

香夫子手下的一个弟子带回来了一张电报。看了电报之后，香夫子开始紧锣密鼓地收拾行装。陆龟年潜进他们落脚的庄户，偷到了那封电报，得知了这电报乃是从瓜州县城发出的，发电报的人是阴阳旗的旗主卞惊堂，电报的内容是让香夫子带着孩子西出玉门关，与他们汇合。

香夫子立即差人买了第二天晚上的火车票，当然，这一切都没逃过躲在屋檐上的陆龟年的双眼。

陆龟年把这消息和敏贝勒一说，敏贝勒立马来了主意。只见敏贝勒在沙地上，画了一幅地图，在地图上画了一横一纵两根线。

"陆兄弟，香夫子要西出玉门关，最快的是走铁路：先走津浦铁路，从安徽到天津；到了天津去北京，在北京换成京张铁路，到达张家口；再从张家口搭乘京包线，在终点站包头下车；到了包头，再往西，换成驼队，继续向西，直奔玉门关。咱们俩就在北京下手，那地儿我熟悉。我会买今晚的火车票先一步到北京，找几个助拳的朋友。你跟着香夫子那趟车，确定她的落脚点，咱们北京汇合！”

北伐以后，北京虽已改名北京，但敏贝勒一直没能改了口。

陆龟年点了点头，正要离开，却被敏贝勒一把拉住了胳膊。

“兄弟，身上还有钱吗？我得买票啊！”

陆龟年闻言，收住脚步，浑身上下摸了个遍，只翻出了两块银元。他吞了口唾沫，一脸淡定地说道：“您放心，此处不比荒郊野外，银钱到处都有，哥哥稍坐，待兄弟出去走上一圈！”

话音未落，陆龟年身子一晃，早已经蹿了出去，头上脚下地爬上了飞檐，消失在了敏贝勒的视线之中。

一个时辰后，陆龟年背着一个大包袱，从半空中一跃而下，拉着敏贝勒躲到了墙角，捧着包袱，掀开了一角。

“嚄——”包裹里金灿灿的一包金条，晃得敏贝勒眼睛直痛。

“哪儿来的？”

“赌坊！”

“哪一家赌坊，能有这么多金条？”

“哪是一家啊，十五家！凑的！你都带上吧，穷家富路！”陆龟年大大方方地将包裹塞进了敏贝勒的怀里。

“你……你不带点儿吗？”敏贝勒磕磕巴巴地问道。

“我？我用不着这个，只要我想要，谁兜里的钱都是我的！”陆龟年咧嘴一笑，拍了拍敏贝勒的肩膀。

敏贝勒摸出一根金条，拿牙咬了一口，笑着说道：“妈的，看爷包它一截车厢，把狗都带过去！”

第六章　十赌九诈（上）

话说那陆龟年凭着敏贝勒留给他的那条听力奇绝的蜡螟犬，在火车上找到了香夫子所在的车厢。一路上，陆龟年索性直接就蹲在了车厢棚顶，紧紧地锁定香夫子的行踪，历时一天两夜。火车在天津停靠，香夫子一行转车又到了北平，住进了东交民巷的六国饭店。

这六国饭店最早是由英国人于光绪二十六年所建，历经两次修整，期间共有英、法、美、德、日、俄六国合资，故得名六国饭店。饭店整体布局为地上四层，地下一层，主要为当时各国公使、官员、达官贵人及上层人士住宿、餐饮、娱乐，聚会。同时，还为当时下台的一些军政要人提供避难处所。

香夫子一行人马包下了六国饭店的第三层。根据火车站的车次表，可以推测出香夫子他们将在六国饭店居住一日两夜。在香夫子入住后不久，陆龟年和敏贝勒在六国饭店对面的馄饨摊上成功汇合。

“敏贝勒，有什么想法没有？”陆龟年狼吞虎咽地嚼着馄饨，抬眼看着敏贝勒。

敏贝勒嘬了嘬牙花子，皱着眉头说道：“妈的，别的地方都好办，这六国饭店嘛，很麻烦啊？”

“为啥？”陆龟年放下了手里的海碗。

“这六国饭店，鱼龙混杂，各方势力在此云集，军、政、商、黑、白、洋，都在这个地方汇聚，为了保证这些重要人物的安全，这六国饭店的安保一直都在业内雄踞顶峰。大清的时候，宫里边有一个神秘的组织，唤作——善扑营。这善扑营，最早的时候乃是清圣祖仁皇帝康熙皇帝爷建立的一支清廷内卫部队，专司宫廷安保。这善扑营的成名战便是康熙五年在武英殿擒鳌拜，经此一役，善扑营声名鹊起，迅速成长为皇帝贴身安保的主力。雍正四年，朝廷对民间下达了“禁武令”即：禁止民间人士佩戴刀剑行走，禁止百姓拳斗，禁止民间擂台较技，违者依律重处，擂台死伤按杀人论罪。这意在削弱江湖势力、扼制反清组织的禁武令一出，江湖上的豪侠们再也按捺不住，开始了针对朝廷的大规模报复行动，刺驾、杀官、劫银等大案层出不穷。雍正爷大怒，派出善扑营专司追捕这些“以武犯禁”的所谓‘游侠’，这也成了善扑营走出皇宫内院，和江湖人物百年恩仇的开端。

雍正十年，湖南秀才曾静因不满朝廷，暗中联络陕西总督岳钟麒，策动反清，结果事情败露，举朝震动。雍正爷大发雷霆，就此事广肆株连，起了文字狱，浙江文士吕留良遭受牵连，被满门抄斩。吕留良之孙女吕四娘阴差阳错，幸免于难。合族被诛的吕四娘只身北上京城，欲杀雍正爷报仇，途中巧逢出家为僧的江南大侠甘凤池。吕四娘拜甘凤池为师，随其苦练飞檐走壁及刀剑击刺之术。雍正十三年，吕四娘辗转进京，潜入乾清宫，刺杀雍正爷，削下头颅，提首而去。故而雍正爷大葬时，只能以赤金铸头以代之，合尸身葬于泰陵地宫。”

雍正爷的死，彻底激化了朝廷和江湖武人的矛盾，有道是‘杀父之仇，不共戴天’。乾隆爷即位后，立即着手开始了针对江湖武人无差别、全覆盖、清洗式的大屠杀，而与江湖武人有着丰富斗争经验的善扑营自然成了这场大屠杀的急先锋。

“这善扑营的统带历来都由镶黄旗的贵胄子弟担任。为了在江湖上行走办事更加方便，乾隆爷御赐了这一脉的子弟一个汉姓——游。这游氏一族和江湖武人斗了一百多年，仇深似海，在这个过程中，游家人摸爬滚打，用命和血传下来了无数对付江湖人的经验，这里面有防盗的手段、安保的策略、缉捕的秘诀、审讯的技巧，总之，方方面面的套路，全是针对江湖高手的。后来，大清越混越完蛋，善扑营也跟着没落了。不过，虽然善扑营没落了，但领头的游氏一族仍旧人才辈出，清末那阵还出了一位惊才艳艳的高手，名叫游卯笙，专门帮朝廷捕杀革命党，后来据说在南京……败在了贼王于四的手里，气得吐血而亡……哎嘿！不对啊，于四不就是你的……”

陆龟年抿了一口海碗里的汤汁，捂着额头说道：“没错儿，清末民初的贼王于四，就是我师父！”

敏贝勒闻言，拊掌大笑，拍着桌子说道：“有意思了啊！有意思啦，真叫个不是冤家不聚头啊！这六国饭店的安保顾问就是游卯笙的儿子——游泰来！你说巧不巧啊？小贼王！”

敏贝勒一巴掌拍在了陆龟年的肩膀上，呛得陆龟年一口汤汁喷在了衣襟上。

“我说，敏贝勒，您到底是来帮忙的，还是来拱火看热闹的？”陆龟年抹了抹嘴巴子，一脸的不乐意。

敏贝勒强压住笑，赔着脸说道：“当然是来帮忙的，吃完了饭，我带你去见几个朋友！这事儿少不了他们帮衬！”

陆龟年闻言，一脸不解地问道：“哟，就您这脾气，还能有朋友？”

“瞧你这话说的，我什么脾气啊！哈哈，这秦桧还有仨朋友呢，更何况你贝勒爷我呢！”

说完，便拉着陆龟年，上了一辆黄包车，直奔城东而去。

城东，曾裕当铺。

贝勒爷拉着陆龟年下了车，走到当铺门口，指着匾额下方的左右一副楹联笑着说道：“来，给爷念念！”

陆龟年抬头，看着楹联上的阴刻楷书，一字一句地念道：“人生本是典来去，世事何如当东西。”

敏贝勒摸着楹联上的金漆，笑着问道：“如何？”

陆龟年一挑大拇指，由衷地赞道：“好句！”

敏贝勒一拍胸膛，笑着说道：“爷的笔墨！”

话音未落，早有个打杂的小厮，从店里小跑着走了过来，瞧见敏贝勒一身破皮夹袄，蓬头垢面，胡子拉碴，当下把腰一叉，伸手推了敏贝勒一把，从门口拽出了一个鸡毛掸子，大声喝骂道：“臭要饭的，滚一边儿站着去，别挡爷的生意！”

陆龟年一挽袖子，就要上手，却被敏贝勒一把拉住。只见敏贝勒笑着对那小斯说道：“哎呀……十几年没回京城了，想不到，这现如今什么人都敢在我的面前称爷啦。哈哈哈，有意思，今天爷我心情好，懒得跟你费口舌，郑矮子在不在，让他滚出来。”

那小斯闻言，瞪大了眼睛，指着敏贝勒的鼻子大声骂道：“你是个什么东西，敢这么称呼我们老板！”

话音未落，那小斯已经抡起了手里的鸡毛掸子，奔着敏贝勒的头脸就抽了过去。敏贝勒猝不及防，将躲未躲之际，斜刺里一个矮胖的汉子猛地从店里钻了出来，一把攥住了那小斯的胳膊。

“老板……他……”

只见那矮壮的汉子年纪有四十出头，光头大脸，一身西装西裤，却蹬了一双千层底的布鞋，显得有些不伦不类。

“爷？是您吗？”

矮壮的汉子虎目含泪，红着眼眶，上上下下地打量了敏贝勒，哽咽了一阵，一弯膝盖，跪在了敏贝勒的脚前。那小厮吓了一跳，下意识地去拉那矮壮汉子。

“爷……”小厮的话还没出口，矮壮汉子猛地一挥手，一个大嘴巴抽在了那小厮的脸上。

“你管谁叫爷呢？我算个屁的爷，这位才是爷！”矮壮汉子看了一眼敏贝勒，面红耳赤地冲着小厮大喊。

“好了好了，里面说……”敏贝勒挥了挥手，带头走进了当铺，那做派，仿佛这当铺是他的产业一般。

穿过前厅，进了后院书房，敏贝勒一屁股坐在了主位上，指着陆龟年说道：“认识一下，我朋友，陆龟年！”

“陆爷吉祥！”矮壮汉子一抖衣袖，给陆龟年行了个礼。

陆龟年吓了一跳，正要还礼，却被矮壮汉子一把架住，口中说道：“您是贝勒爷的朋友，这礼我可受不起，您叫我郑矮子就成！”

陆龟年看了一眼敏贝勒。敏贝勒摆了摆手，示意他不用客气。此时，郑矮子已经叫出了自己的三房妻妾、五个孩子到前厅，排成一排，恭恭敬敬地给敏贝勒磕头。敏贝勒大马金刀地坐在太师椅上，也不避让。待他们磕完了头，一咧嘴，放下了茶杯，从后背解下了陆龟年给他偷的那一包袱金条，伸手在里面抓了两把，攥在手里，一共得有十几根，这厮数也不数地走到了一个小孩儿身前，让他把长袍的下摆兜起来，“哗啦”一声扔进了那小孩儿怀里，一摆手，笑着说道：“回去分了吧，爱吃点儿啥，买点儿啥！”

郑矮子在一旁，急声喝道：“还不谢贝勒爷的赏！”

一众女人孩子，冲着敏贝勒又是一阵千恩万谢，站起身来告退，一步三回头地带着满脸的迷茫看着明明脏得好像要饭花子、出手撒金子却眼都不眨一下的敏贝勒。

郑矮子屏退了左右，看着敏贝勒，轻声问道：“爷，您这趟回来，可是有事交代？”

敏贝勒摸了摸肚皮，张口说道：“早上馄饨没吃饱，你去置办一桌吃的，边吃边说！”

郑矮子一躬身，下去亲自置办酒席去了。陆龟年一抬屁股，拎着椅子蹭到了敏贝勒身边，一脸好奇地问道：“敏贝勒，这人是谁啊，对你够恭敬的啊！是你们王府里的吗？”

敏贝勒喝了口茶，吐了吐茶叶沫子，摇着脑袋说道：“不是王府的，我们是赌桌上认识的……嗯……那还是大清时候的事儿了，那时候，我还是王府的贝勒……”

清光绪三十三年，北京城。

京师众赌坊，以群英会为魁首。

层高四层，飞檐斗拱的群英会灯火通明，只要是你能叫出名的赌法儿，这里都有：麻雀牌、花会、纸牌、骰子、摇摊、麻将、牌九、斗鸡、斗蟋蟀、斗狗、赛马、彩票、回力球、轮盘赌，等等等等，应有尽有。

这一年的九月，大半的时间，敏贝勒都在群英会里推牌九。这一日，敏贝勒酒喝得有些多，脑袋晕沉沉的，推了没几把，就昏昏欲睡。连打了好几个哈欠之后，敏贝勒一甩手，扔了牌九，晃晃悠悠地坐到二楼窗边，吹吹风，看着外面的小雨，醒醒酒，发了会呆，一低头，正看到群英会的楼底下，一个瑟瑟发抖的矮个儿汉子穿着一身打着补丁的破衣烂衫，攥着一只破碗，盯着冷雨，在街上行乞。这汉子走遍了半条街，才要来了半碗冷粥，扁了扁嘴，虽然饿得要命，却不舍得喝，一路小跑地回到屋檐底下，把粥喂给了一个满头银发、衣衫褴褛的老太太。敏贝勒眯了眯眼，坐直了身子，正要再看的时候，旁边伺候敏贝勒茶水的姑娘跟了过来，顺着敏贝勒的眼光向外看了看，瞧见那矮个汉子的惨状，撇了撇嘴，小声嘟囔道：“活该！”

敏贝勒耳尖，一扭头，笑着问道：“你说什么？”

那伺候茶水的姑娘愣了一下，低着头，张口答道：“我……说……说他活该！”

“你认得他？”敏贝勒指了指窗外。

“认得！”

“他是谁啊？”敏贝勒拄着窗框，笑着问道。

“这个人的全名我不知道，只知道他姓郑，诨号‘矮子’，是个屡试不第的读书人，去年跟着几个朋友来群英会玩了几把骰子，结果一发不可收拾，一下子迷上了赌，赌来赌去，赌光了家业，赌光了田产，赌得一贫如洗，赌得家财散尽……您别看他现在穷到带着老娘上街要饭，可只要但凡手里有一个铜板，他都得进来赌上一把！”

敏贝勒闻言一笑，摸着脑门说道：“有意思，有意思！”

敏贝勒笑了一阵，从怀里摸出了二十两银子，递到了那姑娘手里，指着楼外说道：“这二十两银子给那郑矮子送去，把他叫上来，让他陪我打两圈麻将。”

“啊？爷……您这……”姑娘不可置信地瞪圆了眼睛。

“让你去你就去！你是爷，我是爷？”敏贝勒一拍桌子一瞪眼，那伺候茶水的姑娘吓了一跳，埋着脑袋跑下了楼。

一炷香后，群英会二楼雅间，敏贝勒大马金刀地坐在桌子后面，招呼着刚从楼梯拐角探出身的郑矮子。

“来……坐下！”敏贝勒指了指自己对面的椅子。

郑矮子心惊胆战地坐了下来。敏贝勒挖了挖耳朵，笑着说道：“放松点儿，没别的事儿，爷今天本来约了几个朋友打麻将，但不巧的是，他们几个都有事来不了了。钱，爷是不缺的，玩儿的就是个乐，听他们说，你麻将打得不错？”

郑矮子僵硬而惶恐地点了点头，唯唯诺诺地说道：“还……还行！”

“陪我玩两圈？”

“好！”

敏贝勒一招手，又叫来了刚才那个给他伺候茶水的姑娘，笑着说道：“你叫什么名字？”

“回爷的话，我叫翠儿！”

“会打麻将吗？”

“会，但打得不好！”

“坐！”

敏贝勒招呼翠儿坐在了自己左手边，站起身来，扫了一眼，叫过了楼梯口一个卖瓜子干果的杂役，张嘴问道：“你叫什么名？”

“回爷的话，小的叫四宝！”

“好名字，会打麻将吗？”

“看别人打过，玩儿得不好！”

“坐！”敏贝勒揽过四宝，让他坐在了自己的右手边，从怀里又掏出了几锭银子，分给了四宝、翠儿每人二十两。

只听敏贝勒咳了咳嗓子，笑着说道：“每人二十两，陪爷玩儿个乐！”

就这样，敏贝勒、郑矮子、翠儿和四宝组成的麻将局拉开了序幕。

第七章　十赌九诈（下）

论起赌，敏贝勒的牌技差得那是一塌糊涂。不出五圈，敏贝勒的钱就输了精光，翠儿、四宝、郑矮子三家赢，敏贝勒一家输。

敏贝勒脸黑得眼看都要滴出水来了。翠儿想走，却被敏贝勒一把拉住，红着脸、瞪着眼睛拍着桌子，一个也不让走，就这样一直打。原本每个人是二十两的本钱，等打到了三更天的时候，敏贝勒已经输了四百两。这四百两里有一大半都落在了郑矮子的手里，喜得他是眉开眼笑，脸红心跳。

然而，到了后半夜，敏贝勒的手气骤然好了起来，半个时辰都不到，就连开了三把“清一色”，四把“杠上花”，翻着倍地赢钱。没多久，郑矮子手里的钱就输得差不多了，郑矮子输红了眼，一咬牙，叫来了群英会的管账，非要借钱。可这群英会有规矩，无论是谁想借钱都得添个抵押的当儿头，无论你是金石书画、玉件古玩、房产地产、绫罗绸缎，但凡你是值点儿钱的东西都可以抵，抵完就给你放钱，可这郑矮子身上除了一身满是补丁的破布烂衫、一双草鞋、一只要饭的旧瓷碗，再无多余的半个东西。郑矮子眼看着自己剩下不多的钱不够下本了，急得是团团乱转。

敏贝勒看不过眼，笑着说道："这样吧，我府里缺个养马的马倌，你就给我拟个文书，拿这卖身的契约为当儿头，借个四五百两，应该还不是问题！你要是觉得委屈，大可出门打听打听，我敏贝勒府上的仆役哪个不是吃香喝辣？你若真入了我府中养马，不比过着这在街头上喝风的日子强上百倍？"

郑矮子踌躇了一阵，一是被敏贝勒开出的条件诱惑，二是赌瘾上头，不再搓几圈回回本儿，他实在是心头难安，于是一咬牙，拟了个卖身文书，按上了手印。敏贝勒吹干了纸上的墨，递给了群英会的管事。没多久，四百两现银就摆在了郑矮子的桌前。

赌局继续，敏贝勒开始接连输钱；只不过开始输钱的并非敏贝勒一家，而是翠儿、敏贝勒、四宝三家输钱，郑矮子一家赢。不到一个时辰的时间，郑矮子一拢账，基本不赢不输，闹了个平，敏贝勒输了个干净。

只见敏贝勒伸了个拦腰，瞥了一眼郑矮子，笑着问他："你是拿手里的银子，赎回卖身契，两手空空地来，空空地走，还是咱们接着赌？"

郑矮子深吸了一口气，犹豫了一阵子之后，猛地一瞪眼，沉声说道："富贵险中求，小的还想再搏一搏！"

"好胆色！"敏贝勒拊掌大笑，又掏出了十锭雪花银，拍在了桌子上。

赌局再一次开盘，然而，这一次，郑矮子似乎用光了他所有的好运道，本钱流水一般地流向了敏贝勒的口袋。不出三圈的光景，郑矮子不但输光了四百两，还反欠了敏贝勒二百一十两银子。郑矮子急得额头上青筋暴跳，冷汗直流。

敏贝勒一把推倒了麻将牌，笑着说道："得了，今儿个就到这儿吧，算算账吧！郑公子，你的卖身契，算是赎不回去了，不但赎不回去，你还反欠我二百一十两，你说……这事怎么算吧？"

郑矮子紧张得直吞口水，颤抖着嗓子，低声说道："我……我可以多干活儿，折您的银子……”

敏贝勒摇了摇头，一脸严肃地说道：“账不是这么算的，你要明白你的身份——你现在是我的奴役，签了卖身契的奴役，你给我当牛做马地干活儿是应当应分的事！从今天起，再没有什么大清百姓郑公子，只有个姓郑的正黄旗旗奴！旗主对旗奴，能打能骂能杀，只要一天不给你脱籍，你的子子孙孙、世世代代都是本贝勒的奴才，你还想跟我谈什么干活儿折银子，笑话！”

郑矮子听了这话，浑身一抖，软塌塌地向后一仰，栽倒了地上。

敏贝勒一伸手，从翠儿手里接过了茶水，吹了吹沫子，张口说道：“你还是想想，家里有什么能值二百一十两银子的东西吧？”

敏贝勒话音未落，旁边的四宝张嘴说道：“贝勒爷，小的知道这姓郑的家里还有一个六十岁的老母，如今美利坚国在华招工，要招一批苦力去旧金山，据说那边儿的船港上缺一个会做中国饭的老妈子，您看……”

彼时，朝廷无能，各国列强在华拐带劳工，贩卖人口，出海的华人苦力十有八九客死异乡，并且此事已渐渐在民间传开。郑矮子闻听此言，猛地从地上跳了起来，一个虎扑，就要过来扼四宝的脖子。两个虎背熊腰的打手从门后闪身而出，一把按住了瘦小枯干的郑矮子，将他整个人压在地下。

敏贝勒放下了手里的茶杯，扔给了四宝一锭银子，沉声说道：“行啊，这事儿就交给你办吧！把那老太太卖到美国人的船上去，赔点就赔点吧！”

“爷放心，我知道那老太太就在街对面的桥洞子底下，我这就给她拖去卖了！”四宝接过了银子，眉开眼笑地答了一句，蹬蹬蹬地下了楼。

“不——别动我娘——别动我娘——啊——贝勒爷开恩——开恩啊——”郑矮子一边哀号，一边不断地用头狠狠地撞击着地板，直磕得额角破裂，鲜血横流。

敏贝勒站起身，一步三晃地走到了郑矮子身前，低着头，看着郑矮子说道：“愿赌服输啊——我问过你，刚开始赌的时候，我问过你，愿不愿意陪我玩儿两把，你本可以拒绝的，但你没有。赌到一半的时候，我又问你，是赎回卖身契，两手空空地来，空空地走，还是坐下接着赌，你选择了接着赌！你不是三岁小儿，可以出尔反尔，你得为自己的选择付出代价！”

“贝勒爷——我愿意付出任何代价……你杀了我……放了我娘——”

郑矮子疯狂地磕着头。敏贝勒摇了摇头，背过手去，不再看他。没过多久，四宝便跑了回来，从袖子里掏出了三十两银子和一件破布棉袄，放在了桌子上，向敏贝勒说道：“回贝勒爷，小的找了两个人伢子，把那老太太卖了，换了三十两银子！那老太太知道自己要被卖去美利坚给儿子抵债，红着眼睛把身上的棉袄脱了下来，让我捎给他儿子，说此后山水迢迢，相隔万里之遥，怕是再也无法相见，这天气渐寒，就把这棉袄留给他儿子吧……”

“啊——娘啊——我对不起你——”

郑矮子一声大喊，也不知哪来了一股子力气，一把挣脱了按着他的大汉，疯狗一般向四宝扑来。四宝眼疾手快，一闪身躲在了桌子后面，郑矮子一声大喊，掀翻了桌子。

“哗啦——”桌子底下的一个暗兜散开，里面十几张麻将牌四散而飞。

郑矮子一愣，低头一看才发现，原来这桌子除了自己坐的那一面，其余三面都有暗兜，里面装着和桌子上一模一样的麻将牌！

他们的牌是自己配出来的！

除了郑矮子，其余三个人都在出千！

“你耍诈……你……出老千！”郑矮子瞪大了眼睛，牙齿咬得咯咯乱响。

此时，那两个虎背熊腰的打手已经跟了上来，劈头盖脸地一顿老拳，将郑矮子打翻在地，掏出一根麻绳，将他捆了个结结实实。

“你……你骗我……出千……”

敏贝勒叹了口气，蹲下身来，看着郑矮子，幽幽说道：“十赌九诈，愿者上钩，怪只怪你有眼无珠，浑浑噩噩。看你这身板儿、脾气也做不了一个好马倌，也罢，我便送你一程，让你早点投胎吧——”

敏贝勒在腰间一抹，抽出了一把蒙古小匕首，抵在了郑矮子的脖子上，笑着说道：“小子，看来要想翻本儿，你只能指望下辈子了！”

郑矮子万念俱灰，闭紧了眼睛，涩声说道：“笑里藏刀相对战，赌中舞弊两相欺。衣衫褴褛亲朋笑，手脚肮脏骨肉离。事到如今，我才明白，赌之一道，哪有赢家，徒迷心智耳！”

敏贝勒闻言，一声大笑，抬手就是一刀！

郑矮子发了一声闷哼，正要引颈就戮，忽觉身上一松，睁眼一看，敏贝勒的那一刀正划在绳结上，将捆住他的绳子割了开。

郑矮子正迷茫之间，敏贝勒咧嘴一笑，揪着他的后颈，将他提了起来，走出房门，轻轻地推开了隔壁雅间的屋门。

隔壁屋里，郑矮子的老娘正坐在一张桌子后头，吃着热饭，身上换了一身新的棉衣，瞧见敏贝勒进来，连忙扔了筷子，跪在地上。

“这……”郑矮子如同做梦一般，张大了嘴，半天没有说出一个字。

敏贝勒在一张椅子上坐下，笑着说道：“郑矮子呀郑矮子，你要知道，这赌博之道，不过是娱人的游戏。这自古以来只有人玩儿牌九，可莫要让牌九玩儿了人！”

郑矮子“扑通”一声，跪在了地上，红着眼睛答道：“小的受教了！”

敏贝勒摆了摆手，徐徐说道：“要不是念在你对老娘还算孝顺，要了粥，先奉孝老娘，爷才懒得管这烂事儿呢！”

说到这儿，敏贝勒一伸手，翠儿将那张卖身契递到了他的手上。敏贝勒挤了挤眼睛，蹲下身，将卖身契叠好，塞进了郑矮子老娘的手里。

“老人家，这是您儿子的卖身契，您拿好了，要是他再敢赌，您就把它送到我府上来，我直接给他卖到美利坚去！”

那老太太泪眼婆娑，抓着敏贝勒的脚脖子，狠命地在地上磕头。郑矮子激动得体如筛糠，嘴里乌拉哇啦也不知在喊些什么？

敏贝勒伸了个懒腰，拍了拍郑矮子的肩膀，转身出了雅间，给了他们母子一个抱头痛哭的机会。

翠儿识相地带上了门，小声问道：“爷，里面那娘俩怎么办？”

“能怎么办？哭完就撵出去呗，省得爷听了心烦！”

翠儿抿了抿嘴，似笑非笑地说道：“爷，甭以为我不知道啊，您在给那老太太准备的新棉衣里藏了一张二百两的银票！爷……您这好儿啥时候能用到我身上啊？”翠儿嗔怪地瞥了敏贝勒一眼，轻轻地抱住了敏贝勒的胳膊。

敏贝勒伸手，捏了捏翠儿的脸，在她耳边小声说道：“小浪蹄子，别以为我不知道，你在这群英会的客人里聊拨的汉子还少吗？再说了，爷我喜欢丰满的，你太平了，再过两年吧！哈哈哈！”

敏贝勒拨开了翠儿的手，放声大笑，唱着小曲儿，踏着鼓点儿，小跑着冲进了蒙蒙细雨之中，又蹦又跳，开心得像个孩子……

民国元年，大清皇帝逊了位。敏贝勒的阿玛一着急上火，暴病而亡。敏贝勒哥儿几个分了家产，各奔东西。敏贝勒做惯了大爷，四体不勤，五谷不分，挣钱的能耐是一样不会，败家的本事却无人能及，没过三五年，就将分来的家产败了个精光，靠着典当府里的物件度日。一开始是府里的奴才拿着物件来当，后来奴才下人们跑得差不多了，敏贝勒没办法，只能亲自抱着瓶瓶罐罐往当铺跑。

这一日，敏贝勒兜兜转转来到了城东新开的曾裕当铺，进了屋，一抬头才发现，坐在柜台后头的掌柜正是郑矮子。郑矮子见了敏贝勒，两腿一跪，就要磕头，瞧见敏贝勒一身的破衣烂衫，心疼得直掉眼泪。敏贝勒捧过来的瓶瓶罐罐，一样也不肯收。郑矮子的老娘翻出当年的卖身契，就要郑矮子卖了家产，拿着钱去给敏贝勒当奴才。敏贝勒哪受得了这个？！钱是抵死不收，拔腿就要走。郑矮子计上心头，说自己新店开张，没有楹联，愿意出十根金条向敏贝勒讨一幅字，刻成楹联，挂在门边。那年头，别说敏贝勒了，就是宣统皇帝的字也不值十根金条啊。敏贝勒打心眼儿里不愿吃这口嗟来之食，但是又架不住郑矮子母子苦苦相求，踌躇了一阵，一咬牙，提了一副对联：人生本是典来去，世事何如当东西。

郑矮子收好了对联，生塞硬按地将金条塞进了敏贝勒的手里。敏贝勒无奈，只得硬压着火气，把金条揣进了兜里，怒气冲冲地拂袖而去。回府以后，敏贝勒是越想越气，心里暗道："他娘的，当年我可是北京城里第一号的爷，今儿个却沦落到靠人施舍的田地，我这境遇，若被往日的相识瞧见，岂不被笑掉了大牙？大丈夫在世，命可以不要，脸面绝对不能缺！北京这地儿待不下去了，爷走还不行吗？"

心念至此，敏贝勒花了三天时间，将家里所有能变卖的物件低价折了现，背着这点儿钱，一路南下，直奔南京……

就在陆龟年听着敏贝勒给他讲这些往事，听得津津有味的时候，郑矮子已经准备好了饭食，请敏贝勒和陆龟年过去用饭。敏贝勒也不客气，甩开腮帮子，就是一顿胡吃海塞，活似个饿鬼投胎。

郑矮子站在一旁，不断地添杯续酒伺候局。

"哎哟，差点忘了，你老娘身体怎么样？"敏贝勒掰下来了一只鸡腿，鼓着腮帮子问道。

"回爷的话，小人的老娘去年已经过世了……"

"欸……那个……节哀！"敏贝勒伸出油腻腻的手指头，拍了拍郑矮子的肩膀。

半个小时后，肴核既尽，杯盘狼藉。

敏贝勒腆着肚皮，瘫在椅子上，招呼着郑矮子，沉声说道："听说你这当铺做得不小，京城上上下下，没有你不通的人脉？"

郑矮子一弯腰，张口答道："托爷的福，一般一般！"

"得，你也甭谦虚了！六国饭店里，有没有认识的？"敏贝勒一边剔着牙，一边问道。

郑矮子思索了一阵，沉声说道："那饭店里有几个侍应生，手脚不甚干净，爱从客人那里顺些小玩意儿。您也知道，出入那地方的人，非富即贵，那些小物件，本儿小的当铺是收不起的，所以他们都来我这儿来，把东西典当成现银。一来二去，倒也很是熟稔……另外，有几个下了野的军政要员住在六国饭店，为了尽快把手里的古董字画出手，好筹钱移居国外，最近和我联系也很是密切，这几个人是……"

"算了算了，爷懒得知道他们都是谁，我给你一个晚上的时间，动用你在六国饭店里能动用的一切人脉，给我查清三件事：一、六国饭店的安保布防图；二、天师会的香夫子和她带着的那个孩子住在哪个房间；三、善扑营的游泰来和天师会有没有勾结。好了，去吧！"

敏贝勒打断了郑矮子的话，言简意赅地下达了指令。郑矮子一躬身，倒退着出了房门。

敏贝勒打了一个饱嗝，躺在椅子上沉沉地睡了过去……

第八章　碧眼金睛兽（上）

三个小时后，郑矮子匆匆地从门外进来，朝着敏贝勒打了个千儿，沉声说道："回爷的话，事情都打探清楚了。"

敏贝勒揉了揉惺忪的睡眼，直起腰来，搓着脸说道："说说吧！"

郑矮子从袖子里抽出了一张纸，递给了敏贝勒，徐徐说道："爷，这是六国饭店的安保布防图。"

敏贝勒拉过陆龟年，两个人对着纸上画着的图样研究了一番，随即指着二楼左角那间套房，不解地问道："这间屋子怎么涂成个黑疙瘩了？"

郑矮子躬身答道："回爷的话，二楼左角那个套房的情况，我联系了很多人，都打探不出，只知道那是游泰来为天师会的一个叫香夫子的女人布下的一个阵法，唤作——千尸火龙阵。至于阵法是个什么路数，小的无能，实在是探听不出！"

敏贝勒一抬屁股，坐在了桌子上，盘着腿，嘬着牙花子叹道："游泰来布的阵……游家……游家的阵，应当是出自善扑营的本事，善扑营是宫里的秘密组织，看来还得找那老东西打听打听！"

说完这话，敏贝勒从桌子上一跃而下，拉着陆龟年就往外跑。

“爷，您哪去啊？”郑矮子在后面喊道。

敏贝勒也不答话，举着胳膊胡乱挥了挥，人已经跑到了街上。

“黄包车！”敏贝勒一摆手，拉着陆龟年，各上了一辆黄包车。

“狗尾巴胡同！”敏贝勒一声吆喝，拉车的车夫甩开了两条腿，穿街过巷，没多久，就来到了天坛西北角的一条小巷边上。

敏贝勒给了赏钱，拉着陆龟年在低矮的雨檐子底下，猫着腰一顿乱拐，两腿一蹦，攀上了一堵低矮的墙头，向院子里望了一望，蹦下来，拍了拍手上的土，笑着说道：“烟囱还冒着烟呢，老东西还没死，真他娘的能活！”

说完这话，敏贝勒走到了小院正门，抬腿一脚，踹开了老朽斑驳的木门，拉着陆龟年，穿过天井，走进了一间昏暗潮湿的小屋。那屋子里没有灯火，床头柜尾摆满了无数的瓶瓶罐罐、书画古玩。一个白面无须，伛偻着肩背的老头儿，眯着一双眼睛蹲坐在地上，一手托着一个瓷碗，一手拈着一支朱笔，正全神贯注地勾描着碗沿儿上的锦鲤图样。

敏贝勒大踏步地走了过去，一把夺过了老头儿手里的碗，拎起床头的一个水壶，倒了碗水，仰头喝干。

那老头儿扭过头来，眯着一双藏在皱纹深处的眼睛，直起腰来，张了张没牙的嘴，笑着说道：“哟——贝勒爷！奴才给您请安啦！”

言罢，就要起身行礼。敏贝勒一把按住了他的肩膀，又倒了一碗水，递给了陆龟年。

“贝勒爷，您注意着点儿啊，那可是成化年间的青瓷！”

敏贝勒啐了口唾沫，指着满屋子的瓶瓶罐罐，笑着骂道：“去你姥姥的，安德海，你这儿地，有真的吗？”

那老头儿笑了笑，晃着脑袋说道：“这世上哪有那么多真假，成化年间的青瓷，谁也不知道是个什么样，还不是说真就真，说假就假！”

敏贝勒哈哈一笑，喘匀了气儿，指着那老头儿，对陆龟年说道：“还没介绍，此人名叫安德海，是前清宫中内务府的武英殿修书处总管太监，掌管监书图集、古今文本，司职府库二十年，宫内的藏书笔记，不知翻了多少个来回，里面的金石秘本被他拓印了无数，私自揣摩仿造，造出了不少以假乱真的文物古玩。后来，宣统皇帝逊了位，宫里不少的太监宫女都被赶出了皇宫，这位昔日的安总管才飞入了这寻常百姓家。”

敏贝勒的话刚说完，安德海便抿嘴一笑，徐徐说道：“什么飞入寻常百姓家，都是爷抬举了！我们这些个奴才刚被撵出宫的时候，身上只有一身衣服，被褥都没有一套。在宫里攒下的银钱，也没能带出来，身无分文地在街头流浪。宫女里还年轻的不少被人拐去做了娼妓，剩下些老老小小，饿死的饿死，冻死的冻死。我们被逼无奈，只能去找昔日里的那些主子官人，可那些个主子官人没一个人肯管我们死活，一个个的只顾着收拾财物外逃出京，哪个愿意顾念我们这些累赘？若不是贝勒爷心善，将我等收容在这狗尾巴胡同，老奴我，哪能活到今天？”

敏贝勒挠了挠耳后，小声骂道：“你家贝勒我可没你说的那么心善，不过是当惯了爷，干不出那等卸磨杀驴的孙子事儿罢了！对了，我此次前来，乃是有事儿要问你！宫里的图书札记，文献典籍，你掌管了二十年，翻阅了无数，思来想去，此事你兴许能知道些线索？”

“爷，您说！”安德海颤颤巍巍地站起了身子。

敏贝勒咳了咳嗓子，一字一顿地说道：“千尸火龙阵，你晓得不？”

安德海沉思了一阵，张口答道：“可是善扑营的千尸火龙阵？”

“没错！哈哈哈，怎么样陆兄弟，我就说这老东西知道吧。”敏贝勒一拍大腿，笑得两眼直放光。

安德海在地上走了两圈，回身说道：“这千尸火龙阵，相传乃是雍正年间的善扑营统带富察阿克敏所创，但由于布阵条件极其苛刻，近一百多年，很少有后人用之。”

“到底是怎么个苛刻法？”陆龟年问道。

“这千尸火龙阵的重点不在‘千尸’二字之上。因为这阵法虽说是千尸，但终究是个诈称，真正的尸体数量只有一百单八具。这阵法的核心，乃是一种西域传说中的珍奇异兽，名曰‘沙罗曼蛇’。在西域传说中，这种四脚红斑的小蛇体温非常低，在冬天到来的时候会钻入中空的树干或岩洞中冬眠。冬眠时全身盘卷起来，保持蛰伏的状态，当生活在西域的原住民将这些枯木砍回去烧火的时候，蛰伏在枯木中的沙罗曼蛇就会苏醒。在火焰的刺激下，沙罗曼蛇会分泌出一种黏液，这种黏液能够隔火隔热，故而，沙罗曼蛇便有了浴火重生的神迹，被西域人信奉为火龙。

“这种沙罗曼蛇来去如风，身怀剧毒，以之啮人，无能御者。它最喜啃噬人之脑髓。善扑营的先人从西域带回了这种沙罗曼蛇，悉心培养，以死囚的尸身为饵料，研究出了一套严密的阵法，按照天罡北斗、戍卫紫微的布局摆阵，于星斗阵眼之上，安置一百零八具尚未腐烂的尸身，尸身上撒有药饵，沙曼罗蛇食之则会陷入沉睡，蜷缩于尸体脑中。待到沙曼罗蛇沉睡之后，以黄泥堵住尸身七窍，砍下头颅，头颅之间，用沙曼罗蛇的黏液化成的丝相连，纵横交错地织成一片立体的网，将需要守护的人或物置于阵眼之上。若有人来盗物，或是行刺，只要稍微触碰到这些丝线，沉睡的沙曼罗蛇就会苏醒，撕开尸体大脑皮肉钻出。顺着这些相连的丝线，上百只沙曼罗蛇将会全覆盖、无死角地蜂拥而上，疯狂地攻击着闯入阵中的人。只要来人被沙曼罗蛇轻轻地咬上一小口，就会瞬间死亡！乾隆年间，朝廷和反清复明的红花会势同水火，江湖上常有胆大妄为的贼子意欲行刺。那时候的善扑营统带，曾经在乾隆爷游猎的行营外布下了过一次千尸火龙阵，一个晚上就弄死了六十多位意图犯驾的贼人！”

敏贝勒闻言，急的直拍桌子，大声喊道：“别叨叨这些没有用的了，快说说怎么个破法！在宫里看了一辈子乱码七糟的宫廷典籍，不能都学到狗身上去啊！”

安德海站起身，走到敏贝勒旁边，沉声说道：“爷，您别急啊！听我一句句地说啊，这千尸火龙阵虽然奇诡绝伦，猛烈比无，但也并非破无可破，要想破阵，先要寻那碧眼金睛兽……”

夜半，北京西郊，香山。

陆龟年和敏贝勒两人，一个抡着洋镐，一个舞着铁锹，冒着一头的大汗，在一处林高草深的山坳里，刨出了一个坟坑。

眼看着坑刨得差不多了，陆龟年松了松裤腰带，把洋镐一扔，往土堆上一坐，喘着粗气说道：“得了，贝勒爷，您看看风水，要是还满意的话，我就给您埋这儿吧！”

敏贝勒把脸一拉，扯着嗓子骂道：“埋谁啊？埋啊！说那像话吗？诈死，懂不懂！”

说完这话，敏贝勒拎起了地上的草席，晃了晃手里的锡制小酒壶，听了听了里面的水响，一屁股坐在了土坑里，仰头一倒，躺平了身子，把怀里的破草席往身上一蒙，从脑瓜尖儿一直盖到脚后跟。

“哎……我说陆兄弟，你别埋深了啊，到时候不但没抓着碧眼金睛兽，还把我给闷死了！”

陆龟年拎起地上的铁锹，一边填土，一边笑道：“放心吧，脑袋顶上给你留着通气儿的地儿呢！”

一炷香后，陆龟年把铁锹和洋镐藏到了草窠里，一个纵越，蹿上了距离土坑最近的一棵大树，摒息凝神，观察着周围的动静。

第九章　碧眼金睛兽（下）

不到五更天，躺在土坑里的敏贝勒已沉沉地睡去。

悄无声息之时，草丛里传来一阵窸窸窣窣的响动，一只体长不足一米、尾巴和身子等长的小兽从树下探出了身子。只见那小兽瞳孔呈长方形，碧眼金睛，呈纺锤形，其犬齿极为锋利，身体两侧有六个云状的暗色斑纹，头部略圆，口鼻突出，爪子宽大，体色金黄，两条狭长黑纹覆盖的泪槽穿过面颊，行走时起落无声，纵跃攀缘，不输猿猱。

只见那小兽机警地绕着土坑转了一圈，轻轻地蹲坐在坑边，开始用爪子扒土，不多时，就扒出了土下的草席。

草席下的敏贝勒被头上的响动惊醒，睁开眼睛，隔着草席的缝隙向外看去，正瞧见一团黑影在头上扒土。

敏贝勒赶紧憋了口气，张嘴含住了下巴底下的芦苇管子。那芦苇管子的另一头插在了敏贝勒手里的一只锡制小酒壶中。只见敏贝勒嘬着腮帮子轻轻一吸，酒壶中装着的液体瞬间被吸入了口中，含在了嘴里。

此时，那小兽用前爪轻轻地在草席上一抓，草席应声裂开，露出了敏贝勒的脖颈和头面。敏贝勒屏住了呼吸，一动不动，那小兽绕着敏贝勒转了一圈，眼中闪过了一抹贪婪。只见它伸出舌头，轻轻地在敏贝勒的头皮上舔了一舔，纵身一跃，蹲坐在了敏贝勒的胸口上，张开嘴，龇着两颗獠牙，就去咬敏贝勒的脖子！

说时迟，那时快，就在那小兽的长牙即将触碰到敏贝勒的一瞬间，敏贝勒猛地睁开了眼睛，那小兽吓了一跳！一愣神的工夫，敏贝勒肺气一鼓，将含在嘴里的那口液体猛地喷了出去，一点儿没糟贱地喷了那小兽一脑袋。

一股浓浓的酸气瞬间散发开来！

是白醋！

那小兽被浓烈的白醋喷了一脸，发出一阵哀号，晕晕乎乎地打了两圈晃晃，一脑袋栽到了地上。敏贝勒瞅准机会，脱下外衣，兜头罩去，一个虎扑，将那小兽扣在了衣服底下。

却不料，那小兽晃了几晃后，瞬间恢复了神志，龇牙一撕，扯开了敏贝勒的破羊袄，后腿一蹬，竟从羊袄的破洞里钻了出来，两只前爪在树干上一抓，闪电一般，蹿到了树上，几个起落，蹿到了枝头，飞身一跃，向下一棵大树跃去。眼看那小兽就要钻入密林，敏贝勒急得一声大吼："陆龟年——"

话音未落，只见树冠之上，一道惊鸿一般的黑影电射而出，带动一蓬落叶冲天而起，正是埋伏在树上的陆龟年！只见陆龟年后发先至，动作竟比那小兽更快。两个身影在半空重叠时，陆龟年袖口一张，一张细密的鱼鳞大网兜头罩下，将那小兽拢在网中！

"唰啦——"网口收紧，陆龟年犹如一片鸿毛，从树顶飘飘落下，落地时，足尖轻轻在地面一挑，地上的浮土表面，竟然连半个脚印都未留下。

"好轻功——"敏贝勒由衷地赞了一句。

陆龟年拎着手里的网兜，拧亮了身上的手电筒，去照那网里的小兽。

敏贝勒凑过来，打量了一阵，笑着说道："这小东西，正好和你们掌灯凑成一对儿！"

“什么一对儿？”陆龟年问道。

“一个红眼睛，一个绿眼睛，不正好绝配吗？”敏贝勒拍着大腿，高声笑道。

陆龟年不禁莞尔，抖着肩膀，和敏贝勒一起哈哈地坏笑。

“敏贝勒，这就是那个什么碧眼金睛兽吗？凭这小玩意儿，就能破游泰来的千尸火龙阵吗？”陆龟年问道。

敏贝勒指着网兜里的小兽，徐徐说道：“不错，这小东西，就是传说中的碧眼金睛兽。说起来，这碧眼金睛兽本是明朝时滇南之地进贡到中央的珍奇异兽。明朝第十位皇帝，年号正德的明武宗朱厚照，最喜欢豢养珍奇异兽，在皇宫内外建了好多的诸如虎城、象房、豹房、鹁鸽房、鹿场、鹰房，等等饲养动物的场所。其中，这朱厚照最喜欢的动物就是豹子，甚至在自己驾崩之前，还留下了遗旨，让后代子孙好生照顾自己的这些宠物，好好繁衍这些动物的子孙，并且专门设立了有司负责，史书有载：西苑豹房畜文豹一只，役勇士二百四十人，岁廪二千八百余石，又占地十顷，岁租七百金。

“所谓：上有所好下必甚焉。因为皇上喜欢豹子，所以下面的臣子就玩了命地给皇上搜集各种珍奇的豹子。这碧眼金睛兽脱胎于一种叫作云豹的兽类，这云豹就是生于滇南的一种异兽，因其浑身花斑有若云霞而得名，也称乌云豹、龟纹豹、荷叶豹、艾叶豹、樟豹。这云豹最善攀爬，能利用粗长的尾巴保持身体的平衡，昼伏夜出。别看这云豹体格不大，但却是天生的猎手，除了擅长捕食鸟类、鱼类、猴子之外，最喜欢捕食蜥蜴、毒蛇等冷血爬行动物。

“但不是所有的云豹，都能称为碧眼金睛兽。这事儿还得从明思宗朱由检说起。这明思宗，也就是史书上说的崇祯皇帝。崇祯十五年二月，李自成在襄城大败明军，杀陕西总督汪乔年。三月、四月，松山等城相继被破，洪承畴被俘降清。五月，李自成三围开封。崇祯十七年三月十九日，李自成攻破京师，崇祯皇帝杀死了后宫的嫔妃、公主等女眷，随太监王承恩逃亡到煤山，留书曰：‘朕自登基十七年，逆贼直逼京师，虽朕薄德匪躬，上干天怒，致逆贼直逼京师，然皆诸臣误朕也。朕死，无面目见祖宗于地下，自去冠冕，以发覆面。任贼分裂朕尸，勿伤百姓一人。’随后，就把自己挂在了一棵歪脖树上吊死了。

“可这崇祯死之前，除了到后宫把女眷都杀了之外，还干了一件事，那就是把他祖爷爷正德皇帝在宫里宫外建的那些豢养珍奇异兽的笼子，全都打开了，把那些个异兽猛禽，尽数放生。这里面就有许多云豹，趁机跑到了京城周边的深山之中。

“彼时，天下大乱，饿殍遍地，兵灾无数，京师之地，几易其手，更是尸骨如山。那黑压压的战场尸首，哪有人来得及好生掩埋？大多都抛到了山上的乱葬岗，任其腐烂。故而山间的野狗猛兽，就这样开始尝到了啃食人肉的滋味，这动物一尝过了人肉味，再吃别的肉可就不香了！渐渐地，许多动物改变了习性，专吃死人腐尸。

“众所周知，这腐尸中有尸毒，不是所有的动物都能扛得住的，就这样，许多动物中毒死亡。而来自滇南的云豹，因生性以蜥蜴、蛇属为食，故而能耐得住尸毒，这云几代的血脉更迭下来，眼中的瞳孔也因此渐渐变成了绿色，是为——碧眼金睛兽。

“乾隆年间，创立千尸火龙阵的善扑营统带游百昭曾经在香山周边的乱葬岗中用腐尸培养沙罗曼蛇，谁知不到一个月，土下的腐尸，竟然不知被什么动物刨了出来，将尸体的肚肠掏出来吃了个干净，连尸体里的沙罗曼蛇也没有放过，连嚼带撕地，吃了无数。游百昭大惊，布下陷阱，捉到了一只碧眼金睛兽。于是，这碧眼金睛兽克制沙罗曼蛇的事，才为人所知。也因此故，善扑营每年都会组织人手，进山猎捕。

“只可惜，大清的国力自乾隆爷之后，日渐衰微，善扑营也老太太过年，一年不如一年，到了光绪年间，已经没有什么人手了，千尸火龙阵也没人摆了，进山捕猎碧眼金睛兽的事，也日益被后人遗忘，除了当年在内务府掌管宫廷秘辛的安德海之外，再无其他人知道这碧眼金睛兽的掌故了！”

陆龟年听了敏贝勒的讲述，不禁疑声问道：“敏贝勒，您说这崇祯皇帝把老婆孩子杀了，却把笼子里的鸟兽放生了，这是个什么路数啊？是不是弄反了啊？”

敏贝勒闻言，长叹一声，叫嚷着骂道：“做龙椅的人，脑子这里多多少少……不太正常！就好比咱们那位老佛爷，说什么‘宁予外族，不予家奴’‘量中华之物力，结与国之欢心！’我呸——”

陆龟年知道敏贝勒说到了痛处，也识相地闭上了嘴巴，不再追问其他的事。两人就此下山，一路无言。

下了山，进了城，敏贝勒叫了两辆黄包车，直奔曾裕当铺。两人在山上熬了一宿，顶着俩黑眼圈，坐在黄包车上摇摇晃晃，昏昏欲睡。半梦半醒之间，陆龟年一睁眼，瞧见旁边的街道不对，根本不是去曾裕当铺的路。

陆龟年也是在江湖上厮混多年的老油条，当时就警觉起来，一睁眼向那车夫腰后一看，便发现那两个车夫的后腰衣摆鼓起老高，跑动之间，依稀有利刃的刀把隐现。

陆龟年顺兜摸出了一枚铜钱，坐直了身子，斜眼瞄了一眼敏贝勒，捻在指上，发力一弹，“嗖”的一声打在了敏贝勒的脑门子上！

“日你娘，哪个王八……”敏贝勒捂着额头正要叫嚷，突然瞧见另一辆车上的陆龟年正在冲他挤眉弄眼。

敏贝勒还没反应过来，两辆黄包车并肩停了下来，两个车夫将车子一扔，向着前方走了七八步扭过头来，摘下了头上的草帽。陆龟年手指一抖，两枚边缘开锋闪光的铜钱已经拈在了指尖。

不用说，陆龟年已经做好了搏命跑路的准备！

“贝勒爷！您腿脚慢，先走！”陆龟年闪身站在了敏贝勒车子的前头。

第十章　千尸火龙阵（上）

敏贝勒下了黄包车，缩在陆龟年身后，眯着眼睛，打量了一下那两个车夫，一伸手，扒拉开了陆龟年，笑着说道："跑个屁！"

话音未落，那两个车夫膝盖一弯，"扑通"一声跪在了敏贝勒脚旁，大声喊道："奴才富战魁（佟霖阁），给贝勒爷请安了！"

敏贝勒眉毛一耷拉，上前一人一脚，连托带踹地把那俩车夫拎了起来，笑着说道："这都什么世道了，不兴这个了！"

那俩车夫，双目含泪，左手那人，浓眉虎目，抱拳说道："当年若不是贝勒爷接济，我们这些个被赶出宫门的八旗侍卫，怕是早就饿死街头了！我们兄弟敬的不是爷的身份，而是爷的为人！"

右手那人嘴笨，支吾了半天，摸着锃光瓦亮的光头，咬着牙喊道："那个……俺也一样！"

敏贝勒拉过陆龟年，笑着介绍道："这位是陆龟年，我朋友。"

说完，又指着那俩车夫，向陆龟年介绍道："这两位，左手这个，名叫富战魁，镶黄旗子弟，原本是宫里的侍卫统领，一身的摔角功夫，驰名京津两地。这位光头的兄弟，名叫佟霖阁，也是宫里的侍卫统领，镶黄旗的子弟，使得一手好朴刀。

“民国元年，宣统皇帝逊了位，被赶出了皇宫，连带着一堆老老少少跟着吃瓜落儿。这群兄弟流落街头，因为平日在宫里服役了，哪会自己讨生活？这帮小子平时又在京城霸道惯了，早惹了众怒，这一出宫，竟没有买卖家乐意雇他们，一来二去地，竟沦落到在城外行乞度日。

“那段时间，恰好贝勒爷我因为去郑矮子那典当的事儿，闹了一肚子的气，羞愤交加，实在无法在京城待了，找了一帮二道贩子，把我老爹留下来的家产当了个七七八八，背着金条银票，就要南下。谁想着还没出城门，就遇上一帮要饭的了，我打眼儿一看，嘿，还他娘的不是别人，正是这帮平日里在宫中常出入的熟面孔。

“咱是当爷的，不能看这帮奴才饿肚子吧！我一咬牙，拿出了两根金条，让他们买吃的去。谁想到，这俩孙子，一看爷我身上有钱，扯着嗓子一吆喝，聚过来了四五百老少，一个个的瘦得皮包骨头，甩着大鼻涕，眼巴巴地看着我。我一想，这他娘的也没办法，谁让咱身上这钱露了白了呢？于是爷一狠心，把身上这些卖家产刚淘换来的金条银票一个大子儿没剩，全掏出来了，往这哥俩怀里一扔，浑身上下就留了一身破棉袄，一路骂着娘出的京城！”

敏贝勒说起往事，怒上心头，忍不住又上前给了那哥俩两拳。那哥俩一身的横练功夫，拳脚落到身上不疼不痒，只是哈哈大笑。

敏贝勒打了两拳，出了气，张口问道：“瞧你们这哥俩，红光满面的，这几年混得不错啊！”

富战魁一拱手，沉声说道：“托爷的福，我们拿着您那笔钱，饱了肚子，买了棉衣，购置了一批黄包车，仗着两膀子力气，这些年，倒也衣食无忧！”

“不错不错！”敏贝勒拊掌大笑，很是得意。正欢喜之间，却听那佟霖阁闷声闷气地说道：“我们自然是不错，只是爷……您有些不仗义！”

敏贝勒一愣，指着佟霖阁的鼻子，高声骂道：“说明白了，爷怎么个不仗义法儿了？！”

富战魁扯了扯佟霖阁的胳膊，让他闭上嘴，随即看着敏贝勒，沉声说道：“爷，您回京城办事儿，应该先找我们哥俩儿才是！”

敏贝勒尴尬地笑了笑，拉着脸说道：“你……你都知道了？”

富战魁点了点头，徐徐说道：“爷有仇家住进了六国饭店，您要找他拼命！不是奴才挑您的理，这事儿……您确实应该先找我们兄弟的！”

佟霖阁在富战魁身后，张口附和道：“对啊！要不是安公公……”

佟霖阁的话还没说完，富战魁脸上一黑，一肘尖儿点在了佟霖阁的肋下。佟霖阁吃痛，霎时间反应过来，脸上一红，闭上了嘴。

敏贝勒跳着脚骂道：“他娘的安德海，看爷不撕了他的嘴！”

富战魁上前一步，轻声说道：“贝勒爷！安公公也是怕您有危险。您这文不成武不就，手不能提，肩不能扛的，拼命这种粗活，哪是您干的了的？我们哥俩想着，我们给您把这事儿办了，毕竟多个几百人，就多了几百个照应！”

敏贝勒闻言，气得涨红了脸，抬腿一脚，蹬在了富战魁的小腹上，不料却震得自己脚踝一阵阵地发麻。

“我去你娘的，你说谁文不成武不就呢？爷我当年长枪快马，在敌阵中七进七出的时候，还没你……等会儿！等会儿！不对！你说什么？几百人！”

话音刚落，只见富战魁咧嘴一笑，朗声喝道：“弟兄们！都出来，见过贝勒爷！”

就在此时，大街两边的空气仿佛瞬间停止了几秒，随后，无数的黄包车从四面八方涌来，将原本熙熙攘攘的大街堵得水泄不通，一众行人纷纷闪避，约有七八百的黄包车夫，黑压压地从街道两边围了上来，齐整整地立在了街道两旁。

富战魁一抱拳，向敏贝勒说道："贝勒爷！这些都是当年您出城时，活过命的八旗弟兄！得知您要回京办事儿，特地赶来助拳！"

富战魁话一出口，街巷两旁的黄包车夫齐刷刷地一抱拳，大声喊道："听贝勒爷吩咐！"

声震四围，豪气冲天。

敏贝勒眼眶微红，却仍旧不改他那嘻嘻哈哈的纨绔模样。只见敏贝勒扶着陆龟年的肩膀，晃晃悠悠地站在了他乘坐过的那辆黄包车上，朝着四方拱拳一周，大声喊道："承蒙各位弟兄赏脸，贝勒爷今天，高兴！高兴！高兴……爷……今儿个给你们，开开嗓儿，来上一段，怎么样？"

众车夫闻言，齐声叫好。

只见敏贝勒抖擞着精气神，站稳了身子，来了一个亮相，吐气开声："站立在营门三军叫，大小儿郎听根苗：头通鼓，战饭造；二通鼓，紧战袍；三通鼓，刀出鞘；四通鼓，把锋交。上前个个俱有赏，退后项上吃一刀。就此与爷我归营号，到今晚子时三刻啊！成功劳——"

子时三刻，六国饭店后巷。

敏贝勒扶着一架破旧的竹梯，晃晃悠悠地爬上了一座二层小楼的屋顶。在屋顶上，陆龟年将一个单筒的望远镜递到了敏贝勒的手里，沉声说道："贝勒爷！拜托了！"

敏贝勒接过了陆龟年手里的望远镜，绕到了他身后，检查了一下陆龟年背后网兜里的碧眼金睛兽，徐徐说道："兄弟，火光为号！"

陆龟年重重地点点头，沉声答道："火光为号！"

说完，陆龟年一扭身，在屋脊上几个起纵后，扬手一甩，一根细若蚕丝的钢线飞出，挂在了六国饭店顶层的飞檐之下。月下空中，陆龟年两脚轮番点在钢线之上，犹如一羽鸿毛，飘飘荡荡地钻入到了檐角的黑影之中。

挂八铃！在白猿鬼手间代代相承的正是这天下正最顶尖的轻功。

“唰——”陆龟年从楼外打开了一扇走廊的窗户，闪身而入，落地无声，在双手接触地板的一瞬间，整个人脊背一弓，犹如一只狸猫，闪电一般蹿到了墙角。

“咯吱——”走廊尽头的门被人打开了，两个巡夜的卫兵打着手电筒，走了过来。陆龟年头下脚上，整个人好似壁虎一般，顺着光滑的墙面，向上倒着攀爬，一路爬到了天花板上，在那两个卫兵的头顶缓缓移动，不发一丝声响地从走廊尽头的门框上爬了过去，越过了走廊，顺着转角的窗帘，滑了下来。陆龟年摘下背后的网兜，检查了一下里面的碧眼金睛兽——敏贝勒白天给它灌了不少老酒，此刻醉劲儿还没过，那小兽睡得正香。

陆龟年长出了一口气，潜藏行迹，从四楼一路潜到了三楼。在潜进来之前，陆龟年仔细地研究过六国饭店的布防图，对六国饭店的巡逻班次和路线了如指掌，故而，一路上畅通无阻，几乎没有停顿地来到了三楼和二楼连接的楼梯处。

扫视了一下周围的情况后，陆龟年纵身一跃，爬上了楼梯转角处的气窗。那气窗呈圆形，只有一个汽车轮子大小。只见陆龟年蹲在窗框边上，吐气一缩，整个身子瞬间缩成了一个三五岁小孩儿的大小，轻轻松松地钻过了气窗。

霸王卸甲！白猿鬼手的拿手好戏！

越过了气窗，陆龟年反手将手中的钢丝在窗台的砖缝里打了一个活结，整个人顺着钢丝下坠，头下脚上地挂在了半空之中，缓缓地停在了二楼气窗的上头。

“呼——”陆龟年轻轻地吐了一口气，慢慢地下降身体，眯起眼睛，穿过气窗，向二楼看去。

虽然二楼的布防非常地严密，但陆龟年还是准确地锁定了那间在郑矮子搜集到的布防图上，涂成黑色的套房。

“蹬蹬蹬——”三楼的楼梯处传来了脚步声。

陆龟年双手轻轻一提，整个人缩回到了三楼的气窗，合身一钻，蹿了回来。

陆龟年看了一眼手腕上的表，他知道，那脚步声是送餐的侍应生——郑矮子安排的内应，他会在约定时间，在三楼短暂地停留，将餐车推到气窗下面。

陆龟年整个人犹如一只硕大的蝙蝠，顺着气窗，爬到棚顶俯视着那个侍应生，果然，那个侍应生东张西望了一阵，将一个餐车放下，转身离去。

陆龟年轻轻地落在地面，走到餐车旁，揭开了餐盘上面的盖子，露出了里面的一件衬衫和一条西裤，还有一个小巧的领结。

迅速地换好了衣服，戴上了领结之后，陆龟年将身后装在网兜里、仍在沉睡的碧眼金睛兽取出，放在了餐盘内，盖好盖子，大摇大摆地顺着楼梯走廊，来到了电梯旁，按下了下楼的电梯。

二楼，电梯门开了，整个走廊里站满了枪上膛、刀出鞘的卫兵。他们是六国饭店的私人武装，其中有黄皮肤黑眼仁儿的中国人，也有高鼻深目白皮肤的西洋人，还有皮肤黝黑、眼窝深陷的印度人，总之，一百多双眼睛，齐刷刷地看着陆龟年。

陆龟年脸不红心不跳地朝他们点了点头，推着餐车，向走廊尽头、那间在地图上涂着黑色方块的套房走去。

那间套房，是香夫子居住的地方。入住六国饭店以后，她就将手底下的人分成了两拨：一拨由游泰来调派，负责六国饭店的外围巡逻；另一拨二十多人，作为核心的力量，和游泰来的千尸火龙阵一起，负责镇守套房。

这些人两班轮换，一组昼，一组夜。

从走廊到客房之间，有一处转角是不允许任何人靠近的。这是游泰来的死命令，为的是防止有人混在巡逻的卫兵中间，伺机接近香夫子。每晚子时三刻，香夫子和游泰来都会用餐，由六国饭店的侍应生将食物送到客房。

陆龟年穿过卫兵把守的走廊，来到了这段空无一人的转角，走了十一步，来到了套房的门前。

“当当当——”陆龟年伸手轻轻地敲了敲套房的门。

“吱呀——”一个长着鹰钩鼻的汉子拉开了门。

“您点的餐到了！”陆龟年礼貌地一笑。

那汉子打量了一下陆龟年，点了点头，伸手去接餐车。就在那汉子在陆龟年身前一过的工夫，只见冷光一闪，陆龟年指尖一枚开了锋的铜钱，瞬间割破了那汉子的咽喉！那汉子还没来得及发出一声惨叫，喉咙就崩开了一道口子！就在他脖子一歪，向前栽倒的一瞬间，陆龟年整个人向前一上步，身子一拔，两脚插在了那汉子的脚跟底下，两手一张，攥住了那汉子的左右手关节，整个人犹如操纵牵线木偶一般，缩在那汉子身后，把着他的手，轻轻地拉着餐车，推进了套房的门。

套房很大，足有二百多平方米。门后是客厅，没有开灯。客厅的左手边有一间卧室，那间卧室里，有婴儿的哭声传来！

“小掌灯！”陆龟年心中一动。

在客厅的西北角，横着一个西式的酒吧吧台。吧台边上，一男一女正在对饮：左手边那男子，长身玉立，风度翩翩，一身雪白的西装，笔挺考究；右手边的那个女子，一身的男子唐装打扮，长发如瀑，束在脑后，眉如新月，口若丹朱，看上去虽有四十多岁，但风韵犹存，顾盼生姿。

灯影之下，客厅的地板上、天花板上、沙发上、衣柜上、酒台上、书桌上，摆了无数的死人头颅，隐隐地散发着尸臭！

陆龟年知道，这些死人脑袋，就是千尸火龙阵！

“既然来了，怎么不进来啊？”那个白衣男子放下了手里的酒杯，站起身，一脸含笑地看向了餐车后头。

陆龟年自知行踪暴露，一抬手，甩开了身前的那具尸体，将两手轻轻地搭在了餐车的扶手上，笑着说道："白猿鬼手陆龟年，还未请教……"

那白衣男子一拱手，狞笑着说道："善扑营游泰来！"

陆龟年幽幽一笑，指着那一身唐装短褂的女子，笑着说道："那这位大娘，一定就是天师会修罗旗的旗主香夫子了吧？"

那女子闻言，神色一冷，整张脸涨得通红，尖声喊道："你叫我什么？"

陆龟年咧嘴一笑，徐徐说道："大娘啊！您耳背吗？"

话音未落，陆龟年一弹手指，两枚铜钱电射而出，"砰"的一声打落了一颗摆在酒台上的死人脑袋。那脑袋在地面上滚了数滚，眉眼突然诡异地一阵抽搐，一条黑底黄斑的四脚小蛇撕开那脑袋脸上的皮肉，摇头摆尾地爬了出来，正是"千尸火龙阵"中的沙曼罗蛇！游泰来伸手抓住了香夫子的手，缓缓后退，守在了卧室的大门外。

陆龟年手上的铜钱不断激射而出，将屋内的电灯悉数打灭。月光穿过窗棂，照进了屋内。无数纵横交织的线在月光下纤毫毕现。客厅内，所有的人头都在颤抖，活似修罗地狱。

"唰——嘶嘶嘶——"

无数的沙罗曼蛇从死人头里钻出，顺着那些黏液抽丝凝成的线来回爬动。

整间客厅都罩在千尸火龙阵之中。

根据郑矮子的情报，在香夫子入住这间套房的第一时间，曾经往屋内运输过砖石。郑矮子计算过这些砖石的量，封闭六国饭店客厅统一大小的落地窗肯定是不够的，但是封闭卧室的小窗子却是正正好好的，不用想都知道，香夫子肯定是把卧室的窗户砌上了！

要想到达卧室，必须经过客厅的千尸火龙阵！

陆龟年摘下背后的网兜，检查了一下里面的碧眼金睛兽。敏贝勒怕它在乱抓乱叫，白日里又先将它灌醉，待得酒“醒”得差不多了，已将它四爪倒攒，捆了起来，还不忘给它的嘴上套上了一个小巧的木头嚼子。

只见陆龟年轻轻地掀开了餐车上的盖子，随即手指尖狠命地往那碧眼金睛兽的鼻尖儿上一弹，随即闪电一般解下了碧眼金睛兽身上的捆绑，在卸下它口中嚼子的一瞬间，自言自语地说道：“靠你了，碧眼金睛兽！”

第十一章　千尸火龙阵（下）

“唰——”

被捆了一阵的碧眼金睛兽鼻尖儿吃痛，缓过了神来。与此同时陆龟年已飞起一脚，蹬在了餐车之上，餐车闪电一般直奔着千尸火龙阵扎去。那坐在餐盘里的碧眼金睛兽还没反应过来，就连兽带车地撞断了一片阵中的丝线，直奔着卧室冲去。

“碧眼金睛兽！”游泰来一声惊呼，反手就要掏枪射击。怎料，身子还没动，陆龟年一扬手，两枚铜钱飞来，打得他身子一晃。就在这电光火石之间，碧眼金睛兽被这满屋的尸臭刺激，亢奋异常，一个纵越，落在了地板上，一张嘴，便将一条沙罗曼蛇吞在了口中，满地游走的沙罗曼蛇瞬间乱成了一片。陆龟年从怀里掏出了一个锡制的酒壶，捏着鼻子将里面的液体淋在了身上，一阵刺鼻的腥臊味猛地散了出来。

这是碧眼金睛兽的尿液！

“哗啦——”原本刚要围上来的沙曼罗蛇在陆龟年身前猛地闪出了一片空白！

原来，沙曼罗蛇视力极差，全凭嗅觉捕猎，陆龟年身上淋满了碧眼金睛兽的尿液，在它们看来，就是一只硕大的碧眼金睛兽，怎有不躲之理？！

陆龟年飞身一跃，穿过客厅，飞起一脚，踢起一颗人头向香夫子射去！香夫子和游泰来并肩而立，两人一左一右守，在卧室两侧，犹如门神一般，死死地守住卧室的大门去路。此时，这二人各持双枪，向陆龟年点射，那人头在半空飞了不到一半，就被子弹打爆。陆龟年趁机，一个翻滚，落到了酒台后头。他偷眼向卧室那边看去，只见那满地游走的沙罗曼蛇爬到卧室门边，自动停步，在香夫子和游泰来脚前，形成了一道清晰的界限。

游泰来想要进入卧室挟持孩子，却被香夫子拦住："刀枪无眼，莫要真伤了那孩子性命，头陀有交待，江湖恩怨，祸不及老幼。"其实，游泰来有此念头只是在一瞬间，他马上意识到，此时，若是轻易地打开卧室的房门，乱窜的沙曼罗蛇也可能乘虚而入。

陆龟年手中的铜钱不断打出，更时不时地抛出人头，砸向香夫子，吸引他们的火力，阻止他们用枪射击碧眼金睛兽。

饿了一天一夜的碧眼金睛兽在沙罗曼蛇群众左冲右突，连撕带咬，大快朵颐，吃得是不亦乐乎。有道是：天地造化，万物生克。好比那山风带腥，猛虎出巡，百兽嗅其味，无一敢出。这沙罗曼蛇见了天敌，哪还敢自寻死路，在房间逗留片刻？都恨不得多生两条腿，百余只顷刻之间便跑没了影。碧眼金睛兽哪里肯依？追着沙曼罗蛇的踪迹，蹿入到了黑暗之中。

套房内的枪声很快就传到了二楼走廊，无数的卫兵蜂拥而至，眼看就要破门而入，陆龟年看了一眼手腕上的手表，右手掏出一大把铜钱，力透掌指，尽数打出，漫天铜钱激飞，密如线，去如电，将香夫子和游泰来逼得手忙脚乱，无法向卧室中移动；同时左手趁势一捞，将一颗人头甩在半空，刚腾出来的右手从怀中掏出了一个装满火油的竹筒，单手拨开盖子，将竹筒里的火油凌空一甩，扬射在人头之上。此时，刚甩出人头的左手又空了出来，陆龟年迅速地用左手指头捻动火柴杆儿，在握手心的火柴盒上一划，一道火光亮起，陆龟年甩腕一弹，在半空中画了一道弧线，正中人头。

"呼——"那人头骤然腾起了一阵火焰。

这一串左右手令人眼花缭乱的动作尽数发生在电光火石之间，手法招数行云流水，尽显鬼手神技。

"去——"陆龟年齐腰一脚，将人头踢射而出，击碎了客厅窗子的玻璃，在半空中画出了一道赤炎夺目的火线！

趴在对面二层楼屋顶的敏贝勒看见火光，第一时间拉响了号炮。

"砰——"号炮升天。

二楼套房的天花板猛地一震。

"砰——当——"一声火药响，尘土飞扬，天花板上露出了一个好大的圆洞！一百多大汉，各持刀斧，在富战魁、佟霖阁哥俩的带领下从楼上一跃而下，堵在门口，和那些闻声赶来的卫兵厮杀到了一起。

原来，在郑矮子的帮助下，富战魁哥俩带人包下了三楼和套房对应的那间屋子，带领人马一批一批地聚集到了这里，预先埋好了火药的炸点，炸塌了地面。

此时，两方人马短兵相接，枪炮无用，全靠肉搏。血肉横飞之间，富战魁和佟霖阁擒贼先擒王，一扎马步，解开了腰间的飞虎爪，甩手一抛，两只飞虎爪激射而出！精钢打造的爪尖儿，又准又狠地抓在了游泰来和香夫子的肩膀。这俩膀大腰圆的黑金刚，一声闷吼，狠命地一扯，将正在开枪射击的香夫子和游泰来拖倒在地。游泰来和香夫子猝不及防，手枪脱手，还没来得及捡拾，就被富战魁和佟霖阁拽离了卧室门口。陆龟年腾身一跃，跃过游泰来和香夫子的头顶，落在了卧室门前，右手在锁芯上一抹，一根钢丝插入锁芯，卧室大门应声而开。十几个天师会的弟子，兜头扬起了一张渔网，"唰"的一声，罩在了陆龟年的头上，陆龟年躲闪不及，被罩了个正着！

“噼啪——啪——”陆龟年身子一缩，瞬间缩成了一只猿猴大小，顺着地面一滚，趁着渔网没合拢的当口，蹿到了一边！

天师会的那些弟子一击不中，纷纷拔枪的拔枪，抽刀的抽刀，涌出卧室的房门，来助香夫子。香夫子被飞虎爪抓破肩膀，犹自挣扎不休，大声喊道：“别管我，别出那屋子！守住那孩子——”

那十几个天师会的弟子闻言，连忙堵住了门口，却不料一声犬吠从卧室内响起，那些天师会的弟子回头一看，一只尖吻立耳、长不过手肘、浑身雪白的小狗不知何时已经立在了卧室窗边，摇篮的沿儿上！

是蜡螟！敏贝勒的蜡螟！世间万籁，过耳不忘的蜡螟！

陆龟年开门往卧室冲是声东击西的虚招，为的就是引开守在屋内那些天师会弟子的注意，让蜡螟溜进屋内。

在蜡螟的身上，穿着一身牛皮缝制的背心马褂。它摇了摇尾巴，张嘴一咬，牢牢地咬住了摇篮里包住婴儿张凛之的襁褓！

“噼啪——”陆龟年展筋拔骨，身形恢复成了成人大小，扬手一拽，手腕底下，一根透明的钢线猛地一收，那钢线另一端就系在蜡螟身上穿着的那件小马褂的腰间。

“呜——”死死咬住张凛之襁褓的蜡螟骤然受力，发出了一声哀号，却未松口，整个身子向后飞速跃起，带着嘴里咬着的襁褓，飞过门框，越过天师会一众弟子的头顶，划出一道弧线，精准迅速地落在了陆龟年的怀里。

陆龟年轻轻地摸了摸蜡螟的头，蜡螟慢慢地松开了嘴，翻身落地，瞬间跑没了影儿。陆龟年伸出颤抖的手，轻轻地捏了捏襁褓中那个婴儿的小脸蛋，看着他那双圆溜溜的眼睛，笑着说道：“小掌灯！我叫陆龟年，是白猿的鬼手，我来带你回家……”

话音未落，陆龟年猛地跑了起来，双腿轮番奔行，快成了一道直线。

“砰——”

陆龟年抱着襁褓里的张凛之撞碎了客厅的窗子，从六国饭店的二楼飞身而出，落在了街上。

“上马！”早早赶来接应的敏贝勒飞马赶来，伸手一拉，将陆龟年拉上了马背，两人一马，沿着黑夜中的长街狂奔。

四周的街巷之内，五六百车夫一涌而出，推着三四十车稻草在长街上一字排开。

六国饭店二楼内的富战魁和佟霖阁手里分别拎着重伤的游泰来和香夫子且战且退，掩护着随行的弟兄从客厅的落地窗一批批地跳了下去，落在了稻草车上。

“下来吧——”街上的众弟兄齐声大喊。

富战魁和佟霖阁对视了一眼，分别扼着游泰来和香夫子的脖子，仰头后跃，翻身落在了稻草车上。富战魁和佟霖阁刚一下来，众车夫就点燃了车上的稻草，推着冒火的车架子，堵在了六国饭店的门口。饭店里一楼的卫兵下来得迟，已被大火堵住了门，冲不出来。

“拉弓！”富战魁一声大喊。

一百多车夫解下了背后的长弓，弯弓搭箭，瞄准了二楼的窗口。

“放！”

二楼的卫兵，低头看了看高度，一边逡巡着不敢跳，一边被街面上射来的箭雨副了回去。

这六国饭店的武装，杂牌得很，哪里招来的人都有，看似长枪短炮、守卫森严，实际上过战场见过血的没有多少，再加上，六国饭店内一共也没有多少卫兵，撑死了二百人，加上天师会香夫子带着的二百多人，满打满算，也就四百。饭店外面围着的，可是八百多车夫，再加上大火封门，乱箭堵窗，这六国饭店的建筑本就不是个作战攻防的堡垒，一时间，整个饭店内，人仰马翻，乱成一团。

富战魁看了看怀表，料想着敏贝勒也走得远了，当下一声大喊：“散——”

富战魁一声令下，众车夫无一恋战，各自退回到了小巷之中，不多时，便散进了黑暗之中。他们打小就在这北京（平）穿梭往来，加之又做了多年的车夫，没有人比他们熟悉这里的每一条街巷，了解这里的地形。

“哥！这俩人怎么办？”佟霖阁扛着捆成粽子一样的香夫子和游泰来。

富战魁收住了脚步，拔出了腰间的刀，冷声说道：“既然是贝勒爷的仇家，留他们作甚？难道让他们活着去找贝勒爷寻仇吗？”

佟霖阁闻言，将香夫子和游泰来拖到了一口枯井边。富战魁上前，一人一刀，扎进了心口，将尸体扔进了枯井之中。

此时，距离富战魁下令所有人撤退不过一炷香的时间。六国饭店门前仿佛什么都没有发生一样，只有熊熊燃烧的大火，和租界巡捕的警哨声在半空中回荡……

火车站。

富战魁、佟霖阁、郑矮子、安德海站成了一排，手搭凉棚，望着远处。

“贝勒爷到了！”

话音刚落，陆龟年和敏贝勒的身影就出现在了站台之上。陆龟年怀中抱着襁褓中的张凛之，和敏贝勒一起与众人见礼。

“让各位久等啦！”敏贝勒还是那副嘻嘻哈哈的样子。

“贝勒爷，我们来送您！”富战魁拱了拱手。

敏贝勒眼圈微红，朝着众人拱了拱手，喘了好几口粗气，也没蹦出半个字来，只是咧着嘴不停地傻笑。

“保重——”敏贝勒一咬牙，转身上了火车，仰头躺在座位上，将头上的礼帽压得老低，也不理窗外的郑矮子和安德海疯了一样地向他挥手。

一声汽笛响，火车缓缓发动。十五分钟后，火车就出了京城，到了郊外。

铁轨两侧，无数的车夫站得笔直，在火车两边，齐齐拱手，大声喊道：“送贝勒爷——送贝勒爷——送贝勒爷——”

敏贝勒仍将头上的帽子死死地扣在脸上，一言不发。陆龟年用肩膀顶顶他，笑着说道：“想哭就哭，我不会笑你的！”

敏贝勒扭过头去，按着帽子，嗓子微微颤抖地说道：“狗屁——我是爷！你见过哪个爷是哭哭啼啼的！淌眼泪那是小娘们儿才耍的把戏！笑话——”

第三卷

飞沙照影

第一章　魔鬼城中蓑衣墓（上）

陆龟年的信写得很长，我反反复复地看了两个多小时才看完，信纸的最后一页没有文字，只有一个蘸着墨水印在纸上的小脚印儿。我伸出颤抖的手去一遍遍地抚摸那个足迹，一向自认心智卓绝的我，此刻竟然再也控制不住眼眶里的泪水，咧着嘴哭得稀里哗啦！

鲁绛接过我手里的信纸，指着那个小脚印儿，瞪着通红的眼眶，看着我的眼睛，等待着我的答复。

我抹了一把脸上的眼泪，哽咽着点了点头，笑着说道："是儿子的脚印儿，陆龟年和敏贝勒得手了，孩子现在就在青衣巷公输家祖宅里，很安全……敏贝勒会留下，带着他的狗警戒宅院……"

鲁绛鼻子一酸，张开手，一下子抱住了我的肩膀，一张嘴，咬在了我的后脖子上，疼得我龇牙咧嘴，又想哭又想笑。

一炷香后，我将所有的信纸一齐点着，烧成了一堆灰烬，连那张印着脚印儿的信纸也不例外。

我这一路虽身在西域，却能占尽先机，指挥身在大江南北的伙计们，所依仗的无非是布局精妙，以有心算无心。我故意拟制地图、一步步地抛出蓑衣墓的诱饵，利用天师会得到这批黄金的迫切心情，以见不到孩子就不帮他蓑衣墓为条件，让他们将我儿子带到西域来，目的就是为了让控制我儿子的人动起来。一旦他们动了起来，陆龟年和敏贝勒就有动手的机会，而天师会一行人马远在西域，接收消息迟滞——敦煌的电报是与中原联络最快的手段。陆龟年的行动发生在卞惊堂从敦煌拍出那封电报之后，自卞惊堂回返归队之后，天师会众人急着找蓑衣墓，一直忙于拔营赶路，并没有再派人去敦煌与中原联系，所以陆龟年劫走我儿子的消息应该还没有传出来。

但是，纸是包不住火的。香夫子那边出了问题，天师会肯定会第一时间差人赶来西域报信。到时候，头陀一翻脸，大家鱼死网破，可就大大不妙了！

所以，当务之急，就是把握好这个时间差，在头陀收到来自中原的消息之前，将他们带进与世隔绝的蓑衣墓！

心念至此，我和鲁绛交代了几句，随即转身走出了帐篷，爬上了一座高高的沙丘，开始仰面观星。

没过多久，头陀就从帐篷边的火堆旁走了过来，爬上沙丘，站到了我的身旁。

“张大掌灯可是精通星象？”

“谈不上精通，略懂罢了！”我淡淡地答道。

“可找到了蓑衣墓的位置？”头陀问道。

“差不多吧！”

“在哪里？”

“以咱们现在脚下的位置为原点，方圆百里为半径定位，上对星象，按照祖师留下的口诀，那蓑衣墓的入口应当在魔鬼城东南方二十里！”

“魔鬼城东南二十里处。”头陀喃喃自语。

我没有理会头陀，自顾自地点上了一支烟，对着头上的星月吞吐。

头陀掏出地图，勾画了一阵，随即转过身来，向我说道："张大掌灯，以咱们的脚程，明天傍晚就能到达你定位的地方！希望你不要让我失望！"

"我怎么敢呢？你想想看，我儿子还在你手里……"我看着头陀的眼睛吐了一口烟圈。

头陀笑了笑，看着我的眼睛，徐徐说道："我们的人已经将令公子带到了敦煌。这魔鬼城风沙肆虐，环境恶劣，令公子尚在襁褓之中，我们实在是不忍心将孩子带到这里吃沙土，所以还请张先生见谅！不过没关系，只要你帮我们取出黄金，我一定第一时间安排你们在敦煌团聚！"

"你是说……我的孩子已经到了敦煌？"我张口问道。

头陀点了点头，一脸笃定地说道："是的！"

说完这话，头陀从上衣口袋里掏出了一张照片递给了我。

照片的背景是一驾马车，照片正中站着的是一个女人，相貌像极了陆龟年信中描述的香夫子。在那女人的怀里抱着一个婴儿，那婴儿虎头虎脑，生着一双和我一样的眼睛。

头陀笑着指了指照片，沉声说道："为了让你放心，我特地让人到敦煌城拍了这张照片，差人送过来，怎么样？"

我点点头，笑着说道："不错！很有诚意！"

头陀笑了笑，卷起地图，转身离去，我看着头陀的背影，嘬了一口烟，心中一片了然。

头陀在骗我，因为这张照片根本不是在敦煌拍的，而是在天师会的人刚劫走我儿子的时候就拍好的照片。因为陆龟年在信里写得很清楚，香夫子被敏贝勒的朋友杀了，一个死人是不可能抱着孩子跑到敦煌照相的。唯一的解释，就是天师会的头陀早早拍好了这张照片，放在身上，当作要挟我的底牌。当我提出见不到我儿子就不帮他们打开蓑衣墓的时候，头陀开始慌张了，他差遣卞惊堂去敦煌发电报，命香夫子带着孩子赶过来。

奈何通信不便，他并不知道陆龟年已经动手截杀了香夫子一行人马，只当是路途遥远，香夫子还没有赶到。为了骗我尽快地打开蓑衣墓，他只好掏出了这张照片诓我，谎称我儿子已经到了敦煌，从而骗我帮他打开蓑衣墓。可他万万没想到，无论是事前的布局，还是消息的传递，我都快他数步。所以，此刻我虽然知道这照片是假，但也必须装作信以为真。因为既然头陀安排了香夫子赶来敦煌，就一定会派人守在敦煌接应，当接应的人收到香夫子被截杀的消息，一定会赶过来向头陀报告。

自从卞惊堂发完电报回来后，我们一直在马不停蹄地赶路。陆龟年截杀香夫子发生在卞惊堂从敦煌回来之后，从中原发出香夫子被截杀的消息、敦煌接收到消息、消息传到头陀手里，这三个步骤都是需要时间的。我想，此刻报信的人应该已经在追赶我们的路上了。这几日我带队在大漠中奔行，有意无意地绕了好几个圈子，估计给头陀报信的人想追上我们，没个三五天是不可能摸到我们的行踪的。

眼下，头陀自作聪明地诓我，想尽快进入蓑衣墓，不料却正中我的下怀。只等到了蓑衣墓，老子定叫他有苦说不出！

第二天傍晚，我们一行人经过了整整一日的煎熬，在烈日和风沙的洗礼下，拖着疲惫的身躯，穿越了小半个魔鬼城，在大漠日落之时，站在了一座巨大的荒丘之下。

此时，长风西来，吹打着魔鬼城的荒丘。这座笼罩在黑暗中的诅咒之地，处于风口，因而四季狂风不断，足有拔山倒树，飞沙走石之威。在强劲的西北风“雕琢”之下，魔鬼城方圆百里的古泥岩和砂岩层沉积物已经风蚀成一片奇形怪状的死地。远眺魔城，它像极了中世纪欧洲的一座大城。数不清的城堡林立，大大小小，高高低低，参差错落。在城堡脚下，是石层裸露、深浅不一的沟壑，将整座魔鬼城纵横分割。

从远处看去，只见那些风蚀的“城堡”，有的有的龇牙咧嘴，状如凶兽；有的檐牙高啄，壁垒分明，形似古城；有的蜿蜒曲折，廊腰缦回，犹如宏伟的宫殿，幽深浑厚。

在起伏的山坡沟壑之中，布满着血红、湛蓝、洁白、橙黄、碧绿的各色石子，宛如沧海遗珠，深渊落碧。大风一起，漫天的沙尘，遮天蔽日，鬼影森森。万箭齐发一般的气流在怪石山壑间穿梭回荡，发出尖厉的啸声，犹如狼嗥虎啸，鬼哭神号。

落日之后，沙漠中的气温骤降。我们裹上了棉袍，在冷风中瑟瑟发抖。夜幕之下，繁星如海，我站在风中掐指踱步，指着那荒丘的阴面，沉声说道："紫微星左，将星位列，这蓑衣墓的大门，就在这荒丘之中！"

头陀闻言，顿时来了精神，指挥着一众天师会的弟子，开始在背风的地方整理装备，并安排人手勘测打洞。日本人和英国人也趁机围了过来，架起了相机，不停地拍照和记录。

鲁绛走到我身边，帮我紧了紧颈下的毛围脖，悄悄地在我耳边说道："你说的那支疑兵，就是那个叫寇乌孙的，可一直没有现身……咱们现在就下墓，身后这把躲在暗处的刀万一趁机扎咱们一下，可就不妙了！"

我笑着摸了摸鲁绛的脑袋，望着夜幕，沉声说道："我怕的是他不来扎我一刀，那才大大地不妙！"

一个多时辰后，荒丘背面被掘开了一个硕大的土坑。随着一声火药爆破的巨响，一个黑黝黝的洞口出现在了众人面前，幽幽的冷风从洞中呼啸而出，尖利刺耳，宛若阴魂号哭，撼人心魄。黑色条石铺就的悬梯蜿蜒而下，犹如一只长蛇钻入黑洞，见尾不见首！

我们一行人凑到洞口，将灯光和火把向洞中照去，却不料所有的光线穿行不到二十几步，就被无边的黑暗吞噬。

"这就是蓑衣墓的入口？"头陀喃喃自语道。

我笑了笑，坐在台阶边上，沉声说道："我客栈传下来的观星术，只能定位蓑衣墓的地点，至于如何进去，祖师并没留下什么线索。怎么样各位，敢不敢下去闯一闯？现在后悔，还来得及！"

我话还没说完，英国人道格拉斯就大声地喊了一句："险中富贵求！

有什么不敢？！”

“老板，好像是……富贵险中求！”道格拉斯的黑人保镖汉森在他耳边小声地提点了一句。道格拉斯老脸一红，给了汉森一拳，不再说话。

荒木隆一微笑着摇了摇头，看了看天师会头陀一行人，笑着说道：“入宝山岂能空回？”

头陀点了点头，安排了一番人手，收拾好了装备和饮水，在我和鲁绛的带领下，沿着石阶缓缓下行。

石洞蜿蜒向下，坡度极其陡峭。我们拾级而下，在漆黑中跋涉。走了一个多小时后，在手电筒和火把的光线下，我们依稀可以看出，这条石阶应该是沿着一条干涸的地下古河道所建。在台阶的两旁还有许多不知名的动物的骨头——有的非常巨大，牙尖爪利。由此可见，此处在若干年前绝对是一片水草丰美的肥沃之地。

台阶的尽头是一座高大的石门，将我们的前路完全封死。那石门，上接岩顶，下抵石阶，左右紧贴山壁。在那石门之前，有一个硕大的石盘，足有一张八仙桌大小。道格拉斯走上前去，拂开了石盘上厚厚的尘土，露出了一幅硕大的浮雕石刻，那浮雕石刻的线条极为古拙，描绘着一幅唐人兵马与一群头戴鬼面的西域军队战斗的场景。浮雕石刻被纵横的线条切割成了纵横各十块，一共是一百块。

在石门上，有四个凹槽，一字排开，凹槽的四方大小与壁画上被切割的每一个小块大小相等。

站在头陀身后的叶貂裘思索了一阵，指着石盘上的浮雕石刻，看着我，沉声说道：“难道说，开启石门的秘密就是从这一百块浮雕中，选出四块，放在门上的凹槽内当作钥匙？”

我笑着搂住了鲁绛的腰，指着叶貂裘笑道：“看到没？傻子都看出来了！”

叶貂裘气得涨红了脸，上来就要和我厮打，被头陀抢上来拦在了身后。

“张大掌灯，如此谈笑风生，莫非心中早有计算？”头陀朝着我拱了拱手。

还没等我答话，石门下，荒木隆一一摆手，示意所有人屏气息声。只见他深吸了一口气，从腰后掏出了一个空心的小榔头，一边在石门上下一阵敲打，一边侧着耳朵，去听那敲击的回声。

一炷香的工夫后，荒木隆一站直了身子，向众人说道：“这不是一扇里外开启推拉的门，而是一道上下起落的闸门，通体以一整块玄武岩凿成。上下延伸，呈一个目字形状，将整块玄武岩石板分成三栏，目字的上下两栏是闭合的实心石板，在中间那一栏，开凿了一个孔洞，我们目之所见，仅为大门最下面的三分之一。而大门在中间那三分之一的部分，开凿了一个孔洞。如果想进入墓穴，则须以钥匙开启大门。只有开启的方法正确，石门才会下沉三分之一，露出中间那个供人通过的孔洞；一旦开启方式错误，石门将下沉三分之二，且再也无法上升，最上面的三分之一同样没有孔洞，我们将永远失去进入墓穴的机会。而且，这个石门重逾千斤，下坠的力道势大且急，根本无法将其别住。若是用炸药强行破门……我计算了一下，在炸开石板之前，火药的冲击力将会顺着这段河道，直接炸塌咱们现在身处的这段甬道……这是魏晋南北朝的时候，常用的墓葬防盗手法，虽然简单粗暴，却非常实用！”

我心中暗道：“也不知这帮玄黄社的倭寇，挖空了多少我大中国的巨塚大陵，才能对挖坟掘墓如此熟稔。”

头陀思量了一阵，看了我一眼，张口说道：“张大掌灯如此胸有成竹，若有开门的技巧，还请明言！”

我轻笑着摇了摇头，看着他说道：“这开门的方法是有，但却是握在你们手中，不在我这里！”

第二章　魔鬼城中蓑衣墓（下）

头陀一皱眉，眼中神光一闪，疾声呼道：“《大唐西域记》？！”

我点了点头，笑着说道：“祖上只给了我们这些后辈来到蓑衣墓的星图，却并没有给我们打开阵法机关的方法，因为这开启阵法机关的秘诀就藏在这五本《大唐西域记》中。祖师说过，若是连五首打油诗的谜题都解不开的话，说明白猿张家的后人已经没用到了极点，无能之人坐拥敌国之富，只会招灾惹祸，这蓑衣墓不进也罢！”

听闻我此言，分别持有五分之一《大唐西域记》的头陀、叶貂裘、荒木隆一和道格拉斯齐整整地凑到了石盘边上，聚精会神地研究着石门的开启方式。这其中，头陀不但有自己的那首诗，更有卞惊堂的那首，所以他一人有两首诗，研究得最是火热。

我打了个哈欠，坐到一旁，倚着石门假寐。不多时，石盘边上传来了争吵的声音，研究了小半个时辰的四个人产生了分歧，吵得是不可开交。头陀急得面红耳赤，回身看向了我，沉声说道：“还请张大掌灯出手！”

我缓缓张开惺忪的睡眼，看着头陀，徐徐说道：“你怎么敢相信，我告诉你的开启方法就一定是正确的呢？”

头陀眯了眯眼，徐徐说道：“令公子还在我们手上，您不敢乱来！”

我咧嘴一笑，站起身扑了扑土，走到石盘面前，环视众人，冷声说道：“如今，大家都站在了黄金的门前，还请和衷共济，五部《大唐西域记》若不合一，谁也无法独自推断出前行的路，所以请各位将自己的那首诗都拿出来吧！”

四人对视了一眼，各自取出了随身的日记本，将自己拥有的诗写在纸上，撕下来递给了我。

我蹲下身来，将五首诗平铺在地上，按照《大唐西域记》下部书的前后顺序，一字排开，从左到右，一个个看去。

第一首诗出自卞惊堂的那本《大唐西域记》，诗曰：故国出塞三千里，将军生入玉门关。沙窟黄泉十万座，瀚海轮台玉阑干。

第二首诗出自头陀的那本《大唐西域记》，诗曰：徐伯腰下寒玉樽，酩酊一醉入荒村。雷鸣幽谷非无路，舍身一跃见乾坤。

第三首诗出自荒木隆一的那本《大唐西域记》，诗曰：百眼泉上千寻塔，绿玉虫行碧海灯。身化石桥不得过，百步为一是老僧。

第四首诗出自道格拉斯的那本《大唐西域记》，诗曰：映月鸣沙金殿开，魍魉魑魅互徘徊。杀人越货开棺客，应是佛陀辨法来。

第五首诗，出自叶貂裘的那本《大唐西域记》，诗曰：百步横渡流沙界，弱水三千无底深。惊魂半步阴阳路，天人一线诫贪嗔。

我端详了一阵，站起身来，指着石盘上的浮雕石刻，沉声说道：“这石刻描绘着的是一幅唐人兵马与一群头戴鬼面的西域军队战斗的场景。图中对玉门、轮台、瀚海等关键词都有体现。按照诗文的顺序，这第一关，应该是用第一首诗来解，你们看这横纵的线，将整张图切成了一百块。这个谜题的关窍就在于一百选四。所以我们以横纵为坐标，来定位每一个小块：这第一句‘故国出塞三千里’，化用的乃是张骞出使西域的典故，众所周知，张骞前往西域是建元三年出使，元朔三年回返，所以这第一块石板，应当是横三纵三；第二句‘将军生入玉门关’，化用的是汉代威震西域的班超在年迈时上书朝廷请求能够回国的典故，这件事发生在永元十二年，所以这第二块石板应当是横十纵二；第三句‘沙窟黄泉十万座’，说的是佛国的典故，佛国在历史上出现过两次，第一次现世发生在汉武帝太初元年——为了夺取马匹，汉武帝派遣大将军李广利征讨佛国人的祖先大宛国，元者，一也，第二次是在贞观二年，王神策大破佛国，所以这第三块石板，应当是横一纵二；最后一句‘瀚海轮台玉阑干’，瀚海者，出自《史记·卫将军骠骑列传》：‘（霍去病）封狼居胥山，禅於姑衍，登临瀚海。’此事发生在元狩四年，轮台者，古城也，又名仑头城，太初三年，李广利第二次讨伐大宛国，远征讨伐途中，路过仑头国都仑头城，仑头城闭关不提供粮草，李广利大怒，率部攻破，将仑头城焚毁，所以这最后一块石板应该是横四纵三。”

我一边指点着石盘，身旁的鲁绛一边按照我的指示，取下了相应的石板，按在了石门的孔洞之上。就在最后一块石板落入孔槽的一瞬间，石门背后陡然传来了一阵机簧响动，一阵令人牙酸的绞盘转动声响起。伴随着扑簌簌的尘土落下，那扇石门猛地向下一沉，没入了地下，一个漆黑的大洞出现在了我们眼前！

果然如前所料，那荒木隆一当真是好眼力！

我暗里由衷地赞了一句，牵起鲁绛的手，一马当先地走进了石门，其余众人嘀咕了一阵，各自擎着照明的器具尾随而入。

石门之后，是一条深不见底的裂谷，宽逾百丈。此时阴风呼啸，有若雷鸣，刺骨的寒风从脚底涌上，激得众人衣发飞扬。在裂谷边，有一石刻雕像，线条古拙苍劲，雕刻的是一个袒胸露乳的麻衣大汉，虎背熊腰，剑眉长须，横卧在地，腰间拴着一个酒葫芦和一个白玉酒樽，一头长发不盘不束，迎风乱飞，一双醉眼半睁半闭，神光内敛，脑袋后枕着一只硕大的石刻铁锥，铁锥上依稀刻着两个篆字——推山。

我见了那雕像，神情一肃，倒身便拜，口中颂道："悲侠祖师在上，不肖后人张寒拜见！"

鲁绛见我神情肃穆，也连忙跟了上来，跪在我身后，朝着那塑像不住地叩头。

站在我身后的头陀也整了整衣衫，朝着那雕像点了点头，以示尊敬。唯有叶貂裘一脸不屑，白眼瞟着头陀，满是不在乎地说道："我说头陀，你一个堂堂天师会的门主，朝个石像拜个什么劲儿？"

头陀叹了口气，语重心长地说道："叶旗主，莫怪我头陀多嘴，你们这些年轻一辈，没经过风浪，不知道敬畏，只晓得天大地大我最大，早晚要吃亏！"

叶貂裘一声冷哼，徐徐说道："你们这些老人不放权，我们什么时候能出头？我们这些年轻人出不了头，天师会哪来的天大地大？"

"不是我们这些老家伙不放权，实在是你们太胡闹……"头陀气得老脸一红，正要发作，叶貂裘一抬手，伸出小拇指挖了挖耳朵，转到一边，不去听他唠叨。头陀一叹气的工夫，我已经从地上站了起来，走到石像之前，解下了其腰间拴着的一件白玉雕琢的酒樽和一只青铜铸就的酒葫芦。

"张大掌灯，你这是……"头陀张口问道。

我深吸了一口气，拔开了酒葫芦的塞子，摇了摇里面的液体，笑着说道："我白猿先祖徐悲侠，于贞观二年入长安打擂十五天夺得了天下武功第一的名头，被唐太宗金口玉言封为舍身伯！诗中有云：'徐君腰下白玉樽，酩酊一醉入荒村。'不正是告诉我们，要喝上一口祖师留下的酒么？"

我一边说着一边把酒葫芦里的酒倒在了白玉樽内，呷了一口。递给了鲁绛，让她也喝了一口。

都说酒是越沉越香，这在葫芦里封了千年的酒，早已变成一种琥珀色的香膏，入口即化，滋味浓醇甘美，一口酒，就激得我眼花耳热。

我将葫芦和酒杯扔给了头陀，拉着鲁绛，站到了裂谷边上，大风涌来，吹得我二人摇摇欲坠。

头陀吓了一跳，大声喊道："你要做什么？"

我长出了一口气，回头看着鲁绛，轻声问道："怕不怕？"

鲁绛展颜一笑，攥紧了我的手，大声说道："我的男人，不会错的！"

我幽幽一笑，朗声喝道："'雷鸣幽谷非无路，舍身一跃见乾坤'！不怕死的，跟上吧！"

话音未落，我一把揽住了鲁绛的腰肢，向后一仰，跃入了深不见底的裂谷之中！

"别——"头陀吓了一跳，还没来得及上前抓住我俩，我俩的身影便消失在了裂谷之下的黑暗之中。

"扑通——"一炷香后，急速下坠的我和鲁绛，一下子扎进了一潭湖水之中。原来那裂谷之下乃是一潭湖水，只因裂谷深不见底，湖水映照周边的岩石，显得漆黑如墨，故而不易被人从上面看到。那湖水微凉，却不刺骨，哗啦啦的水声从四面涌来。无数半透明，巴掌大的小鱼密密麻麻地涌了过来，盘旋在我二人身下，聚而不散，将我俩的身体托出了水面。我和鲁绛对视了一眼，手脚并用地向岸边游去。在那些鱼的托举下，几乎毫不费力，我们就游到了岸边。

就在此时，半空中无数身影落下，雨点一般地砸进了潭水之中！

"有道是'人为财死，鸟为食亡'，古人诚不欺我啊！"我抹了一把脸上的水，看着鲁绛一声长叹。

然而，落入水中的人，并非人人都像我们一样被鱼托举起来，而是有的被托起，游到了岸边，有的落入水中，被那些透明的小鱼疯狂地撕咬，漆黑的潭水霎时间变得一片血红。濒死的嘶吼、刺耳的哀号，在裂谷中回荡……

“为什么有的人被咬死？有的人……有的人则平安无事？”鲁绛的手指一片冰冷。

我思索了一阵说道：“是徐悲侠祖师腰间的酒——葫芦里的酒有药，白玉樽内肯定也有什么药，当两件器物里的药和葫芦里的酒混合，被我们喝下之后，我们体内散发出的酒气便会麻痹湖中食人的怪鱼。这些鱼被药气麻痹，围在我们周围无法离去，无形中，将我们托起。但是，如果没有用白玉樽喝葫芦里的酒，体内就没有这种药气，无法麻痹湖中食人的怪鱼，一旦落水，非死即残！”

鲁绛倒吸了一口冷气，瞪大了眼睛看向了我。我点了点头，沉声说道：“药法通神，药力历经千年不散，应当是唐代佛烟的手笔！”

我甩了甩头发上的水珠子，和鲁绛在岸边砍了一些不知道是什么植物的枯枝，拢成一堆，生了一团火，一边烘烤着身上的衣服，一边看着天师会的人带着日本人和英国人从那滩血红的湖水中登岸。无数断臂残肢在水中翻涌，二百余人的队伍，完完整整上岸的竟然不到一百人。

头陀一面安排着手下的人照顾伤员，一边组织人手，对尚在湖中挣扎的人开展救援，忙活了两个多小时。我和鲁绛一边烤着火，一边看着头陀有条不紊地发号施令。而另一边，叶貂裘则开始对着湖中奄奄一息的伤员开枪射击。

“媳妇儿，你怎么看？”我指了指湖中乱成一团的人，看着鲁绛问道。

鲁绛沉吟了一阵，抬头答道：“头陀是稳，叶貂裘是狠！头陀救人，为的是收拢队伍，重聚人心；叶貂裘杀人，是为了壮士断腕，摆脱负担，保存战斗力。一个重得失，一个重利害，各有千秋！”

我点了点头，接口说道：“天师会的弊端在这俩人身上可以说是体现得淋漓尽致。这队伍一大，人员一杂，难免产生分歧，以头陀为首的老一辈还坚持走老江湖的路，步步为营，徐图后进；而以叶貂裘为首的新一派则要更为激进，想要迅速膨胀实力，抢位夺权，针锋相对之下，我不信天师会那一别院的院主李罗睺能坐得住凳子……”

“你什么意思？”鲁绛问道。

我皱了皱眉头，喃喃自语道：“李罗睺啊李罗睺……江上有奇峰，锁在云雾中。寻常看不见，偶尔露峥嵘。这沙窟之局，到底是我在你的局中，还是你在我的局中呢？”

就在我沉思之际，湖水边的慌乱终于渐渐平息，湖面上哀号的伤员不是被叶貂裘打死，就是被怪鱼咬死拖到了水下；头陀这边收拢了二十多个伤员，正在岸边包扎止血，一个个缺胳膊少腿地瘫在地上惨嚎，画面简直是惨不忍睹；荒木隆一的手下折了一多半，能继续前进的不足十个；道格拉斯脑门儿上挂了彩，被水中的怪鱼扯掉了半块头皮，被他的黑人保镖汉斯搀扶着，靠在石壁上休息；英国人的队伍死亡数最高，满打满算还剩七个枪手。三方人马加在一起不足一百人，枪支弹药全都浸了水，折损超过八成。头陀压不住火气，冲上去和叶貂裘扭打在了一处，被荒木隆一和道格拉斯拉开。两人对骂了一阵，各自走到一边，怒目相向。

头陀揉了揉被叶貂裘打破的眉角，走到我这边，坐在火堆旁，看了我一眼，咬着牙说道：“见笑了……”

我叹了口气，扫视了一圈湖边的伤员，皱着眉头说道：“那葫芦里的酒是满的，足够所有人的量，为什么有的人没有喝？”

头陀咬着后槽牙，狠狠地捶了捶自己的胸口，低着头说道：“我早就说过，天师会不能这样发展下去——什么散兵游勇、虾兵蟹将都往天师会里拉；什么吸鸦片的烟鬼、下三烂的赌棍，都往天师会里塞，重量不重质，搞得现在令不行，禁不止，一盘散沙！这种队伍在江湖上打拼，早晚死无葬身之地！我说得明明白白，每个人都要喝白玉樽里的酒，偏有人不听，自作聪明，偷偷倒掉。跳崖的时候，一个个逡巡不前，要不是老子拿着枪逼着，能有五六十人敢跳下来就不错了！”

我笑着拢了拢火，看着头陀，张口说道："有道是强将手下无弱兵，以你的本事，手底下人不该是这个样子啊？"

头陀一声苦笑，张口问道："张大掌灯，我且问你，何为精兵！"

我抬起头，不假思索地答道："所谓精兵，其疾如风，其肃如林，侵掠如火，不动如山，难知如阴，动如雷震。"

头陀一扭头，指着湖边那些乱成一团的人马，向我问道："你且看……我手下的这些人如何？"

我眯了眯眼，悠悠说道："虽然个个身手不弱，清一色的练家子，但行不成伍，止不成营，进不听鼓，退不凭金，攻不聚力，守不抱圆：故而称不上兵，充其量算个寇！"

头陀向我挑了挑大拇指，沉声赞道："虽然这话很难听，但说得确实在理。凭你张大掌灯的本事，若不是你们白猿客栈只有六个人，我是万万不敢捋你的虎须的。"

我抬起眼，死死地盯着头陀的眼睛，冷声说道："真真假假是戏，虚虚实实是局，李罗睺不是傻子，他不会任凭沙窟黄金这么重要的事被叶貂裘这种愣头青搅得稀巴烂，虽然任何一个门派都需要新人上位，但是像你这种老成持重的元老才是托付大事的不二选择，沙窟之行，李罗睺一定给你留了能收拢大局的后手！"

我的话刚一出口，头陀下意识地瞳孔一缩，只这一个瞬间，我便坐实了我的猜想。

头陀一招不慎，被我摸出了虚实，脑门儿上瞬间冒了一层冷汗。

"你……你什么意思？"头陀的舌头有些打结。

我咧嘴一笑，振衣而起，肃容说道："我没什么意思，我是想说……如果休整得差不多了的话，咱们该接着出发了！"

第三章　百眼泉上千寻塔（上）

我和头陀打完了机锋，站起身来，绕着湖边，背着手瞎溜达。头陀见我不再理他，也起身回到人群中，组织人手整理装备，清点人数，准备出发。我在湖边捡着小石子，打了几个水漂，一抬头，正看到荒木隆一坐在一块大黑石上换衣服。前番落水，这厮浑身湿透，只得将身上衣物脱下，从背包里的油布袋里又翻出了一身，赶紧换上。我站在一旁，一脸戏谑地看着荒木隆一手忙脚乱地换衣服。荒木隆一一转头，正迎上我的眼光，吓得他打了一个激灵，后退了半步，一脸警惕地看着我，惊声呼道："喂——张大掌灯，你不会……喜欢男人吧？"

我闻听此言，哑然失笑，故作神秘地说道："这话可不敢乱说，被我媳妇儿听去，免不了一顿好打……"

荒木隆一此时已经穿好了衣服鞋袜，蹲在地上，一边系着鞋带一边说道："张大掌灯，可是有话要和我说？"

我点了点头，张口问道："我观察过你们的落水顺序，你是最后一个跳下来的！"

"没错！"

“酒葫芦和白玉樽，现在在哪儿？”

“我们喝过了里面的酒之后，将葫芦和樽重新放回了原处！”荒木隆一正色答道。

“那酒葫芦和白玉樽可都是盛唐时的古物，价值不菲啊！你们这些文物贩子就不心动吗？”

“瞧您这话说的，葫芦和玉樽都是白猿客栈先祖的随身物品，我等就算再喜欢，又怎敢不敬呢？”

我听了荒木隆一的话，缓缓地摇了摇头，眼睛死死地盯着他的瞳孔，满脸的不相信。

荒木隆一知道这种冠冕堂皇的理由骗不了我，一跺脚，换上了另一副嘴脸，只见他满是痛心地捶了捶胸口，凑到我身边说道：“真宝贝谁不想要啊！只是这地方处处透着古怪，多年盗墓的经验告诉我，在不知深浅的情况下，千万不要乱拿东西，毕竟宝贝多得是，命只有一条。若是真舍不得，走的时候带出去，也是一样的嘛……欸……不过，冲你张大掌灯的面子……那葫芦和玉樽我肯定是万万不敢碰的……”

我撇了撇嘴，拍了拍荒木隆一的肩膀，转身离去。

半个小时后，队伍重新出发，穿过湖边黑石堆后的小路，向罗盘上显示的东南方向行进。行至此处，原本混黑一片的头顶竟然渐渐透出了一线天光。前人先辈修建此处，不可能凭空硬挖，多半也是借助了原有的洞窟进行改造。据我分析，此地定是古河道无疑。旧时人类活动，都离不开淡水水源。此地古河在很久以前在地表应该是季节性河流，在地下则有稳定的下水补给，后来或是自然原因、或是人为操纵，河道断流，河床泥沙沉积风化形成戈壁沙谷，原本地表水和地下水交汇补充的通道演变成了透光的裂缝。行不出三五里，乃见一小村，土地平旷，屋舍俨然，二十几座小茅屋虽然错落有致，却空无一人，屋内桌椅摆设，都是隋唐时期的古物，在村后，有一百多口青石垒成的水井，蜿蜒曲折，密密麻麻，如同百眼蜈蚣。每一口青石水井边，都立着四根一人多高的石柱。石柱之上是一方基座，上面以赤练黄铜为材料，榫卯相接为工艺，打造了一座座方形的舍利塔，精雕细琢共计一十六层，塔心中空，塔顶四角各有一只铜铸的金翅大鹏鸟。

每座舍利塔上，都刻有汉隶一排，上书：

白猿张信，锁蛟于斯，子时兴雾，三刻乃息！

我看了看上面的文字，扫了一眼手表，心中暗道："还有五分钟就是子时了，此地位于沙漠戈壁之下，哪来的大雾，莫不是张信祖师诓我吗？"

正当我诧异之时，脚下骤然发出了一阵咕嘟嘟水开沸腾的声音，一道道水雾凝结的气箭从井口骤然喷涌而出，穿过那井口上方的黄铜舍利塔中空的塔身，从十六层塔身上密密麻麻的孔窍内散逸而出，激得那舍利塔嗡嗡作响！一百多口水井，同时迸发水汽，嗡嗡呜啸之声大作。那水汽越涌越多，不多时，便散逸成了弥天的大雾，将整座村落笼罩其中。

"这是怎么回事？"鲁绛攥紧了我的手指，涩声问道。

"媳妇儿，别怕，是温泉！咱们的脚下有滚烫的温泉水脉，这一百多口水井就打在温泉水脉之上。温泉水上涌有周期，子时泉水涌动，水雾蒸腾……"

"哗啦——嘶嘶——哗——"

井中不断有激烈的水声和撞击声传来，仿佛有什么东西在这百口水井之间游动，摇头摆尾，不停地撞击着井壁！

鲁绛从兜里掏出了一小截软筋索，将两头的金属卡扣分别扣在了我俩的腰带上，背靠背和我站在了一起。此时，大雾弥漫，伸手不见五指，朦朦胧胧之中，我仿佛看到了荒木隆一从身后的背囊里取出了一根手臂长短的空心铁签扎进了土中，蹲身在地侧耳倾听了一阵……

“井下有东西！它……它在找出口！”

“啊——”一声惨叫从浓雾中传来，随即便是一阵爬行动物蹿过沙地的悉悉索索声。

“哗啦——”有东西在井边的青石围栏上撞击了一下。伴随着一阵骨骼碎裂之后的吞咽声响起，井中传来了巨物落水的响动。

“有一只怪物从井中蹿出，拖着一个人钻回到了井里！声音在西北方向，大家背靠背！”头陀的声音有些颤抖。

“嘶嘶——哗啦——”东北方，又一口水井传来了响动。一阵腥风扑面而来，我下意识地回身搂住了鲁绛的腰，向后一滚，抬眼一看，只见滚滚浓雾之中，一头车轮大小的巨蛇张开了一百八十度的血盆大口，从浓雾中电射而出，四排牙齿一合，瞬间咬住了一个天师会的弟子，咬断了他的脖颈连同半个肩膀，鲜血四溅。

“唰——”那大蛇咬住他的半个身子，蜷身一卷，凌空飞起，向后退去。与他背靠背的同伴反应过来，抡起利斧就去砍那大蛇。周边的天师会弟子听见声音，连忙抡着火把手电，举着为数不多还没有泡水的长枪短炮，齐齐开火。

火光中，我终于看清了那大蛇的样貌：那是一只粗如成年男子躯干的大蟒，体长足有十几米，体表花纹对称排列，生有大片花斑，体鳞光滑，通体漆黑，眼背及眼下有一黑斑，喉下黄白，腹鳞细密棕黄……

“这是……蛟龙吗？”鲁绛吓得手脚冰凉。

我一边架起她的胳膊，拖着她快步后退，一边说道：“我的傻媳妇儿，这世上哪来的什么蛟龙？这玩意儿叫亚马孙森蚺，是打南美洲来的大蟒蛇，也不知祖师爷从哪儿淘弄来的，养在了沙漠之下的温泉水中繁衍……”

就在我拉着鲁绛不断后退的时候，铁链搅动的“哗啦哗啦”声越发明显——只不过这里有一百多眼水井，且互相贯通，分不清到底是从哪个井中发出来的。

“我明白了！”鲁绛略略定了定心神，抓着我的胳膊，小声说道，“温泉水是驱动绞盘的机关，这里的一百多眼泉水中，有一个是通道，通道的闸门，是用水力冲击绞盘开启的；只不过，那闸门后头藏着这只森蚺……闸门一开……森蚺就会跟着出来……子时一过，温热的泉水断流，温度下降、喜温喜湿的森蚺就会跟着泉水退回到闸门后面……”

我深吸了一口气，徐徐说道：“也就是说，咱们要在森蚺退回到闸门后头之前，在一百多眼水井找到那个闸门的所在，抢在森蚺之前，进入闸门后面，将森蚺关在外面……”

鲁绛还没来得及回答，浓雾之中，天师会众人和森蚺的战斗已经进入了白热化的状态。长枪短炮的射击，更加激发了森蚺的凶性，伴随着阵阵呼喝和惨叫，森蚺变得越发神出鬼没：只见它在浓雾中一击即退，并不恋战，凭借着对地势地形的熟悉，每咬住一人，便急速回蹿，钻回水井之中，在地下游走；下一刻，不知从哪口井里再度蹿出，咬住人，拖着就走。好几次，天师会上前抢人，在井口拽住同伴的半个身子，和井里的森蚺来回拉扯，撕扯了一阵后，几乎没有囫囵个的，瘆人的惨叫在半空中不住地回荡……不多时，天师会这边就损失了二十几个好手。

“怎么办？”鲁绛紧紧地抓着我的手。我狠狠地搓了一把脸，喃喃自语道：“张信祖师啊！您真是我的活祖宗啊！您说您弄这么个玩意儿在这干啥，家谱可写着呢，您老可是神算啊？您神算……您难道没算到您的独苗重重重孙子现在该是有多无助吗？”

我狠狠地拍了拍自己的脑门子，咬着牙念道：“‘百眼泉上千寻塔，绿玉虫行碧海灯。身化石桥不得过，百步为一是老僧。’‘百眼泉’我知道是什么了……这千寻塔又是个什么意思……千寻……千寻……这俩字出处是在哪来着？对了！晋朝王嘉的《拾遗记·少昊》：‘穷桑者，西海之滨，有孤桑之树，直上千寻，叶红椹紫，万岁一实，食之后天而老’……西海之滨……直上千寻……”

我猛地抬头一看，只见山腹的穹顶之中，一片碧绿的微光正在浓雾中闪烁。

是萤火虫！只见那些萤火虫在穹顶上集结，形成了一个碧绿的眼睛形状的图腾，在那眼睛中赫然生着三个瞳孔！碧绿的三瞳在穹顶之上向下俯视，神光凛凛，极有威严。

我心神震撼之下，运转瞳术，两只眼睛开始充血，霎时间一片血红。漫天飞舞的萤火虫令人眼花缭乱的移动在我眼中瞬间慢了下来……果然，这些萤火虫的移动是有规律的，它们在捕食……捕食的对象是蜗牛！山腹的穹顶之上，裸露的岩石和青苔被水雾滋润，蒙上了一层薄薄的水汽，无数的蜗牛不知从什么地方钻了出来，在穹顶上摇摆着触须。穹顶之上，被人用厚厚的石灰分割描画，留白处的线条组合成了一只三瞳的眼睛。蜗牛喜湿不喜干，故而不会去有石灰覆盖的地方，蜗牛在哪儿，捕食它的萤火虫就会去哪儿，当萤火虫的绿光形成了一只瞳孔的一瞬间，我明白了诗文的含义。

“百眼泉上千寻塔，绿玉虫行碧海灯。”“百眼”泉指的是水井，“千寻”意指“滨海之西”。“绿玉”“虫鸣”“碧海灯”指的是以头顶这只三瞳标记为坐标，单凭一个温泉上涌，温度湿度因而改变的原理，就能凭空设定出这许多不可思议的机关变化，张信祖师当真智计了得！

然而此刻容不得我过多感慨，匆忙之中，我瞬间张开手心，在指间排布九宫八卦，四维方位，以头顶的碧绿瞳孔为坐标，拖着鲁绛，向西边飞奔。诗文的第三句“身化石桥不得过”，化用的是佛教的典故：传说佛陀的弟子阿难尊者对佛祖说，我喜欢上了一个女子。佛陀问阿难，你有多喜欢她？阿难说，我愿化身石桥，受那五百年风吹，五百年日晒，五百年雨淋，只求她从桥上经过。这段话里，反复强调一个数字——五百！五百！

诗的最后一句“百步为一是老僧”：百步为一，五百就是五，正确的入口，就是以三瞳图腾为原点向西五步的那口水井！

我眼睛一亮，拉着鲁绛向目标直冲而去，在浓雾中且战且退的头陀看出了我的举动，大声喊道：“所有人跟着我的枪声走，保护张大掌灯，他知道出路——”

话音一落，头陀在两个天师会弟子的保护下，整理人马，用枪声为令，集合队伍，将我和鲁绛簇拥在中间，向西撤退……

第四章　百眼泉上千寻塔（下）

我张开左手，眼睛瞟着头顶的三瞳图腾，拔腿飞奔，骤然止步，指着身后的井口，大声喝道："就是这儿！"

鲁绛闻言，纵步一跃，就要往井里跳。多亏我眼疾手快，上前一把抱住了她的腰，将她拖了下来。

"媳妇儿，你要干吗？"

"这不入口吗？往下跳啊！"

我急得青筋暴跳，大声冲她喊道："傻娘们儿，下面的温泉是热水！热水啊！肯定有机关，不用直接跳的，快找找！"

说完这话，我看了看手表。张信祖师在塔上刻着"子时兴雾，三刻乃息"，说明这股温泉暖流每天只在这里停留三刻。三刻一过，水流不再，通往下一个地点的闸门就会关闭。此时经过一番拼杀，距离子时三刻只剩五分钟的时间了！我摸了一把头上的汗，伸手推了推身旁的头陀，沉声说道："再顶一顶，三分钟，我来找机关！"

头陀咽了口唾沫，抹了抹脸上被喷溅上的血，咬着牙喊道："列阵！守圆！枪在后，刀再前，三班轮换，点射不要停——"

“啊——救我——”头陀的话还没喊完，身旁一口水井里，猛地蹿出了那只森蚺的巨头，张口一咬，拖住了一个天师会的弟子，掉头就走。众人正要上前营救，却被头陀死死喝住。

“守好阵型不要乱——”头陀发了狠，一马当先，站在了圆阵的最外侧，擎着一口钢刀，怒目圆睁。

“我的大掌灯，您这倒是快着点儿啊！”英国人道格拉斯的话里带着哭腔，缩在黑人保镖汉斯后头，跺着脚地催我。

我的大脑飞速转动，打量着井上架着的舍利塔。那舍利塔的四角上，各有一只金翅大鹏鸟，每只鸟背上，分别刻着：地、火、水、风四种梵文印鉴。此刻，百眼泉、千寻、绿玉、虫行、碧海灯、身化石桥、百步为一……这几样线索都解开了，整首诗唯一没有解读的线索，就是“老僧”二字！老僧……老僧……是哪个老僧……化身石桥！阿难尊者！对！就是阿难尊者！

阿难尊者是佛陀的堂弟，作为佛的十大弟子多闻第一尊者，阿难具足三十相，七十八种好。在《大唐西域记》中，玄奘法师记录了一个关于阿难尊者的故事——

传说阿难尊者博闻强识，随侍了佛陀四十年，对所有经卷了如指掌。有一天，阿难尊者在摩揭陀国见到了一个小沙弥在念经，好好的经卷被他念得漏洞百出，错字连篇，简直是“章句错谬，文字纷乱”！阿难尊者这暴脾气，听了之后，堵得胸口憋闷，险些一口气背过去。当时他就走了过去，对着那小沙弥指出了他背诵的经文中的谬误，却不料，小沙弥年岁小，根本不认识阿难是谁，一拉脸，冲着阿难反驳道：“大德耄矣，所言谬矣！我师高明，春秋鼎盛，亲承示诲，诚无所误。”意思就是说，老和尚你这么大岁数了，老眼昏花，哪里分辨出经文的真伪。教授我经文的师父学识渊博，乃是著名的高僧，他教我的，肯定没错。你这老头儿，少管闲事儿，该干吗干吗去！

阿难听了很受挫，顿时脸色惨淡，默然而回，自叹道："我年虽迈，为诸众生，欲久住世，住持正法。然众生垢重，难以诲语，久留无利，可速灭度。"意思就是说："我这把年纪，别说普度众生了，连给人指点一下经文都没人信，这还活着干吗？早点圆寂了，一了百了吧！"就这样，阿难尊者一想不开，即入寂灭，化火焚骸……

所以，井上这座舍利塔，檐上刻有地、火、水、风梵文篆刻的金翅大鹏鸟，应该是选那只刻着"火"的。心念至此，我抱着鲁绛的双腿，将她举了起来，大声喊道："媳妇儿，机关是那只刻着'火'字梵文的大鹏鸟！"

鲁绛应了一声，一脚踩着我的膝盖，一脚蹬住了我的肩膀，发力一蹦，在我头上蹿起一人多高，伸手在那只刻着"火"字梵文的金翅大鹏鸟上一抓……

"轰隆——"

水井旁的平地上陷进去了个黑洞，洞口处，青石垒成的台阶直通井下！

"走啊——"我一声大喊，拖着鲁绛顺着台阶就往下走。头陀带着一众天师会的弟子，且战且退，缓缓地退入了台阶，乱枪齐射，阻挡住了森蚺的追击。

台阶向下延伸不到百二十步，乃是一座巨大的石桥。在那石桥之下，是一条人工开凿的河道。河道内，滚烫的热水奔涌不休。水汽漫过石桥，从百眼井口中冲天而上。水面光影斑驳，正是地上的萤火虫的绿光，从百眼水井的井口投射下来的光影。每个井口都有一根铁索悬空垂下，末端沉入水中，不知深浅。看来，那森蚺就是沿着铁索蜿蜒而上，蹿出井口吃人的。

在那石桥尽头，是一扇石门，上下升降开启。门上一根铁索，将门板吊起，另一端连接着河水之中的一架磨盘大小的绞盘。绞盘铸有扇叶，在河水的冲击下，逆向旋转至极限，将石门高高吊起。此刻，距离子时三刻还有两分钟，河水水位渐渐降低，绞盘有些松劲儿，石门慢慢落下。我连忙带着众人，穿过石桥，弯着腰，钻进了石门背后。然而，就在跟在队尾的道格拉斯和汉森将要跟进来的时候，桥下骤然暴起了一蓬水花……

“呼——”被枪炮打得满身鲜血的森蚺从水中一跃而出，张开血盆大口，一口咬住了道格拉斯的后脊骨。道格拉斯发出了一声惨叫，汉森连忙飞身跃起，左手环抱住了他的脖颈，将他拉进了石门之内，两脚蹬着左右两边的门框，和森蚺角力!

“救我——”道格拉斯发出了一声绝望的哀号。此刻，河水开始以肉眼可见的速度迅速下降，直降到了半人高低。石门外的温度开始降低，喜温喜湿的森蚺察觉到了环境的变化，咬紧了道格拉斯，开始往石门里钻。汉森顺势一拉，想将道格拉斯扯回来，却不料随着道格拉斯双腿进来的，还有一只硕大的蛇头。

“不能让大蛇进来——”叶貂裘一声大喊，拨开人群，举着火把，抡圆了往森蚺头上一顿乱砸。森蚺被火灼痛，无法往石门里扎，再加上森蚺为蛇属，嘴里生的牙全是倒着长的钩子牙，只能吞，不能吐，咬上了，就吐不出来。此刻森蚺的蛇头被叶貂裘燎得滋滋乱响，干脆卷起了身子，把道格拉斯没命地往外拖，汉森刚松的一口气瞬间又被提了起来。

“帮我——”汉森抱着道格拉斯往里拉，正要张口求援，却不料叶貂裘一手举着火把灼烧着森蚺，一手掏出了一把匕首，一刀扎进了汉森的肋下。

就在叶貂裘动手一瞬间，十几个天师会弟子瞬间制住了门内几个要上前帮助汉森的英国枪手，将他们缴了械，按在了地上

“啊——你——”汉森吃痛，鲜血瞬间染红了衣裳，蹬着门框的脚一松，整个人，连同抱着的道格拉斯的半个身子都被森蚺扯了出去。

“别怪我——”叶貂裘一声大喊，又是一刀扎进了汉森的肋下。汉森

一声哀号，再也吃不住力，整个人被拖出了石洞。落地之后，汉森两手一松，道格拉斯被森蚺趁势甩起，大嘴一张，吞掉了半个身子，汉森红着眼睛，忍着肋下的剧痛，拔出藏在小腿靴子里的匕首就去刺砍森蚺，一人一蟒围着道格拉斯的尸体展开了厮杀……森蚺虽然强壮，但经历了几番搏杀，浑身都是刀口枪伤，此刻虽然死死地咬住了道格拉斯，但终究是强弩之末。汉森虽然失血过多，但手中利刃仍然给行动迟缓无力的森蚺造成了致命的威胁。两方相持，森蚺裹住了汉森的身子，汉森的匕首也插进了森蚺的七寸……

“嘎吱——”

石门的绞盘发出了令人牙酸的摩擦声，石门迅速下落，离地不到小腿高下。我一低头，正好看到了汉森瞪着一双大眼睛和森蚺同时停止了抽动，道格拉斯被森蚺吞进了半个身子，两条腿已经停止了挣扎……

“咣当——”随着石门的下落，最后一道缝隙也被隔绝。

“杀——”

随着叶貂裘的一声令下，英国人仅剩的几个枪手被天师会的弟子乱刀砍死在了石门边上……

鲁绛望着一地的鲜血，不由自主地打了一个寒战。我伸手捂住了她的眼睛，将她护在身后。叶貂裘在尸体的衣服上抹了抹受伤伤口处的血，抬起眼来，看了一眼头陀。头陀长出了一口气，没有搭话。

我紧了紧身上的背囊，一转身，拉着鲁绛，向身后黑暗中走去……

黑暗中的廊桥迂回曲折，行不多时，转角处，隐隐有金光闪现。我和鲁绛加快了脚步，小跑了一段路，钻出了洞口，便上了一架左摇右摆的吊桥。桥下深渊万丈，浓云密布，再仰头一望，只见吊桥尽头乃是一座断崖，壁立千仞，横亘延绵，不知多长。断崖与吊桥相接处，是一片足球场大小的平地，平地之上，一座飞檐斗拱的宫殿拔地而起，宫门直对桥头，匾额乃是以梵文书写而成，翻译成汉文，乃是——“映月鸣沙之殿！”

见了这座金殿，我脑中瞬间浮现出那第四首诗文：鸣沙映月金殿开，魍魉魑魅互徘徊。杀人越货开棺客，应是佛陀辨法来。

就在我苦思冥想之际，头陀已经带人上了吊桥。我和鲁绛对视了一眼，迈开脚步，在悬空的吊桥上晃晃悠悠地向对面走去……

第五章　摩揭陀往事

行不出十几步，就来到了吊桥中间。我眯着眼向那宫殿的大门两旁看去，只见金漆勾勒的门边，铁画银钩地写着两行楹联，左面是“眼耳鼻舌身意”；右面是“色声香味触法”。

我们一行人穿过吊桥，迈过那宫殿的门槛，一抬头，便看到了一尊蹙眉沉思、袒露右肩的佛陀坐像。在那佛陀坐像的身后是四扇大门，每一扇大门上都画着一个形容枯槁的男人，一个在野坟堆中进食，一个在金山上抚琴，一个在江湖里沐浴，一个在人的影子底下游曳。

四张图，画风夸张大胆，用色艳丽诡谲，既带有中土泼墨画的雄浑写意，又有几分西域笔法的妖娆。

鲁绛走上前去，轻轻地弹了弹每一扇门，转身说道：“看来又是一个选择题，四扇门背后有机关，只要打开其中任意一扇，其余三扇都会自动锁死，永远无法再开启！”

叶貂裘上前打量了一阵，向鲁绛问道：“若是开错了，会怎么样？”

叶貂裘的话音未落，鲁绛猛地抽动了一下鼻翼，瞪着一双惊恐的眼睛瞥了一眼那尊罗汉像，随即一声大喊：“熄了火把！快——”

鲁绛是公输家的族长，公输家的机关之术独步天下，头陀不敢不信。鲁绛的话一出口，头陀便一声令下，让在场众人纷纷灭了火把，点亮了手电。昏黄的手电光罩在了古铜色的罗汉像身上——只见那罗汉像身上的线条一根根地亮了起来，阴刻的线条里仿佛有某种液体开始流动，不出一盏茶的工夫，就将罗汉像的表面勾勒出了片片映射着暖光的轮廓。无数条线亮了起来，罗汉像仿佛活过来一样！

“是火油——”鲁绛一声轻喝。

“怎么回事？”我张口问道。

“计时器！这罗汉像是一个沙漏，心脏藏着琉璃转心锁，咱们脚下全是猛火油，与罗汉像相通。当罗汉像上的线条全部合拢的时候，就是像内的机栝击碎琉璃火种的时候。火种将会顺着罗汉像里的火油开始燃烧……爆发……这里空间密闭，又是绝地，一片火海中，咱们断无生路！”鲁绛的声音有些颤抖。

我深吸了一口气，张口问道：“还有多长时间！”

鲁绛扫了一眼罗汉像表面的火油流动，涩声说道：“一分钟！”

“啪嗒——”我的脑门儿上掉下了一滴冷汗。我狠狠地咬了咬牙，绕过罗汉像，站在了那四扇门的面前。

画中的四个人，一人出身野坟，代表一个“怨”字；一人坐拥金山，代表一个“贪”字；一人在水中沉浮，代表一个“迷”字；一人躲在他人的影子底下，代表一个“痴”字：组合起来，就是“怨、贪、迷、痴”，所谓“疑心生暗鬼”，这四个字代表了古人对“魑魅魍魉”四种鬼怪的成因最原始的解读。

《大唐西域记》中的诗云：“映月鸣沙金殿开，魍魉魑魅互徘徊。杀人越货开棺客，应是佛陀辨法来。”

前两句，映月鸣沙和魍魉魑魅都已经有了答案；那么，杀人越货开棺客和佛陀辨法又是什么意思呢？

突然，我的脑海里闪过了一抹灵光，从小被我老爹逼着背了不知多少屋子的书里，有一个佛经里的故事，在我的脑中跳了出来。

那是在公元前四世纪的北印度摩揭陀国，难陀王朝末代国王达那·难陀贪财如命，在利益和贪心的驱使下，开始疯狂地向外扩张。在发动战争的同时，横征暴敛，凭借其强大的军事力量，攻城略地，将摩揭陀国的版图沿着恒河流域疯狂地向南印度次大陆中部扩张，一直推移到了比阿斯河。

在比阿斯河流域，有一个名叫铖仑的小国，被摩揭陀国攻破。破城之后，国王达那开始疯狂地在城中搜刮财宝，贩卖俘虏女奴，百姓深受其害。

一日，一名流浪的僧人来到了达那的面前，说知道铖仑国的一处密藏，那处密藏乃是铖仑国的历代国王收藏珍宝的秘密所在，他愿意带领国王达那前往挖掘；但是，要取这批财宝，达那必须答应他释放所有的俘虏和女奴。达那答应了僧人的条件，带了一支军队，跟随僧人进入了深山，在山谷之中掘开了墓穴的大门，来到了铖仑国历代国王收藏珍宝的秘境。

这秘境共有四个洞窟，每个洞窟前面都铸有一尊奇怪的造像。第一个洞窟前面铸着的，是一个在坟地里进食的枯槁男人。达那问僧人是何意思，达那说，铖仑国传国至今，共经历了四世国王，这第一个洞窟里收藏的是开国国王毕生搜集的财宝。这位开国国王最喜欢挖坟掘墓，开国之初，就把境内所有的坟墓掏了个干干净净，把坟墓里所有的金银都存在了这里，留给了后人。达那眼前一亮，沉声说道："这真是一个好主意，我也要挖坟掘墓找宝贝。"

僧人微微一笑，没有多说什么，带着达那穿过藏满了陪葬品的第一个洞窟，来到了第二个洞窟的门前。在第二个洞窟门前，铸造着一个在金山上抚琴的像，达那问其原故，老僧说："这第二任国王喜欢金子碰撞的声音，征发了无数的百姓开凿金矿，在位十五年，硬生生地给自己聚拢了一座金块堆成的小山丘！”达那大喜，高声说道：“原来山里能挖出金子，我也要挖金！”

老僧仍旧没有答话，带他穿过了堆有金块小山丘的第二个洞窟，来到了第三个洞窟前面。第三个洞窟前，铸着一个在水中沐浴的男子。那男子骨瘦如柴，眼窝深陷，背对众人，扭头后看，煞是恐怖。达那问老僧缘由，老僧说道：“这是钺仑国的第三任国王，等到他即位的时候，山里的金子都已经挖没了，既然挖山走不通，那就淘金，于是他再次征发了无数民夫，去比阿斯河里淘金，这位国王在世三十年，一共在河里淘出了二百担金沙。”达那闻言大喜，高声说道：“我也要淘金！”

老僧笑而不语，带着他穿过堆满金沙的第三个洞窟。随着达那的不断前行，随行的士兵们如风卷残云一般，将前三个洞窟里的财宝搬运一空。

达那走了不远，就来到了第四个洞窟的门前。在第四个洞窟门前，立着一个一脸悲苦，缩在角落里的男子，达那问老僧缘由。老僧答道：“这是钺仑国的现任国王，刚刚即位，还没到半年，就被你的大军攻破了城池，乱战之中，从城头坠下，一命呜呼了，所以，这最后一个洞窟里什么都没有。”老僧一边说着，一边将达那领进了洞窟，指了指空荡荡的四壁，打开了第四任国王的棺材。棺材里，第四任国王的尸体静静地躺在棺材里。

达那打量了一阵尸体，伸手摸了摸尸体鼓鼓的两腮，拔出了腰间的弯刀，撬开了尸体的嘴，从尸体的舌头底下拈出了一枚金币。达那望着这枚金币一阵失神，喃喃自语道：“人死灯灭，世上的财富，莫要说金山银山，单是这小小的一枚金币都带不走……我穷尽半生，征伐搜刮……又有什么用呢？”

老僧见达那陷入了沉思，幽幽问道：“钱财为何物？”达那展颜而笑，双手合十答道：“身外之物！”

老僧笑曰：“果然根性猛利，不枉我千里迢迢为你辨法而来。”言罢，转身便走。达那一声朗笑，呵退随从的卫兵武将，大步如流星，直追那老僧而去，不知所踪……

这个故事出自白猿客栈的密室里一本没有封皮和书名的佛经。客栈有祖训，历代掌灯有三千古书必须倒背如流，这本破破烂烂的佛经就是其中之一。我万万没想到，这个老套到烂俗的故事，竟然是祖师爷留给我这个子孙独苗儿在此时此刻保命的线索！老祖宗啊老祖宗，你也太闹着玩儿了吧！

心念至此，我大步跃过罗汉像，抬腿一脚，踹开了最后一扇门，也就是绘着躲在人影子底下畏畏缩缩的男人的第四扇门，因为故事里的达那就是在这里顿悟佛法的。

“咣当——”第四扇门被我一脚蹬开。

所有人的呼吸在那一瞬间全都停滞了，四周静得可怕。那尊罗汉像猛地一亮，身上的线条一暗，那些从沟槽里流淌出来的火油猛地一滞，缓缓地开始倒流，不到半分钟的时间，就全部流回到了罗汉像体内。我长出了一口气，身子一软，整个人“扑通”栽倒在了门边。鲁绛上前来扶我，我抹了一把汗，身子一挪，跨到了门后，无意间抬头一瞥，发现了在那门后挂着的一块铜牌，上面铁画银钩地刻着六个大字：

——好孙子，刺激否？

我老脸一红，下意识地骂道：“这是占谁便宜呢？我刺激你娘个……”

“啪——”

我的话还没说完，鲁绛一个大嘴巴就抡在了我的脸上。我吓了一跳，正要说话，鲁绛拧了一把我的胳膊，指着那六个大字边上的一行小字，让我细看。我一眯眼，一字一句地念出了那行小字：“白猿张信留书。”

“扑腾——”

我膝盖一弯，和鲁绛一起跪在了牌子底下，对着牌子上的字苦着脸哀声说道：“刺激！太刺激了！爷爷啊爷爷！您这局设得是真爷爷，玩得孙子我是真孙子啊……”

劫后余生，我和鲁绛瘫在地下喘息了一阵，爬起身来，顺着门后长长的甬道继续前行，大约走了不到两三里路，便直直地穿过了这片悬崖峭壁。脚前三尺处，一道流沙形成的大河出现在我们身前，河宽十几丈，对面乱石层叠，无碑无树。流沙河上的碎石有六十四块，随着流沙滑动，沉浮不定。

“‘百步横渡流沙界，弱水三千无底深。惊魂半步阴阳路，天人一线诫贪嗔。’这里就是最后一关了！”我点了一支烟，坐在流沙边上，看着头陀，眉头紧锁。

第六章　百步横渡流沙界（上）

何为流沙？简单地说，就是沙子像液体一样流动，当有重物置于沙体之上，就会沉底，一沉到底。流沙松软，不但无法借力，而且还有着极高的黏性和吸力，一旦陷入，便无法拔出。《海内十洲记·凤麟洲》中有载："凤麟洲，在西海之中央，地方一千五百里，洲四面有弱水绕之，鸿毛不浮，不可越也。"这流沙河与传说中的弱水一样，鸿毛难渡，一旦沾上，便难脱沉底的结局。公元一六九二年，牙买加的罗伊尔港口因地震导致土壤液化而形成流沙，直接造成了三分之一的城市消失，两千人丧生。

"'百步横渡流沙界，弱水三千无底深'……这两句诗写的，遣词造句，还真他娘的生动形象……韵押得也好……"

我嘬了一口烟，蹲在地上抒发着感慨。

头陀急红了脸，跑到我面前，皱着眉头喊道："我说张大掌灯，咱都这时候了，就别讨论文学的事儿了行不行？这最后一关，你帮我们过了，我们把令公子送还，你们一家三口共享天伦，我们天师会升官发财……"

我一摆手，掐灭了烟屁股，扑了扑土，站起身来，定神远望。

其实所谓"惊魂半步阴阳路，天人一线诫贪嗔"，指的是流沙中的六十四块落脚碎石。庄子云："有人，天也；有天，亦天也。"表述的是一种中国最朴素的世界观——天人合一。所谓天人合一，便是说，大自然是大天地，人是小天地，其本质是完全相通的。而中医又在此基础上提出了"天人一线"之说。所谓"天人一线"，指的是在大天地和小天地之间有一线之隔，使得二者能够互通有无，交换气息。这个"一线"，就是传说中的九窍。《黄帝内经·素问·生气通天论》中说："天地之间，六合之内，其气九州，九窍五脏十二节，皆通于天气。"九窍合九宫。九宫者，中宫居核心，围以乾坎艮震、巽离坤兑，是为八卦卦象。八卦生六十四卦，便恰好对应流沙中的六十四块落脚碎石。"天人一线诫贪嗔"，其中的"贪嗔"二字，分属杜、伤两门。东南巽宫，东方震宫，可见这两条路是行不通的。八减二，还剩下，乾、坎、艮、离、坤、兑六宫。第三句诗文说"惊魂半步阴阳路"——在奇门数算之中，阴阳乃是奇偶的代称。"惊魂半步"，意思就是可以分成一半的数都是凶数，能分成一半，代表能被二整除，被二整除就是阴数，代表阴数的门不能走！剩下的六宫之中，除去阴数的卦门，剩下的就应该是正确的路。

"张大掌灯，我跟您说话呢，您别发愣啊，路怎么走，你和我讲讲呗？"头陀推了推我，一时打断了我的思路。

"术数奇门，你懂吗？"

"不懂。"

"那不就结了？！说也白说，你跟着我走就是了。"

头陀闻言大喜，沉声说道："那还等什么？带路吧！

说完这话，我瞄了瞄腕上的手表，沉声说道："马上就是辰时了，该变了！"

话音未落，只见流沙之中的碎石上下一晃，骤然换了一个全新的分布阵势。眼看头陀惊得瞠目结舌，我咧嘴一笑，张口说道："《黄帝阴符经》上讲：'八卦甲子，神机鬼藏。'古人将每天的二十四个小时分为子、丑、寅、卯、辰、巳、午、未、申、酉、戌、亥十二个时辰，从每年冬至上元起到第二年冬至上元止，是为一个循环，共计三百六十日，在这三百六十日里，每天十二个时辰，一个时辰一个格局，全年一共四千三百二十局。也就是说这个流沙河中的九宫八卦，一共有四千三百二十种走法，每两个小时一变……”

头陀咽了一口唾沫，死死地盯着我，沉声问道：“江湖人都知道，历代的白猿三眼都是数术的大家，你能算出来的，对不对？”

我朗声一笑，伸出右手，五指平伸，幽幽说道：“指尖过日月星斗，掌中是雷霆江河。”

说完这话，我扭头往流沙河中一扫，三瞳一红，大脑开始飞速地运转。十分钟后，我身子一晃，整个人一个踉跄，靠在了鲁绛的身上。鲁绛搀着一脸惨白的我缓缓站直了身子……

张家的三眼太耗气血，一旦高速催动，难免头晕目眩，神思枯竭。

“这败家本事，用多了早晚脑淤血……”我狠狠地甩了甩晕沉沉的脑袋，拍了拍鲁绛的手，示意她不要担心。

“我俩先走，你们跟上！”我拉起鲁绛的手刚要迈步，却被头陀一把拦住。

“你什么意思……”我不解地问道。

“您先走到对岸，尊夫人和我们一起，沿着您的脚步走！”头陀盯着我的眼睛，冷冷地说道。

“你不信任我？”我的眼睛对上了头陀的目光。

“小心驶得万年船，万一您撒丫子蹽了，这奇门术数可不是我们这些粗人玩儿的转的！”头陀咧嘴一笑。

“没问题！”我点了点头，看了一眼鲁绛，转身向流沙河中走去。

突然，我收住了脚步，转身走到了鲁绛的身边，从她身后的背包里拿出了一个精致的小布袋，从里面掏出了两个漆黑如墨的小球，看着头陀，张口说道：“差点儿忘了！要破这流沙河上的九宫阵，还需要这小东西的帮助！”

头陀仔细地上下打量了一阵，疑声问道：“这是何物？”

我沉吟了一阵，组织了一下语言，将那小球举在掌中给所有人展示了一圈，笑着说道：“这是公输家研制的一种机器，名叫‘月笼沙’。别看这东西小，里面却藏着一个精巧的八宝转心机关，一遇到振动，就会击发引信，将小球从内部击碎，小球里面的白磷便会被炸散到空气中与空气接触。白磷一遇到空气，瞬间就会自行燃烧，不断地生出滚滚的浓烟雾来。多弹齐发，就会构成一道道烟墙。”

“烟墙？破阵用烟墙做什么？”头陀不解地问道。

我微微一笑，朗声说道：“当然是撒丫子了……”

“砰——”我话音未落，脸上神情一冷，扬手一甩，手中的月笼沙猛地冲着荒木隆一飞去。头陀闪身挡在荒木隆一前面，举手一格，将月笼沙打落在地。

“呼——”一阵浓烟冲天而起，散逸开来，遮住了我的身影。

“砰——砰——砰——”就在我甩出月笼沙的一瞬间，鲁绛也动了起来，十几枚月笼沙同时爆开，滚滚的烟雾笼罩在了整个河岸边上。

“走——”我一把牵住了身边的鲁绛，拔足飞奔，冲出浓雾，落在了流沙河上。

“跟紧我！一步不能错！”

我一声低喝，引着鲁绛在流沙上的碎石一阵纵越，百丈的距离，不到三分钟，我们就跑到了对岸！待到浓雾散尽，头陀一行人重新出现在我视线里的时候，我们已经闪身缩在了对岸边上的一块大石后头。

而天师会等一行人一是有所顾虑，他们知道，一旦失去我的指引，在这机关重重地便是进退两难；二是觉得有我的儿子作为人质在手，不怕我真的溜走，故而不敢举枪射击。

“张大掌灯，你如此背信弃义，不担心令公子的性命了吗？”头陀一声大喊，果然对我“抛”出了他自以为的“杀手锏”。

我背靠着大石头，朗声骂道：“狗日的头陀，我担心你个头！你还是好好担心担心那位香夫子吧，估计这时候，香夫子都过了奈何桥了！”

头陀闻言，心神巨震，色厉内荏地顺风呼道：“你……你这是什么意思？”

荒木隆一从旁接茬儿，也跟着喊道：“张大掌灯，你要三思啊……”

我扯着嗓子喊道：“那个……荒木啊，既然大家都撕破脸了，现在还来回地套这些个弯弯绕就没意思了吧？！流沙河上的这座九宫八卦，说简单不简单，说难也不难，以荒木兄的本事，有七八个时辰，也够用了，前面就是佛国城的城门，咱们好好地拼一个生死！对了，我险些忘了，或许我不该称你为荒木，而应该叫你的本名……李罗睺！”

“什么？李罗睺？！”我身旁的鲁绛吓了一跳。

“你在胡说什么？”头陀一声大喊。

我拍了拍鲁绛的手背，示意她不必惊慌，随即探出头去，冲着对岸喊道：“头陀，我敢肯定，我推理出的事儿，绝对比你知道得更多！我断定荒木隆一就是李罗睺，原因有三。其一，李罗睺能扯起天师会这面大旗，绝对不会是个省油的灯。佛国黄金一事，事关天师会生死存亡，李罗睺绝对不会放任不管；而且，这江湖上的人都知道李罗睺神龙见首不见尾，没有人知道他的真面目，改扮身份，混进探险队，躲在暗处，是他最好的选择。

“其二，荒木隆一曾经对我说过，他自幼被日本的养父养在中土，从小到大，挖坟掘墓，过着刀头舔血的日子，直到如今。从我听到这句话的时候，我就知道这位荒木隆一是在撒谎，因为我仔细观察过他，虽然骨相笔挺，身手不凡，但却两腿内合，微微内八，这说明这位荒木隆一在幼时长期跪坐。还记得在那悬崖边咱们落水后，我偷看荒木隆一换衣服吗？我在荒木隆一穿鞋的时候，发现他的脚趾缝隙比一般人要大，一看就知道是久穿木屐造成的。这是因为特殊的地理环境——日本相对于中国北方地区，其气候更为潮湿，易患脚气。所以在日本，大多数人从小都会穿上木屐，久而久之，日本人的脚趾也就发生了变化，脚趾之间的缝隙慢慢变大，即便是长大后不穿木屐，也难以改变这种现象。

“综合以上两点，我可以断定，这位荒木隆一是一位彻头彻尾的日本人，并非像他所说的那样——从小生活在中土，被日本的养父带大。那么，他为什么要骗我呢？说到欺骗，绝大多是的欺骗都是为了隐瞒。这位荒木隆一身上肯定有不可告人之事。

“想到这儿，我不禁回忆起了锁阳城里荒木晴子的死。当时我问荒木隆一，为何死了妹妹，他的脸上不见悲伤？当时荒木隆一给我的理由是荒木晴子是他的养父派来监视他的眼线。他们自幼一个在中土，一个在日本，从未谋面，谈不上有感情。但是我却不这样认为，因为荒木晴子死于寇乌孙之手。寇乌孙之所以要杀荒木晴子，是因为荒木晴子从我的手里盗走了我绘制的搜寻佛国牧场的地图。荒木晴子是死在了自己的屋子里，没有同伙接应，荒木隆一全不知情，荒木晴子身上的地图也被寇乌孙带走。

“按理来说，荒木晴子作为玄黄社的一员，盗图之事，为什么不是这些日本人合谋的团伙行为，反而成了荒木晴子的个人行为呢？这说明荒木晴子发现了什么事，让她很恐惧，所以才起了独自盗图离去的心思。那么荒木晴子到底发现了什么呢？我觉得荒木晴子作为一个土生土长的日本人，肯定比我更能敏锐地捕捉到荒木隆一的异常体态。所以……她发现了这位荒木隆一不是他父亲自幼养在中土的那个养子——这位荒木隆一是假的，是一个替代了别人身份的人！荒木晴子很恐惧，不知道根底，她只能逃！

“在逃走之前，荒木晴子盗走了我画的图纸，却被身份成谜的寇乌孙所杀，并夺走了图纸！而后寇乌孙杀死了跟踪自己的蔺托钵，制造混乱，远遁大漠。在塔儿寺验尸的时候，你头陀亲口承认了，蔺托钵是你派到西域潜伏的探子。那么寇乌孙又是谁的人？隶属于那股势力呢？带着这个问题，我们一路穿过沙漠，来到了魔鬼城。

“原本在咱们前面的寇乌孙突然失去了踪影。我们开始一步步地破解张信祖师留下的谜题。我留心观察过，在每一关的末尾，最后一个跟上队伍的，永远都是荒木隆一。徐悲侠祖师的葫芦和玉杯也被荒木隆一故意留在了悬崖上，这一切反常的行为最大的可能就是……荒木隆一在给后面跟上来的人领路。这里是西域，人烟罕至，后面尾随的人马最有可能是谁？当然是寇乌孙，那么寇乌孙是谁的人，答案已然呼之欲出！寇乌孙就是这位假荒木隆一的人。

“推理到这儿，我大胆地做了一个实验，在那满是怪鱼的湖边，我在烤火的时候，故意去诈头陀的话风，从他的神色里，我捕捉到了端倪。

“第三，刚才在岸边，我故意往荒木隆一的身上投掷月笼沙，电光火石之间，你头陀竟然下意识地为荒木隆一格挡！试想你作为妄门门主，天师会中一人之下，万人之上，能值得你下意识地用性命保护，用脚想也知道，这个人肯定就是天师会三花五叶一别院的那位菩提院主——李罗睺！”

第七章　百步横渡流沙界（下）

我这边话音未落，对岸的荒木隆一就发出了一阵大笑，只见他分开人群，站到了流沙河边，拊掌赞道：“好一个张三眼！自从当年在古墓里杀死了一个盗墓贼之后，李某用了这个盗墓贼的身份整整十年，你是第一个勘破我的行藏的！”

“第一个不应该是荒木晴子吗？”我张口问道。

“她知道我不是荒木隆一，却不知我真身是谁，算不得勘破，充其量算个小聪明！不像你张大掌灯，不但知道我不是荒木隆一，还知道我是李罗睺，知其然，更知其所以然，才是大智慧！”

还没等我象征性地谦虚两句，站在荒木隆一身边的头陀便一脸惊诧地攥住了荒木隆一的肩膀，声音有些颤抖地说道：“院主……你……你真的是……日本人？”

荒木隆一——也就是李罗睺，咳了咳嗓子，转过身来，看着头陀说道：“头陀兄弟，这些年，我一直没有告诉你，的确是我的不对……”

头陀还是不敢相信，他狠狠地捶了捶自己的脑袋，摇着头说道：“你只是假扮成了一个叫荒木隆一的日本人，并不是真的日本人，对不对？”

李罗睺长吐了一口气，抓着头陀的肩膀，沉声说道："我本就是日本人，十五岁被派到中土潜伏，化名李罗睺。三十岁那年，我与众兄弟一同创立了天师会，但我从不以真面目示人，除了你们几个老兄弟，无人见过我的样子。十年前，我在一处墓葬里遇到了正在开棺的荒木隆一，为了夺得那本《大唐西域记》，我将他制住，在古墓中拷问，得知他是日本玄黄社社长收养的孤儿，自幼在中土长大，专门为玄黄社挖坟掘墓，与日本方面都是单线联系；再加上他干的是贼行，从不轻易露面，故而也无人知他相貌。我闻听至此，索性杀了他，盗用了他的身份，在世上行走！就这样，我一个日本人先是改扮成了中国人，随后又扮回了日本人！你们只知道中国人李罗睺创立了天师会后扮成了日本人荒木隆一，却不知我在化名李罗睺之前就是日本人。"

头陀巨惊之下，瞠目结舌，整个人直如五雷轰顶……

"你……你……到中国来……是为了什么？"头陀哑着嗓子问道。

"拉拢江湖势力，挑动南北战乱，贩卖烟土军火，维持军阀割据……"李罗睺一五一十地答道。

头陀一把甩开了李罗睺的手，踉踉跄跄地向后退去。

"当年……在济宁府五里铺的城隍庙……十八个庄稼汉子……歃血为盟，拥你为首，创立天师会。你赤膊跣足，跃上神坛，振臂高呼……天师助我，赏善罚恶，英雄盟会，救济贫苦……那些年，咱们劫富济贫，赈济灾荒，护佑信徒……天师会所到之处，百姓箪食壶浆，夹道而迎……这些……难道都是假的吗？"

"这混江湖和打天下是一个道理，先要人心归附，才能徐图后进，做大做强。我要做的是大事，自然要先壮大队伍，只有拳头够硬，信众够多，势力够大，才能说话算话，没有这点儿底气，我拿什么控制军阀，搅乱天下？"李罗睺云淡风轻地说道。

"难怪……难怪这些年……天师会越来越来不对劲……和那些军阀还

有外国人越走越近……摊子越铺越大……手段越来越黑！我只当是年轻一辈要出头，利欲熏心，不择手段……却万万没有想到，在这后面，竟然是你的推手！难道说，叶貂裘这些年轻一辈都是你的人？当初，你告诉我说，要用荒木隆一的身份随我一同赶赴西域，挖掘沙窟，多次叮嘱，要我不得向叶貂裘他们泄漏你的身份……想不到……这里边最糊涂的竟然是我……”头陀牙龇目裂，额上青筋暴跳地嘶声吼道。

李罗睺叹了一口气，幽幽说道：“没错！叶貂裘、寇乌孙都是我的人！荒木晴子和蔺托钵都是我下令杀的！”

“为什么？”

“荒木晴子看出了我是日本人，根本就不是那个被她父亲在中土收养、父女二人十几年都没见过的荒木隆一……蔺托钵尾随寇乌孙，意图夺走那张地图，我迫于无奈，只得将计就计，杀死蔺托钵，制造混乱，让寇乌孙趁机脱身，先一步前往大漠，依照地图搜寻：一来节省时间，二来占据先手，三来故布疑兵，分两路走，作为试探的局，看看姓张的会不会老老实实地帮咱们排除错误选项，寻找佛国沙窟！”李罗睺说到这里，突然停顿了一下，沉吟片刻，又看着头陀接着说道：“头陀兄弟，你是跟着我的老人儿了。你的忠心耿耿和办事能力，我一直很欣赏。这样吧，你接着跟着我干！天师会院主的第一把交椅，你来坐！如何？”

头陀愣了一愣，抬起头，一声大笑，一脸木然地说道：“谁想到不到一炷香的时间，我头陀为之出生入死的大哥，从一个假扮的日本人变成他妈的真真儿的日本人了！哈哈哈……我真傻……真他娘的傻……自今日起……我头陀的大哥……当年在济南府五里铺城隍庙中那个赤膊跣足、振臂一呼的英雄汉子……死了！我头陀虽然混迹江湖，恶贯满盈，但好歹也是堂堂的七尺汉子，走绿林打生打死我不怕，可是我唯独怕的就是给日本人当了狗，死了没脸见祖宗！”

头陀一声大喊，拔出了腰间的手枪！就在他瞄准李罗睺的一瞬间，十几把快刀从黑暗中劈来。混乱中，头陀手腕挨刀，手枪脱手，几十个天师会的弟子，一拥而上，朝着头陀抡刀乱砍！头陀浑身是血昂然不惧，在人群中左冲右突，口中放声大笑，如癫似狂。

我闭上了眼睛，不忍再看……

半个小时后……头陀的笑声渐弱……缓缓消失不见……

一阵混乱的脚步声响起，寇乌孙带领着七八百号人马终于追了上来，和李罗睺汇合。

“张大掌灯！李某兵马已至，哈哈哈……李某虽然不才，但十个时辰后，自命也能破开这九宫八卦阵！我倒要看看你还有什么后招能够挡我——”李罗睺一声大喊，豪气当胸。

话音未落，一道人影从黑暗之中蹿出，拨开人群，一把抱住了地上奄奄一息，正在抽搐的头陀，红着眼睛喊道：“头陀大哥……大哥……这是谁干的——谁——”

来人正是卞惊堂。叶貂裘看了李罗睺一眼，张口向卞惊堂问道：“你怎么进来的？”

卞惊堂抹了一把眼泪，张口说道：“我从敦煌来给头陀报信，我收到了中原发来的电报……香夫子被杀，张寒的儿子被人劫走……蠡门停止了对咱们的通兑……道门开始劫掠咱们的烟土和粮食……赤门封了咱们所有的码头港口……经过查探……都是白猿客栈的人干的！我从敦煌快马出来报信……但是我找不到头陀大哥的踪迹……却发现了寇乌孙，我一路跟随寇乌孙的大队人马……进到了这里……不对啊？你们……你们……和寇乌孙……怎么会……你不是荒木……张寒在哪儿……”

卞惊堂说着说着，才反应过来，眼前的寇乌孙和叶貂裘两人一左一右地站在李罗睺的身边，无比恭顺而熟稔。

“走……走……快……”卞惊堂怀里的头陀不住地呕着血沫子，一抽一抽地用手肘顶着卞惊堂。

“头陀大哥……这……怎么回事……”

“走……走……”头陀一边呕着血，一边无力地推着卞惊堂。

李罗睺叹了一口气，轻轻地摆了摆手，幽幽说道：“送他们一程……”

乱刀起处，血如涌泉，两颗人头冲天而起，落地后几个翻滚，隐没到了流沙之中……

李罗睺在地上踱了几个来回，冲着我所在的方向高声喊道：“想不到，你姓张的后手倒是不少！”

我一声冷笑，朗声答道：“人不犯我，我不犯人；人若犯我，你死我活！李罗睺，我在佛国城下等你！”

说完这话，我一起身，拉着鲁绛的手，钻入了黑暗之中。

流沙河对岸，李罗睺正在河边苦思冥想之际。寇乌孙缓缓地举起了火把，用袖子轻轻地拂开了一片石壁上的灰土，高声叫道：“壁画……这里有一片壁画……”

听见寇乌孙的叫嚷，李罗睺连忙回过神去，组织人手清理石壁！一炷香的工夫后，一面硕大无比、饱含隋唐笔法的壁画在平整如刀削一般的石壁上缓缓浮现……

“这是一个故事……一个关于……王神策之于佛国的真相的故事……”

第八章　有客西来（上）

贞观二年，金陵城，白猿客栈。

深夜，马蹄声响处，两骑快马飞奔而来，将到门前，马上两名黑袍大氅的骑士滚鞍下马，双脚落地，稳如泰山。奔马骤停，不疾不徐，这一手神乎其技的骑术足见这二人的出身不凡。

“当当当——”骑士中一人上前叩门。

半晌过后，一个懒懒洋洋的汉子“吱呀”一声拉开了客栈的大门，打着哈欠，仰着脖子，不耐烦地喊道：“打烊了——打烊了——有事儿明儿再说——”眼看那汉子就要关门，那骑士连忙伸手架在门框上，反手从身后摘下了一个背囊，从背囊里捧出了一个通体黄金、上面镶嵌着琉璃宝石的盒子。

那骑士一脸恭敬地打开了盒子，露出了装在盒子里的一只打满补丁的牛皮药囊，在那药囊上有一行小字——白猿佛烟宋孤城。

那懒洋洋的汉子看了那一行小字，顿时困意全无，双眉一挑，神光四射。

“里面请！掌灯——来客了——”

那汉子一声吆喝，二楼楼梯上缓缓走下了一个中年掌柜，迎上了两位骑士，拱手说道：“在下白猿三眼张信。”

那开门的大汉也一抱拳，张口说道：“蓑衣，徐悲侠！”

那两名骑士连忙深深一躬，答礼道：“在下泥铎，来自西域佛国城，这位是我的兄长泥醍，乃是佛国的国君。”

张信一边延请二人入座，一边问道：“二位从西域不远万里登门，不知所为何事？”

泥铎捧过了手中的盒子，递到了张信的身前，沉声说道：“张先生可认识这匣中的药囊？”

张信取过药囊，略一辨认，张口答道：“宋孤城，乃是我白猿客栈汉哀帝时期的佛烟。宋孤城祖师性好游历，足迹遍布天南地北……客栈中不少山水笔记，都出自这位祖师之手，这药囊上的字迹确是他本人无疑……”

泥铎闻言，连忙说道：“没错！建平二年，宋孤城先生游历西域，途中遇到了黑沙暴，被我佛国的驼队所救。宋先生解下了随身的药囊赠予我国先祖，并留言曰：‘吾乃白猿佛烟，不能平白受汝等恩惠，此药囊乃我随身之物，若日后你佛国有任何解决不了的麻烦，便持此物往金陵城，寻一家白猿客栈。那客栈之人见了此物，必定鼎力相助，哪怕你惹下了泼天大祸，那客栈里的人也能帮你摆平！’宋先生说完这话，便飘然而去了。这药囊一直被历代国君珍藏，直至今日，我佛国突遭灭顶之灾。我国国君不得不亲自请出这药囊，快马赶来金陵求助。”

张信点了点头，对泥铎说道：“宋孤城祖师的笔记中，对此事确有记载，既然是前辈祖师许下的承诺，我们做后辈的，自然无有不应！只是不知，二位究竟惹下了怎样的灾祸？”

泥铎闻言，两眼直直地垂下泪来，七尺高的汉子，竟然泣不成声。默默坐在泥铎旁边的泥醍轻轻地拍了拍泥铎的后背，看着张信答道：“张先生，还是我来说吧……”

就这样，涅醍开始了他的讲述。

古人云：“匹夫无罪，怀璧其罪。”想那佛国，远居西域，信奉佛法，代代以牧马为生，与世无争。可谁想到……中原战乱几十年刚刚平定，李唐坐稳了天下后，再也无法忍耐突厥的挑衅，打算趁着唐军这把百炼的钢刀还没有入鞘，一举扫平突厥。

然而，光有刀是不够的，突厥是游牧的骑兵；唐军几十年征战，战马凋零，加之国力空虚，从军备的角度上根本无法与突厥抗衡。于是，搜求优质战马成了摆在唐太宗面前的第一大难题。

就在这个时候，长孙无忌向唐太宗献计，称西域之地，玉门关外，有一座佛国小邦，世代牧马，良马成群。太宗大喜，欲遣使前往买之，然而，此时天下初定，国库空空如也，哪来的钱买马呢？唐太宗思量了几个昼夜，一狠心，做了决定——既然没钱买，那就动手抢吧！

于是，唐太宗召集众臣，开始谋划针对佛国的抢马计划……在唐太宗召集的这些臣子中，有一位姓陈的高官，他有一房最宠爱的小妾，乃是从胡商手中购来的西域歌姬。这个歌姬，正是佛国渗透进中土的探子。这位陈大人在一次酒后，无意间说漏了嘴，被这位歌姬知道到了唐太宗计划抢马的事儿！这位歌姬连忙通过西去的驼队星夜兼程，将这个消息传到了佛国。

这个消息一到佛国，便如惊雷炸响，在佛国激起了一阵轩然大波，整个佛国城都弥漫着恐惧的气氛。试想大唐国猛将如云，悍卒如雨，一旦发兵来攻，单凭佛国这等小邦的千余兵马，焉能抵挡？

据消息称，大唐君臣奏对之时，那长孙无忌曾言：“这佛国位于丝路之上，不但马多，黄金也多，若遣一军袭之，马充军，金入库，岂不美哉？”长孙无忌刚说完，秦叔宝便问：“若是那佛国不战而降，主动献上珍宝，又当如何？”长孙无忌闻言，幽幽说道：“等他人与之，莫如亲手取之！佛国之城，丝路之咽喉也，我大唐当亲手握之。丝路者，黄金地，岂容他国染指？！”太宗闻长孙之言，大悦，拊掌笑曰：“就依辅机（长孙无忌的字）之言。”

了解了事情经过，徐悲侠感叹道：“这文官狠起来，比武将可黑多了啊！”

张信苦笑了一声，抿了一口茶水，小声说道：“所谓‘武将拔城一地血，文官杀人不用刀’。说的就是这么个理儿。”

徐悲侠思量了一阵，探身问道：“这么说……没得缓，没得谈了？”

张信敲了敲茶杯沿儿，皱着眉头叹道：“这是你死我活的事儿，人家打定了主意要弄死你，谈不谈的有个屁用？”

徐悲侠挠了挠头，起身向泥醍问道：“你们那个……佛国，有多少兵马？”

泥醍连忙答道：“我佛国乃是小城，人丁稀少，算起来……有甲士五百，骑士一千二，妇孺五万有六……”

徐悲侠摆弄了一下手指，一脸气馁地说道：“加一块不到七万人？我的个天啊，光长安城现在就一百七八十万人，你们那个小国连个长安人口零头都算不上啊！这仗怎么打？”

张信手拄着桌子，揉着额头，闭着眼说道：“打肯定是不能硬打……对了，你们城中的情况，有没有泄露出去？”

泥醍思量了一阵，一脸笃定地答道：“佛国乃小邦，军备之事，乃是绝密，除我二人外，无人知晓兵马虚实！”

“那就好……那就好……所谓虚虚实实，有虚有实就能布下疑阵……这事儿……容我三思……”

月上中天，张信这一思就思了一宿。

次日清晨，旭日东升。张信一脸蜡黄，满眼血丝，推开了房门，叫醒了拄在门外桌子上熟睡的徐悲侠，哑着嗓子说道：“我明日随他们二位西去佛国，你立刻动身，北上长安……”

“北上长安做什么？”

“半月前，皇帝张榜，搞了一个大唐英雄会，号召各路好手上京师比斗，胜者不但有封号，还能夺一个武功天下第一的名头！我要你尽展武艺，败尽江湖各路高手……但却不能赢过朝廷里的任何将官！而且要输得有技巧，要把败阵的原因归结在马上！”

“这是为何？”徐悲侠不解地问道。

“上英雄会拼斗，是为了搏个理由去接近皇帝派出的那个前往佛国的使节；不能赢过朝廷里的将官，是为了保全皇帝的面子，不引起皇帝的戒心……来……附耳过来！”

徐悲侠附耳过去，记下了张信的嘱托，点头答应，收拾行装，直奔长安。

徐悲侠到了长安，投了名帖，直奔擂台，在擂台上守擂十五天，败尽天下英雄。秦叔宝不忿，下场比武较技。徐悲侠牢记张信嘱托，不敢赢过朝廷将官，故意卖了许多破绽，拖延时间，导致胯下战马体力不支，将自己掀翻在地，从而败下阵来。

就这样，徐悲侠败尽了绿林好手，却输给了朝廷大将，坐镇英雄会的太宗皇帝面子上得了彩，里子上又网罗到了人才，当下大喜，给了徐悲侠封了个舍身伯的封号。

徐悲侠牢记张信的嘱托，对舍身伯的封号和武功天下第一的名头拒不接受，苦求皇帝待自己寻得良驹后再与秦叔宝比试一阵。而此时，计划派去佛国的使者朝廷已经选定，正缺一个随行领队且护卫的武将——毕竟秦叔宝这样的名将都各有重任在身，或是驻守一方，或是统领军马，一个萝卜一个坑，如今突厥虎视眈眈，中原隋朝的旧臣蠢蠢欲动，这些个大将一旦乱动，早晚出乱子，唐太宗实在没有闲人带队专门派去西域抢马。

此时，朝廷各镇的兵马都有镇守的区域，远距离调动一支军队赶赴万里之外的西域抢马，既不现实，也合不上成本，更可能存在潜在的威胁，所以太宗唯一的选择，就是就近调动玉门关的守军，这玉门关守将叔孙邕的手下能在不耽误守城的情况下，调动出关的兵马只有三千，可佛国城内究竟是个什么情况，唐太宗可是一概不知啊！唐太宗不同于一般的书生皇帝，这位老兄戎马半生，座下龙椅乃是真刀真枪打下来的！战阵相对，知己知彼，不打无准备之仗的常识，唐太宗肯定是懂的。

于是……唐太宗打算，先派使者上门，以上国到访的礼数进城，探听一下虚实，对城内有个大概的了解，再安排进攻的计划——派个武将去，肯定是不行的，容易引起对方的疑心，特别是李靖、秦叔宝、尉迟敬德这样无人不知无人不晓。名满天下的大将，万一惊到了对方，起了歹意，这帮人里谁有个三长两短，唐太宗哪受得了这个？！所以只能安排个名不见经传的文官去。

可是这西出玉门关，纵深穿越大漠，一个手无缚鸡之力的文官万一遇到点什么事儿？半路死球了，这不得耽误事儿吗？所以，唐太宗需要一个武功高强、但籍籍无名、最好是和朝廷军方没啥瓜葛的人的人领队并护送这个文官使者前往佛国。

此刻见了徐悲侠，唐太宗心里一喜，暗道：“此人莫不是老天助我成功劳！”于是，唐太宗当晚就招来了王神策，向徐悲侠介绍了这位文官使者，并且让徐悲侠护送王神策前往佛国。徐悲侠闻听王神策将要前往牧养传说中的天马——汗血宝马的西域之国佛国的时候，自然兴奋莫名，一口答应。唐太宗只当是徐悲侠求马若狂，习武成痴，纠结于与秦叔宝的比武，故而，对徐悲侠并没有起什么疑心，就这样，王神策和徐悲侠这对儿探听情报二人组正式成立了。

而唐太宗的性格、抢马的计划，以及过程中一系列的心理变化，都被张信精准的算到，就这样，徐悲侠不着一丝痕迹地渗透到了唐朝使者王神策的身边，在皇命的指派下，护送着王神策，直奔西域。

第九章　有客西来（下）

话说那王神策和徐悲侠一路星夜兼程，带着一队人马直奔西域，穿州过县，纵横大漠，历经了艰辛，终于来到了佛国城。在城外，王神策换上了使臣的袍服，在徐悲侠的跟随下，进了佛国城，递上国书，求见佛国国君。

半个时辰后，佛国金殿大门开启，佛国的国君涅醍召见了王神策和一同前来的队伍。

王神策整理了一下衣冠，目不斜视，极有风仪地走进了金殿，朗声唱道："大唐遣佛国使臣王神策见过佛国国君——"

坐在金座上的涅醍目光闪烁，非常紧张地看了一眼站在他身旁的一位中年文士。那文士原本正闭目沉思，如老僧入定，在察觉到涅醍的不安后，缓缓张开了眼……

那文士的眼中竟然生了三个瞳孔！

这文士正是白猿客栈的三眼张信！

张信看了一眼涅醍，向他点了点头。涅醍调整了一下呼吸，张口问道："贵使远道而来，意欲何为啊？"

王神策清了清嗓子，张口说道：“我大唐皇帝陛下，闻听佛国有骏马无数，特来求购。”

泥醍问道：“不知大唐购马，出价几何？”

王神策笑了笑，伸出三个手指，悠悠说道：“黄金三十两换骏马一匹。”

泥醍看了一眼张信，再次问道：“这个价格倒算公允，只是寡人见王大人两手空空……不知买马的银钱在何处啊？”

王神策脸上笑容一僵，有些尴尬地说道：“这个银钱嘛……欸……山遥路远，自然不好携带。我这次前来只不过是先谈谈价钱，谈好了价钱，下次来的时候，自当带足了黄金，前来交易，钱货两清！”

这一次，泥醍没有开口，站在他旁边的张信缓缓地走下了台阶，站到了王神策的面前，看着他的眼睛，冷冷地说道：“只怕下一次，随着王大人来的，不是买马的黄金，而是攻城的兵马吧？”

“你……你这是什么意思？”王神策的额头上冒起了一层冷汗。

“从入城开始，王大人就一直在暗中关注佛国城的城防、街巷和兵力部署……这种举动，可不是像来买马的啊？”张信字字诛心，惊得王神策步步后退。

“砰——”王神策退得猛了，一头撞在了徐悲侠的胸膛上。

“你……你们要做什么？我可是大唐的使节，你们不要太过分……否则……否则……”

“否则怎么样？”

“只要我一个月内回不去……玉门关的大军就会开拔……”王神策色厉内荏地喊了一嗓子，一闪身钻到了徐悲侠的身后，伸手一招，台阶下身着甲胄的唐卒迈步涌上。

王神策拍着徐悲侠的肩膀，色厉内荏地呼道：“保护我……保护我……”

张信笑着摇了摇头，伸出双手，轻轻地拍了三下。

上风处一阵浓烟顺风飘来，香气散逸过后，二百多唐卒顷刻倒地，齐齐地瘫在地上，个个手脚无力，挣扎不起。

金殿的屏风后头，一个和王神策面目一般无二的人，手里提着一个冒着浓烟、人头大小药球儿，施施然地走了出来。只见他眉眼含笑，大大方方地站到了王神策的面前："哈哈哈哈，佛烟配的迷药就是厉害。"

王神策骨软筋酥，眼看就要瘫倒在地，身后的徐悲侠伸手一托，架住了他的身形。

"你……你是谁……"王神策瞪大了眼睛，两股战战。

那人捻着胡子，徐徐说道："我？我是王神策啊！"

"你……你是假的！我才是王神策！"

"非也！非也！我之所以是假的，那是因为还有你这个真的在；倘若你没了，我这个假的，自然就成了真的了！"

王神策闻言，打了一个激灵，高声说道："杀……杀了他！"

徐悲侠一点头，拔出了腰间的长刀，回身一抓，一把攥住了王神策的脖颈，拎小鸡一般将他从自己的身后捞了过来，膝盖一顶，将他按在地上！

"你……你……徐悲侠？你要干什吗？你疯了吗？"王神策浑身发抖，死命地挣扎。

徐悲侠剑眉一挑，手起刀落，寒光一闪，王神策身首异处。

张信叹了口气，拍了拍徐悲侠的肩膀，低声说道："一路辛苦了！"

徐悲侠看着张信，点了点头，朝着那和王神策一模一样的人，抱拳一礼，笑着说道："原来三哥也到了！"

泥醍被这一番变化惊得瞠目结舌，缓了半天才回过神来，战战兢兢地指着那个和王神策一模一样的人，涩声问道："这位是……"

那人一拱手，朗声笑道："白猿不老生，水青筠。"

张信揽过水青筠的肩膀，蹲下身，从王神策的袖子里摸出了一张图纸，在上面涂抹了一阵后，吹干了墨，折叠好，交给了水青筠，沉声说道："事不宜迟，二位兄弟即刻出发，直奔玉门关。有一件事，务必记住：那就是一定要把这张图交给玉门关守将叔孙邕，告诉他佛国城内只有甲士五百，城防松散，士气低迷，一鼓可破；而后，你二人亲自做向导，将叔孙邕的兵马引导佛国城下……摔杯为号，突袭杀之！"

水青筠和徐悲侠领命，走出皇宫，东出佛国城，直奔玉门关。

张信目送着水青筠和徐悲侠离开后，一转身走进了佛国皇宫的书房。在书房的正中摆着一个巨大的沙盘，沙盘边上堆满了图纸，图纸上密密麻麻地标注了无数的记号，依稀可以看出这是一项巨大的地下工程的施工图纸。

"进度如何了？"张信张口问道。

沙盘后头，国君泥醍的弟弟泥铎探出头来，一脸焦急地答道："已经完成了四分之三了！"

张信皱着眉头，急促地说道："不行，还是太慢，还得再快一些！"

说完，张信便快步走到了沙盘边上，一边计算，一边在纸上不住地标注，显然是在修改某些施工的计划……

这沙盘上呈现的正是张信大局的核心——佛国城沉没计划！

佛国位于泑泽（罗布泊）水域，在张信这代掌灯所处的唐代之时，泑泽（罗布泊）的水域面积相当宽广，塔里木河、孔雀河、车尔臣河、疏勒河等西部大河均汇集于此，敦煌、哈密、鄯善、吐鲁番、库尔勒、若羌、且末、和田、阿克塞、肃北、瓜州、尉犁、民丰、于田、墨玉、玉门、铁门关等地都围绕着泑泽（罗布泊）布局。

在佛国地下，岩层之中，有无数地下水溶蚀冲刷形成的洞窟，层层叠叠套在一起。丰水期流水，枯水期干涸。年深日久，这些洞窟渐渐拓宽，融成了一片，将佛国城的地下逐渐蛀空。这一奇怪的地理现象是泥铎发现的，因为最近在佛国周围的大漠上发生了多起地表坍塌的事件，泥铎带人前往查探，下到坍塌的地下，发现了这些孔洞。泥醍和泥铎两兄弟前往金陵城，寻访张信，交谈之时，无意间说了这件事。说者无意，听者有心，谁能想到这件原本和佛国生死存亡不沾边的事，竟成了张信布局的核心！

张信的计划，就是通过勘探佛国城下的洞窟孔洞后，针对泑泽（罗布泊）的地下水系进行局部的大范围蓄水，然后通过对河道的修整，改变即将到来的丰水期大量地下径流的方向，引导径流的力量，蓄力冲击固定的薄弱点，将地质坍塌的面积扩大到整个佛国城，以地质坍塌为助力，将佛国城彻底沉入地下。

这个计划在最初提出的时候，引起了很大的分歧：泥铎支持，泥醍反对——作为佛国的国君，他尽管知道让弱小的佛国彻底从世上抹去，是断绝一切觊觎财富的强盗念想的最好方法，但是他却始终下不了这个狠心，直到张信对他说出了那一段话：

“佛国于世，便如三岁孩童持重宝，行于闹市，强取豪夺之徒满天下，谁人能不心痒？哪个不欲夺之而后快？唯一的办法，就是寻一机会，让那孩童扔了财宝，潜身遁去……命和财，终究是要做个取舍。为今之计，将黄金沉入地下，断了强盗们的念想，伺机保全族人，才是佛国最好的选择……”

听了张信的话，泥醍方才下定了决心，依照张信的策略，一边安排甲士和骑兵，疏散城中老幼妇孺，扮作客商，混在驼队之中，分批撤离佛国城，沿着丝绸之路，向东西两个方向疏散，同时在城中布置疑兵，在街上走动，制造佛国繁华依旧的假象，遮掩百姓撤离的动向；另一边，又由泥铎带队，部署城内青壮兵勇从坍塌的缺口，潜入佛国城下，勘测洞窟布局，根据河道走向，筑坝蓄水，修整河道，挖掘拓宽关键支撑点的孔洞，只待一个月后的泑泽（罗布泊）丰水期，水流暴涨，在地下奔腾之际，打开水坝，冲毁佛国城下的支撑土层，让整座佛国城沉入地下！

水青筠和徐悲侠离开佛国，经过将近一个月的跋涉，赶到了玉门关，将张信涂抹修改过的佛国城防图交给了守将叔孙邕。水青筠亮出了自己的使节印信，叔孙邕点齐了三千兵马，让长子叔孙骤坚守玉门关，自己带着小儿子叔孙勖领着兵马直扑佛国城，双方短兵相接。

此时，佛国城中的百姓已经在甲士的掩护下分批撤走，整个佛国城中只剩一千守军，这一千人，在张信的指挥下，和叔孙邕的兵马血战了五个昼夜，城池几经易手。

第六天夜里，三通鼓响，唐军蚁附爬城。佛国守军寡不敌众，城池失守。唐军入城，直扑佛国宫殿，大火焚城，佛国皇室在泥醍和泥铎兄弟的带领下，死战不退。在紧守皇宫大殿三昼夜之后，泥铎战死，泥醍失踪，叔孙邕大胜，攻占了王宫的宝库，打开了库门。宝库之中，全是纯金铸造的金身佛像，密密麻麻，一望无际……就在此时，叔孙邕留守玉门关的小儿子叔孙勖赶到了佛国城，给水青筠假扮的王神策带来了李世民的亲笔信。原来唐太宗那边急等着用马，王神策这边久久没有消息传来，皇帝一着急，差了信使到玉门关打探，叔孙勖不敢耽搁，赶紧来报。

叔孙邕和扮作王神策的水青筠一商量，一致认为这许多财宝和马匹数量庞大，实在无法一同运走，再加上匆忙赶路，唯恐有失。

此二人决定，留守在此看护财宝，让叔孙邕的两个儿子把马匹带回玉门关给朝廷应急，二人将这里的情况写了一封奏折，和马匹一同带回去，等到皇帝派兵前来接应，再分批运送财宝。二人商议妥当，写好了奏章，叔孙邕的两个儿子带着五万马匹直接出了佛国城。

就在叔孙邕的俩儿子走后不久，一个被发跣足的佛国贵族出现在了佛国城门之外，此人正是在大战中失踪的佛国国君泥醍。泥醍堵在城门外，指名道姓要见叔孙邕。

叔孙邕惊奇之际，在卫兵的保护下来到了城门口。城门处，泥醍如癫似狂，倒提一杆长枪，直直地插在了地上，左手握酒杯，右手提酒壶，自斟自饮，笑一声，哭一声，喝一杯。眼瞧着叔孙邕近身，泥醍长眉一挑，大骂了一声：“好狗贼——”

叔孙邕闻言大怒，正要拔刀，冷不防泥醍举手一摔，将手中酒杯在地上摔了个粉碎！就在酒杯破碎的一瞬间，叔孙邕只觉颈后一凉，整个人飘飘忽忽直冲上云霄，低眼一看，自己的无头的身子直直地扑进了尘埃，身后的徐悲侠双手持刀柄，闪着寒光的刀身方从自己的颈上划过。

摔杯为号！突袭杀之！

这正是张信早就布下的杀局！

“走——”徐悲侠一声大喊，和扮作王神策的水青筠翻身上马，并鞍而行，向东狂奔。叔孙邕的警卫猛地回过神来，下意识地就要追赶，刚跨上马，就被水青筠神箭连发，一一射下马来。

泥醍立在城门，两臂大张，抱拳在胸，冲着徐悲侠和水青筠离去的地方，深揖一躬，大声喊道：”存亡续绝，大恩不敢忘——”

话音未落，一众唐军长刀出鞘，将泥醍围在当中。泥醍冷眼看了一眼插在地上的长枪，指着枪身在地上缓缓移动了半寸的影子笑着说道：“时间到啦——”

“轰隆——轰——轰——”伴随着一声沉闷的炸响，佛国城地下深处传来了一阵雄浑如雷的震吼，仿佛有无数头远古巨兽，在地下奔腾碰撞。一瞬间，地面开始龟裂，围绕着佛国城出现了大片的沟壑，尘土倒卷，遮天蔽日，整座佛国城闪电一般向地下沉去，下沉的速度极快。所有的唐军只觉得心脏一阵剧烈的抽搐，个个脸色铁青地蹲在了地上，有的捂着头哀号，有的捧着肚子，不住地呕吐，整座佛国城瞬间陷入了一片黑暗之中。

佛国城正东三十里，张信一人一马，立在一座荒山之上，身后一阵马蹄响，水青筠和徐悲侠滚鞍下马，走上前，站在了张信身后。

“掌灯的，您在干什么？”

“等！”

“等什么？”水青筠问道。

“我在等风来——”

张信眯了眯眼，缓缓地张开了五指，平伸在空中，看着渐渐鼓荡的风吹起了他的衣袖。

这段时间，张信一直在观测佛国城的气象变换。数十日之前，张信就算出今日必有大沙暴。张信以会发生沙暴的今日为原点，布了一系列关于时间的局，每一步的节点都在他掌中牢牢掌握：掏空佛国城下的沙窟的工期、蓄水筑坝的期限、徐悲侠哪一天到玉门关、玉门关发兵到佛国城需要多少时长，攻防需要拉锯多久……

一切的一切，都是为了在大沙暴来临的这一天，沉没佛国城，掩埋一切痕迹，将佛国和唐军彻底掩埋，从此这世上再无佛国……

“呼——”大风腾起，远处一片黑压压的接天黑幕狠狠地压了上来！

黑沙暴到了！

这场黑沙暴整整刮了一个月……

整座佛国城凭空消失在了沙漠里，孔雀河断流，开始改道，绿洲和草场被深深地掩埋，待到叔孙邕的两个儿子带着朝廷大军赶来接应的时候，这里已经变成了一片沙漠，一切都好像从未出现过一样。

第十章　乌云遮月之计

敦煌城，小酒馆，十几个衣着暴露的波斯舞姬在酒桌之间来回穿梭，向桌边的客人们扭动着腰肢。

张信、徐悲侠、水青筠三人两手抄在袖子里，围着桌子喝羊汤。徐悲侠捅了捅脚底下的火盆，低声说道："我查探过了，沙暴全盖住了，一点儿佛国城的影子都看不到了，叔孙邕那俩儿子领着兵马还在找呢，这佛国城仿佛人间蒸发了一样……"

张信点了点头，眉头仍旧紧锁。水青筠思索了一阵，张口问道："掌灯，既然决定了要把那些唐军活埋在佛国城里，为什么还要让叔孙邕的儿子把那批马带走呢？"

张信叹了口气，徐徐说道："当今圣上雄才大略，大唐军力强盛，且仍有很大的提升空间，单凭咱们客栈六人加上佛国那点儿人马，是无论如何也不可能和整个大唐相抗衡的。兵法上所说的以弱胜强，牵动四两拨千斤，指的不是真的用四两去拨动千斤，而是你也有千斤，我也有千斤，我通过技巧，用更少的力去打乱你的节奏罢了！

"其实在绝对的力量面前，任何的技巧都是苍白的。说到这个，我们可以打个比方，这佛国好比一个三岁幼童，佛国牧养的马匹好比是一柄绝世的宝剑，佛国收藏的黄金好比是一只价值连城的玉瓶。大唐和突厥是素有冤仇的两个壮汉，突厥壮汉威猛好斗，手持利器，在争斗中占尽了优势；大唐这个壮汉，虽然勇武壮硕，但可惜手无寸铁，在与突厥壮汉的打斗中，总是落在下风。

“在一天夜里，大唐壮汉和突厥壮汉，狭路相逢，突厥壮汉手中有武器，将赤手空拳的大唐壮汉一顿痛殴，追而击之。大唐壮汉在躲避逃跑的途中发现了佛国这个三岁幼童。这个幼童，一手握着吹毛立断的宝剑，一手捧着价值连城的玉瓶。大唐壮汉知道，他拿到这把宝剑，就一定能打过突厥壮汉，虽然玉瓶很值钱，但是大敌当前，他更需要宝剑，于是他动手去佛国这个孩童手里抢夺，这时夜空中突然飘过一片云朵，遮住了月光，街上一片漆黑。大汉一晃神的工夫，孩童趁机遁走，躲在了街角的阴影之中。那么，现在，问题来了，若是你是那个孩童，你该如何做？”

张信话音未落，徐悲侠便举手答道：“自然是抱着宝剑，收好玉瓶，死死地躲好不出声啊。”

徐悲侠的话一出口，水青筠便反应过来，只见水青筠一脸笃定地摇了摇头，沉声说道：“不对！那幼童，应当先扔下宝剑，再抱着玉瓶躲藏起来。”

徐悲侠不解，张口问道：“这是为何？”

“大唐壮汉急需用剑去反抗突厥大汉的追击。在他的心中，孩童手中的剑是他唯一的希望，没有剑，他就打不过追击他的突厥壮汉。若是孩童带着剑躲了起来，他一定会不惜一切代价，哪怕硬忍着背后的追砍，也要搜遍街巷阴影中的每一个角落，直到将那孩童找出来。

“试想街巷就这么大，慌乱之中，孩子能躲的地方既不多，也不远，只要那大汉下力气找，孩童绝对跳不掉。而如果，那孩童丢下了宝剑，就如同给了大唐壮汉反击的希望。大唐壮汉在捡起宝剑之后，肯定会优先和突厥壮汉厮打，解决自己的后顾之忧，等腾出手来，再细细地搜索孩童抢夺玉瓶不迟，而大唐壮汉和突厥壮汉厮打的这段时间，恰好是孩童伺机远遁的最好时机！孩童孤身飘零，玉瓶是他吃饱穿暖的唯一倚仗——可以丢了剑，但玉瓶万万不能丢！”

张信一拍桌子，展颜笑道：“要么说咱客栈里的明白人，第一号当属水三哥！”

徐悲侠细细地琢磨了一阵，方才反应过来，只见他眼睛一亮，拍着桌子喊道：“咱们客栈，就是那片遮住大唐壮汉的云彩，掩护佛国这个孩童躲了起来！”

“你总算是开窍了……”张信一脸欣慰地看了一眼徐悲侠。

水青筠沉吟了一阵，小声说道：“当今圣上得了五万战马，便会紧锣密鼓地开始针对突厥发兵的战备，估计一时半会儿顾不上搜寻佛国的事儿……可是，掌灯，这突厥人绝对不是大唐的对手，用不了几年，就得被打得溃败退散。圣上雄才大略，估计不会把突厥放在眼里的，俗话说：磨刀不误砍柴工……这皇帝用不了多久，还得接着打佛国那批黄金的主意！”

张信叹了口气，揽过二人，在他们耳边小声说道：“眼下，大唐和突厥的大战，一触即发。大规模的组织兵马来沙漠上一寸一寸搜索，怕是不现实，但是这皇上估计也不会闲着……”

徐悲侠闻言，思索了一阵，苦着脸说道：“掌灯，您要是有什么计划，就说出来吧，咱们兄弟在这儿都喝了四五个月的风了……到底为了啥，您给交个实底儿行不？”

张信呷了一口碗里的劣酒，烧得他直嘬牙花子。嘶了一阵凉气后，张信放下了手里的碗，沉声说道：“有消息称，几个月前，高僧玄奘从长安出发，意欲西行求法，出发前圣上诏其入宫，屏退左右，秘授机宜……我就不信了，一个杀人无数、征战半生的皇帝会和玄奘谈什么佛法上的事！”

水青筠吃了一惊，疑声说道：“西行？密谈？难道说……皇帝是让玄奘大师在西域帮他调查佛国的事？”

张信点了点，徐徐说道：“佛国世代信奉佛法，百姓多为佛教教徒，若要打探佛国的消息，我实在想不到有谁会比玄奘大师这样的佛门高僧更合适。”

“您的意思是……”

张信叹了口气，幽幽说道：“那佛国的黄金被我熔了，能带走的小件儿，我都分给了逃难的佛国百姓了，沉入地下的已经不足三成。虽然只剩三成，但也不少了！有道是‘人为财死，鸟为食亡’。这世上最不缺的就是利欲熏心的贪婪之人。你我此番因宋孤城祖师的情面出手相助佛国，白猿蓑衣徐悲侠在长安英雄会上夺魁，这张脸早就露了白，江湖上过不了多久就会知道这佛国的黄金和咱们白猿客栈是脱不了干系的，所以我已经让水袖关了客栈。

“咱们六人虽然能潜藏个十几年，避避风头，可是子孙后代，免不了因此受到牵连。若有居心叵测的鬼蜮宵小，贪图佛国宝库里剩下的黄金，找咱们后人的麻烦，那该如何是好？若是子孙争气，允文允武也就罢了；若是子孙不争气，狗屁不是，又没本事又窝囊，被人欺负得上天无路，入地无门，岂不是还得骂咱们这些当祖宗没正事儿，专门给子孙后代招灾惹祸？所以啊，我布了一个局，当后世有人因这批佛国秘宝找上咱们子孙的时候，这个大局就会自动转动，将这些找麻烦的人，碾得尸骨无存！”

“什么局，这么厉害？”徐悲侠问道。

张信咧嘴一笑，蘸着碗里的酒水在桌子上写了一个字——宙（时间）。

贞观三年年末，玄奘到达高昌王城，后经屈支、凌、素叶城、迦毕试国、赤建国，直奔飒秣建国。一路之上，玄奘多方查探佛国过往，访问了三十几名佛教信徒，搜集整理出了一个关于佛国沙窟的故事：西域有沙窟，深不可测，乃地狱缺口，佛陀悲悯，遣信众于沙窟之上筑城，是为佛国。城池筑成之日，佛国国王发下宏远，愿世世代代为佛陀镇守地狱之缺，佛陀大喜，赐与佛国国王沙咒一道，能召黑沙暴为助力，统御一方。贞观二年，唐军火焚佛国城，最后一代佛国君王悲愤之下，念动沙咒，招来黑沙暴，将唐军和佛国一同掩埋，沉入到了无边地狱之缺的沙窟之内。

然而，玄奘大师永远不会知道的是——一路上，那三十几个陆陆续续给他讲故事的佛教信徒都是水青筠一个人易容化身而成的。

次年，玄奘大师南下，经缚喝国、揭职国。就在玄奘大师翻越大雪山的同时，佛国甲士的旧部在张信的指挥下建好了一座以魔鬼城为入口的蓑衣墓。张信精心编造的谣言开始弥散开来——徐悲侠练武成痴，因战马无力，败给了秦琼，为雪耻报仇，徐悲侠保着王神策远赴佛国，传递国书，求购战马；却不料佛国人残暴酷虐，徐悲侠保着王神策杀出重围，往玉门关求救。玉门关守将叔孙邕带兵西进，大破佛国城。佛国国王念动沙咒，招来沙暴，将唐军和佛国城一同掩埋，沉入沙窟。徐悲侠武功通神，九死一生，逃出生天。白猿大掌灯张信来晚一步，在泑泽之畔找到徐悲侠的时候，徐悲侠已经奄奄一息，多亏佛烟妙手，吊住了徐悲侠一口生气不散。徐悲侠趁着这口气没咽，在张信耳边密语了一炷香的时间，随即脖子一歪，撒手人寰。白猿六人，一体同心，张信哀痛之下，在泑泽之畔，为徐悲侠修筑了一座蓑衣墓，将那座沉入地下沙窟的佛国城入口，藏在了蓑衣墓中，随即便回返江南，避世不出，再无踪迹。

贞观十九年正月，玄奘回到了长安。太宗皇帝得知他回国，立即诏令在洛阳接见他。二月初一，太宗皇帝在洛阳宫仪鸾殿独自召见了玄奘法师。这些年，太宗皇帝始终没有放弃对佛国的搜索，但苦于没有丝毫线索，玄奘大师是他最后的希望。

玄奘大师将在西域查访的情况一五一十地交待给了皇帝，但是皇帝不肯相信在西域晃悠这么多年的玄奘，只带回了这么点儿不值钱的线索。其实这事儿真不怪玄奘大师，在太宗皇帝心里，玄奘这趟西行的使命是帮他找黄金的，但在玄奘大师心里，他这趟西行是去求佛经的。有道是“将在外军命有所不受”。玄奘大师一心向佛，求经学法尚且唯恐精力不够，哪有时间浪费在找什么宝藏上？于是，就这样，皇帝和玄奘大师之间产生了嫌隙。

皇帝都是多疑的，他不相信任何人，不仅对玄奘大师如此，对所有派去寻找沙窟的人都不信任，唯恐他们找到了黄金不告诉他，密谋私吞。于是他给所有派去找黄金回来的人身边都安插了密谍，这些密谍有的是床边的小妾，有的是宠爱的歌姬，有的是常去的青楼里最爱光顾的妓女。

可惜，玄奘大师是个和尚，不好歌舞，不要小妾，更不逛青楼；但是，皇帝的智慧，岂是轻易就能被难倒的？太宗皇帝想了一夜，想出了一个好办法，那就是给玄奘大师找个弟子，帮着他整理翻译带回来的经书。于是，太宗皇帝在自己的密谍组织里选来选去，选出了一个培养在寺庙里的得力属下：少怀高蹈之节，容貌俊秀英飒，气宇不凡，时十五岁剃发出家，隶名坐落在长安城西南隅永阳坊的大总持寺，著名法师道岳的弟子——辩机和尚。

就这样，辩机和尚在太宗皇帝的介绍下，拜了玄奘为师，入驻长安弘福寺，开始译经，并且整理玄奘大师的口述见闻，编纂成了《大唐西域记》一书。

第十一章　金宝神枕案（上）

贞观二十三年。

三更天，夜雨连绵，长安城，会昌寺。

两道人影蹲在佛堂二楼的飞檐之上：一人威武昂藏，腰悬一酒囊；一人瘦小枯干，腰间挂了一方木质的印章，上刻“斯智圣勇义仁者”。

冷风吹过，那威武昂藏的汉子从腰下解下了酒囊，拔开塞子，灌了一口酒。那瘦小的汉子砸吧砸吧嘴，探过头去，张口说道：“老徐……这怎么现在养成吃独食的坏毛病了呢？给我也来一口呗！”

一道闪电在空中一晃，照出了那威武汉子的脸庞，赫然是白猿蓑衣徐悲侠。

徐悲侠瞥了一眼那瘦小汉子，笑着说道：“赵藏空，不是我瞧不起你，这酒啊，太烈，你喝不了！”

原来这瘦小的汉子就是白猿客栈这一代的鬼手赵藏空。

赵藏空冷哼一声，跳起来就往徐悲侠的手中抢夺。徐悲侠和他撕扯了两下，一脸无奈地松开了手。赵藏空持酒在手，抽动了一下鼻翼，嗅了一嗅，咧嘴笑道：“你一个死人，还挺会享受？”

徐悲侠张口辩道："我那是诈死，诈死……"

赵藏空摆了摆手，笑着说道："都一样……都一样……快让我尝尝，你在西域淘回来了什么好东西……"

赵藏空一仰头，"咕咚"一声吞了一大口酒。

"呼——"赵藏空的脸猛地一红，眼睛瞪得溜圆，"噗——"张嘴一吐，一口酒一点没糟践，全喷在了徐悲侠脸上。

"哎呀——你恶不恶心！"徐悲侠怒骂了一句，扯起袖子抹脸。

"辣，辣，辣——嘶嘶——嘶——哈——"赵藏空张着嘴，仰着脖子，接着天上的雨水，不住地漱口。

"真辣啊——"赵藏空甩着舌头，紧闭着眼睛，对徐悲侠说道。

徐悲侠正要奚落赵藏空两句，突然，会昌寺的一间禅房内亮起了灯，一个披着大氅、戴着斗笠的女子从禅房内走了出来。一个长身玉立的僧人撑了一把竹伞，搀扶着那个女子穿过花园，走到后门，拉开门栓，送出门去，架着她的玉手，将她送到了一驾马车上。

看那僧人，正是辩机和尚。

"老赵，别在那儿吐舌头了，办正事儿！"徐悲侠使劲地推了推赵藏空。赵藏空扭头看了一眼那马车边上正在和女子隔着一道竹帘话别的辩机，抽了抽鼻涕，抹了抹眼角的雨水，一翻身，飘如柳絮、轻若猿猱地手脚并用，爬下了佛堂飞檐，三两个起落，便钻入了那间亮着灯火的禅房内。

辩机在马车边同那女子说了一阵情话，目送着马车远去，转身走进后门，插好了门闩，穿过花园，走进禅房。就在他推开房门的同时，赵藏空的身影从他头顶的屋檐上一闪而过，没有发出一丝声响。辩机和尚进了禅房，赵藏空凌空一跃，爬上了佛堂的飞檐，从身后解下了一个袈裟裹成的包袱，打开来，露出了一只赤金打造、上镶珠玉的枕头。

"这是什么玩意儿？！掌灯让你去弄个俩人偷情的证物，你弄个金枕头干吗啊？咱又不缺钱！”徐悲侠把枕头捧在手里打量了一阵，扔还给了赵藏空。

赵藏空接过枕头，一脸嘲讽地说道：“我说老徐，要么说你不识货！这枕头可不是普通的枕头，这叫金宝神枕，乃是皇宫专有之物，非天子亲眷不能用。这枕头上……你看……这俩字念啥？”徐悲侠迎着光，眼睛在赵藏空手指的地方扫了一扫，张口念道：“高阳……你是说……”

赵藏空点了点头，一脸坏笑地说道：“高阳公主为表对情郎的心意，将闺房里的枕头赠给了辩机和尚……这黑布袈裟上刺着辩机的名号，这两样东西搭在一起，管教这二人私通之事，百口莫辩！老徐，你且在这儿盯着，我去去便来。”

赵藏空将包袱背在身后，数个起纵，消失在了夜幕之中。

长安西城，赌鬼巴老虎输光了身上所有的家当，连老婆孩子都抵给了别人。巴老虎不甘心，还要再赌，却被人一顿暴打，扔出了赌坊大门。鼻青脸肿的巴老虎揉了揉胀痛的头脸，一瘸一拐地扶着墙，向家里走去。大雨淋漓，街边的杨柳枝黑压压地在风中摆动。巴老虎走了没两步，一块破瓦猛地从墙头坠落。巴老虎一闪身，躲过瓦片，脚下一滑，摔了他一个大屁股墩儿。

“哎哟——”巴老虎疼得一声惨呼。

“贼老天——我日……”巴老虎正要开骂，双手在地上这么不经意地一划拉，正碰到一个硬硬的包裹。巴老虎来了精神，瞄了一圈，眼见四周无人，一个激灵坐了起来，伸手将那包裹拢在怀中，快步疾奔，回到了家中。到家之后，巴老虎锁紧房门，点了油灯，打开包裹，仔细一瞧，才发现，那包东西的布不是寻常物件，乃是一件考究的金丝袈裟。袈裟里裹着的，乃是一方金灿灿的枕头，上面镶珠嵌宝，一看便是价值连城。枕头上刻了两个字，虽然这字巴老虎一个也不认识，但黄金他还是认识的。一看这东西价值不菲，巴老虎脸上乐开了花，激动得一夜无眠。

翌日清晨，巴老虎起了个大早，直奔当铺，将枕头推到了柜台后头，张口就要当个五千两！

当铺老板瞟了一眼那枕头的样式，又看了看那枕头上的字，大惊失色，一边上茶上水，稳住巴老虎，一边暗中差遣伙计，去报告巡街的武侯。

盏茶的工夫，十几个巡街的武侯一拥而入，闯进了当铺，不由分说，将巴老虎按倒在地，捆了个结结实实。

巴老虎大呼冤枉，高声叫道："不知小人所犯何罪？"

为首的武侯，抬手就是一嘴巴，扇掉了巴老虎两颗牙。只听那武侯喝道："狗杀才，敢偷盗皇宫之物，你是活腻了吧！"

巴老虎闻言，冷汗唰啦啦地往下掉，大脑一片空白。

半个时辰后，刑部大牢，坐在上首的官一拍桌子，水火大刑轮着番地过了一遍。巴老虎疼得几次昏死，又被凉水浇醒。

审讯的官员抓着巴老虎的头发，狠声问道："我再问你一遍，你是如何潜入皇宫偷盗的？几时下的手？宫内有无内应？宫外还有没有同伙？"

巴老虎涕泪横流，满面鲜血，哭着喊道："大人……小人真的没去过宫里，也没偷过东西……更没什么同伙啊！冤枉！冤枉啊！这东西是小人捡来的……"

"放屁！"

那官员一摆手，身边的狱卒抬手一鞭子，抽在了巴老虎的脊背上，疼得他五官都挤在了一起。

"真是小人捡的……在长安西城……那包裹……对了，包裹……包裹那金枕头的是一件袈裟……"

"袈裟现在何处？"

"在小人家中！"

那官员一摆手，招来两名随从，冷声喝道："快去取来。"

半个时辰后，那件袈裟被捕快从巴老虎的家中取到了刑部。主审的官员一打眼儿便发现了那袈裟上“辩机”二字的徽记。事干重大，主审的官员不敢造次，连忙将案卷和证物递交上级，一直递到了刑部尚书手中。刑部尚书也愁出了一脑门子汗，踌躇了好几天，一咬牙，将案卷和证物直接递给了李世民。

李世民见了自己女儿高阳公主的闺房枕头离奇地跑到了宫外，还和辩机和尚的袈裟裹在了一起，勃然大怒，青筋暴跳地直奔高阳公主寝宫，大声质问。谁承想，那高阳公主也是个暴脾气，瞧见自己的枕头落在了父亲手里，以为自己和辩机偷情的事儿已经被父亲查个底朝天了呢！于是把心一横，连狡辩都没狡辩，极其光棍地把这事儿给认下了。本来李世民也是将信将疑，存着连唬带诈的心思来蒙一蒙高阳，万万没想到，高阳直接摊牌了！李世民突遭打击，一时之间难以接受，一口气没捯上来，眼前一黑，直接昏了过去！多亏宫里的御医还算给力，银针一顿乱扎，鼓捣了半天，好歹算是救了过来。

李世民幽幽转醒后，说的第一句话就是：“抓……辩机……杀……”

就这样，全城的兵马都动了起来，直扑会昌寺。

话说这些年，辩机和尚一直在弘福寺协助玄奘大师翻译经卷，只在每月初一、十五两天回到会昌寺，与高阳公主私通。那天晚上，辩机和尚送走了高阳公主，一进屋就发现了自己的袈裟和高阳送的枕头不翼而飞了。那辩机和尚也是一等一的聪明人，瞬间就嗅到了危险的味道。当天夜里，他就乔装改扮，想要混出了长安城，找机会跑路，谁知，刚出会昌寺没多久，就被人从后面打了一闷棍，直挺挺地栽进了泥水之中……

第十二章 金宝神枕案（下）

辩机和尚甩了甩晕沉沉的脑袋，伴随着后脑一阵火辣辣的胀痛，缓缓张开了眼睛，向四周看去……

这里应该是一处酒窖，馥郁的酒香从四周层层叠叠垒得老高的酒坛里散发出来。辩机和尚被严严实实地捆在椅子上。在他面前是一张桌子，两个人正围着桌子捧着碗，吃得狼吞虎咽。

辩机和尚看着这二人，一个威武昂藏，腰悬酒囊；一个身披袈裟，面目……面目竟然和自己一模一样。

“你……你们是？”辩机结结巴巴地问道。

那威武壮硕的汉子放下了手里的空碗，笑着说道：“白猿蓑衣，徐悲侠！”

那个和辩机和尚有着一模一样的面目的人嘬了一口馄饨汤，张口说道：“白猿不老生，水青筠！”

“你……你们要干什么？”辩机和尚坐直了身子，面红耳赤地喊道。

徐悲侠抹了抹嘴，走到辩机身边，揽着辩机的肩膀，笑着说道：“辩机啊！当今圣上把你安插到玄奘大师身边，是让你帮着监视玄奘大师，打探佛国沙窟线索的，不是让你搞女人的。我说你啊，这几年，你可真是没闲着啊，借着什么讲经超度做法事的由头，把长安城里官宦人家的妇人娘子勾搭了一个遍啊！光我知道的，就得有……就得有三十几号了吧……”

辩机闻言，冷汗直流，颤抖着嗓子问道：“你……你们监视我……”

水青筠闻言，接过话头，笑着说道：“我家掌灯说了，如今大局将成，唯缺一隅，若想捉弄后世那些搜寻沙窟的贪心之人，还需要一道障眼法。何为障眼法？一叶障目，不见泰山；两耳塞豆，不闻雷霆。很多事，离得越近，越看不清。要想将那些贪心的后世人玩弄于股掌之中，需要给他们留一条线索，虚虚实实，让他们在这个真真假假的线索中无头苍蝇一般地乱转，在精疲力尽之中消磨血肉。而这个线索的发布人，没有谁比玄奘大师更合适了。玄奘大师是得道高僧，无欲无求，唯一的软肋就是帮他翻译经文最得力的助手，也就是你——”

辩机和尚闻言大惊，急声呼道：“你们莫杀我……做什么……我都配合……”

徐悲侠闻言，神色一冷，抬手一拳，打在了辩机和尚的小腹上，痛得他一声惨呼，虾米一般地蜷缩着身子。

“知道为什么打你吗？跟了你好几天了，你分三家药铺抓了一张方子。那日在会昌寺，你把那方子里的堕胎药下在了茶饭之中，要不是赵藏空给你掉了包，高阳公主肚子里那已经仨月的孩子，已经丧了命了！虎毒尚且不食子啊……也不知你的经书都念到哪儿去了？”

辩机和尚疼得直发抖，咬着牙说不出半个字。水青筠冷冷地瞥了辩机和尚一眼，大袖一拂，出了酒窖。

五更天，易容成辩机和尚的水青筠，潜入了弘福寺，直奔藏经塔。塔中经卷密布，书架如林，一灯如豆。书案之后，一名枯瘦的老僧正在伏案誊写……

“师父——”水青筠倒身拜倒，跪在了那老僧脚下。

那老僧握笔的手一顿，转过身来，露出了一双慈祥的眼睛。

这老僧正是玄奘大师。

“师父……救我……”

玄奘大师闻言一惊，连忙将水青筠扶起，张口问道：“辩机……你这是……”

“弟子触犯戒律……与高阳公主私通……事发了……”

“啊……什么？”玄奘大师吃了一惊，险些站立不住。这些年，玄奘大师潜心翻译经卷，不理俗世，对藏经塔外的纷扰丝毫不知，听得水青筠此言，犹如五雷轰顶，半天缓不过劲儿来。

“这……这……”玄奘大师双手哆嗦了半天，也没说出话来。

“皇上要杀我，满城搜捕……恳请师父救我一救……”水青筠一个头磕在地上。

“我……我能如何救你……也罢，我这就入宫，希望皇上能看在我的情面上，饶你一命……”玄奘大师正要向外走，却被水青筠一把抱住了双腿。

“师父，此事不比其他，事关皇家脸面，帝王威仪，皇上岂能轻易干休？怕是就算您苦苦哀求，皇上他也不会答应饶我的！”

玄奘大师闻言，急忙说道：“那……那该如何是好啊？”

水青筠舔了舔嘴唇，张口说道：“不知……您还记不记得，皇上一直心心念念的那座佛国沙窟……”

玄奘大师不疑有诈，据实答道：“我已经将我知道的，尽数告诉皇上了。西行求法，时间紧迫，我哪有时间过多地浪费在寻找什么黄白之物上？”

水青筠膝行了数步，跪在玄奘身前，接着说道：“您不在乎，皇上肯定在乎，想来若用那批敌国之富，买我一条性命，皇上他老人家肯定是愿意交换的！”

“可……可我根本不知道那沙窟在哪儿啊！”

“这不重要，因为别人也不知道。江湖传闻，徐悲侠因佛国城而死；白猿客栈的掌灯张信悲痛莫名，在黄沙之中，沙窟左近，为徐悲侠修建了一座蓑衣墓，将沉入地下沙窟的佛国城的入口藏在了蓑衣墓中。如今《大唐西域记》刚刚成稿，我们不妨将整部书分成上下两部。您就对皇上说，你在从西域回返的途中，多方查探，探听到了蓑衣墓的线索，并把这些线索，以谜题的形式藏在了《大唐西域记》的下部之中。您愿用这线索换我一命。”辩机和尚看着玄奘的眼睛，仔仔细细地向他说道。

“可……可……可我根本不知道什么谜题……拿什么让皇上猜呢？”玄奘大师一头雾水。

“都说了是谜题了。您只要对皇上说，这沙窟在传说中乃是地狱之缺口。您是佛门弟子，断断是不愿让朝廷得了蓑衣墓中的线索，前去挖掘的；但是此刻您的弟子我命悬一线，您也是万般无奈，故而想了一个折中的办法——以谜题的形式，将线索交给皇上，至于他能否破译，全看天意。师父您年高德劭，皇上肯定不会怀疑您……这样……我不就有救了吗？”

玄奘大师犹豫了一阵，张口说道：“这……这不是骗人吗？我是佛门弟子，岂能妄语？”

水青筠号啕大哭，伏身于地，哀声呼道：“师父……不是弟子苟且偷生……实在是……唉……您有所不知，那高阳公主如今已怀胎三月有余……那肚子里的孩子……是我的……师父……那孩子也是一条生命啊！皇上若真追究此事，我死了不要紧，那孩子也难逃一死啊……孩子一死，高阳势必不愿独活……师父，难道您就眼睁睁地看着三条人命在您手中葬送吗？我佛慈悲，曾割肉喂鹰……您就发发慈悲……破戒一次，救我一家性命吧……”

眼见玄奘大师一脸犹豫，挣扎不休，水青筠眼珠一转，一把抱住了玄奘的双腿，悲声说道："师父……不是我辩机夸口……我这一死……长安城中再寻不出第二个能与我在佛学上比肩之人……这许多经卷尚未翻译完成……一旦我被皇帝所杀……翻译经卷之进度势必受阻……师父您已年高……万一天不假年，圆寂之前……没能将这些经文尽数译出……岂不抱憾终生……有负后世？"

玄奘闻听此言，五内俱惊，一咬牙，下定了决心，推开水青筠，悲声呼道："也罢，所有罪责均由老僧承担，只要经书能译成传世，老僧纵使下拔舌地狱，永不超生，又有何憾？罢了，罢了，你就在这藏经塔中等候，为师我这就入宫去见皇上……"

言罢，玄奘起身，将桌上的一摞文稿一分为二，拿着下半部直奔皇宫。

皇宫内院，李世民正在喝着静气凝神的苦药汤，听闻玄奘进了宫，连忙起身召见。

玄奘见了李世民，来不及寒暄，单刀直入，上来就捧出了下半部的《大唐西域记》，告诉他，自己已经将蓑衣墓的线索以谜题的形式写在了后半本《大唐西域记》中，他愿用它来换取辩机和尚的命！但是这谜题需要皇帝自己破解，他是不会出手提点的。

李世民闻言大怒，高声骂道："好贼秃，枉朕多年来对你尊崇有加，想不到你早就得了蓑衣墓的线索，留在手里，秘而不报，当作底牌。今天更拿着它来和朕讨价还价！"

玄奘紧闭双眼，任凭皇帝如何辱骂，也不发一言。

李世民足足骂了半个时辰，累得上气不接下气……但是最终，他妥协了。毕竟佛国黄金太诱人了，李世民答应了玄奘的请求；但是有一个条件，那就是——这半部《大唐西域记》只能换一个人的性命，要么是辩机，要么是高阳公主肚子里的那个孩子。玄奘大师乃是有道高僧，至诚君子，哪里见过这等攻心之道，鬼蜮权谋？当时就急得两眼一黑，脑袋一蒙，直挺挺地倒了下去。

说起来真是苦了这帮宫里的御医，刚把皇帝救过来，这口气还没松下去呢，玄奘大师又倒下了……

于是，一众御医赶忙把玄奘大师拖到床榻上，拈起银针，就是一顿乱扎。

这边玄奘大师昏迷不醒，那头早有密谍来报，说在会昌寺附近发现了辩机和尚的踪迹。李世民大手一挥，一百骑兵马直扑会昌寺，不到半个时辰，就将躲在藏经塔内，扮成辩机和尚的水青筠抓了回来，直接打进了死牢。

闻听情郎被父亲抓了回来，高阳公主是坐立难安，使尽了浑身手段，在一个夜晚来到了死牢，隔着精钢打造的栅栏，紧紧地攥着水青筠的手。

“都是我……害了你……”高阳公主眼眶通红，哽咽得说不出话来。

水青筠轻轻地为高阳公主拭去了腮边的泪水，笑着说道：“时间紧迫，你且附耳过来……我有话跟你说！”

高阳公主依言，附耳过去，只听水青筠幽幽说道：“《大唐西域记》乃玄奘大师口述，我来整理编纂而成的。下部里面记录了很多国家的童谣谜语，是玄奘大师将其用不同文字书写的，光文字就有伊吾文、高昌文、屈支文、凌山文、碎叶文等二十几种文字，我自幼学习诸国典籍，对文字语言天赋异禀，在整理校对下部《大唐西域记》的时候，我慢慢地破解了里面的很多童谣和字谜，将这些谜底的汉字词句挑选出来，竟然筛选形成了五首诗……我猜测，这五首诗……就是你父皇心心念念寻找的佛国沙窟和蓑衣墓的线索，我说与你听，你用心记好。有此五首诗，足可护佑你母子平安……”

一炷香后，高阳公主牢牢地记下了这五首诗。看门的狱卒，连声催促，高阳公主一步三回头地走出了死牢，身后陡然传来了水青筠的一声大喊：“照顾好我们的孩子——”

一瞬间，高阳公主泪如泉涌。

三天过去了，玄奘大师仍旧昏迷不醒，水米不进，李世民对着下半部《大唐西域记》，翻来覆去地看了多少遍，也没找到头绪，一怒之下，亲自来到了死牢，找到了扮成辩机的水青筠，看着他的眼睛，徐徐说道：“《大唐西域记》是你和玄奘大师一起编著的，对吧？”

水青筠双手合十一笑，张口答道：“没错，而且，我还破译出了下部中关于那座神秘蓑衣墓的谜题！”

李世民瞳孔一紧，冷冷地说道：“说出谜底，朕就放了你和高阳肚子的孩子。”

辩机笑曰：“既是白猿客栈建造的蓑衣墓，为何不去寻白猿客栈的人？”

太宗皇帝一皱眉，冷声说道：“白猿客栈神龙见首不见尾，朕去哪里找他们？再说了，你怎么知道，朕没找过……罢了，还是那句话，说出谜底朕就放了你和高阳肚子里的孩子。”

辩机缓缓地摇了摇头，笑着说道：“无情最是帝王家，我已决心赴死，谜题的答案我已经托付给了高阳，这谜底就是高阳和孩子最好的护身符！”

李世民深吸一口气，指着辩机说道：“这是你找死，怪不得朕！”说罢，一转身拂袖而去。

李世民离去后，徐悲侠背着一个硕大的黑色布袋，在赵藏空的带领下潜入了死牢。赵藏空信手一抹，锁铐齐开。水青筠在脸上一抹，恢复了本来面目，帮着徐悲侠一起，从身后的布袋里捞出了昏睡不醒的辩机和尚。三人手忙脚乱地给辩机和尚套好了镣铐，锁好了牢门，各逞手段，溜出了大牢。

半路上，水青筠张口问道：“怎么样，那辩机和尚会睡多久？”

赵藏空笑道：“半两蒙汗药、一两麻舌散、一颗软筋丸，睡一宿，哑三天，手脚无力半个月……”

翌日清晨，辩机被太宗皇帝下令处死，当街腰斩！

玄奘大师足足昏迷了半个月，才缓过气来，一睁眼就踉踉跄跄地求见李世民。当玄奘法师赶到御书房的时候，李世民正在批阅奏章。

“皇上……辩机他……”

李世民缓缓地放下了手中的朱笔，抬眼说道：“他自己已经做出了选择，君无戏言，既然辩机死了，那么那个孩子就能活……”

没有人知道双目无神、行尸走肉一般的玄奘法师在那一天是怎么回到弘福寺的，只知道那天玄奘法师一路踉踉跄跄，跌了好多跟头。

玄奘法师回到弘福寺之后，开始疯了一般地翻译经卷，直至圆寂……

李世民穷其一生，也没有破译出那下部《大唐西域记》中的谜题。

永徽三年，张信在西域病逝，死前和流落大漠、最终落脚在锁阳城附近的佛国皇族约定，后世子孙如果因沙窟之事惹上仇家，来到西域，会以一首童谣与佛国后人接头，那首童谣是这样唱的：“小麦青青大麦枯，谁当获者妇与姑。丈人何在西击胡，吏买马，君具车，请为诸君鼓咙胡……”

壁画上的故事，到这里，就结束了，之后的事，李罗睺很清楚了。

永徽四年，高阳公主意图拥立荆王李元景谋反事泄，唐高宗赐其自尽……

高阳公主临死前，手抄了一份《大唐西域记》的下部，并将其一分为五，由心腹家将保着那个她和辩机的孩子分头潜藏到了民间，销声匿迹。

从唐高宗时起，那个孩子及他的后人一直在多方努力，凑齐高阳公主手书的那份《大唐西域记》，终于在五代十国的时候，五本合一。凑齐这份《大唐西域记》的辩机后人，名叫花悬应，在后周柴世宗手下任一校尉。随着挖宝的乱军西出玉门关后，花悬应悄悄离队，凭着祖先的指引线索，进入了蓑衣墓；但是出来之后，他整个人都疯了，时而发狂时而正常。

这位花悬应回到中原后，将高阳公主手抄的那份《大唐西域记》下部，重新一分为五，三份随着自己下葬，其余两份藏在了两处深山古冢之中。花悬应的墓被天师会挖开了，里面的三份《大唐西域记》被头陀、卞惊堂和叶貂裘三个人一人一份取了去；其余的两处古冢，被化名荒木隆一的李罗睺和道格拉斯的考古队掘开，各得了一份。

民国十九年，天师会头陀绑走了我的儿子张凛之，要挟我帮天师会进入蓑衣墓。我被迫西出玉门关，途经锁阳城，在城中塔儿寺，见一幼童拍打藤球，口中念道："小麦青青大麦枯，谁当获者妇与姑。丈人何在西击胡，吏买马，君具车，请为诸君鼓咙胡……"

"骗子——骗子——都是骗子！"

李罗睺一声大吼，身子一晃，险些栽倒在地。

"什么佛国沙窟？什么蓑衣墓？什么《大唐西域记》？都是白猿客栈的张信布置的骗局，一千年……一千年……他的骗局转了整整一千年！张寒早就知道这一切都是假的，他在锁阳城的时候就和佛国的后人接上了头……锁阳城……塔儿寺……和尚，是寺里的那些和尚！枉我李罗睺机关算尽，把所有的赌注都压在了这座沙窟上，想不到……想不到我被一千年前的张信耍得团团转……可悲——可笑——"

李罗睺声嘶力竭地一阵大吼，身旁的叶貂裘跑了过来，沉声说道："院主，还有三成黄金！还有三成，壁画里交代了，当年佛国城中的黄金，张信没能全部熔掉，还有三成没动……咱们没输，还有机会！"

李罗睺闻言，双眼一亮，狠狠地搓了搓脸，一边深呼吸，一边喃喃自语道："对！对！我还没输，还没输！破阵，我得破了这流沙河上的九宫八卦阵……"

就在李罗睺苦思冥想地计算破阵之道的时候，我和鲁绛已经穿过一道干涸的河床，来到了一座城池脚下。那城池极为雄伟，高楼大墙，虽经岁月剥蚀，斑驳不堪，但仍挺拔伫立。在那城池边上，立着一块石碑，齐刷刷地跪着五个人。我定眼一看，那五个人不是别人，正是陆龟年、根叔、唐驹、梁战和李青眉。

听见我的脚步声，陆龟年朝着我一摆手，指了指身边的一个空位置，示意那是给我留的。我皱了皱眉头，拉着鲁绛走了过去，刚走到石碑前面，就被根叔伸一掌打在膝盖窝上。

“扑通——”我一个趔趄，结结实实地跪在了地上。

鲁绛刚要说话，石碑后头缓缓走出了鲁胥的身影。

“哥，你怎么进来的？”

“张家的祖宗建造这座蓑衣墓的时候，留了个后门，顺着古孔雀河道就能直达这里，一路畅通无阻。咱们锁阳城分别的时候，张寒塞了一个纸条给我，纸条上有简图，我顺着图，很顺利地就到这儿了，想不到唐叔早我一步，老早就到了，我俩等了没几天，这老几位就都来了。”

说完这话，鲁胥一把拉住了鲁绛，笑着说道：“妹妹啊，那是他们张家的事，乐意跪就跪着吧，走，哥领你吃点儿东西去。”

鲁绛摇了摇头，小声说道：“说什么呢？我现在也是张家的人……”

说完这话，鲁绛一把推开鲁胥，小步挪到了我身后，膝盖一弯，也跪了下来。

我刚跪倒地下的时候，脑袋一低，正好看到地上刻着的一行小字：

“孙子！抬头！”

我下意识地一抬头，正好看到石碑上刻着的半面文字：

好孙子！吾乃尔祖张信！今于斯地见得尔等，亦慰亦痛！所慰者，吾之局历世多年，将劫波渡尽；所痛者，尔等不肖，犹仗吾之擘画，方得全身对敌。白猿客栈自子房先祖创立以来，均为才智卓绝之辈，奈何传至尔等之世竟沦落至此？！尔等须在此长跪反省半日方可入城。

我看了石碑上的话，伸手抹了一把冷汗，暗道了一声惭愧，左右瞟了一眼客栈的其他伙计，一咬牙，老老实实地低下头去。

第四卷

万壑雷霆

第一章　西域都护（上）

连跪了三个时辰，两个膝盖疼得酸麻不止，我颤颤巍巍地抓着梁战的胳膊，晃晃悠悠地站起身来，一步三抖地走到城门洞子里，凑到了根叔支起来的火堆旁边。

此时，根叔、唐叔二人正围着火堆，席地而坐，对饮谈笑。陆龟年龇牙咧嘴地瞎哼哼，眉姐皱着眉头，一脸心疼地给他揉着腿，美得这厮哼来哼去竟然还唱上了曲儿。鲁胥和鲁绛这对儿兄妹不知从哪里掏出了不少牛肉罐头，在火堆上支了一口行军锅，抹了一层菜籽油。将锅放在火上烘烤之后，二人将切好的牛肉罐头，放在火上煎炸，阵阵肉香滚滚散开，馋得梁战直吞口水。

我们这一帮人中，除了我，身上个个带着功夫，就连鲁绛也练过几年三脚猫的把式。跪三个时辰，对他们来说自然不算什么，但是对我来说，无异于一场酷刑啊！

“哎呀……我说掌灯，差不多得了，别在那抽冷气了！”唐叔嘬了一口酒，顺手撇了一个小瓷瓶过来。

“自己配的跌打药，抹上吧！”

“谢唐叔……”

我被梁战扶着，缓缓坐到了地上，撸起裤腿，卷到膝盖，蘸着瓶子里的跌打药，慢慢地往膝盖上涂抹……

十几分钟后，牛肉罐头煎炸好了，众人一哄而上，吃肉的吃肉，喝酒的喝酒，推杯换盏，扯皮打趣，好不热闹。

我往前挪了挪屁股，凑到了唐叔身边，低声问道：“唐叔，您去药门那边事情办得如何了？怎么没给我写信呢？”

唐叔砸吧砸吧嘴，笑着说道：“药门那边的事，办得最是顺利，没用一炷香的时间，就搞定了霍青枢。我担心你这边出事，来不及写信，马不停蹄地就到了孔雀河，顺着你锦囊里的地图，找到了这里，想不到，我竟然是第一个到的……”

我点了点头，徐徐说道：“也不知药门祖上到底欠了咱们白猿客栈多大的人情，答应得如此痛快……”

唐叔正要答话，冷不防陆龟年从一旁探过身来，笑着说道：“唐叔，您这故事别偷着光告诉掌灯的一人儿啊！给大家伙儿都说说呗！”

陆龟年说完，带头拍起了巴掌，众人也放下了手里的吃食，齐声起哄，让唐叔好好讲讲。唐叔微微一笑，站起身来，两手一分，朗声说道：“也罢，今日便与你们分说一段奇诡绝伦的公案，唤做‘霍钟阁夜探渥洼池，宋孤城斗法都护府’。”

话说自张骞通西域后，汉王朝派往西域各地的使者和西域各国派往汉朝的使者络绎不绝，各族商人也频繁地往来于内地和西域之间。在当时人烟稀少、道路艰险的情况下，为了保障这条沟通东西方的丝绸之路的安全畅通，朝廷遂设置使者校尉，率士卒数百人在轮台、渠犁一带屯田积谷，以供应出使西域的使者。神爵二年，大汉朝在乌垒城建立西域都护府，设官、驻军、推行政令。

故《汉书 · 郑吉传》中有云："汉之号令，班西域矣！"

汉哀帝二年，佛烟宋孤城西行游历，途径西域，抵达乌垒城……

"来人，打酒……"

宋孤城两颊微红，踉踉跄跄地钻进了城中的一家酒肆，解下腰间的酒囊，往桌子上"砰"地一拍。

柜台后边伺候吃喝的伙计连忙跑了过来，捧起桌子上的酒囊。

"要打满——"宋孤城打了一个酒嗝，一把拉住了伙计，拍了拍他的肩膀，从怀里摸出了一把铜钱，塞给了那伙计充作赏钱。

那伙计的眼珠转了一转，探声问道："先生可是扬州人？"

宋孤城长眉一挑，笑着说道："你怎么知道？"

"无他，唯乡音耳！"

那伙计换了一口扬州腔，接着问道："先生可是医家？"

"你怎么知道？"宋孤城来了兴趣。

"不是医家，何来药囊？"那伙计指了指宋孤城肩上斜挎着的药囊，一脸急切地说道。

"你倒是好眼力！"宋孤城挑了一下大拇指。

"先生速行，莫做停留，赶紧离开此城！"那伙计凑到宋孤城身边，用家乡土话，小声说道。

宋孤城满面不解，疑声问道："这是为何？"

那伙计正要答话，门外突然涌进来了一队遍身甲胄的士兵，为首的校尉一摆手，两个士兵冲上前来，不由分说地架住了宋孤城，拖起他就往外走。宋孤城面露不悦，一抬手，大袖之中，毒虫蛇蝎，风聚浪卷，奔涌而出，顷刻间，就爬满了半间酒肆，伴随着一阵刺耳的振翅摩擦声，闪电一般裹住了那两个架着他的士兵，向那二人的七窍之内涌去……

"啊——"那两个士兵发出了一声瘆人的惨嚎。

"放箭！"为首的校尉一声大喊，其余的士兵齐齐地撤出了酒肆，张弓搭箭。

宋孤城眉头一皱，眼中戾气大盛，左手拎起一张桌子，架在身前，右手五指一张，插入一只酒坛之中，迎风一掷——那酒坛飞在半空，被乱箭击碎，化为漫天酒花。宋孤城捻指一弹，一道碧绿色的火光后发先至，在半空中一闪，将漫天的酒花点燃。一道黑红色的火网发出了一阵滚滚的浓烟，兜头罩下！好多士兵猝不及防，不小心将浓烟吸入口鼻，顿时面色青紫，一阵抽搐，仰面栽倒，口鼻流血，顷刻间毙命。

宋孤城屡施奇毒，杀得兴起，将一众士兵尽数放倒，独身一人搬了一条长凳走到门外，左手肉右手酒，吃喝得好不畅快。不多时，远处街头突然传来了一阵马蹄响，一个文官打扮的中年人策马狂奔而来，到了酒肆门外，滚鞍下马，大声呼道：

“都护大人有令，请先生入府一叙！”

一众士兵，闻令罢手。宋孤城一把扔掉了身前的木桌，走到柜台后面，拍了拍那个抱着酒囊缩在地下瑟瑟发抖的伙计，从他手里拿回了酒囊，自顾自地寻了一坛好酒，灌满了酒囊，大踏步地走出了酒肆，指着那马上的中年文官，扬声问道：“你谁啊？”

那文官一抱拳，徐徐说道：“都护府长史淳于牧。”

“这些……为什么要抓我啊？”宋孤城指了一圈倒地的士兵，向淳于牧发问。

“先生若有胆，便随我来，一看便知。”

宋孤城一声冷笑，喝了一口酒，幽幽说道：“宋某平生，万里独行，何曾道过一个怕字？”

“给先生寻一匹马来！”淳于牧一声令下，两名士卒转身而去，不多时，便牵来了一匹黑马，宋孤城翻身上马，跟着淳于牧打马而行。

二人穿街过巷，不多时，便来到了一处三层高的土楼。土楼外铸有外墙岗楼，弓房箭塔。墙后乃是一处校场，黄土打底，青砖垒垫。校场之上，无数囚牢木栅，一字排开，足有四五十个大小笼子，里面满满当当地塞了人，一个个深埋着脑袋，在烈日底下嗫嚅着满是血痂的嘴唇。

过了校场，便是议事厅。宋孤城跟着淳于牧滚鞍下马，上了十二级台阶，走进了厅内。大厅正前方，挂着一幅白虎下山图，图下一张太师椅，椅上端坐着一名一身甲胄的将官。

那将官四十岁上下，白面微须，满面愁容，瞧见淳于牧引着宋孤城进来，一抬头，和宋孤城的眼神对在了一起。

“大人，此人……”淳于牧正要开口。

那将官的眼神猛地一亮，瞟向了宋孤城的药囊：在那药囊之上，有七个小字——白猿佛烟宋孤城。

那将官浑身一震颤抖，大喊了一声：“先生救我——”

言罢，推金山倒玉柱，两腿一弯，直直地跪倒了宋孤城的脚前。

宋孤城皱了皱眉头，一头雾水地问道：“你谁啊？”

那将官苦着脸说道：“我是谁不重要，重要的是……我知道先生是谁……”

宋孤城来了兴致，笑着说道：“那你说……我是谁啊？”

那将官缓缓抬起眼来，一字一顿地说道：“佛烟鬼手张三眼，水袖蓑衣不老生。您是留侯所创的白猿客栈中人！”

宋孤城两眼一眯，徐徐问道：“你到底是谁？白猿客栈自子房祖师退隐后，销声匿迹已近二百年……”

那将官一拱手，张口答道：“在下霍钟阁，镇守西域，任职都护，祖上效命高祖麾下，有幸曾在留侯帐下驱策，故而晓得白猿威名……”

“都护！你这种大官，有什么事能求到我呢？”宋孤城问道。

霍钟阁闻言，爬起身来，引着宋孤城绕过议事厅，走进了后院，穿过走廊，来到了一间卧房，挑开床上的帷幔，露出了一个躺在床上的女子。那女子面貌生得极美，肤如凝脂，唇若涂朱，五官娇而不媚，眉眼娆而不妖，虽是一身素衣，却难掩一身贵胄气。

“这是……”宋孤城问道。

“颍德公主……”霍钟阁嗫嚅了一下嘴唇，颤抖着嗓子吐出了四个字。

宋孤城闻言，惊得眼珠子差点没掉在地上，吭哧了半天，才张嘴问道：“这位公主，不就是皇帝的妹妹吗？她……她去年不就嫁到康居当王后了吗？”

霍钟阁双目含泪，涩声说道：“她一颗心全在我身上……如何肯去康居？”

宋孤城闻言，瞬间来了兴致，自顾自地寻了一个小凳子，坐到了霍钟阁的身前，一脸八卦地说道：“哎呀……霍都护……这里边有故事啊！”

霍钟阁揉了揉眼睛，哽咽着嗓子，低声说道：“此事说来话长……”

第二章　西域都护（下）

说起这霍钟阁的霍家，和皇族刘家的关系可真是不浅。打高祖刘邦斩白蛇起义那时候，霍家人就跟着刘邦打天下了，那是绝对的老班底。后来，刘邦打赢了项羽，坐稳了天下后，留侯张良决意归隐，临行前，将霍家的族长霍逐叫到了身前，告诉霍逐，说自己就要归隐了，这些年，你奉命在我帐下效力，奔走效命，也算尽心尽力，念你是个老实人，我特意给你指一条明路。

张良的本事，天下无人不服，闻听张良有教诲留下，霍逐自然不肯怠慢，俯身求教。于是，张良给他留下了四句话："缓受爵，少居功，贪田产，耽酒色。"

霍逐此人虽不识字，却是一等一的机灵，听了张良的话，顿时明白了话中的关窍。

不久后，刘邦分封功臣，霍逐主动面求皇上，说自己既不识文字，又不通政事，更不懂军法，实在是不会当官，只会种地，如果让他去当官，纯属是一种煎熬。所以，恳请皇上，不要封官给他，如果硬要赏的话，就请多给他一些田产金银，美女姬妾，让他尝尽人间酒色，富足到老，便是最好。

彼时，天下初定，刘邦手下的这些个开国的老班底个个居功自傲，为了争权夺爵，明争暗斗，打得是头破血流。就在刘邦焦头烂额的时候，霍逐主动提出了这样的请求，简直称得上一股清流了。刘邦听了霍逐的话，十分感动，暗道："这才是好臣子啊！"于是，刘邦赏给了霍逐长安城中最好的田产，让他安度晚年。

就在霍逐沉湎酒色，美美地当富家翁的几年中，刘邦开始了对往日功臣的大举清理，有道是"飞鸟尽，良弓藏，狡兔死，走狗烹"，当初为刘邦打天下的功臣之中，共有八个不姓刘的人被封为王或曾封过王，即：张耳、卢绾、韩信、彭越、英布、韩王信、臧荼、吴芮。这八个人里，除了张耳与吴芮号称是年事已高，自然死亡之外，其余六个之中，有五个被刘邦弄死，一个被终身软禁。封王者，尚且如此，更别提那些封侯封官的人了。一轮轮清洗下来，当年打天下的老班底，几乎所剩无几。

话说这刘邦为啥要这么做呢？原因有三：一是这帮人本事太大，刘邦深有感触，如今张良已经退隐，刘邦更加担心他们日后造反，自己按压不住；二是这帮人恃才傲物，恃宠而骄，结党营私，暗中形成了不少势力；三是这其中有不少人裹进了太子之争——试想这当老子的刘邦还活着呢，自己手底下的大臣就去惦记立太子的事，搁谁谁能忍得了？于是刘邦一怒之下，有组织有计划地开始屠戮功臣。

这场风波过去后，朝堂上一片凋零……

然而，光杀是不行的，皇帝身边不能缺少他信任的人干活啊！于是，刘邦思来想去，猛地发现，还有个霍逐啊！这厮既没有大野心，也没有大能力，更没有什么大志向，诗、书、兵、政一概不通，早年就是个奋勇冲杀的大头兵，头脑简单，四肢发达，关键是没理想，够忠心！不重用他，还重用谁呢？

就这样，霍逐从日日纵酒没啥事、吃饱喝足睡小妾的好生活中，被刘邦拎了出来，直接拽进了宫，命他统领内卫亲军，教授太子读书。

群臣闻听此事，瞬间明白了缘由，话说这霍逐大字不识一个，自己看书都费劲，还教什么太子读书啊？皇帝这道旨意就是明明白白地在告诉众臣，太子就是下一任的皇帝，霍逐就是我留给太子的保驾之臣。

没多久，刘邦就升天了。霍逐也没辜负刘邦的信任，伴着太子登基，就这样一代一代地延续下来……霍家成了历代皇族最信任的门阀，子孙无不身居高位，显赫朝堂。

就这样，霍家慢慢地传到霍钟阁这一代。作为霍家的嫡长子，霍钟阁从生下就被送到了宫中，并与一众刘氏子孙共同读书。由于汉成帝在位多年，却没有儿子，于是在绥和元年，立了帝弟定陶王刘康之子刘欣为太子。次年，成帝去世，刘欣继位，是为汉哀帝。刘欣的胞妹刘炽也因此被封为了颍德公主。由于霍钟阁自小便与一众刘氏皇嗣共同读书，故而早早地和颍德公主暗生了情愫。然而颍德公主和霍钟阁这你侬我侬的日子没过多久，就出了岔头——西域爆发动乱了！

原来，这汉哀帝刘欣登基以来，沉湎酒色，横征暴敛，对西域诸国多次下诏，令其进献美女珠宝、珍奇异兽。西域多小国，几轮进献下来，就不堪其扰，于是纷纷联合，发动暴乱。汉哀帝闻听西域动乱，勃然大怒，任命霍钟阁为西域都护，带兵十万，镇守西域。

霍钟阁奉命出征，与颍德公主洒泪而别。霍钟阁许下诺言，待平定西域诸国，便以立下的军功为凭，向皇帝提亲。二人对天盟誓，表白心意之后，霍钟阁便挥师西去。这一去足足三年，期间霍钟阁浴血厮杀，几番生死，终于横扫西域，将暴乱的诸国一一平定。西域诸国深深畏惧汉朝的武力，纷纷俯首称臣，上表乞降。

康居国国君在奉上金银的同时，更将国中公主送到了汉哀帝的床榻之上。这美女色艺双绝，没过多久，就将汉哀帝迷得神魂颠倒，言听计从。三个月后，那康居公主趁着汉哀帝酒醉，向皇帝提出了康居国国君的和亲请求，请求汉室下嫁公主为康居王后。汉哀帝慨然应允，颁下诏书，命颖德公主下嫁西域和亲，即日启程，前往乌垒城，由西域都护霍钟阁带兵保护公主车驾出塞，全程司职和亲事宜。

颖德公主闻听此事，如遭雷击，五内俱焚，稀里糊涂地被汉哀帝的使团带到了乌垒城。颖德公主入城当晚，霍钟阁率领亲兵四十人，将整个使团杀了个干干净净，剥了使团服样，派亲信改扮，将颖德公主的婢女假扮成了公主，从乌垒城出发，直奔康居国。

那康居国王根本也不知道颖德公主到底长成个什么样儿，稀里糊涂地就把那假扮公主的婢女迎娶进了王宫，做了康居皇后。真的公主就这样留在了乌垒城，和霍钟阁做了夫妻。为此，霍钟阁故意放走了好几股流寇，剿了放，放了剿，给朝廷造成了西域局势动荡的错觉。汉哀帝也懒得多管，索性就让霍钟阁长留乌垒城，坐镇西域，就这样，霍钟阁和颖德公主恩恩爱爱地过了好几年神仙日子。

然而，好景不长，纸终究是包不住火的！那个代替颖德公主嫁到康居国的婢女在一次酒后走漏了风声。康居国王知道了真相，勃然大怒，派了两路人马，一路快马奔长安，向汉哀帝奏报，一路人马前往乌垒城，向霍钟阁问罪，索要颖德公主。这两路人马想要进入中原，必须先过玉门关，于是，霍钟阁。一不做，二不休，调兵遣将，来了个杀人灭口，将这两拨人马杀了个精光。

康居国王在王宫，久久得不到派出人马的回信，暗道事情不妙，只得派出了宫内的大国师尉迟丹朱乔装改扮，随着贩运丝绸的驼队，混入了玉门关。这位尉迟丹朱本是西域于阗国王室，自幼随异人习得蛊毒医药之术。后于阗发生政变，尉迟丹朱流亡康居，以异术闻达于康居皇室，被拜作国师。

这尉迟丹朱一路向东，扮作胡商，遁入玉门关，来到乌垒城，趁着月黑风高之夜，潜入都护府，发现了前两拨使团被杀的真相，找到了真正的颖德公主，正要将公主绑走，却被霍钟阁发现了行踪。一翻厮杀之下，尉迟丹朱施展毒术，大开杀戒，鸩害公主，突出重围，远遁无踪。

公主中了毒，霍钟阁无暇他顾，召集城中所有医家，救治公主。奈何那尉迟丹朱毒术超群，所下之毒，无人能解。霍钟阁急火攻心，派出士卒，搜查城中所有过往医家，有一个算一个全抓到了都护府，一日治不好公主，就关他们一日，一年治不好，就关他们一年……直到在酒肆之中，巡城的兵丁发现了一身医家打扮。正在拍着桌子打酒的宋孤城。霍钟阁祖上曾在张良帐下奔走，故而一看到宋孤城随身那药囊上的佛烟二字，瞬间就倒头便拜，恳求宋孤城相救……

此时，宋孤城听完了霍钟阁的讲述，皱了皱眉头，沉吟片刻，幽幽说道："白猿客栈有规矩，我等门人不可随意涉足朝堂争斗，这颖德公主之事，事关康居和大汉的两国邦交……我……"

霍钟阁闻听此言，虎目含泪，抱着宋孤城的大腿死死不放，涩声说道："此间重重罪责，都因霍某一人而起……与颖德公主毫无关系……都说医者父母心……还请宋先生出手相救……"

宋孤城踌躇了一阵，徐徐说道："也罢！只是若要我出手相助，需得应我三件事！"

"莫说三件，三百件……三万件我都依你……"

"这头一件事，便是把你关押的那些医家都放了，赔偿金银；第二件事，我出手助你这事千万保密，不得外泄；第三件事，我不直接出手，要救颖德公主，还得你自己去生死之间走上一遭。这三件事，若有一件不允，我掉头就走。"

"允……允……我这就去办！"

"对了……我在酒肆毒倒那几个士兵，假死耳，外浸雄黄水，内服糯米汤，三个时辰就会苏醒。"

"谢先生……"

言罢，霍钟阁转身出了卧房，交代亲兵，释放关押的一众医家，派给金银不提。

半个时辰后，宋孤城焚香净手，端坐床沿，自袖内抽出一支线香，迎风一晃，将其点燃，淡青色的烟气凝成一线。宋孤城轻轻扇动袖子，让烟气顺着颖德公主的七窍缓缓渗入进体内。

不到盏茶的工夫，一只通体碧绿、身若竹节的软体青虫从颖德公主紧闭的眼睑下面探出头来。宋孤城指尖银针一闪，将那只青虫轻轻一挑，落在了银盘之上。

“呦……原来是蛩术，有意思！”宋孤城幽幽一笑。

第三章　夜探渥洼池

所谓“虿”者，虫也，《孝经纬》云：“蜂虿垂芒，为其毒在后。”《左传·僖公二十二年》云：“蠭虿有毒。”《通俗文》载：“虿，长尾谓之蝎。”

在古代医家眼中，所谓虿，便是虫的一门分支，所谓虿术，便是用虫之法的一道分支。早在黄帝之时，上古的医家就深明“毒药一也”的道理，也就是说，所谓的“药”和“毒”在治疗疾病上是没有本质的分别的：用得好了，毒可以入药，用得不好，药可以成毒。所以，历代的佛烟，既是医药大家，也是用毒的高人。

然而，医学之道，艰深玄奥，从来不乏剑走偏锋之辈，这其中尤以“虿术”为代表，因为这门“虿术”完全建立在害人杀生的基础上，其一切手段都以残害人命为目的，虽是出身于医家的虫术，却完全背离了治病救人的宗旨，故而深为医家所憎。这虿术本是一脉单传，罕见于经史，最出名的一次，便是殷商之时，妖妃妲己化用此术，所制的虿盆之刑。

相传殷商之时，纣王之后姜氏贤良，因群臣上奏纣王连日不早朝，而劝诫纣王，因此为妖妃妲己记恨。后遭妲己设局陷害其行刺纣王，被剜目烙手，屈死西宫。纣王铸造鹿台，与妖妃妲己日日欢歌。已故的姜后宫中有嫔御七十二人，掩面而泣，妲己曰："此乃姜后旧属，怨恨大王杀了姜后，听说她们正私下打算作乱，以行刺大王！当以严刑诛之！"

纣王允诺。妲己便在摘星楼前，挖了一个方圆数百步、深高五丈的大坑，将蛇蝎蜂蛋之类丢进穴中，再将这些宫女悉数投入坑穴，被百虫啮咬，一时间哀号不止，凄厉惨绝。纣王闻之大笑："若非爱妃妙计，安能除灭宫中之患！"

由此典故，可见这蛊术之狠辣，绝非一般。

此时，眼瞧着宋孤城死死地盯着银盘里的青虫发呆，颖德公主丝毫没有转醒的迹象，霍钟阁急得直跺脚，哀声说道："宋先生……她几时能醒啊？"

宋孤城抿嘴一笑，揽过霍钟阁的肩头，小声说道："有道是'杀人需见血，治病要除根'。若想破蛊术，非得揪出那施术之人不可，你且附耳过来……"

夜半，渥洼池，霍钟阁孤身一人，骑着一匹白毛骆驼，牵着一匹马来到了池水之边。

这渥洼池，又名寿昌海，位于敦煌东南，由众多泉水汇成，碧波荡漾，别具佳色。

到了池边，霍钟阁拔出腰间长刀，挥刀斩下了骆驼头，在地上掘了一个土坑，掏出腰间挂着的一只空竹为骨架、细纱为面的六面灯笼，将骆驼头放入灯笼之中，封好开口，拴上长绳，迎风一掷，抛进了渥洼池之中，将绳头系在长刀柄上，将长刀插在了岸边，随后在岸边支起了火把，一坐就是一夜。

第二天，旭日东升。霍钟阁拉起绳子，将沉入水中的骆驼头拖到岸边，翻身上马，一路飞奔，回到了乌垒城，将细纱灯笼连同里面的骆驼头一起递给了宋孤城。

宋孤城在地上掘了一个土坑，将骆驼头放到坑底，在坑口撒了一圈粗盐，挑开灯笼细纱，抓起一把石灰，缓缓地撒向了坑底血肉模糊的骆驼头。就在石灰接触到骆驼头的一刹那，骆驼头缓缓地抽动了一下，仿佛有什么东西在骆驼脑袋里涌动。

宋孤城微微一笑，连抓了好几把石灰，撒进了坑中，只见随着“呼啦”一声肉响，七八条四脚小蛇疯了一般地爬出土坑，撞到了坑边的那一圈粗盐上，好似被烈火灼了一样，随即猛地一阵抽搐，缩回到了土坑里，鼓着两只血红色的眼睛，惊惧地打量着周围的一切。

这些四脚小蛇，黑背红腹，长不足一尺，头部平扁，长大于宽，吻端钝圆，吻棱明显，颊部斜出，鼻孔近吻端，犁骨齿列呈“八”形，舌小而厚，躯干浑圆，背脊隆起，四肢细长，尾背、腹鳍褶平直，皮肤光滑，背面满布细小痣粒及细沟纹。

“宋先生……这是……”霍钟阁瞧见那四脚小蛇。一时间竟然呆住了。

宋孤城咧嘴一笑，徐徐说道：“这叫沙罗曼蛇，这种四脚红斑的小蛇，体温非常低，在冬天到来的时候会钻入中空的树干或岩洞中冬眠，保持蛰伏的状态，当生活在西域的原住民将这些枯木砍回去烧火的时候，蛰伏在枯木中的四脚蛇就会苏醒。在火焰的激怒下，沙罗曼蛇会从身体的毛孔里分泌出一种黏液，这种黏液能够隔火隔热，故而，沙罗曼蛇有了浴火重生的神迹，被西域人信奉为火龙。

“沙罗曼蛇来去如风，身藏剧毒，最喜啃噬脑髓，以之啮人，无能御者。它们春夏两季游走于沙漠之中，捕食昆虫，最喜产卵于滩涂浅水之中。它们的幼蛇细小如发丝，吸血后涨大至拇指粗细。这方圆百里，最近的湿地滩涂就是渥洼池，故而我让你将骆驼头装入细纱灯笼，沉入浅水中，吸引幼蛇沿着纱布孔洞钻入灯笼内吸血，只不过这幼蛇一旦吸血涨大，便再也钻不出去了！

“你看……这些幼蛇的牙齿和爪子还不锋利，无法破开细纱……要是再养三两个月，待其长成……那可就了不得了，开颅洗髓，完全不在话下……”

霍钟阁现在急得团团转，哪有心情陪着宋孤城在这儿研究什么沙罗曼蛇。他一拽宋孤城的袖口，哀声说道：“宋先生，这东西也取回来了，您快出手，救人要紧啊！”

宋孤城一拍脑门，连声告罪道：“你看看，你看看，我这记性，怎么把这茬儿忘了……”

话音未落，宋孤城取过一碗烈酒，指尖银针一闪，串起两条沙罗曼幼蛇，扔进了酒碗之中，点燃烈酒，覆碗于地。那两条幼蛇被烈火灼烧，拼命抓挠碗壁，发出一阵刺耳的摩擦之声，足足过了一炷香的时间，碗下的挣扎之声，才渐渐减弱。又过了小半个时辰，宋孤城掀开酒碗，取出那两条被烧灼成焦炭的蛇尸，研磨成粉，辅以少量朱砂煎汤，七次滚水取汤头，缓缓灌入颍德公主的咽喉……

不多时，颍德公主猛地传来一声哀号，秀口一吐，一口黑血咳在了床边。黑血之中，无数带茧的肉虫涌动，见风破茧，化成一蓬飞虫，振翅而起，直奔西南方飞去。宋孤城眼中一亮，拎起一旁的药囊，追着飞虫，冲出了都护府，一边跑一边高声喊道：“蛊术已解，戒荤腥三月乃愈。”

眼瞧得颍德公主幽幽转醒，暂无大碍，霍钟阁一边连忙招呼左右婢女照料，一边抓过床头的长刀，带着十几个卫兵，顺着宋孤城离去的方向追去。

乌垒城西南二十里。

宋孤城弯着腰，两手拄着膝盖，汗流浃背地喘着粗气。在他前面，一个胡商打扮的蒙面汉子正拖着沉重的脚步，伸长了舌头，踉踉跄跄地奔逃。

宋孤城追了两步，只觉两腿灌铅一般沉。他收住脚步，一手叉腰，一手指着那蒙面汉子大声喊道：“我说……说尉迟……尉迟丹朱——你站住——”

那蒙面汉子回头瞥了宋孤城一眼，毅然决然地摇了摇头，拔腿接着跑。宋孤城又急又怒，跳着脚喊道：“你……你跑啥啊？你那蛋术不错……不错啊！你再使几招……咱俩再过过手……”

尉迟丹朱两手一扣，头也不回地扭身向宋孤城拜了两拜，大声喊道：“不到二十里路……咱这都……都过了好几十手了……我……比不过你……你高抬贵手……”

宋孤城闻言，急得涨红了脸，大声骂道：“你好歹也是个国师……怎么这么怂呢……这样……我不用毒……你把蛋术下在我身上，我来解……怎么样？”

“你要干吗呀！我都认输了……你还想怎么样？”尉迟丹朱红着眼睛喊道。

宋孤城喘了口气，接着喊道：“从我学成出师那天起，便立志走遍天下，遍访各派医、毒、蛋、蛊中的高人……这医术之道，若不好好地切磋一番，如何能知深浅长短啊……你莫要惊慌……我没有恶意，单纯地就是想和你来个医术交流……你别跑啊……我是真跑不动了！”

尉迟丹朱闻言，跳着脚骂道：“姓宋的，什么狗屁医术交流，你就是要取我性命……看那不是你的帮手到了吗？”

尉迟丹朱话音未落，宋孤城耳后骤然传来一阵马蹄声响，霍钟阁领着十二骑甲兵，飞奔而来。

“宋先生稍歇，看我诛杀此贼！”霍钟阁一声大喊，长刀出鞘。

“霍都护，你别裹乱……”宋孤城的话还没喊出口，霍钟阁身后的骑兵早已经弯弓搭箭，一轮乱箭射出，逼得尉迟丹朱顺着沙丘直直地滚了下去。霍钟阁纵马扬鞭，就要前追，冷不防宋孤城从旁一个纵越，将他扑下马来。

“宋先生……您这是……”霍钟阁正要问话，却被宋孤城一把捏住了喉咙，银针一闪，从颈下挑出了一只蜘蛛，那蜘蛛的尾部吐出了一根细若蚊足的蛛丝，已经绕着霍钟阁的颈部已经环了一圈。宋孤城一针扎死了那只蜘蛛，捻着那蜘蛛丝，幽幽说道：“再晚一步，你脖子底下非被切开一个口子不可。”

说话之时，霍钟阁和宋孤城探身出去，只见沙丘之下，不见了尉迟丹朱的身影。宋孤城一声冷笑，在蛛丝上轻轻地抹了一下，将指甲盖里的某种不知名的药粉弹在了上面，随即从怀里掏出了一个竹筒，拔开塞子，一大蓬火红色蚂蚁奔涌而出，顺着蛛丝闪电一般钻入了黄沙之下。

“砰——”一声沙土爆响，尉迟丹朱一声惨嚎，那些火红色的蚂蚁顺着他系在右手小拇指上的蛛丝攀缘而上，一口咬在了他的指关节处，整根手指瞬间变成了一片青紫之色。

“啊——”尉迟丹朱一声大喊，一咬牙，将右手小拇指撕扯下来，扔在了地上，左手一挥，放出一群毒虫，毒杀了一名追来的骑兵，夺了一匹马，翻身而上，向着大漠深处狂奔而去。

宋孤城追下沙丘，拾起了那根小拇指。

“呼——”宋孤城的袖子里腾起了一群蜜蜂，绕着那指头转了一圈，齐刷刷地追着尉迟丹朱飞去。

宋孤城冲着尉迟丹朱的背影大声喊道：“我说大国师……您别误会……我没想伤害您……单纯地……咱就单纯地交流一下医术……您等等我！”

宋孤城正要打马追去，却被霍钟阁一把抓住了缰绳。

“干吗呀！我这忙着呢！少跟我裹乱!”宋孤城不耐烦地喊道。

“宋先生大恩，霍某一定要报答！”

“报你娘啊——”宋孤城要打马，又被霍钟阁抓住。

“有恩不报非男儿，还请宋先生吩咐！”霍钟阁执拗得紧，死死抓着缰绳，不肯松手。

“我这用不着你，你……实在想报……就去金陵琵琶巷……问问我家掌灯，他让你干吗，你就干吗得了！”

“只是……不知以何为凭？”霍钟阁问道。

宋孤城浑身上下乱摸了一气，发现确实没什么能当信物的东西，于是一皱眉头，把尉迟丹朱的那截手指头扔给了霍钟阁。

“这指头上有我独门火蚁的啮痕，我家掌灯应该能看出来！你就拿这手指头当信物吧，起开——”宋孤城一声大喊，拨开了霍钟阁，冲着尉迟丹朱消失的方向追去。

就在宋孤城走后不久，平地里骤然刮起了一阵微风，天边隐隐泛起了一条黄色的线……

霍钟阁瞧见那道黄线，惊得魂飞魄散，扯着嗓子大声喊道：“沙暴——宋先生，快回来——”

说完，霍钟阁就要上马去追，却被随行的骑士死死拦住，生拖硬拽地把霍钟阁按在了马背上，快马奔回了乌垒城。

半个时辰后，黑沙暴席卷西域荒漠，遮天蔽日，三月不休……

第四章　诛心药王

四个月后，金陵城琵琶巷三十一号，白猿客栈。

客栈大厅内，三人相对而坐。

上首坐着一人，目生三瞳，看眉眼年岁不大，偏生了一副白发银须——此人是当代的白猿掌灯，三眼张逸。下首坐着的是霍钟阁和淳于牧。

霍钟阁黑衣裹身，手捧一金漆托盘，盘内有小指一截。张逸瞥了一眼盘中的小指，张口问道："报恩之事，咱们暂且不提，不知我那兄弟可有消息？"

霍钟阁摇了摇头，沉声说道："沙暴停了之后，我前后派出了数组骑兵深入荒漠搜寻，只不过……至今都没有宋先生的消息……半月之前，康居有使者混入驼队，到达了长安，将一切事情向皇帝和盘托出，皇帝大怒，下诏罢免了我的西域都护之职并解赴长安问罪，命长史淳于牧代我之位。

"多亏这许多年来，淳于牧和我肝胆相照，情同手足，暗中通风于我，我才能预先安排，带着公主远遁到了河西之地，改换身份，潜藏江湖……安顿好了藏身地，霍某第一时间来到金陵，一来是将这枚指头送到白猿客栈，兑现我对宋先生许下的报恩允诺；二来，也是希望张大掌灯念及霍家祖上曾为留侯奔走效命的旧情，为我指上一条明路。”

张逸思量了一阵，沉声说道：“如今盐铁官营，民不可沾，丝绸珠玉，盘查甚严，你身为被朝廷通缉之人，这几块生意是断断沾染不得的；然河西之地，自古便是塞北药田，尔等不妨扎根河西，好生经营药田，虽不至大富贵，却至少能旱涝保收，再加上药行之中，人员驳杂，势力盘根错节，朝廷一时间还无法理清这里面的乱账，正好给你提供了一处既能藏身，又好富足的营生。”

霍钟阁闻言，连忙起身行礼，口中言谢不休，声称待到他日落稳脚跟，必以重金相酬。张逸拒辞不受，口中言道：“江湖路远，白猿客栈无意搅扰恩怨，以后你霍家是生是死，是成是败，都与白猿客栈再无瓜葛，报恩一事，不提也罢！”

霍钟阁思量一阵，沉声说道：“霍某自知白猿客栈允文允武，独步江湖，料想也无难事能用到我霍家；但他日白猿子孙若有需要霍家相助之事，便持这枚尉迟丹朱的小指，来寻我霍家后人，霍家后人见这指头，如见我面，凡有差遣，万死不辞！”

说完这话，霍钟阁一个头磕在地上，拉着淳于牧转身离去。

不久后，霍钟阁在河西之地开宗立派，成立药门，专司江湖上运转药材，千年来，不断发展壮大，形成了垄断整个南北江湖的地下药行。而那枚小指也留在了白猿客栈，被尘封进了张家的金匮之中。

霍家将此事代代相传，直到药门传到了霍青枢手中。在一个子夜时分，佛烟唐驹登门，将尉迟丹朱的那根手指，放到了霍青枢的桌上，面沉如水地对他说道：“三个月内，断掉天师会所有药材药品的供应！”霍青枢拱手称是，匆匆出门布置……

唐叔讲的故事，到这里就结束了，众人一边嚼着牛肉罐头，一边唏嘘不已。

鲁绛给我夹了一块儿肉，徐徐说道："唐叔这个故事一讲完，这不就和唐朝贞观年间佛国人上门找张信祖师求助的故事接上了？宋孤城祖师追赶尉迟丹朱，遇到了黑沙暴，被佛国人的驼队所救，遂将随身的药囊留给了佛国皇室……数百年后……佛国皇室拿着宋孤城祖师的药囊来到了金陵城，求张信祖师出手相助……"

我吧唧吧唧嘴，抹了抹嘴边的油，接口说道："不但唐朝的事儿接上了，光武帝刘秀猿门断指的事儿也接上茬儿了！媳妇儿，你记得我给你讲的那个故事里，给光武帝刘秀出主意，让他找张家人出山辅佐的那个谋士叫什么吗？"

鲁绛思索了一阵，眼前一亮，张口答道："淳于弃！"

"对！就是淳于弃！我且问你，在唐叔这个故事里，那个霍钟阁的过命兄弟，西域都护府的长史叫什么名字？"

"淳于牧！"陆龟年跳起来，抢先答道。

鲁绛脑中灵光一闪，张口答道："你的意思是说……淳于弃是淳于牧的后人，所以淳于弃知晓去哪里寻找白猿张家……并且把霍钟阁的过往告诉了刘秀。刘秀知道了白猿张家帮助了霍钟阁，霍钟阁则以一根小指头作为信物，答应张家一个让子孙报恩的条件。从这件事里得到了灵感和启发，刘秀想出了一个用空头支票感动张家人的套路——猿门断指！从而演变成了白猿客栈的一个不成文的规定……延续至今……"

我摇了摇头，幽幽说道："可能是刘秀的套路感动了张挺祖师，也可能张挺祖师终究是不忍留侯开辟的汉家河山毁于一旦吧……总之，那是古人的事儿了！眼下，咱们要做的，是守好这座城，按我的估计，再有三个时辰，李罗睺那边就能破阵了！"

闻听此言，众人纷纷站起身来，顺着我手指的方向，抬起头来，向城头上的匾额看去……

那是由一整块敦煌玉雕琢而成的门匾，上面用黄金镶嵌着三个笔力雄浑的楷体字——“不可破”。落款处，赫然写着“白猿三眼张信”六字。

远处脚步声整齐划一，约有百人上下的队伍正在朝我方赶来。我一回头，只见阴影之中，一队身披黑甲，腰悬长刀，头戴黄金恶鬼面罩的甲士缓缓地出现在了城门之侧。为首一人，上前一步，右手横置于左心口，膝盖一弯，跪在了我的身前，口中喝道：“佛国泥氏率合族男丁一百单三前来报白猿张家贞观二年存亡续绝之恩！”

我连忙上前将他扶起，沉声说道：“三味大师，一路辛苦！”

那人一把摘下了头上的面具，露出了一张我无比熟悉的面孔——此人正是锁阳城塔儿寺中的方丈三味大师。在他身后那人见三味大师掀开面具，也伸手摘下了头上的面具，露出了面孔，正是三味大师的大弟子晦鸣和尚。

三味大师指了指身后的百名甲士，张口说道：“自那日在塔儿寺门口，和张大掌灯对上了祖先约定的接头童谣，我就开始召集族中男丁，顺着当年张信先生留给我们祖上的地图，沿着孔雀河道中的密道，赶来此处，与你张大掌灯相会，一切都按着张信先生一千年前的大局在运转……丝毫无差！”

我看了看三味大师，又看了看身后的客栈中人，一时间热血上涌，豪气当胸，当下一声朗笑，踢灭火堆，带头走进城中，沉声说道：“闭门！备战！”

“轰隆——”沉重的石门在梁战的拖动下缓缓关闭。

“吱呀——”令人牙酸的绞盘开始慢慢转动，城外的吊桥被渐渐升起，城下的水闸被拉高，干涸已久的护城河开始有了河水奔涌，城墙上，一只只火把被点燃，将这座沉入地下的四城映照出了这座沉入地下的死城。

两个时辰后，天师会大队人马出现在了城下，整齐的列队成行，排布在了护城河对岸。我趴在城头，看着城下的李罗睺，幽幽一笑，扯着嗓子喊道："李罗睺，你比我想的要聪明，提前一个时辰破了流沙河上的阵法，可喜可贺啊！"

李罗睺满眼阴郁，一脸惨白，看着我，冷声说道："姓张的……你如此愚弄于我……我天师会和你白猿客栈不死不休——"

我一歪脖子，趴在城墙上，高声喊道："好啊！我也正有此意！今天咱们就在这儿拼个生死，我白猿客栈定当取汝首级，传令江湖，让天下人都看看，我白猿客栈不是任人揉捏的软柿子——"

李罗睺扭头看了看身后的人马，又看了看城头上的梁战、鲁绛、三味大师等人，笑着说道："我有八百部众，你呢？锁阳城里的和尚都到了吧？加上你们、你媳妇、大舅子，二百人！这是你兵力的极限了吧！"

我不屑地一笑，张口说道："兵贵精不贵多……你天师会号称百万之众，还不是尽在我股掌之中？"

李罗睺涨红了脸，大声喊道："城里的三成黄金，我非取不可……那些和尚和你客栈里的其他人一定是从别的入口进来的……哈哈哈……等我破了城，我会一个个地审，我不信审不出来……拿到了黄金，我还是赢家——"

李罗睺言罢，一抬手，大声喝道："攻城！"

第五章　九攻九拒（上）

随着李罗睺的一声令下，这场惨烈的攻城战拉开了序幕。

我站在城头，略略一看李罗睺的阵型，便由衷地赞道："好个李罗睺，兵法精要已被他吃透了五六成。"

原来，这李罗睺的八百人随着他的一声令下，分成了三队。第一队不足百人，列队后撤，开始组装炮火阵地，我偷眼一瞧，不到十分钟的时间，一十二门斯托克斯式战壕迫击炮已经组装完毕。这种斯托克斯式战壕迫击炮出厂于一九一五年，设计者是英国人温弗雷德·斯托克斯爵士。相比笨重的臼炮，斯托克斯式战壕迫击炮有重量轻、可拆解、便携带等优点。李罗睺此次对佛国沙窟制定的目标本为轻量化奔行，只携带了十二门斯托克斯式战壕迫击炮以及少量炮弹，然而，对于这种小型的局部攻防战来说，它已经是足够危险的重型武器了！

"轰——砰——砰——砰——"

伴随着指挥旗的下落，十二门炮齐声发射，炮弹疯狂地涌向了城头。梁战拎小鸡一般，将我夹在了肋下，飞一般地顺着楼梯往城墙下头跑，紧紧地缩在石阶边上。头顶上炮弹乱飞，不断地在城头炸响。

鲁绛被鲁胥护着，缩在我旁边，大声喊道："不应该啊！这佛国城乃是整块黑色玄武石垒成，坚逾金铁，一般的炮火是无法轰塌城墙的，李罗睺这么密集的炮击根本就是无用功……"

我舔了舔嘴唇，冷声说道："什么无用功？李罗睺的炮击是幌子，目的是掩护部众爬城……"

我的话音未落，护城河对岸，在李罗睺的炮击响起的同时，另两队人马已经动了起来，一路飞奔，直扑护城河，掏出随身携带的羊皮筏子，四人一组，一边吹气，一边开始捆扎。

所谓羊皮筏子，旧称"革船"，常用羊皮或牛皮做成，其做法简单便捷，就是在屠宰牛羊之时，剥下整张皮毛，用盐水脱毛后以菜油涂抹四肢和脖项处，使之松软，再用细绳扎成袋状。使用之时，自预留的吹气孔处将其吹鼓，再以麻绳将数个皮袋串绑起来，扔入水中，置身于上，横渡江河。故民谚有云："窜死一只羊，剥下一张皮。捂掉一身毛，刷上一层油。曝晒一个月，吹上一口气。绑成一排排，可赛洋军舰。漂它几十年，逍遥似神仙。"这羊皮筏子，因其制作简易、成本低廉，在河道上漂流时便于载运而在民间广为使用。有道是"九曲黄河十八弯，筏子起身闯河关"，说的就是这种古老的便携式渡河工具的妙用。

李罗睺精通行军之术，对这羊皮筏子的应用自然是得心应手。他手下那两队人马，不到半炷香的时间，就吹鼓了皮囊，捆扎妥当：其中一队人马，以手为桨，四人一组，开始渡河；另一队人马在岸边布起了射击阵地，举枪瞄准城头。根叔几次想要狙击羊皮筏子上的敌人，都被密集的点射逼了回来。

就这样，不到盏茶的工夫，百余名天师会弟子便已潜到了城头，口衔利刃，抡起飞虎爪，扣在城头，两手抓住绳索，两脚轮流点在城墙之上，开始爬城。

天师会这批飞虎爪，通体精钢打造，前边如同虎爪，关节可松可紧，后边坠着长索，钢爪掌内装有机关，一旦搭上城头，便会自动扣紧。底下拽着绳索爬城的天师会弟子，个个身手矫健，不到盏茶的工夫，就攀到了城墙半腰。

我点了一根烟，狠狠地嘬了一口，瞥了一眼三味大师，冷声说道："差不多了，弄他！"

三味大师一点头，带着手下的甲士，放下长刀，提起城中储备的长矛，沿着台阶，站到城墙内侧。

这佛国城的城墙，虽然都是以黑色玄武岩条石垒成，但是内外模样截然不同：从外面看，佛国城就是黑漆漆的一片石墙；但是从城内看，那城墙上赫然绘着一幅密密麻麻的星斗图，有明有暗。三味大师按照星图索引，寻到了一百零八颗暗星，随后将手下的甲士按照暗星斗标注的位置分布在城墙后的石阶上。众甲士伸手一抠，左右一旋，用拆分榫卯的手法在石墙上拆下了无数人头大小的孔洞。

孔洞之外，就是那些爬城的天师会弟子……

"这……"一名天师会的弟子率先发现了孔洞的存在，向内一望，恰好与晦鸣和尚四目相对。晦明和尚幽幽一笑，扣上了黄金恶鬼面具，顺着孔洞，将手中的长矛疾刺而出！

"啊——"伴随着一声凄厉的惨叫，那名天师会的弟子被从孔洞里刺出的长矛瞬间贯串了胸口。

"刺——"我叼着烟头，一声大喊。

百余处孔洞里，同时刺出了长矛！顷刻间，将爬城爬到半腰处，上不接天、下不挨地的百余名天师会弟子捅了一个透心凉。剩下的一些漏网之鱼，连忙下落，却见那孔洞之中，无数的毒虫奔涌而出，窸窸窣窣地顺着肠穿肚烂的尸体四处乱爬，见人就咬。那些天师会的弟子惊惧之下，不是被毒虫咬死，就是松开了飞虎爪的绳索，惨叫着从半空中落下，重重地摔在地上，当场毙命。

唐叔扭过头来，缓缓收回了按在一处孔洞上的双手，看着我，轻轻地点了点头。

“收——”我一声令下，长矛回收，半空中的尸体纷纷坠下城头，那些孔洞再度被堵死，石刻的榫卯转动咬合，和墙面融为一体，仿佛那些孔洞从来都没有出现过一样。

城外的炮声停了一停，我趁机爬上城头，缓缓抬起脑袋，架着望远镜，向城下看去——李罗睺的神色不悲不喜，只见他一摆手，二百余名天师会弟子后撤，遁入流沙河，去往来时的路。

我顿时明白了，这厮是去拆毁宫殿，运来木料，拼凑攻城器械去了。

一个小时后，炮声断绝，源源不断的木料从李罗睺的来路运来，如今九宫八卦阵已被他参破，流沙河再也不是他的阻碍。

我叫来鲁绛，把望远镜递给了她。她略略一看，便一口咬定这李罗睺是在搭造一种攻城器械，名曰——头车！

三个小时后，李罗睺的四架头车竣工。一百多人组成的突击队，将头车安置在羊皮筏子上，各持兽耳圆盾，护住身形，横渡护城河。此时对方炮火凶猛，覆盖城头。鲁胥和鲁绛兄妹抱起机枪，就要上城头扫射我连拖带拽地将这兄妹俩从城墙上拉了下来。十几分钟后，李罗睺的突击队跃过护城河，抢滩登陆，来到城墙脚下。

所谓头车，始于宋代，乃是一种在攻城中为凿地道作掩护的战车，整体呈四方筒型，长一丈，宽七尺，前高七尺，后高八尺，车下有数组木轱辘，能调节方向。车顶开有二尺见方的出入口，既能方便士卒出入，同时也能作为攻城部队还击的射口。《武经总要》对其描述为：“身长一丈，阔七尺，前高七尺，后高八尺。以两巨木为地栿，前后梯桄各一，前桄尤要壮大。上置四柱，柱头设衣梁，上铺散子木为盖，中留衣窍，广二尺，容人上下……”

在头车掩护下实施的攻城能有效地降低伤亡，也加快了攻城进度。除了头车，这组攻城器械还另外附有一种绪棚，为头车和攻城做掩护。

头车上前端立一屏风牌，通体以金属板材覆盖，车前及两侧设有防护，等于是整组头车的出口。天师会的突击队过了河，将头车顶在城墙边上，竖起屏风牌，三十人一队，钻入车内，轮番作业，开始借着头车的掩护挖掘城脚。随着开挖的进行，头车不断地前进，挖出来的泥土也可以借由车尾所附的绞车带出，移作填壕之用。

根叔几次开枪狙击，都打在了屏风牌上，躲在车内的天师会弟子完全隐蔽在车内，毫发无伤。

鲁胥一眯眼，沉声说道："头车主要为木质，不如以火攻之。"说完，鲁胥就匆忙跑到一边，从城中搬出不少酒坛，用城中贮存的火油辅以棉麻衣物塞入，制作成了简易的燃烧瓶。我们又拉出了之前在城中拆掉的一些尚未腐朽的木料制作的投石机，借着梁战的臂力，将燃烧瓶投掷而出。随着燃着烈火的燃烧瓶在头车顶上炸开，火油流淌着燃烧，顷刻间，就吞没了半边头车。

然而，头车中的天师会弟子却不惊慌，原来在那头车木制顶盖上早就覆上了一层皮笆（铺上生牛皮的竹盖），然后再覆上一尺多厚的穰蒿，最后再盖上一层皮笆。反复三层，将头车顶部架起了很多夹层。燃烧瓶内的火油每燃一层，火势就熄弱一分，与此同时，天师会弟子还不断地利用车顶的出入口，运用预先准备的泥浆桶和在护城河中灌得满满的浑脱（牛皮）水袋，迅速给头车降温。

就在四架头车互为犄角，齐头并进之时，后续的攻城部队开始渡河，不断在车内集结，借着头车的掩护，攻城的天师会弟子各擎着铲、镢、锹、锛，飞快地开始挖掘土石。这些天师会弟子多是盗墓出身，掘进作业熟稔无比。在这些人开挖的同时，站在头车尾部绪棚内的人则迅速地将挖出来的砂土转移出去，并将挖掘出的砂石泥土沿着城墙垒积，以便士兵攀登爬城。

我掐灭了手里的烟头，组织人员在城墙下每隔五步，便倒扣着埋下一个空酒坛，让陆龟年和李青眉二人附耳于上，监听底下的动静。

李青眉听了一阵，张口说道："掌灯的，对面向下已经挖到约七尺深，现在已经开始向前挖了。"

我一边躲着炮火，一边爬到城头，向下看去。果然，车头每前进一尺，辅攻的队伍就会将早已打造好的地栿支架塞进头车。

所谓地栿支架，便是"门"字型的木制框架，随着掘进加深，将支架支在地洞之中，目的是防止地道塌方。

十五分钟后，陆龟年抬起头，大声喊道："掌灯的，地道已进挖到城基了！"

陆龟年话音未落，城墙脚下一阵浓烟翻滚，正是头车内的天师会弟子将头车内的积薪柴草尽数堆入了墙下的地道，连同地栿支架、中部头车一起纵火焚烧！原来敌人在挖掘地道之时，早已在地下埋好了火药炸点，此刻大火一起，地下的火药顿时炸响。

"轰——"浓烟滚滚，地动山摇。

"轰隆——哗——"城墙塌陷出了一个缺口，城外的天师会弟子趁机一拥而入。

然而，就在他们钻进缺口的一瞬间，我的脸上泛起了一抹微笑。

"杀啊——"带头冲进城墙缺口的正是李罗睺的亲信寇乌孙。

寇乌孙一手持弯刀，一手举火把，一马当先，带着一百多好手鱼贯而入，然而，就在他抬起头的一瞬间，整个人都呆住了！

"是瓮城——撤退——"寇乌孙瞪大了眼睛，发出了一声绝望的怒吼。

"砰——"根叔的枪击发了。寇乌孙眉心中弹，仰面栽倒。众天师会弟子军心大乱，蜂拥而退，堵在缺口处，争先恐后地往外钻。

所谓瓮城，为古代城楼的主要防御设施之一。瓮城两侧与城墙连在一起，内外两道城墙形成了一个瓮的形状，故名“瓮城”。瓮城上设有箭楼、门闸、雉堞等防御设施，城门通常与所保护的城门不在同一直线上，以防攻城槌等武器的进攻——就好像俄罗斯套娃一样，当你拆开大套娃的时候，在里面还有一个一模一样的小套娃——在外城墙被攻破后，里面还有一道内城墙，而天师会的攻城突击队，此刻，就被夹在内城和外城之间。

此时，天师会掩护的炮击，尽数被外城挡住，内外城之间间隔很窄，根本无法拉开阵势。内城城头，鲁胥鲁绛兄妹已经支起了两架机枪。

“开火——”我趴在瓮城墙头一声大喊。

“哒哒……哒……哒……”鲁胥和鲁绛同时开火，机枪口喷着火舌，猝不及防的天师会众人被扫倒了一地！十几个在瓮城左右奔逃、试图寻找机枪死角的敌人，也被守在城门上的根叔一一狙杀。

机枪的噪声震得我耳鸣眼花，心脏直跳。这两架机枪，是鲁胥带进来了，据说是重金从欧洲买来的行货，代号马克沁MG08，号称世界上第一支真正意义上的全自动机枪，每分钟可发射六百余发子弹。

伴随着鲁胥和鲁绛的两轮扫射，冲进瓮城的天师会弟子全军覆没。

两番攻守至此，我方在炮火轰击下，三昧大师所带领的甲士重伤八人，阵亡六人，唐叔贴着外城施放毒虫，被流弹片击中腹部，轻伤。

天师会减员二百余人！

至此，天师会的炮火和弹药几近用罄，我方的机枪，也打光了所有的弹药，真正惨烈的肉搏战，即将拉开序幕……

第六章　九攻九拒（中）

城内，我们没有生火，生怕炊烟升起后，暴露目标。仗打到这个时候，滋味什么的已经不重要了，所以只能各自咀嚼着冰凉的牛肉罐头，就着冷酒一股脑地往肚子里灌，而且，我相信李罗睺的日子不会比我们好过。

护城河另一端，李罗睺整理手下人员，抻着脖子往下噎着干粮。他们不敢在河中取水，生怕唐叔投毒，只能舍近求远，穿过流沙河，去百眼泉那里运水过来。此时，李罗睺手下的人不足六百，大部分人都是轻装穿越沙漠而来，所以携带的炮火和弹药很少，刨去路上浸水的折损，再加上前两番攻城，没命地狂轰乱炸，眼下基本不剩下什么了。

三昧大师带着手底下的甲士，从车中拆下了大量的土石，并从佛国城内的皇宫大门上拆下了两扇铜铸的门板，在鲁胥的指挥下，堵住了城墙上那个被炸开的小豁口，并在后面修筑了两道防撞的土石工事，以枕木条石撑住，夯实在地。

李罗睺原本正红着眼睛，站在河边，以手为尺，计算城墙的高矮，结果被根叔狙了他好几枪，要不是他身边的护卫忠心，将他遮挡得密不透风，这断早就死了十几遍了！李罗睺晓得厉害，不敢托大，慌忙后退了百步有余，躲在了根叔步枪的射程之外。在他的身后，一支二百人的小队正在紧锣密鼓地处理木料。我粗略地瞟了一眼，把望远镜递给了鲁胥。鲁胥看了一阵，扭头对我说道："是云梯！他们从百眼泉那里卸下了石门的绞盘和转轮……"

《淮南子·兵略训》曰："云梯者，依云而立，所以瞰敌之城中。"可见这云梯作为攻城利器的价值所在。

三个小时后，李罗睺那边两架简易的云梯搭造完毕，开始乘着皮筏渡河，准备攻城。

我搓了一把脸，提了提精神，安排人手，开始布防。天师会携带不多的炮弹早已经打空，这一轮攻城，李罗睺直接发动了最原始的肉搏战。叶貂裘亲自带队，耗尽了天师会最后的一轮步枪点射，压制住了城头狙击的根叔。渡河之后，耗尽弹药的天师会枪手们，直接步枪上刺刀，跳上筏子，渡河而来。

李罗睺打造的这两辆云梯，乃是宋朝的折叠式改良样式，也称云梯车，底部仍如《武经总要》描述中那样，"以大木为床，下置六轮"，并配有防盾、绞车、抓钩等器具，目的是简化架梯程序，缩短架梯时间。只见那两辆云梯车，在三百余名壮汉的推动下，闪电一般，靠到了外墙之下。车身旁边附有绞盘，两个大汉转动绞盘，折叠成三段的梯子第一段瞬间立起，待第一段梯子立稳后，那两个大汉，继续旋转绞盘，第二段、第三段梯子也缓缓展开，最后一段梯子上连有金属抓钩，一下子挂在了城头！就在梯子缓缓展开的同时，十几个壮汉咬着刀，跟着梯子攀缘而上。城墙上的小洞再度被拉开，然而云梯车和城墙距离颇远，梯子又是斜着搭在城头的，长矛虽长，却够不着云梯。我连忙让人堵上孔洞，全体上城头御敌。那些天师会的汉子爬得极快，就在梯子搭上城头的一瞬间，纷纷纵身一跃，跳上了城头！

“呼——”一道黑影飞来，带动一片低沉的风响。

“咚——”一声闷雷一般的撞击声响起，当先登上城头的那名壮汉胸口一塌，凹进去了一个硕大的深坑，一阵骨骼碎裂的脆响炒豆一般迸发出来。一只半人大小的大铁锥凌空飞来，一连击飞五六人！那大铁锥后头系着一根铁索，铁索的另一端攥在梁战手中。

“轰——”大铁锥在半空划了一个弧线，横扫一片，落在了梁战掌中。重若铜鼎的大铁锥在梁战手中左冲右突，轻若无物，顷刻间，便扫开了一片空地。梁战，一人一锥，立在城头，铁锥绕着他上下翻飞，犹如一片黑云环绕，生生地逼住了顺着左边那辆云梯车爬上来的人马。

就在梁战那边酣战不休之际，右边城墙下，另一辆云梯车也已经架好，密密麻麻的天师会刀手涌了上来。根叔扔掉手里打光了弹药的狙击步枪，背上了从佛国城中找出来的箭袋，弓开如满月，箭去似流星，一发三矢，逼住了刀手上涌的架势。唐叔因为前番受伤，一脸惨白，瞧见对方爬城，一咬牙，撕下一块衣摆，缠在腰间，大袖一抬，毒虫蛇蝎齐出，在地上聚成一团，冲着云梯上的天师会弟子们爬去，磨牙吮吸，撕咬裹缠，顿时止住了天师会的刀手上爬的势头。

然而，天师会这帮刀手，都是悍不畏死的精锐，个个瞪着眼睛，发着闷喊，踩着同伴的尸体，如癫似狂地往上冲，一手握刀，一手举火。毒虫蛇蝎大多畏火，不多时，便被天师会的刀手们用火驱散，根叔背后的箭囊眼看就要告罄，对方突然发了一声大喊，一个虎背熊腰的关东大汉一跃而上，蹿到了城头，此人正是天师会杀生旗旗主叶貂裘！

“拿命来！”叶貂裘从地上捞起一具尸体，挡在身前，隔开了根叔射来的羽箭，右手长刀一亮，直劈唐叔面门。

唐叔猝不及防，眼看就要中刀之际，只听“当啷”一声脆响，一柄精钢打造的铁伞在唐叔身前张开。叶貂裘的刀在伞面上一劈，迸出了一蓬火花，伞面顶上，一支闪着寒光的三棱枪头斜刺里一挑。

“叮——”

叶貂裘的长刀被那枪头轻轻一拨，断为两截。叶貂裘吃了一惊，纵身后退，疑声惊道：“好厉害的兵器！”

鲁胥伸开手，将唐叔护到身后，沉声说道：“您老先退，这一阵，我们先接着。”

话音刚落，晦鸣和尚和三昧大师带着几十名甲士合围而来，将叶貂裘和七八十个刚刚登上城头的敌人围在了一起。

叶貂裘啐了一口唾沫，从地上拾起了两把刀，左右手各持一把，摆了一个门户，刀尖斜挑，指了指三昧大师和晦鸣和尚，笑着说道：“二位，也精通刀法吗？”

三昧大师和晦鸣和尚对视了一眼，沉声答道：“不敢称精通，讨教了！”

三昧大师话音一顿，和晦明和尚同时展臂抽刀，合力围攻叶貂裘。三昧大师和徒弟晦明和尚使的是单刀，叶貂裘使的是双刀，战在了一起。三昧大师和晦鸣和尚二人手舞单刀，一手劈、撩、扎、挂、斩、刺、扫、缠头滚脑，另一手随刀法变换伸缩，开合、缠裹、擒拿，有道是“单刀看手，双刀看走”。也就是说，看一个人单刀练得好不好，关键是看他空着的另一只手——如果练不到家，空着的那只手往往难以与持刀的手互相协调配合；而炉火纯青的高手，则能充分利用那只空着的手采拿、拦捋对方的兵器或者手臂。

此刻，远观这三昧大师师徒，绕着叶貂裘时进时退，刀光乱飞之间，这师徒二人几次想伸手锁拿叶貂裘，都被叶貂裘的刀锋逼退。叶貂裘越战越勇，以一敌二，竟然不落下风，白花花一片刀花锦簇，将周身护得风雨不透！都说双刀难练，便是因为双手持刀，如若练得不好，在对敌之时，极其容易互相磕碰掣肘，甚至伤到自己。要想使手中双刀能够协调配合，如臂使指，身法和步法绝对是最大的关窍。因此，看一个练双刀的人身法和步法是否顺畅，就可以判断出此人的刀法优劣。

这叶貂裘的身法稳中带疾，脚催腿，腿催胯，胯催腰，腰催肩，肩催臂，臂催肘，肘催腕，腕催刀，两把长刀如同长在身上一般，圆转如意，立敌三味大师师徒。

趁着叶貂裘和三味大师师徒陷入拉锯战的当口，越来越多的天师会刀手爬上了城墙，鲁胥和三味大师手下的甲士发了一声闷喊，组成了一道防线，直扑上去，一时间鲜血横飞，杀声震天……

我紧紧地咬着牙，站在内城之上，一边看着腕上的怀表，一边紧盯着城墙上的战局。

“快点……快点……再快点……”

怀表上的秒针慢吞吞地移动着，我瞪着眼睛，大声骂道：“陆龟年……你奶奶的……能不能行了……”

“轰隆——轰——哗啦——啊——”

没等我的脏话骂完，城墙边上，两声爆炸，云梯车的倒塌声，爬城的人从半空跌落的惨叫和哀号，瞬间交织成一片……

一个小时前，鲁胥兄妹拆开了最后三百发子弹，把子弹壳里的火药全都集中到了一起，再配上佛国城里的火油，造出了两个简易的炸药包。我命陆龟年和眉姐趁着双方在城头交战之际，潜下城去，分头将云梯车炸毁。此刻爆炸声一响，我心头一喜，暗道了一声：“成了！”

我赶忙拎起手中的望远镜，向外看去，只见外城的城墙上，陆龟年一手抱着李青眉，一手拽着一根系在城头的钢丝，两脚轮番点在城墙上，整个人飘飘荡荡，几个起纵，眼看就要落在城头。

就在这个时候，我眼神无意间地一瞥，正瞧见护城河对岸处，原本已经撤了的迫击炮阵地，此刻竟然又支起了一架迫击炮！李罗睺亲自操炮，竖起拇指，右臂平伸，瞄准了陆龟年，旋转炮口，调高仰角，接过手下递过来的炮弹，就要往炮口里填。

这老家伙的炮弹没打光，他留了一枚！

“后面——”我急得眼前一黑，蹦起身来，冲着陆龟年的大吼。

陆龟年耳朵一动，听到了我的喊声，下意识地回头一瞥，正瞧见李罗睺手里的炮弹滑进了炮膛！陆龟年一咬牙，发了一声闷喊，两只胳膊一较劲，将怀里的李青眉扔上了城头！这一扔，在反作用力的倒推之下，陆龟年身形一滞，向后栽去。

“通——”李罗睺的炮火击发。

电光火石之际，梁战荡开身前的敌人，大铁锥迎风一晃，呼啸着飞到了陆龟年身前。陆龟年眼疾手快，一把抓出了大铁锥。梁战仰天一吼，力贯双臂，向后一拉，陆龟年凌空飞起。

“砰——”李罗睺的炮弹打在了陆龟年身后的城墙上，碎石横飞。陆龟年身若猿猱，从碎石中一跃而出，落在城头，一个翻滚，抻筋拔骨，稳稳地立住，快行了几步，蹿到一边。

“好样的——”我一掌拍在身前的城垛子上，打得掌骨钻心地疼。

“孩子……你没事儿吧！”根叔赶紧迎上去，扶住了陆龟年。

李青眉鼻子一酸，赶紧往陆龟年身边跑。

陆龟年一咧嘴，挑着大拇指，仰着脖子说道：“根叔您放心，您也不看看我是谁啊？白猿鬼手，蹬萍踏水，我是来去无踪，如履平……噗——”

陆龟年话说到一半，猛地喷一大口血，直挺挺地向后倒去！李青眉眼疾手快，一把抱出了陆龟年。只见陆龟年面如金纸，眉眼紧闭，人事不省！李青眉急得两眼通红，手掌猛地感觉到了一丝温热，她从陆龟年的后背抽出右手一看……全是血……

“唐叔——啊——”李青带着哭腔的一声尖叫。

“李罗睺！我日你姥姥……”我一把扔了手里的望远镜，发疯了一般跳了起来，顺着内城和外城连接的石道，直接跑到了外城上，拎起一把长刀，就往上冲，刚冲上城头，就被根叔一把抱住。

“我说掌灯，您这两下子，就甭上来裹乱了，成不成？！”

我狠命地挣扎，大声喊道：“一个本儿，两个赚，我他妈也不活了！”

与此同时，唐叔也跑了跑过来，跪在地上，抬手就是两根针，扎在了陆龟年心口，一手摸着脉，一手扶起陆龟年，扯开他的衣服，看了一眼，沉声说道：“后背是小伤，不过是碎石打坏了皮肉。但是吐血是大事，这孩子的脏腑被震伤了，快扶他下去，我得赶紧施针……”

“没死！没死！小陆没死啊！”根叔狠狠地扇了我两个嘴巴子。

我抹了抹眼泪，惊声喊道：“啥？”

“啥个脑袋！过来帮着抬人啊！”

唐叔不耐烦地一声大喊，我连忙扔了手里的刀，和李青眉两个人，一个架胳膊，一个抬腿，把陆龟年往内城那边抬。唐叔捂着腰下的伤口，龇牙咧嘴地站起身来，在根叔的掩护下，紧跟着我们撤往内城救治陆龟年。

第七章　九攻九拒（下）

此时，云梯车被烧毁，爬上城头的百余名天师会弟子瞬间成了前无去路、后临绝地的孤军。我们这一方士气大振，对面也满是破釜沉舟、背水一战的死士，白刃战转眼间便进入了白热化。

三味大师和晦鸣和尚正在与叶貂裘游斗。突然，叶貂裘化守为攻，抬手三连斩直逼三味大师肩颈。三味大师见招拆招，挥刀防守，叶貂裘越攻越急，脚下骤然一个踉跄，左半侧露出破绽。晦鸣和尚瞅准时机，右手拨开叶貂裘左刀，左手伸手来擒他手腕，却不料，就在晦鸣和尚的手抓到叶貂裘手肘的一瞬间，三味大师眼睛骤然一亮，大声喊道："有诈！撤手——"

晦鸣和尚还没反应过来，叶貂裘左手一翻，倒提刀柄，手臂平伸，转腕一削，右手中的刀刃贴着手臂横向转了一圈，似旋非旋地一吐刀光，晦鸣和尚整只左手齐腕而断。

"啊——"晦鸣和尚一声惨叫，抽身后退。

叶貂裘伺机上步，倒提手，阴阳把，斜向一挥，晦明和尚整颗人头冲天而起，一道血箭飞出，尸身扑倒在地。三味大师又惊又怒，急得肝胆俱裂，一声大喊，就来劈砍叶貂裘！奈何叶貂裘刀法高绝，合三味大师师徒二人之力不过勉强战个平手，此刻三味大师孤掌难鸣，不出三五个回合，就被叶貂裘砍伤。

危难之际，鲁胥捅死了两个天师会的弟子，撑开铁伞，为三味大师挡了一记杀招。鲁胥功夫不弱，手中铁伞枪头均是公输家的百炼神兵，叶貂裘不敢硬拼，只能游走躲避，暂避其锋。就这样，鲁胥和三味大师二人合力，一攻一守，暂且抵住了叶貂裘的刀锋。

另一边，梁战一夫当关，守住城头，越战越勇，激愤之下，一把扯碎了胸前被刀斧砍破的衣裳，赤膊上阵。梁战手中大铁锥本就是古战场的大杀器，配合蓑衣秘传的怪力，挥荡之下，竟无人敢硬撼其锋芒，不出盏茶的时间，就将对方杀了个七零八落，骨断筋折。

而鲁胥则因接连鏖战，牵动起了往日寒病肺疾，渐渐喘起了粗气，连连咳嗽，手中的铁伞也越舞越慢。叶貂裘瞅准时机，弹身而起，连番重击，打飞了鲁胥手中的铁伞。得手之后，叶貂裘又横膀一刀，逼开三味大师，右手长刀前捅，直扎鲁胥心口。鲁胥被肺疾牵动，手脚无力，眼看避无可避，正要葬身刀下之际，半空中，一位须眉霜白的老人斜飞而出，挡在了鲁胥身前。

"呲——"刀光闪过，铁刀入肉，叶貂裘右手长刀瞬间穿透那老人的右胸。

是根叔！

"啊——"根叔发了一声闷喊，向前一扑，刀尖从后背有扎出两寸有余。根叔一咬牙，双手一把抱住了叶貂裘的右臂。叶貂裘发力一拽，想挣脱根叔的手臂，却发现根叔抱得极死，双手十指紧紧地抠住了他的皮肉。叶貂裘无法抽手，瞬间变招，左手抡刀横削，直劈根叔脑门。与此同时，被根叔护在身后的鲁胥也飞身而起，抱住了叶貂裘的左臂，这一老一少一齐发力，将叶貂裘向后推去。

“妹子——”鲁胥抱住叶貂裘的胳膊，向左上方一声大喊。

在外城护着十几个伤员往内城方向撤退的鲁绛闻声回头，正看见和叶貂裘僵持的根叔和鲁胥，惊怒之下，反手摘下了背后的牛皮背包，将腰间的“白发三千丈”往背包的卡扣上一搭，迎风一掷，那背包蓦地张开飞来，“哗啦”一声套住了叶貂裘的脑袋。

“唰——”背包口内精钢的刀口弹出，瞬间旋转一周，被鲁绛一拽，飘飘摇摇，宛若一只纸鸢，回到了鲁绛的手中。鲁绛打开背包，拽出叶貂裘的人头，往脚下一踩，大声喊道：“叶貂裘授首，降者免死！”

两军相遇，狭路相逢，本来拼的就是一腔血勇。此刻，首帅被斩，敌方顿时军心大乱，群龙无首，顿时乱作一团，斗志一去不是被砍翻在地，就是被逼下城墙，落到城下摔死，转眼间这番恶战的大局已定。

根叔身子一软，瘫在地上。鲁胥一把扶起根叔，咬着牙说道：“您……您这又是何苦？”

原来，民国五年，长白山龙渊探险，白猿不老生聂树峰奉我爹三眼妖狐张九陵之令击杀公输家的鬼仆根叔，换了根叔的脸，盗用根叔的身份潜伏进青衣巷，保护猿蛇古画。（详情请见《白猿客栈·九幽龙宫》）

后来，嬴号落败，大局告破，当年真相，大白于天下。鲁胥方知道，这位根叔根本不是“根叔”，而是白猿的聂树峰。当年的根叔甚至还死在了聂树峰的手中。鲁绛之所以能接受这个事实，乃是因为当年她还年幼，对真根叔没什么印象，更别提感情了，因为自小陪她成长的本就是这位“假根叔”聂树峰。但是鲁胥则不同，在他三十多年的人生中，和这位鬼仆的过往，前一半，是真根叔，后一半是假根叔，手心手背都是肉，他既无法接受聂树峰杀了根叔的事实，同时也无法杀了聂树峰，给真根叔报仇。毕竟在真根叔死后的十几年里，这位“假根叔”聂树峰对他也是无微不至地照料，二人感情很深。后来，我和鲁绛结婚，白猿客栈和青衣巷成了一家人，两边的人还都习惯性的称呼聂树峰为根叔，而这其中，唯有鲁胥，张口也不是，闭口也不是，所以这两个人为了防止尴尬难做，都默契地选择了不碰面。

然而，令鲁胥想不到的是，在他生死之际，聂树峰会飞身而出，舍命救他。

鲁胥压着根叔的刀口，眼眶通红。

根叔嗫嚅了一下嘴唇，展颜笑道："我看护了……你十几年……要我眼睁睁看着你死……我做不到……长白山的事……我很抱歉……"

"别说了……您别说了……唐叔——唐叔——"

鲁胥抱着根叔，扯着脖子地大喊。唐驹闻声，从内城扶着墙一路小跑过来，瞧见鲁胥和根叔，一边颤抖着手，从怀里掏出了两颗药丸，一边咬着牙喊道："这怎么搞的啊……鲁胥，你先把这个吃了……压住伤势……五哥……聂五哥……别睡啊……你别迷糊……"

两个小时后，唐叔抹了一把汗，摸了摸根叔的额头，盖上了刚刚给他缝合好的伤口，两眼一闭倒在地上，呼呼大睡。

根叔总算是救回来了……

经此一番恶战，晦明和尚战死，陆龟年、根叔、鲁胥三人重伤，三味大师、唐驹轻伤，佛国甲士减员七成……

满城上下，只剩下我、鲁绛、李青眉、梁战无恙，再加上甲士三十人，构成了所有的城防力量。

我站起身，扶着城头，向护城河对岸看去，虽然看不清李罗睺的面孔，但我能感觉到，他的眼睛肯定也在盯着我。我们两方手里都染了太多对方人的血，这仇必定是不死不休。此刻李罗睺手下还有三百多人，下一轮攻城，必定是李罗睺亲自上阵……

两个小时后，我趴在城头向下看去，只见大堆的木料被李罗睺指派人手，堆在了城下。木料淋上火油，点燃后火光冲天。火堆后，一百多人从城墙根挖起，瞄着垂直于护城河的方向开凿引渠，眼看就要将城门前横向流过的护城河挖成了一个“T”字型，“T”字的末端，正对城墙根下的火堆。沟挖得深而不宽，就在沟渠快要和河水相通的时候，五十多名大汉将两架装满土石的木质框架沉在了接口处，堵住了水流。

李罗睺一声令下，一道火箭射出，引燃了城墙下的木料堆，火油迎风而燃，大火冲天，不到一个小时，黑色玄武条石垒成的城墙就被烘烤的滚烫。

我站在城墙后，伸手摸了摸烫手的城墙，沉声说道：“外墙守不住了，断掉内城和外城的连接，咱们退守内城！”

梁战和鲁胥得令，飞奔上城头。在内城和外城之间左右各有石道相连，石道最狭窄的地方是两座运兵的木桥，当初之所以设计成木质结构，就是为了有朝一日，一旦外城不保，还可以随时断掉，退守桥后。

梁战抡起推山，撞断木梁，鲁胥用手中铁伞破坏榫卯连接，不到一炷香的工夫，就将两座木桥拆散。

就在这时候，城墙的温度越升越高。李罗睺一声令下，百十个大汉齐声发力，转动简易的绞盘，将沉在水中充作拦水坝的那两个装满土石的木质框架提了起来。

“哗啦——”河水奔涌，流入刚刚开掘的引水渠，直奔火堆后的城墙。此时，堆砌的木料已经燃烧了大半，烘烤得城墙滚烫不已，冷水骤来，打在城墙上，石墙内部正在高温膨胀，石墙外部却突然遇冷收缩，冷热相激之下，只听“咔嚓”一声，石墙上出现了一片不规则的裂痕。李罗睺眼睛一亮，大手一挥，所有的天师会弟子开始渡河。渡河后，三十几个大汉用麻绳架起一根顶端削尖的房梁，助跑了二十几米，“咚”的一声，撞在了石墙的裂口处。

“咚——”

“咚——”

“咚——”

李罗睺遣人一连撞击了十几下，

“哗啦——”

一片碎石震散，露出了好大的一个窟窿！李罗睺一摆手，三百多人鱼贯而入，来到瓮城中，背靠外城城墙，扎下阵来。

我站在内城城头上，眼睛死死地和李罗睺对视在一处，此刻，任何的羞辱谩骂都是苍白的，唯有弄死对方，才是最实在的出路。

第八章　雀杏行烟（上）

眼下，李罗睺破外城，我和剩余的人手退守内城。内城外城之间，相隔之处，是为瓮城，大约有一个足球场大小。李罗睺派兵扎营，调出了四十多个身负箱子的汉子，那些汉子上前集合，掀开箱子裹着的防水油布，放出了四十多只荒漠雕鸮。这种沙漠猛禽，古时曾被大量捕捉驯化，充作沙漠行军的空中探马，当初头陀用这种猛禽传送过情报，我曾暗自留心过，知道了天师会驯养了荒漠雕鸮，想不到在这里一下子出现了四十多只。

李罗睺长吐了一口气，从腰间解下了一个小皮囊，从里面取出了大大小小一百多枚青杏。

是的，没错，就是青杏，平日当作水果吃的青杏。

我瞧见那青杏，惊得眼中瞳孔一缩，大声喊道："是雀杏，对方要火攻！哑巴，准备藤球……"

我这边话音未落，李罗睺那边已经分发好了青杏。每一只荒漠雕鸮嘴里各衔着两只青杏，伴随着一声鹰哨，展翅腾空，钻入内城上空，绕过我们的防线，向城内飞去，在无人的街巷上盘旋飞舞，口中青杏雨点一般落下……

雀杏者，攻城之古法，乃是捕取来自城中的鸟雀，然后以中空烘干的杏子装入燃烧的艾草为火种，等到黄昏时利用飞鸟返巢的行为，将火种带至敌人粮仓，火烧城池的一种战法。

此时，雀杏之法被天师会改良，变成了用驯养已久的荒漠雕鸮将火种空投至城中。这佛国城沉入地下已逾千年，城中的木质建筑大多干枯老朽，见火便着。那些青杏落下没多久，烘干的杏子皮就被里面的艾草团烧透，城中到处都是火种。那李罗睺眼见大火烧起，越发来劲儿，玩儿了命地吹动鹰哨，让那几十只荒漠雕鸮反复往返，携带火种腾空，投入城中。

与此同时，梁战带领三十多名佛国甲士也已经将准备好的十几个藤球推到了城墙顶上。

我咬着牙骂道："李罗睺啊李罗睺，你跟我玩儿雀杏纵火，我就跟你玩玩儿黄蒿行烟！"

所谓黄蒿行烟，乃是古时守城的妙法，即准备易燃的干草薪束捆扎成球帮做火攻之用。这藤球首先以干草充塞内芯使其易燃，外圈淋上一层水，使其发烟，而后再来一层干灰隔绝湿气，滚上火油三层，再外敷一层黄蒿。投发时，以烧红的热铁条刺入，点燃干草内芯，计算好距离与燃烧速度，或沿着城头抛下，或以投石机射出，让藤球落至敌军阵中，先燃火，再起烟，随后爆炸。

这十几个藤球，从我们入城的那一刻就开始准备了。干草找不到，就用皇宫里的宣纸代替，现烧的干灰，现成的火油，黄蒿没找到，勉强用一些干枯的树藤代替，总之七拼八凑，好歹鼓捣出了十几个。

李罗睺在城下，望见城头的藤球，吓了一跳，聚拢人手开始后撤。

我一声大喊："放——"

十几个佛国甲士从燃起的火堆里抽出柄部包着兽皮，刃部被火烧得通红的长刀，抬手一捅，扎进了藤球内芯，拔刀出脚，飞身一踹，十几个冒着黑烟的火球顺着城墙滚落。黑烟越滚越浓，藤球燃起大火，越滚火越大，火借风势，从上而下，带着呼啸的风声滚下城头，冲入了敌人阵中。一时间，浓烟翻滚，烈火灼烧，李罗睺的三百多人，全都在瓮城之中，内外城两道墙，将瓮城隔绝成了一个密闭的空间，这三百人被十几个大火球追得无处逃躲，不一会儿，就烧死了四五十人，李罗睺看在眼里，大喊了一声：“撤出去！”

李罗睺号令一出，手下众人争先恐后地往外城上炸开的窟窿里钻。奈何人多洞小，一时间，竟然挤在一处，谁也钻不出去。

李罗睺急得两眼冒火，手起刀落，砍翻了两个争抢的大汉，瞪着眼睛喊道：“一个一个走！我断后！”

混乱之中，李罗睺这招杀人立威瞬间奏效，不到二百残兵排成一行，迅速有序地退出了瓮城。

然而此时，佛国城中的大火已经控制不住了，内城后头的民房和皇宫已经燃成了一片火海。瓮城之中，浓烟冲天。

鲁绛等人，捂着鼻子不住地咳嗽……

“掌灯，怎么办？”李青眉问我。

我回头看了一眼火势，沉声说道：“这城算是守不住了，张信祖师有过遗言，说佛国皇宫底下就是藏有黄金的宝库。我们先撤进去，躲避大火，待到火海熄灭，再做计较。”

众人闻言，连忙相互搀扶，走下内城的城头，钻入了城中冲天的大火之中，直奔皇宫。一路上，烈火蒸腾，十几名佛国甲士葬身火海，两侧民房不断倒塌，大火烘烤着青石铺成的大路，热量穿过鞋底，烫得脚板生疼。

“轰——”梁战抡起推山，砸开了佛国皇宫的大门。我当先引路，带着众人跃进了一方干涸的池塘，在厚厚的沙土中一阵摸索，抓住了一只铁环。梁战跑了过来，接过铁环，用力一拉，掀开一块石板，露出了一个黑黝黝的洞口，众人鱼贯而入，反手盖上了石板。

“呼——”我长出了一口气。

鲁胥拧亮了随身携带的手电筒，清点了一下人数：连番恶战至今，晦鸣和尚阵亡，我方根叔、陆龟年重伤，唐叔轻伤，算上鲁胥、鲁绛、我、梁战、三味大师、李青眉，以及八名佛国甲士，我方人数仅余一十六人。

我揉了揉发涨的脑袋，接过鲁胥手中的手电筒，开始打量周围的环境。

这是一处方形的洞窟，占地足有四百平方，四根粗大的石柱撑起了水平的顶棚。石室四周各有一方条石台阶，石阶共有三十六级，向上延伸。我们此刻，就立身在其中一方石阶上。石阶的尽头，是一个二百多平方米的石台。石台上金光灿灿，摆放着一百多尊纯金的罗汉、菩萨以及佛陀造像。

我们缓缓走上前去，发现在其中一座罗汉像的手中拖着一卷竹简。我吞了一口唾沫，伸出手取下了那卷竹简，慢慢打开。

那竹简上，记载的是张信祖师的一段过往……

贞观二年，佛国城破在即，皇宫地下，黄金宝库之中，几千名甲士日夜不停地将黄金铸造的佛像融成金条金砖等便携之物，运送出宫，分发给百姓。

张信和佛国的国王涅醍坐在黄金宝库的台阶上，每人都一手拎着一囊烈酒，另一只手提着一只酒杯，自斟自饮。

“张先生……唐朝大军攻城之前，这些黄金都能运得出去吗？”

张信摇了摇头，撇着嘴叹道：“想什么呢？都运出去是不可能了，能运走六七成就不错了……你这里有六处藏金库，运空的，我会封掉，剩下最后一处，我会把位置标记给我的后人……如果后世子孙惹上了麻烦，依托城池鏖战，退无可退之时，还能有一方暂避之所……”

“后世……麻烦……难道这场灾祸在我们这一代还无法终结吗？”泥醌一脸悲愤地问道。

张信苦笑着摇了摇头，幽幽说道：“只要这世上有贪嗔痴枉，便少不了弱肉强食。只要这世上有覆涯谄昧，便少不了尔虞我诈。只要世人还有贪念，纵是千秋万代，也逃不开‘人为财死，鸟为食亡’这八个字！”

泥醌叹了口气，张口问道：“若是后世子孙被贪图黄金的恶人，围堵至此，先生又当如何？”

张信伸出手指，敲了敲脑袋，徐徐说道：“我有上中下三策，可解此危……”

泥醌闻声，来了兴趣，直起上身，向张信身边凑了凑，沉声问道：“还请先生明言。”

张信呷了口酒，悠悠说道：“下策曰遁，我在设计开挖佛国城下沉攻城的时候，设置两条通道通往将来的地下佛国城：一条以将来的蓑衣墓为入口，一步一个坎儿，机关重重，为的是消耗敌人气力；另一条直通孔雀河一条干涸的支流，入口就藏在河床的淤泥之处。这条增援通道起于孔雀河，止于皇宫后院的一口枯井之中，乃是为了给咱们两方的后人增援而用。在这条通道上，我开挖了一条岔道，直通咱们脚下，在咱们现在坐着的台阶底下有一道暗门，后世子孙扭动罗汉像的底座，便可开启，暗门一开，进入通道，遁往孔雀河，便可逃之夭夭……”

泥醌闻听此言大喜过望，眉开眼笑地答道：“此计甚妙！”

张信把脸一拉，沉着嗓子骂道：“妙个屁！灰头土脸，战败而逃，此等懦弱无能之辈，非吾子孙也！”

泥醌碰了一鼻子灰，沉吟了一阵，尴尬地问道：“敢问先生，何为中策？”

张信又呷了一口酒，晃着脑袋说道：“中策曰守，佛国城沉入大漠之下，不利于大队人马补给，这黄金库内我已挖通了活水泉眼，直通地下暗河。河内有大鱼，泉中有淡水，放下黄金库上面的断龙石，坚守一两个月不是问题。趁着这两个月的时间，将这库内的三成黄金沿着孔雀河密道运出去，招兵买马，啸聚成伍，铺天盖地地杀回来……”

泥醍眼前一亮，高声说道：“这个好！有道是君子不立危墙之下，那个……君子报仇，十年不晚！用黄金招兵买马，一雪前耻，真丈夫所为也！”

张信摇了摇头，一脸不屑地说道：“假手他人，后患无穷。再说了，我白猿客栈从来不信什么‘君子报仇，十年不晚’的鬼话，哼！我们张家人做事，有仇都是当面报！立刻报！必须报！故而，我早早埋下了一计上策！”

“哦？何为上策！”

张信振衣而起，朗声说道：“上策曰攻，在这黄金库上面，乃是佛国的皇宫。这几日，我已经按照奇门布局，重新调整了整座皇宫的巷道回廊，敌众我寡，最适合巷战，整座皇宫上对星象，下开八门。敌人一旦入局，八门之内，我早已埋下了破敌的利器，后世张家人，只需依次启动，管教对方有来无回！”

泥醍跟着起身，急声问道：“这……是何阵法？”

张信一声长叹，幽幽念道：“楚河汉界一江宽，铁马铜车铸雄关。庶子无能偏作帅，一盘输掉几江山。”

第九章　囹圄兵仙

公元前202年，大汉立国，刘邦登基，张良退隐。刘邦害怕张良走后，无人能压制住韩信，故而解除其兵权，由齐王徙为楚王；而后，设局遣人告发韩信谋反，趁机再贬其为淮阴侯。韩信怀恨在心，与刘邦暗生异心。

汉十年，陈豨反叛。刘邦亲自率兵平叛，韩信托病，不肯随军出征，并且暗中派人往陈豨处游说曰："但起兵，某从旁助之。"

陈豨应允，在前线大肆兴兵。韩信秘密召集家臣，假传大赦诏书，召集死囚奴隶，组成了一支军队，计划暗中袭击吕后和太子。奈何韩信手下出了叛徒，这个叛徒连夜入宫，把韩信要叛乱的消息透给了吕后。吕后大惊，夤夜召萧何入宫，商量对策。萧何思索了一阵，计上心头，亲自入韩信府，伪报陈豨兵败，已被斩杀，刘邦大军回师，已到城外，邀请韩信入宫祝贺。韩信虽然有所顾虑，但对萧何却没有防备。仗着对萧何的信任，韩信孤身一人，随着萧何一同进了宫。怎知刚一进宫，就被吕后布置的刀斧手拿下，送进了宫内的地牢之中。

一灯如豆，韩信披头散发地盘膝坐在干草之上，明暗不定的火光映照着他紧闭的眉眼，一枚被摩挲得发亮的铜钱正在韩信的指尖泛着幽幽的金属光泽……

韩信知道，这一次，自己绝对是凶多吉少了。

“呼——”韩信长出了一口气，缓缓睁开了眼，看着指尖的铜钱，自言自语道：“过往征战，生死成败，子房先生但有所言，无所不中！如今，子房先生不在，我便用这铜钱卜上一卜，若是阳面在上，便是活，阴面在上，便是死！”

说完这话，韩信深吸一口气，将指尖的铜钱轻轻一拨，弹到半空，凌空一拍，将在半空中转了无数圈的铜钱拍在了桌子上。

韩信使劲地咬了咬牙，缓缓地抬起了手掌。

“阳面在上！能活——”韩信眼中光芒一亮。

突然，黝黑的地牢深处，传来了一个韩信熟悉无比的声音：“卜错了……”

一个一身狱卒打扮，须发斑白的老人走到了牢门前，伸出右手，穿过栅栏，轻轻地拈起了桌子上的铜钱，慢慢地将铜钱翻了过来，指着铜钱，轻轻说道：“应该是阴面向上……你不能活……”

韩信闻声，抬起头来，看着那老人眼睛里的三只瞳孔，浑身一抖，瘫在地上，涩声说道：“子房先生……”

原来这狱卒打扮的老人，就是白猿客栈的开山祖师、汉代开国第一功臣——留侯张良。

张良一声长叹，幽幽说道：“早就劝过你，当退则退……你偏不听……”

韩信嗫嚅了一下嘴唇，颤抖着问道：“难道先生……也无法救我吗？”

张良摇了摇头，沉声说道：“帝王心思，最是叵测！你死就死在你太年轻了！”

“太年轻？什么意思？”

“若是我没记错的话，今年你三十五岁，皇上六十，萧何六十一，我张良五十四，吕后四十五。这人嘛，总有生老病死。按照这个岁数算，我们死得早，你死得晚。你是个睚眦必报的性子，皇上如此待你，你反念已生，忍得了一时，忍不了一世。你还年轻，可以熬，再给你十年时间，把我们这些老家伙一个个地熬死，你韩信登高一呼，到时候这天下还有谁制得住你？所以……皇家人要杀你，不是为了一时喜怒，而是为了后世的江山！兹事体大，皇家的眼睛里揉不下半点沙子……你慨然赴死，这件事到此而止；若是你不死，依皇帝的性子，你府上的家臣旧部，封地上的亲兵百姓，凡是跟你沾边的，全都要死！我救得了你一人，救不了十几万人啊……”

韩信闻言，犹如五雷轰顶，大脑一片空白，过了好久，才缓过神来，只见他定了定心神，抬起头来，看着张良，轻声问道：“先生……”

张良叹了口气，徐徐说道：“都是一起打天下的老人儿了，虽说救不得你性命，但你若有什么未完成的心愿，大可说与我听，我一定尽力！”

韩信眼前一亮，膝行数步，抓着张良的裤腿，张口说道：“我有三件心腹事，欲托与先生。”

“哪三件事？”

“其一，吾有一子，藏在颓当城，朝廷不知。若是此番皇上株连我的族人，还请先生好生看护那孩子，为我留下一丝骨血。”

张良点头说道：“放心，我应下了。”

韩信整衣拜倒，给张良行了一礼，接着说道：“此番事败，皆因我门下生了内贼。我听闻那内贼因告发我而被吕后重赏，封金赐爵。此贼不除，吾死不瞑目，还请先生替我杀之！”

张良思忖了一下，点头答道：“此人因告发旧主而发迹，尝到了甜头，在朝廷上多方攀咬，意图邀宠。吕后多疑，将案子越做越大，朝野内外，人心惶惶，此贼不杀，必有大祸！此事，我也应下了！”

韩信又行了一礼，抬头说道：“这最后一桩事，还请先生为我兵家留下一门传承……韩信可以死，祖师传下的攻城破阵、治军杀敌之法万万不能丢……还请先生收下我这一脉的传承，妥善地传于后世。”

“学说传承乃是大功夫，仓促之间，怎来得及？莫说传承，单是以文字记述下来，没个数月光景，也写不完啊？”

韩信挽了挽袖子，双目神光炯炯地说道：“兵无常势，水无常形，守无成规，攻无定法，此等变化奇诡之法，岂能在纸上说清。先生精通奇门遁甲之道，我以一游戏示之，先生一看便知！”

说完这话，韩信便蹲在了地上，以手为笔，在厚厚的灰土上勾画了九竖十横。并在九竖中间留了一条贯串的空白为河界。九竖两端的中间，以斜交叉线构成“米”字方格，称作“九宫”。随后，韩信扯破外袍，撕出三十二个小方块，分成两半，咬破指尖，每一半，分别写上了“车马炮相士兵帅”。左边那半是，双车双马双炮双相双士五兵单帅，十六个小篆字；右边那半是，双车双马双炮双相双士五兵单帅，十六个大篆字。

“先生，这游戏，名曰‘象棋’，这三十二个布片就是棋子！”

只见韩信拿起这三十二枚棋子，按照固定的位置，分别排布在了河界两侧，沉声说道：“车行直路，火炮翻山，马行走日，象行走田。兵卒过河，横竖不退，士象支挡，不离老帅……”

张良看着脚下的棋盘棋子，眼前一亮，蹲下身来，按着韩信的指点，与韩信攻防，在棋上厮杀了一夜……

寒风吹来，韩信和张良二人同时抬起了眼。“先生……您悟到了吗？”

张良眯了眯眼，仰头叹道：“四个字！”

“哪四个字？”

“得意……忘形……”张良一字一顿地说道。

“然也——”韩信一跃而起，拍着桌子，大声赞叹，意兴遄飞，恍然之间，竟好似又变成了那个顶盔贯甲、立在万军阵前的大将军。

“我……该走了……”

张良扶着膝盖，缓缓地站了起来。

韩信咧嘴一笑，转过身去，面朝着墙壁，不发一言。

张良眼眶微红，摇了摇头，消失在了黑暗中。半晌过后，一阵脚步声响起，韩信回过头去，只见一个和张良穿着同样衣服的老狱卒走到了牢门前，端着一壶酒，一盘肉，看着韩信，面无表情地说道：“将军且饱饮酒肉，稍后……皇后召见……”

韩信洒然一笑，看着老狱卒，拎起了桌上的酒，张口问道：“刚才你去哪儿了？”

“年纪大了，贪睡，打了个哈欠……就睡过去了……刚醒……”老狱卒低头答道。

韩信一仰头，将壶中酒，一饮而尽，抓了一口盘中的肉，大声笑道：“走吧！前头带路——”

汉十年，韩信入长乐宫，被塞在麻袋里，捆在悬钟之内，被宫女用削尖的竹竿乱枪扎死……

汉高后二年，张良病死，传下一象棋残局。

贞观二年，张信守佛国城，请出了子房祖师的残局，依照局中排布，改造佛国城，按九宫之法，排布八门，并将阵图刻在了竹简背面，将竹简放在了藏金库罗汉像手中！

竹简的故事到这里正式结束了，我抬头看了看一脸茫然的鲁绛，狠狠地搓了搓自己的脸，将手里的竹简“唰”地一下翻了过来，只见竹简背面，工工整整地刻着一幅象棋的残局图，右上角还有一行标注，字曰——此乃诡变出奇斩将破锋之阵，白猿张信与后世无用子孙留。

“哗啦——”我手一抖，竹简掉在了地上。

鲁绛吓了一跳，连忙捡了起来，扑了扑竹简上的土，张口问道：“你怎么了？祖师爷说啥了？”

“祖师爷说我没用——”我满脑子嗡嗡乱响，下意识地答了一句。

“这个我知道……除了这个……还说什么了？”鲁绛焦急地问道。

我舔了舔干裂的嘴唇，机械地转过头去，眼睛里神光暴涨，定定看着鲁绛，喃喃说道：“此乃诡变出奇斩将破锋之阵……”

第十章　侵略如火，不动如山（上）

佛国城，大火烧了一天一夜，将半座城池烧成了一片焦土。残垣断壁之中，一座三层的黑石钟楼昂然伫立。钟楼之上，有一铜钟，铜钟之下，乃是一方石台，台阶上刻有棋盘，棋盘上排布着三十二枚象棋棋子，一方红，一方黑。

我提着一只囊酒坐在石台边上，倚着石头雕成的栏杆，俯身向下望去。

只见李罗睺正带着仅剩的二百多人手，趁着大火刚熄，涌进了佛国皇宫。

我呷了一口酒，趴在栏杆上，探着半个身子，冲着李罗睺大声喊道：“李院主，我等你好久了，怎么姗姗来迟啊？”

李罗睺闻言，抬起头来，向上一看，和我目光相对，瞳孔里直欲喷出火来，当下一摆手，带领人马围住了钟楼，刚要抬腿上台阶，又仿佛骤然想起了什么，一皱眉，退下了台阶。

“张大掌灯，莫不是跟我玩什么空城计吧？”李罗睺站在钟楼下，一脸狐疑地看着我。

“是不是空城计，你上来看看不就知道了吗？”我放下了手里的酒囊，从兜里掏出了一把瓜子，一边嗑着瓜子，一边拈着瓜子皮往下面的李罗睺脸上扔。

李罗睺不为所动，阴声说道：“看你有恃无恐，钟楼内必有埋伏！来人——举火，把这钟楼围了，以烟火熏烤，不信这厮不下来！”

我闻言一笑，朗声说道：“李院主，若是我死了，信不信你把这佛国城翻个底朝天，你也找不到那三成黄金。”

“你什么意思？”李罗睺问道。

我回头从身后的棋盘上拿起了一枚象棋棋子，冲着钟楼底下的李罗睺晃了一晃，笑着说道：“会下象棋吗？”

“略懂！”李罗睺点了点头。

“会就说会，不会就说不会，还略懂……谦虚了不是？！这样，咱们一局定胜负，以佛国城的那三成黄金做赌头，你赢了，黄金归你，我走！我赢了，黄金归我，你走！如何？”

李罗睺的眼光闪烁不定，挣扎了一阵，徐徐说道：“一言为定？”

“一言为定！”我拍着栏杆喊道。

“钟楼内当真没有埋伏？”

“也罢！我下去引着你上来！”我一把扔掉了手里的瓜子，快步下了楼梯，走到了李罗睺的身前，抓起他的手，扣在了我的肩膀上，在二百多天师会刀斧手的注视下，和李罗睺缓缓地走上了楼梯，坐到了石台两边。

李罗睺一低头，看了看棋盘上的红黑两方，冷声说道：“谁执先？”

“佛国城这一局，我白猿张家是主，你是客，自然是主随客便，你执红棋先，请——”

我微微一笑，示意李罗睺落子，却被李罗睺一把攥住了手腕。

“你没有诚意。”李罗睺摇了摇头。

“我怎么没有诚意了？”我咧嘴一笑。

李罗睺指了指身后的天师会众人，冷声说道："我的人马都在这儿，你的伙计们在哪儿啊？"

话音未落，只听钟楼之下，皇宫巷道的断墙上，一个旗袍花臂的女子倒提着一杆大旗，朗声笑道："白猿水袖李青眉在此——"

李罗睺瞟了眉姐一眼，皱着眉头说道："你是要下棋，还是要搏命？"

"棋决胜负，命搏生死。"我呷了一口酒，两眼一眯。

李罗睺双手按住了石台，身子前倾，两只眼睛几乎贴到了我的脸上。

"我为什么要跟你搏？直接杀了你，岂不更好？"

"还是那句话，杀了我，你永远找不到那三成黄金，大不了一拍两散。白猿客栈人丁单薄，比不得天师会家大业大，死后能拉上几十万人垫背，这排场，也就秦始皇能比了吧。"我张开眼，拍了拍李罗睺的脖颈子。

"我怎么能相信，若是我赢了棋，你就会告诉我黄金的所在？"李罗睺一咬牙，额头上的青筋都暴了起来。

我轻轻地推开了李罗睺，从怀里掏出了一个手掌大小的小盒子拍在了桌子上。

"这是什么？"

"这叫不可说，乃是公输家研发的一件小玩意儿。我将佛国皇宫藏宝密室的所在绘成了一幅图纸，将这图纸拆分成了六份儿，分别交给了我媳妇和几位伙计，贴身而藏。我媳妇这份就放在这个小盒子不可说里，但是这盒子有个讲究，六个面，六把锁，先后有顺序，开错了顺序，里面的机关就会启动，将里面的东西烧得干干净净。有道是兵对兵，将对将，玉帝对阎王。咱们俩在钟楼顶上下棋，你赢了，我就打开盒子，把地图给你；下面的伙计在钟楼下拼命，能不能集齐所有的地图，就看你的手段了，如何？"

李罗睺的眼光游移不定，思考了很久，才张口说道："我凭什么相信你？"

我神色一肃，一字一顿地说道："没有凭什么，而是你想要得到黄金，只能相信我。"

李罗睺深吸了一口气，对身后的天师会弟子们说道："敌寡我众，死活不论，带到这里，不信张大掌灯不就范！"

一众刀斧手拱手称是，呼啦啦地走下楼，直奔眉姐杀去。

李罗睺拈起棋盘上的子，冷声喝道："炮二平五……"

皇宫巷道，李青眉一人一旗，斜倚断壁，天师会二百多壮汉各擎刀斧蜂拥而至，转眼就冲到了李青眉身前。只见李青眉倒提旗杆向上一迎，精铁的旗杆荡开两把腰刀，齐眉高的黑旗一遮，瞬间裹住了李青眉的身形，一瞬间，十几把长刀扎进了黑旗之中。

"哗啦——"黑旗从半空落下，旗后竟然无半个人影。

"在那里！"有眼尖之人，向斜上方一指，只见李青眉正坐在墙头，肩上担着一根精铁的旗杆。

"杀——"天师会众人两人一组，跃上墙头，来追李青眉。李青眉将肩上的铁棒在颈上绕了一圈，两手一合，瞬间消失不见。一条赤红的彩绸飞出，瞬间绕住了最前方那个大汉的脖颈，向后一拖，那大汉收脚不及，被拽了一个趔趄。所幸身后的同伴来得及时，抱住了他的肩膀，十几个汉子拽住彩绸，往后一拉，一股大力袭来，李青眉整个人都被拽了过去。众大汉正惊喜之时，只见李青眉手腕一翻，彩绸下赫然出现了两把寒光四射的宝剑。

"唰——"

剑光闪过，两个大汉被刺穿了喉咙，从墙上栽倒，李青眉顺着对方拖拽的余力被拉进了人群中，众大汉乱刀起飞，向李青眉砍去。

混乱之中只听"扑愣"一声响，无数黑色的蝴蝶从人群中蜂拥而出，遮蔽了众人视线。众人连忙挥手驱赶，待到蝴蝶飞尽，哪里还有李青眉半点儿影子。

“在那儿——”又一名刀斧手大喊。众人闻声看去，只见李青眉的身影在巷道的拐角处一闪而没。众人连忙爬下墙头，向巷道深处追去。

此时，我与李罗睺已经下了七八手，棋盘上已经透出了丝丝火药味。听到天师会众人的呼喝，李罗睺抬起头，向外一瞥，眉头一皱，喃喃自语道：“这巷道……好像有古怪！”

就在他一分神的工夫，我的马凌空飞起，吃掉了他的过河卒。

“这……”李罗睺反应过来，往棋盘上一看，不禁又惊又怒。

我微微一笑，幽幽说道：“有道是‘三十二员文武将，楚河汉界论输赢’。棋局如战局，岂敢分心啊？”

李罗睺额头见汗，长吸了一口气，将车横出，来抓我的马……

此时，李罗睺手下的刀斧手跟着李青眉在巷道中七转八转，不多时，又失去了李青眉的踪影。众刀父手一抬头，在一处院门上看到了一面青铜方牌子，上书一排小字——

巽宫为风，东南也，弩矢聚散之地。

众刀斧手正迷惑之际，只见院墙后，一阵令人牙酸的绞盘声响起，那处院门“唰”的一声打开。院门后，两架床弩并排而立，鲁绛、鲁胥各操一架，瞬间击发！

“咻——咻——”一阵阵刺耳的破空声传出，十几支长枪大小的铁箭激射而出，巷道拥挤，避无可避，转眼便射翻了三十几人，中者立死。

所谓床弩，最早出现于战国时代，以绞盘上线，故而射程远，射力大，箭支打在身上，清一色贯穿伤。汉朝时，床弩得以普及，“弦大木为弓，羽矛为矢，引机发之，远射千余步，多所杀伤”。这种床弩，弩臂长当在一丈以上。弓弦以虎兽大筋揉成，闲时卸下裹在鲸油之中，可保千年不朽；战时上弦，柔韧如新。隋唐时期，冶铁技术取得了空前的进展，以铁胎锻造的弩臂成了床弩的标配。这种以精铁冶炼的弩臂力大势沉，拆卸便捷，与弓弦一起裹在鲸油之中，历经千年，仍旧威力惊人。床弩的箭都是特制的，通体精铁，箭镞是扁凿形的，所以叫“凿子箭”，射程约为一百二十至一百三十五步。床弩以绞盘催动，一次搭弦，发箭五支。

鲁胥和鲁绛这对兄妹，出身匠作大家，操作床弩，不在话下。只见这两人一前一后，轮番激发，铁箭激射不断，成片射去，射了三五轮，巷道里便留下了几十具尸首。余下的刀斧手，心惊胆战地退出了巷道，爬墙而上，从射击的四角向院门内包抄而来。

鲁绛和鲁胥对视了一眼，扔下床弩，转身便跑。众刀斧手从后追赶，穿过院墙，追到了一条斜坡向上的长廊，鲁绛和鲁胥的身影在斜坡上头一闪而没。众刀斧手正要上前，冷不防斜坡之上，一阵闷沉的雷鸣声响起，一个硕大的大石圆柱从斜坡上滚落，越滚越快，以迅雷不及掩耳之势顺着斜坡呼啸而来。冲在前头的十几个刀斧手猝不及防，被大石头撞倒，从身上碾过，绝望的哀号和周身骨骼碎裂的脆响在半空回荡，久久不绝。

“翻出去——”一人大喊，众刀斧手争先恐后地从回廊跃了出去，落入了回廊下的潭水之中。

大石滚过，只剩一地鲜血，被碾碎的内脏，散发着丝丝白气。那石头滚到回廊尽头，撞断了两条石柱，收住了势头。只见已被鲜血染红的石头上，一行小字赫然成型：

艮宫为山，东北也，礌石倾覆之地。

礌石者，始于春秋，以大石制成，用麻绳和木楔固定在一个平台上，方向向下，底部辅以巨大斜坡。一旦敌方发动仰攻，便切断绳索，礌石在重力的作用下，顺势滚下，对方冲锋的士兵在这种巨大的石礅面前，将被瞬间碾碎。

第十一章　侵略如火，不动如山（下）

天师会一众刀斧手，被礌石所阻，被迫翻入了走廊外的寒潭之中。

“上岸——”

刀斧手中，为首的汉子一声大喝，众人连忙手忙脚乱地各自浮水，向岸边游去，突然，有人大喊：“啊——好疼——我被勾住了……勾住了……咕咚……救……”

众人连忙屏气下潜，在水中一睁眼，只见潭水之下，是一片密密麻麻的水草，水草之中埋了无数黄金铸成的八爪倒钩，那些八爪倒钩深深地立在潭底的淤泥之中。潭水不深，不过两米左右。刚才众人慌忙落水，头上脚下，好多人的脚都插进了水底，被层层叠叠的倒钩勾住了皮肉，被水草缠住了腿脚，无法上浮，剧痛和缺氧之下，二十多人活活溺死在了潭水之中。

原本碧绿的潭水，霎时间变得一片赤红。

天师会众人慌忙之中，来回营救，互相托扶，一番折腾下，只有一百三十多人上了岸。

岸边一块假山石上，赫然刻着一排小字：

坎宫为水，正北也，困溺浮沉之地。

李罗睺坐在钟楼上，耳听得天师会损兵折将，呼吸越发急促，慌乱之中，接连走错，被我几手猛攻，打入了困境。眼瞧得李罗睺额头冒汗，我不由得喜上心头，连哼带唱地来了一段《借东风》："识天文习兵法犹如反掌，设坛台借东风相助周郎。曹孟德占天时兵多将广，领人马下江南兵扎在长江……"

我这边在钟楼上唱得正起劲，巷道内，三昧大师率领着仅剩的八名佛国甲士已经冲到了潭水边，刚从水里死里逃生的刀斧手们还未整顿好，就突遭袭击，霎时间，人仰马翻乱成一团。

然而，天师会一方毕竟人多势众，很快便回过神来，慢慢地围成了包围圈。三昧大师眼看形势不对，打了一个呼哨，八名甲士互为犄角，且战且退。众刀斧手紧咬不放，穿过两座石桥，一直杀到了一处假山错落的花园之中，那花园中的草木早已尽数毁于大火，只剩下光秃秃的假山石，远近高下，堆叠了无数。

三昧大师带着八名甲士进了假山群中，左一上，右一晃，没多久，就失去了踪影。

众刀斧手唯恐有诈，正要退出花园之时，只见半空中，无数的孔明灯从四周升起，密布在花园上方。

"嗖——"一枚点着火的羽箭冲天而起，射中了一盏孔明灯。

"砰——"孔明灯四散爆开，灯内的油盏迸碎，火油飞溅，瞬间便引爆了旁边的孔明灯，旁边的孔明灯爆开，瞬间又点燃旁边的孔明灯……

一瞬间的工夫，半空中二百多盏孔明灯同时爆开，漫天火雨落下，劈头盖脸地浇了下来，落在众刀斧手的头面上，灼伤无数，满场都是打滚灭火、哀声哭嚎的惨叫。

"撤出去——"一人大喊，众刀斧手直奔来时路退去。恍惚之中，只见一座假山上刻着一行小字——

离宫为火，正南也，流火喷薄之地。

众刀斧手手忙脚乱地冲出了花园，正要跨过大门，三味大师带着八名甲士，推着一辆青铜打造的塞门刀车列成一排，死死地挡住了天师会众人出门的路。

所谓塞门刀车，最早见于《墨子》，乃是一种打造得极为坚固的两轮车，车体与门几乎等高等宽，大概在三四丈之间，车前设有木架三层，木架上固定尖刀数十口，刀尖锋利无比，刀背上还铸有倒钩。这塞门刀车，乃是古代守城之利器，一旦有敌人攻破城门，十数兵士猛推刀车塞住城门。利刃在前，敌军一冲一个死。古代城池攻防，长期恶战，城门一旦被破，这塞门刀车便是最为有用的救急器具。

此时，天师会部众被塞门刀车堵住出路，前有利刃，后有大火，前面的退不回去，后面的冲不出来，两边一拥挤，站在前头的十几个汉子脚下不稳，往前一晃，瞬间被塞门刀车上的利刃扎了个透心凉！

那利刃虽锋利，但是扎满了两排人，刀尖都没在尸体里了！后面的刀斧手们发了一声喊，齐声发力，用前面同伴的尸体垫着手，狠狠地一撞，将塞门刀车撞退，呼啦啦地冲了出来。三味大师眼见大势不好，带着八门甲士，拔腿便跑。

众刀斧手推开塞门刀车，追不出两步，只觉脚下一空，十几个汉子一脚踩空，踏上了一大片翻板，瞬间跌入了一方陷坑之中！翻板原地一转，又盖回原处，将陷坑中的惨叫顷刻间隔绝。

“连环翻版——”天师会刀斧手中有盗墓出身的行家，一声大喊，招呼着其余众人向后退去。

所谓连环翻版，乃是守卫机关的一种，就是在道路中间挖掘深约九米以上的一方陷坑，宽度覆盖整段道路。坑下埋设一层刀锥利器，坑上平覆数块木板，表面施以伪装，与周边景物相通。木板中间有转动轴，在下面的左右两端缀上相同重量的物体，整个力点呈天平秤状。若有人踏上木板，板的一端重力加大，平衡被打破，木板中间的滚轴转动，翻版一端上翘，一端下陷，立在木板上的人随之落入坑内，被乱刃扎穿。而上方的翻版由于人落进了坑内，左右配重再度归于平衡，便恢复原样。

两三个落入坑中被扎穿腹部的刀斧手尚未死透，瞪着一双大眼睛，借着头顶缝隙中的微光，模模糊糊地看到了那翻版上刻着的一行字：

坤宫为地，西南也，厚土颠倒之地。

“走墙头！”刀斧手中有人大喊，剩下的百余名大汉齐声跃上墙头，沿着墙绕过了连环翻版，凌空落下，围攻三味大师。三味大师解下腰带，将手腕与刀柄捆在一起，带着八名甲士，迎了上去。

这群刀斧手，乃是天师会的精锐所在，个个身手不凡，两个回合的冲杀，就将三味大师身后的甲士砍翻在地。三味大师左拦右挡，带着仅剩的五名甲士冲到了一面土墙之中。五人向后一跃，“咚”的一声撞在了墙上，整面墙“哗啦”一声左右翻转了过来，将三味大师等人转到了墙后。众刀斧手上前猛推，却发现那土墙纹丝不动。

“跃过去——”一人大喊，众刀斧手两人一组，一人双手推墙，以肩膀为梯，另一组人飞身跃起，踩在同伴肩膀处，纵越上墙，一转瞬的工夫，已有二十多人跃过了墙头。

墙后，乃是一方院落，密密麻麻地立着无数的木制傀儡，清一色的金丝楠木雕成，男女老幼、喜怒哀乐，全都雕刻得栩栩如生。

“这……这是什么？”众刀斧手面露疑惑，相互询问。

其中有通古者，皱眉沉思曰：“看样式，似乎是隋朝时的药发傀儡。”

“何为药发傀儡？”

“欸……这个嘛……我年轻时在一处隋朝大墓中见过，只不过不是金丝楠木这种大手笔……”

“药发傀儡是干什么用的？”

“欸……这药发傀儡起于隋朝，说到底，就是一门烟火杂技，将火药烟花与木偶结合起来——将火药烟花藏在戏曲人物、神话人物等木偶造型之中燃放。不过古代的火药制法不甚稳定，药发傀儡经常爆炸……”

“等会儿……你说什么？这玩意儿会爆炸？……”

“对啊……对……爆炸——”

“快走——”

喊声未落，只听一阵引线燃烧的声音响起，所有的木偶齐刷刷地开始颤抖，七窍之中渐渐喷出了火花亮光。

“轰——轰——”一具接着一具的傀儡炸开，整个身躯炸成了碎片，木片横飞，瞬间就击穿了一个刀斧手的胸膛。

“走啊——”刚翻入墙里的二十多人还没喊完话，冲天的爆炸声便直如九天雷吼，顷刻间在巷道中炸响。

“轰隆——轰——”

墙外的刀斧手们捂着双耳，伏身在地，不少人口角都震出了黑血；墙里面的二十多人，不是被傀儡爆炸的冲击震塌了胸腹而亡，就是被漫天的碎片穿过身体，倒在地上抽搐不已……

坐在钟楼上的李罗睺身子一僵，抬眼问道：“这是……”

我龇牙一笑，张口说道：“震宫为雷，正东也，鼓荡阴阳之地……挂甲马，将军——”

我拈起棋子，抽马回头，杀掉了李罗睺的炮，落子的瞬间，朗声一喝，李罗睺蓦地打了一个激灵，头上的汗珠“啪嗒”，掉在了棋盘上。

半晌过后，李罗睺收摄心神，将老将左移，躲开了我的马脚，沉声说道："我的这批手下，不同于那些炮灰软脚虾，个顶个的都是厮杀好手，你手下能打的人不多，我不信，以多打少，我占不了上风。"

我闻言，摇了摇头，拱了一步卒，笑着说道："兵贵精不贵多，你有百人，尾大不掉；我有一人，如臂使指。"

就在我和李罗睺打机锋的工夫，爆炸声已经渐熄，劫后幸存的刀斧手们站起身来，回头看去，只见半边土墙都被炸出了一个豁口。尘土飞扬之中，一个威武昂藏的身影，提着一只硕大的大铁锥，肩上扛着一座一人高下的石碑，从土墙的豁口处缓步而来。

那石碑上刻着一行楷书大字：

乾宫为天，西北也，杀生往来之地。

"什么人！"刀斧中有人大喊。

"梁战！"那威武昂藏的身影缓缓抬起了头，将手中的石碑"咚"的一声立在了地上。

第十二章　狭路相逢（上）

巷道不宽，仅能三人并排，爆炸劫余的八十五名刀斧手站起身来，看向了身前的梁战，冷不防身后又有三道身影堵住了退路。这三道身影一男两女，男的是鲁胥，女的是李青眉和鲁绛。墙头上，三味大师带着五名甲士凌空跃下，站在了鲁绛和李青眉的身前。

十对八十五！

最后的肉搏战拉开了序幕。

梁战长吐了一口气，拖着手中的大铁锥缓缓向前走去。铁锥柄上的铁链在地上拖行，发出“哗啦呼啦”的响动。梁战每走一步，就用铁锥轻轻地敲击一下墙壁，发出“咚、咚、咚”的闷响……

“杀——”一名虬髯大汉发出一声大喊，挥动手中的苗刀直劈梁战面门。

“杀——”剩下的天师会众人连同白猿客栈的众位伙计们，齐声发了一声闷喊，在狭窄的巷道内拔腿向对方冲去。

“呼——”梁战让过刀锋，抡起大铁锥向那虬髯大汉的后脑砸去。那虬髯大汉听得耳后风声响，就地一滚，躲过梁战的锤击，刀锋上挑，直刺梁战心窝。

那虬髯大汉用的刀，不是普通的砍刀，乃是古苗刀，刀身修长，足五尺，刃长三尺八寸，柄长一尺二寸，兼有刀、枪两种兵器的特点，且可单、双手变换使用。用刀之时，辗转连击，疾速凌厉，身摧刀往，刀随人转，势如破竹。

梁战一击不中，心头火起，瞧见对方刀刃刺来，不闪不避，抡锥下砸，将刀锋荡开，伸手一抓，想去抓那虬髯大汉的脖颈。那虬髯大汉被梁战巨力所震，手脚酸麻，怎敢再拼？当下后撤半步，反手提刀，在胸前挽了一个刀花，将梁战的手挡在身前。梁战一抓落空，也不后退，上前一步，变抓为撞，右手一甩，借着大铁锥的惯性把自己甩了出来。一瞬间，那虬髯大汉也看不出究竟是梁战带动了大铁锥，还是大铁锥带动了梁战。只见梁战带着呼啸的风声“咚”的一声撞在了那虬髯大汉的身上。那虬髯大汉立身不住，被撞散了马步。梁战趁机展臂一搂，将那虬髯大汉整个儿人搂在了腋下。苗刀刀长，贴身缠斗挥荡不开，此刻那虬髯大汉整个儿人被梁战夹在了肋下，怀里的刀砍不出去，梁战大力袭来，不得不撑开双臂，与梁战相抗。梁战一声大笑，抡起铁锥，往怀里一砸。

“咔嚓——”那虬髯大汉的脑袋整个儿被砸进了腔子里！

这一系列变化说时迟，那时快，电光火石之间，梁战擒敌杀人，夹着一具脑袋陷进了腔子里的尸首一声大喊，冲进了人堆儿之中！

“当——”一声爆响，一颗人头被梁战锤得稀巴烂。梁战一招得手，纵越而起，将怀里的尸首迎风掷出，砸倒了三五个刀斧手，大铁锥脱手而出，直透敌阵……

巷道的另一边，三味大师拔出腰刀，和仅剩的五名佛国甲士组成了一个简易的六花阵，两名甲士在前，一执长牌，一执藤牌。长牌手执长盾牌遮挡天师会刀斧手的砍刀，藤牌手一手执轻便藤盾，一手持腰刀一柄，负责弥补长牌笨重不易移动的缺陷，专门防守对方针对长牌死角的攻击，掩护后队前进。两名盾牌手后面，是两名长矛手，使的是钩镰枪——所谓钩镰枪，就是在枪头锋刃上铸有一个开刃倒钩的长枪。钩镰枪的枪杆一般为七尺二寸，径四寸，头八寸，钩尖内曲，杆尾有铁镈。长四寸，这两名枪手在两名盾牌手的遮挡下，戳枪乱捅，每扎到人，便扭转倒钩回拉，将对方拖倒在地。在枪手身后是三味大师和另一名刀手，一旦有敌人被钩镰枪拖过来，这二人便踏步向前，将其砍死。这六人组成的小小阵法，虽然杀起人来，不如梁战那般迅速，但胜在稳扎稳打，没过多久便占了上风。

鲁绛和鲁胥这对兄妹趁乱爬上了墙头。鲁绛摘下了背后的血滴子，配合腰间的软索白发三千丈，每次甩出，都能精准无比地带回一颗人头。十几个刀斧手爬墙来攻，鲁胥一人一伞，守住墙头，抡起精钢打造的铁伞，所到之处，折兵断刃，衣甲平过，血如涌泉，半面墙头染了一层的鲜血。

“这娘们儿是张寒的婆娘，先杀她——”天师会的刀斧手中猛地传来了一声怒吼。几十个精干的刀手，扭过头来，一起奔着墙头涌来。鲁胥遮挡不及，被拖下了墙头。乱刀砍来，鲁胥连忙张开铁伞，护住周身，荡开一片砍刀，背靠墙，喘息不止。

“咳……咳……”鲁胥咳得厉害，一脸惨白。

鲁绛从墙头一跃而下，站在了鲁胥身边，从怀里掏出了一枚药丸，头也不回地按进了鲁胥嘴里。

“哥……唐叔的药……最后一枚了！你不能再剧烈地拼斗了……你翻墙走……”

鲁胥啐了一口嘴里的血沫子，抹了抹头型，攥紧了伞兵，冷声说道：“走个屁！小妮子，让你当几天家主，找不着北了是吧，反了你了，还安排起你哥来了……”

正说话间，数柄砍刀抡来，鲁胥一把将鲁绛拉在身后，拔出铁伞上的枪头乱挡，鲁绛接过铁伞，将一脸惨白的鲁胥护住，冲着梁战喊道：“哑巴！快来——”

梁战闻声看去，瞧出了鲁胥的不对劲，立时虎目圆睁，挥开大铁锥就往这边冲。

“拦住他——”十几个天师会的刀手发了狠，前仆后继地涌了上来。这些刀斧手手中的斧头刃阔五寸，双面开刃，须长八寸，尾厚刃薄，柄长三尺，使起来招沉势大。此时四个使短斧的汉子奔上前来，排成一排，抡、劈、砍、扎、由、云、撩、挂、削、扫，使尽了浑身解数，将梁战缠在原地。

另一边，三味大师的六花阵刚刚钩杀了十几人，天师会的汉子中，便跃出了几个使链子锤的好手，解下腰间的链子锤，甩圆了锤花，脱手掷出。金瓜大小的实心锤头，带着破空的风声飞来。

“通——通——”

锤头打在了藤牌上，震得盾牌手手肘一阵酸麻，正失神之间，早有七八个身手轻便的大汉贴身而上，一把抱住了盾牌，发力来夺。身后的矛手吓了一跳，挺枪来刺。不料那几个大汉悍不畏死，被钩镰枪刺中，仍然死不松手。六花阵的前端一乱，天师会的刀手们阙准机会，发疯了一般地涌上前来乱砍，三味大师的长刀都劈卷了刃，仍旧死战不退，转眼间，便身披十几处刀口，五名佛国甲士也尽数丧命。

我坐在钟楼上冷眼向下瞥去，不禁手心发汗，心跳加速，失神之际，李罗睺两招换子法，竟然将局势扳了回来。

“张大掌灯，你的心乱了……车杀象，将军——”

李罗睺的棋子重重地落在了棋盘之上，我狠狠地甩了甩脑袋，努力让自己把精神收回到棋局上。

“噗——”鲁胥一口血咳在地上，整个人身子一软，靠在墙上，面如金纸。鲁绛急得手忙脚乱，略一分心，手中铁伞被对方一记铁棍扫落在地，敌人一招得手，三把宽背砍刀破风劈至……

鲁绛避无可避，眼看就要丧命之际，一道身披黑袍的枯瘦身影从围墙外一跃而下，袖中一蓬金针射出，刺瞎了那三名刀手的眼睛。

“啊——”那三名刀手一声惨呼，捂着眼眶，栽倒在了地上。

“唐叔——”鲁绛瞧见那身影，喜出望外。

来人正是唐驹。

唐驹射出金针，身子落地，蓦地一晃，刚刚包好的伤口，猝然崩开，血顺着袖子往下淌，疼得唐叔一阵龇牙咧嘴。

“唐叔……不是让你看着伤员吗……”扶墙站立的鲁胥看着唐叔的背影，喘着气说道。

“看个屁！老子再不来，你们几个小兔崽子全都得死球！”

唐叔一边答着话，手中一边发着金针，转眼间便射倒八九个刀手。趁着这个空档，鲁绛就地一滚，拾起了铁伞，掷出了手里的血滴子，摘了一颗人头，和唐叔站到了一起。

“啊——”三味大师浑身是血，抡着一把卷了刃的断刀，状如疯虎，逼退了两个刀斧手，膝盖一软，栽倒了地上。

“铿——”三味大师以刀拄地，撑住了上半身。

“呼——”

半空中一只大铁锥呼啸而至，打飞了两个上前抡刀的汉子，落在了三味大师的身前。三味大师伸手抱住铁锥，梁战一声爆喝，一拽铁链，大铁锥倒飞而起，拉着三味大师凌空钻入半空。

“扑通——”三味大师在半空中画了一道弧线，落在了梁战的身后。

三味大师抹了抹自己的光头，掰开地上两具尸体的手，拾起了两把新的腰刀，瞪着一双通红的眼睛，冷声喝道：“你们……强盗……杀！”

天师会众人此刻也是杀红了眼，一声大喊，奔着梁战和三味大师就涌了过去，狭窄的巷道之内，一时间鲜血横飞，宛若修罗地狱……

李罗睺听着震天的喊杀声，两眼定定地看着我，一字一顿地说道：“张大掌灯……你现在收手，还来得及！”

我后槽牙咬得嘎嘎响，拧着眉毛答道：“我为什么要收手？”

“底下都是你的手足血亲，你就不怕吗？”

我瞳术激发，两眼一红，看着李罗睺，狞声喝道：“怕！我当然怕！可是怕有什么用！难道只要我怕了，你便不再害我了吗？”

李罗睺一拍桌子，大声喊道：“我天师会只想要黄金，没想过和你白猿客栈生死相搏！”

我眉毛一挑，迎着李罗睺的目光，沉声说道：“晚了！从你绑我儿子的那一刻起，就注定了咱们两家只能活一个！”

“江湖上都说你张大掌灯是天生的好脾气，可是……你却偏偏和我搞玉石俱焚的买卖，这又是何苦？！”李罗睺捶着胸口，一脸愤懑地说道。

我一声冷笑，拈起棋盘上的马，踹掉了李罗睺的车，幽幽说道：“我是好脾气，不是没脾气……这一手，名叫一马困皇城，我将军，你死棋了！”

李罗睺低头，两眼在棋盘上一扫，两手猛地一攥拳，骨节噼啪作响。

“我拿不到黄金，你也别想活！”李罗睺一声大吼，将棋子扫落一地，两手一张，从袖子里瞬间滑出了两枚峨眉刺，抬手一扎，直刺我的心口。此时，我瞳术激发，大脑充血，高速运转，反应远远快过往常。李罗睺峨眉刺滑出袖口，在别人看来不过就是一瞬间的工夫，但在我的眼里却是慢动作。所以，在他峨眉刺出手的一瞬间，我便开始后闪；然而，看到了和能躲开是两码事，我的眼睛快不意味着我的动作快。李罗睺是内家功夫的练家子，我是个没练过一天武的普通人，李罗睺这一刺，我的脑袋反应过来了，身体却没跟上，刚躲了半步，便觉出右胸口一凉，李罗睺的峨眉刺顺着我的胸口上挑，在我胸前开了一道口子。

“啊——”我一声惨叫，滚落在地，拾起地上的石子，奔着李罗睺的头脸掷去，李罗睺小臂一晃，打飞了石子，绕着石桌，便来追我。

“哪里走！”

我耳后传来一身风响，我扭头一看的工夫，李罗睺右手的峨眉刺已经刺穿了我的肩膀，李罗睺一声狞笑，单臂发力，将我挑了起来。

“啊——日你娘的——”肩膀处剧痛传来，疼得我浑身发抖。

“黄金在哪儿？”李罗睺大声喝道。

我捂着肩膀，两脚在半空中一阵踢蹬，忍着剧痛笑道：“李院主，你可敢看看这铜钟上的字吗？”

“杀你如杀鸡，李某不怕你有诈！”李罗睺说完这话，抬起头来，向上看去，只见钟楼上悬着的这口铜钟之上，铸有一行小字曰：

兑宫为泽，正西也，陷山藏海之地。

李罗睺看了那字，脸色一黯，向楼外看去，只见原本平地拔高三层的钟楼，此刻竟然已经变成了二层高！

“这楼在下沉？！”

“钟楼建在一片沼泽之上，四围以木楔撑在岸边，木楔可旋转开活，机关在石桌下，你刺我的时候，我躲在桌下，发动了机关……张信祖师传下的阵图，这里就是兑位的阵眼……”

李罗睺闻言，一把抽出了我肩头的峨眉刺，想要顺着窗子翻出去，刚到窗边，青铜打造的栅栏就从头顶落了下来，遮住了所有的门窗和楼梯口，将整个钟楼罩在当中。

“拿自己做饵，就是为了和我同归于尽……张寒……你……你他妈疯了——”李罗睺朝着我一声大喊。

我捂着肩头的血洞站起身来，捞起地上的酒囊，呷了一口，冷声笑道：“是哪个说我要与你同归于尽了……”

话音未落，我就地一翻，滚到了西北角，落在了一块板之上，翻板一翻，将我整个人掀到了下一层。李罗睺猝不及防，一个虎扑扑到了翻板上，玩了命地捶打。

“砰——”我一脚踹开了二层的大门，跑到了街上，然后长吐了了一口气，散掉了瞳术。为了占得先机，我必须敏锐地把控李罗睺的每一个细节和动作，所以不得不激发瞳术。此时，瞳术一散，气血一松，整个人的精神瞬间萎靡下来。我甩了甩脑袋，喘着粗气，走了几步，回头看去，只见此时，钟楼缓缓下沉，已经变成了一层高，我透过栅栏，冲着里面的李罗睺大声喊道：“别捶了，那玩意儿只能用一次，我在下面给你锁死了，别费劲了！”

李罗睺闻言，飞奔到窗前，两手攥着青铜铸造的栅栏，狠命地用手里的峨眉刺劈刺青铜栅栏，噼噼啪啪地火星乱迸。奈何任凭李罗睺用尽了浑身的气力，也没在那栅栏上没留下半个白印儿。李罗睺双眼死死地瞪着我，瞳孔里直欲喷出火来。“张寒……张寒……我李罗睺死后必定化身厉鬼……”

我一摆手，笑着说道：“你死后化不化厉鬼有待商榷，但是若给你撒上一把松油，没准你能变成一大块琥珀，哎哟哟，那可值老鼻子钱了！”

“张寒——啊——”连李罗睺听了我的嘲讽，急火攻心，整个人宛如一条疯狗，玩了命地撞击劈刺着栅栏，直撞得浑身鲜血，将峨眉刺劈刺得卷刃折断，指甲崩裂。

我站在钟塔之前，看着眼前的钟塔越沉越低，最后连塔尖都没入了地下。

我一回头，只见仅剩的三十几个刀斧手，还在和梁战他们厮杀。我小跑了两步，爬到了一座石狮子上，大声喊道：“李罗睺伏诛，降者免死！”

此声一出，天师会众人霎时间乱作一团，有人逡巡不前，有人犹豫不定，有人拔腿要逃，有人嚷嚷着要给罗睺报仇……梁战趁机发难，抡起大铁锥，振奋精神，冲入人群之中，左冲右突，将那三十几个刀斧手刚刚结成的阵势瞬间冲垮，不出盏茶的工夫，这帮群龙无首的刀斧手就被梁战屠杀殆尽。

“当——”梁战扔了大铁锥，弯腰喘了一阵粗气，我赶忙跑过去，拍了拍梁战的肩膀，和他一起，从尸堆里刨出了还没断气儿的三昧大师，扶起了浑身是血的唐叔和瘫在地上进气儿少、出气儿多的鲁胥，赶紧让唐叔给这二位吊命。

鲁绛眼见大局已定，两腿一软，瘫跪在了地上。我小跑过去，将她揽在怀里，伸手想取下她手里的铁伞，奈何鲁绛久战之下，肌肉已经僵麻，失去了知觉，那虎口攥得极死，我掰了好多下，都没掰开她的手。

鲁绛看着我，苦笑了一声，晕了过去……

第十三章 狭路相逢（下）

七天后，靠着鲁胥在孔雀河旁留下的骆驼，三味大师带着佛国众甲士的骨灰直奔塔儿寺，我们一行人“苟延残喘”地跑回到了敦煌城。

陆龟年和根叔一路颠簸，本就严重的伤势加重了不少，急得李青眉起了一嘴的燎泡。进了城，我们直奔城里唯一的一家土洋结合的小医院，一住就是半个月。

这半个月，苦得我是精疲力尽，鲁绛连番历险，精神高度紧张，天天晚上闹失眠，我是又给讲故事，又给唱小曲儿地哄着，累得俩眼圈黑得熊猫一样……

住在隔壁的陆龟年在唐叔的调养下，总算捡回了一条小命，幽幽转醒，可谁承想，这小子一醒过来，就哎哟哎哟地乱叫，一宿宿地不睡觉，吵吵着浑身疼。眉姐心疼这小子，天天晚上以泪洗面，戚戚哀哀地啜泣……

楼上的根叔恢复得最快，自诩劫后余生，要今朝有酒今朝醉，和唐叔两个老头子是天天喝，夜夜喝，喝完酒就撒酒疯，又蹦又跳，又砸又闹……

楼下的鲁胥，犯了肺病，唐叔说，没有十天半月的压不下去，这可倒好，我这大舅子天天晚上咳，咳得那叫一个惨……

我每天躺在床上，耳边慢慢都是乱乱糟糟的闹人声，憋得我这脑瓜子是嗡嗡地疼。

就这样，我们在敦煌修养了一个月。在这一个月里，从报纸上我看到了天师会在前线的消息……

这南京政府和各路军阀联军开赴前线对峙之后，发表了誓师词，阎锡山、冯玉祥会师于新乡，一同开赴郑州。

两方对峙，三线作战，一线在陇海，一线在平汉，一线在津浦。这陇海线上，孙殿英、万选才两支部队，手下的兵马大多都是天师会的弟子，不是挖坟掘墓的土爬子，就是抽大烟的双枪军，早在开战之前一个多月这两支部队就因赤门封了天师会码头和蠡门冻结了天师会银钱流通而断了饷银和鸦片。

在闹了两起哗变，都被镇压下去之后，这两支部队就跟着晋军一起沿着陇海线向归德方面按计划进攻。然而，双方刚一开始大规模接触，这两支部队就瞬间溃散，原因无他，唯烟瘾犯了而已……晋军猝不及防，孤军深入，两翼无人救援，活生生被队友坑了个底儿掉，十成人马被打散了五六成。平汉线上，蒋介石命令何成浚第三军团向北发动进攻，在临颍、许昌一带冲击西北军的布防，牵制住西北军向陇海线增加兵力，双方虽然伤亡都已过半；但南京方面军备充足，无论药片还是弹药都保证了充足的供给，而西北军方面则不同，原本为军阀们提供枪炮弹药的天师会从大战开始到现在，因为道门封锁交通的缘故，竟然连一瓶药、一枚子弹都没运到。于是乎，战局急转直下，西北军渐渐弹尽粮绝，先丢了临瓢，又丢了许昌。

民国十九年十月五日，阎锡山、冯玉祥联电张学良，表示愿意停战，听候发落。十五日，阎锡山、冯玉祥下野，阎锡山将晋军交给徐永昌，冯玉祥将西北军交给了鹿钟麟，同日，西北军由鹿钟麟领衔通电“即日遵令撤防”，“通饬各部罢兵息民”。七月底，蒋介石在津浦线发动总攻，八月十五日占领济南。晋军往黄河北岸仓皇撤退，适逢河水上涨，被中央军俘虏或入水溺毙的不计其数。

民国十九年十一月四日，阎锡山、冯玉祥通电取消太原海陆空军总司令部。至此，蒋、冯、阎中原大战宣告结束。

经此一役，庙堂之上，国家元气大伤，“国力之疲，已如风前之烛耆”。

江湖之上，曾经显赫一时的天师会土崩瓦解，会中门徒，或死于战场之上，或流亡草莽，被南京政府通缉追杀。总之，江湖上，再也没人提起过天师会这个名号。

从敦煌将要离开的前一个晚上，我披衣而起，坐在桌前沉思，鲁绛从睡梦中惊醒，走到我身后，轻轻地捏了捏我的肩膀，轻声问道：“大晚上不睡觉，想什么呢？”

我叹了口气，轻声说道：“李罗睺是日本人的探子……我在想……如果我是日本人的话，派探子，不会只派他一个，一个李罗睺就掀起了如此大的腥风血雨，若是李罗睺还有其他的同伴，又会搞出怎样的事端呢？”

鲁绛幽幽一笑，揉着我的太阳穴，轻声叹道：“这是庙堂人该操心的事，不是咱们江湖人该管的！”

我摇了摇头，轻声叹道：“肉食者鄙，未能远谋……”

是夜，明月高悬，一夜无眠。

尾　　声

十天后，南京城，白猿客栈。

今天是我儿子张凛之的百天宴，我在客栈大摆筵席。众人的伤势已经好了七七八八，当晚，一个个地扯着嗓子，推杯换盏，醉眼迷离。敏贝勒喝得最是忘形，偷了鲁绛的胭脂水粉，给自己画了一个红脸蛋儿，柳叶眉，点了一点朱唇，将脑后的瓜皮头发扎成了一个小辫儿，扯下半扇儿窗帘，爬上酒桌，左手拈了个兰花指，右手拎起一只盘子，夹着嗓子唱道："叫张生隐藏在棋盘之下，我步步行来你步步爬，放大胆忍气吞声休害怕，跟随我小红娘你就能见到她，可算得是一段风流佳话，听号令切莫要惊动了她……"

李青眉被敏贝勒逗得捂着肚子直不起腰，狠命地掐着陆龟年的大腿；陆龟年疼得痒，笑得疼，栽在地直打滚；鲁胥和根叔猜拳扇嘴巴子，俩人的脸都被对方打的猪头一样，兀自不休；唐叔闲得无聊，伸手去夺趴在桌子底下的墨璃的骨头，被墨璃青犴两只大狗追得满屋乱跑。唐叔一边跑一边笑，甚是得意……

客栈的大门洞开，梁战坐在台阶上，给两个过路的顽童表演劈砖，不一会儿的工夫就劈出了一小堆儿，惊得两个顽童目瞪口呆……

我趴在窗边，被冷风一吹，“呕”的一声吐了一大摊。鲁绛一手抱着孩子，一手端着水杯递到我手中，一边拍着我的后背，连声嗔怪道：“你呀你，你呀你，明知道自己不行，还硬喝，你什么体格，喝得过梁战吗？那梁战壮得跟一头牛一样……你再看看你，哎呀呀，跟人家老拼什么酒啊……”

我喝了一口杯里的温水，咧嘴笑道：“没事儿……今晚上高兴！看着我儿子，我就高兴！”

我龇牙一乐，轻轻地摸了摸襁褓里的儿子，美得手舞足蹈。

鲁绛看了看儿子，笑眯眯地说道：“哎，你说，儿子将来传了张家的瞳术，和你同时催动，哎哟哟，那可有意思了，一对儿红眼睛，哈哈哈……”

我笑着答道：“张家的三眼，八岁以上方可习练，四年到六年大成，张家男丁多于十二岁到十四岁之间开眼……要想看儿子开眼，你正经得等上几年了……”

鲁绛笑了笑，张口问道：“对了，这张家的三眼，为什么八岁以上才可以习练啊？”

我思索了一阵，张口答道：“怎么说呢，这三眼，就好像一个开关，不仅要打得开，还得关得掉。因为张家的瞳术，靠的是瞬间驱动气血，加快大脑里的血液流速，从而增强目力，加快大脑的反应速度，在短时间内高度激发人脑的潜力。但是这样本事有利也有弊，长期使用，大脑经常充血，早晚活不长……所以不仅要学会激发，还要学会如何将这项本事关掉……否则大脑始终充着血……难以活过三十五岁！所以，张家有祖训，张家男丁只有年满八岁才可以习练，便是因为八岁以上的孩子，自控的能力已经初步建立，能够慢慢地通过训练控制瞳术；八岁以下心智和身体都很不好控制，炼偏了，容易出问题……”

鲁绛点了点头，接着问道："那……张家人，有没有天生就能开眼的啊？"

我不假思索地答道："有啊！子房祖师就是！"

"啊？那……子房祖师是怎么活过三十五岁的啊？"

"根据白猿客栈的典籍记载，子房祖师天生三眼，三眼自开，自小过目不忘，见微知著，然而他的三眼无法关闭，每天都因大脑充血而头疼不休……在他二十五那年，在沂水圯桥头遇到了一位化名黄石公的老人。那老人乃是六国后裔，精通百家学问。他发现了子房祖师的天赋，想要考较子房祖师的心性，故意把鞋甩落桥下，颐指气使地差使子房祖师道：'小子，下去给我捡鞋！'子房祖师愕然，但还是强忍心中的不满，走到桥下，将鞋子替老人捡了上来。谁知，那老人不但不称谢，反而又跷起脚来，命子房祖师给他穿上。子房祖师强压怒火，膝跪于前，小心翼翼地帮老人穿好鞋。老人非但不谢，反而仰面长笑而去。子房祖师呆视良久，只见那老翁走出里许之地，又返回桥上，对子房祖师叹道：'孺子可教也。'随后，约子房祖师五日后的凌晨再到桥头相会。五天后，鸡鸣时分，子房祖师急匆匆地赶到桥上。谁知老人故意提前来到桥上，此刻已等在桥头，见子房祖师来到，愤愤地斥责道：'与老人约，为何误时？五日后再来！'言罢离去。结果第二次子房祖师再次晚老人一步。第三次，子房祖师索性半夜就到桥上等候。天明时分，老者出现在了桥，以古书一卷相赠，说：'读此书则可为王者师，十年后天下大乱，你可用此书兴邦立国。吾乃六国皇裔，汝既呈我衣钵，当承我之志，推翻暴秦，守护六国秘藏……'子房祖师得此奇书，习得奇门术数之精要，更从书中悟出瞳术之妙，传下法门，是为张家三眼……"

鲁绛闻言，点头答道："原来张家的三眼是这样来的！"

我接过孩子，向卧室走去，口中说道："不过，张家传了两千多年，天生开眼的，也只有子房祖师一人，余等皆为苦练而来……"

喝了半晚上酒，我浑身甚是乏力，没过多久，便沉沉地睡去。

夜半，一阵孩子的哭声将我从梦中惊醒。

“孩子肯定又尿床了，你歇着吧，我来……”我翻身而起，拍了拍鲁绛，示意她接着睡。

随后，我掀开被子穿上拖鞋，来到了摇篮边上，抱起儿子，月光穿堂入户。我儿子猛地张开了双眼，一双赤红的三瞳赫然亮起……

“开……开眼了……”

一瞬间，我手脚冰凉，愣在了原地。